Jennifer Schreiner

Zwillingsblut

Jennifer Schreiner

Zwillingsblut

Erotischer Vampir-Roman

Plaisir d'Amour Verlag

Jennifer Schreiner

Zwillingsblut

Erotischer Vampir-Roman

www.plaisirdamourbooks.com
info@plaisirdamourbooks.com
Plaisir d'Amour Verlag
Postfach 11 68
D-64684 Lautertal
Titelfoto: © Anja Roesnick / Fotolia
ISBN: 978-3-938281-29-1

Kapitel 1

Dunkelheit klopfte in Sofias Schläfe und hinterließ weiße Schlieren in ihren Gedanken. Für einen Moment glaubte sie zu schlafen und die Augen geschlossen zu haben. Sie setzte sich auf und prallte mit ungebremster Heftigkeit gegen einen Widerstand.

Gleißende Schmerzen schossen aus den Schlieren und explodierten in ihrer Nase und hinter ihrer Stirn.

Verwirrt vor Schmerzen und Orientierungslosigkeit wollte sie an ihre Nase greifen, um das Blut zu stoppen, das nach dem Stoß begonnen hatte zu fließen. Doch auch ihre Ellbogen und Hände wurden unsanft von einem Hindernis gestoppt.

Verwirrt kämpfte Sofia gegen die Enge an. Sie bekam jedoch ihre Hand nicht frei, nicht weit genug hoch. Sie begriff, dass sie eingeschlossen war.

Schlagartig setzte die Panik ein.

Sie schlug um sich, traf in jeder Richtung Widerstände, knallte mit dem Kopf an ein Hindernis, mit den Füßen oben, unten, rechts, links nur Enge und Finsternis, beides massiv und endgültig, ohne Ausweg.

Ihr Schrei gellte laut und fremd in ihren Ohren, und für einen Augenblick glaubte sie, er käme von einer anderen Person.

Sofia stoppte zitternd vor Angst und Anstrengung ihre Bewegungen und horchte. Nichts, nur ihre Tränen und ihre laufende Nase. Ob es Blut oder Nasenschleim war, konnte sie nicht feststellen, versuchte aber, ihre Beherrschung wiederzufinden, ihr Weinen zu kontrollieren und ihre Atmung zu beruhigen.

Wenn sie doch nur die Hände zum Gesicht führen könnte!

Sie versuchte ihre Augen zum Funktionieren in der Dunkelheit zu zwingen, obwohl der Verstand ihr immer nur ein Wort zuflüsterte: *Sarg.*

Erneut schluchzte sie auf, konnte sich aber stoppen, bevor der Laut in Hysterie überging.

Sofia schloss die Augen und versuchte nachzudenken. *Bin ich tot?* Für einen verwirrenden Moment konnte sie keine Regung ihres Körpers spüren, keinen Herzschlag, nicht das Rauschen des Blutes in ihren Ohren und nicht das Pulsieren in ihren Adern.

Das alles setzte schlagartig zusammen mit dem Zwang zum Atmen ein. *Nein, definitiv nicht!*

Wo bin ich? Wie bin ich an diesen Ort gekommen? Und warum? Sie wusste es nicht, konnte sich nicht konzentrieren, zu viele Fragen prasselten auf einmal auf sie ein, zu oft wiederholte ihr Verstand das Wort *Sarg,* und zu sehr schmerzten ihre Glieder und Gelenke von dem Versuch sich zu befreien. Sie konnte förmlich spüren, wie das Blut blaue Flecken bildete und an den Stellen, an denen sie sich gestoßen hatte, pulsierte.

Entschlossen verdrängte Sofia die Gedanken an Sarg und Blut und tastete langsam mit ihrer Hand nach oben. Und nach rechts und links.

Ihr Gefängnis musste tatsächlich ein Sarg sein, denn die Größe stimmte in etwa. Zumindest für sie, sie passte exakt hinein. Sofia gab einen frustrierten Laut von sich.

Wie lange wird die Luft reichen?

Mühsam zwängte sie ihre Hand hoch zu ihrem Gesicht und berührte ihre Nase. Die plötzlich einsetzenden Schmerzen ließen sie das Bewusstsein verlieren.

Ihr eigener Schrei weckte sie aus dem kurzen, verworrenen Traum von Blut, Dunkelheit und Erregung und holte sie schlagartig in die Realität zurück. Ohne einen Übergang zwischen Schlafen und Wachen fiel ihr augenblicklich ein, wo sie sich befand.

Es war warm und stickig, Schweiß stand ihr auf der Stirn, sie bekam keine Luft durch die Nase. *Wie lange bin ich ohnmächtig gewesen?*

Sofia kämpfte die neuerlich aufkeimende Panik nieder. Die Luft war unerträglich abgestanden, und ihre Lunge schmerzte bereits bei jedem Atemzug. Bald würde es vorbei sein!

Als es ihr abermals nicht gelang, den Sargdeckel mit den Händen aufzustemmen, konnte Sofia die Tränen nicht zurückhalten.

Sie dachte an ihre Schwester Melanie. Beinahe konnte sie sie in ihrer zu weiten Bluejeans und ihrem rotem Lieblingsrollkragenpulli, die blonden langen Haare offen und vom Wind zerzaust, oben an einem Erdloch stehen sehen; sich selbst in dem geschlossenen Sarg, rufend und weinend. Doch niemand hörte sie, nur die Erde.

Sofia schüttelte den Kopf. *Nein, nein und nochmals nein!* So würde sie nicht enden, durfte sie nicht enden. Das war nicht fair und nicht vorgesehen!

Vorsichtig und langsam versuchte sie sich umzudrehen, ignorierte, dass sie sich bei der Bewegung Strähnen ihres langen Haares ausriss, rutschte Stückchen für Stückchen auf die Seite und quetschte sich auf den Bauch.

Dann schob sie ihre Oberschenkel unter sich und machte einen Katzenbuckel.

Nichts tat sich.

Sofia ließ sich zurücksinken. Die Luft im Sarginneren war zu verbraucht, sie bekam kaum noch genug Sauerstoff, obwohl ihr Herz wie rasend schlug. Sofia schloss die Augen. Das Blut hinter ihren Lidern klopfte regelmäßig. Der Rhythmus verlockte sie dazu, aufzugeben.

Entschlossen drückte sie erneut mit ihrem ganzen Körper nach oben, benutzte ihren Rücken als Werkzeug und ignorierte die Schmerzen in ihren zitternden Armen.

Als der Sargdeckel sich mit einem steinernen Knirschen ein Stückchen hob und frische, kühle Luft in ihr Gefängnis strömte, mobilisierte Sofia unbekannte Ressourcen.

Unter Aufbietung all ihrer Kräfte gelang es ihr, den Deckel so weit zu verrutschen, dass es zum Hinausklettern reichen würde. Schwer atmend ließ sie sich zurückgleiten. Ihr Körper und ihre Muskeln zitterten unkontrollierbar, und sie benötigte eine lange Zeit, bis sie in der Lage war, sich aufzusetzen.

Was sie in der Finsternis sehen konnte, zeigte ihr, dass ihre Situation sich nur geringfügig gebessert hatte. Erst als ihre Zähne zu klappern begannen, bemerkte sie, dass die unerträgliche Hitze und Beklemmung einer eisigen Kälte gewichen war.

Das verdammte Schwein hatte sie ausgezogen! Hektisch kletterte sie aus ihrem engen, steinernen Gefängnis. Als sie mit beiden Füßen auf festem Boden stand, sackten ihre Beine weg. Mit einem Schrei fiel sie der Länge nach auf den kalten Steinboden.

Sie krümmte ihre Finger zu Krallen, als ihr Körper krampfte und versuchte die Flut der plötzlichen Erinnerungen niederzukämpfen, die sie zu überrollen drohte: Der abendliche Weg nach Hause, ihre unerklärliche Angst wie eine belastende Vorahnung.

Dann der Mann, der sie unter einen dunklen Torbogen zog. Der finstere Unbekannte, den es nur in der Fantasie gab. An dessen Gesicht und Gestalt sie sich nur unbestimmt und verschwommen erinnerte, und den sie niemals wieder erkennen würde. Der Fremde, der sie sanft verführte. Der schwarze Mann, von dem fast jede Frau träumte. Von seinen Berührungen, seiner Liebe und einer sexuellen Erfüllung, die alle Grenzen sprengte und süchtig nach mehr machte.

Die Träume hatte Sofia geliebt und genossen. Selbst im Wachzustand.

Die Realität sah anders aus. Sie schüttelte verzweifelt den Kopf in der Leugnung der Vergangenheit und versuchte sich hinzusetzen. Sie fühlte sich schmutzig. Selbst die Berührungen ihres eigenen Haares auf ihrer bloßen Haut, auf ihren Schultern und ihrem Busen, war befremdlich und erschreckend intensiv.

Sie erinnerte sich an den Sex, ihre Hemmungslosigkeit. Die Leidenschaft, mit der sie ihn willkommen geheißen hatte. Es war gut gewesen, unglaublich toll, einzigartig und sinnlich.

Sofia fiel zurück und rollte auf die Seite. Jeder Muskel ihres Körpers zog sich zusammen, und die Schmerzen ließen sie bittere Galle spucken. Sogar in der Dunkelheit sah sie, dass die Flüssigkeit rot war, blutrot.

Die Gruft begann sich vor ihren Augen zu drehen. Wieder glaubte sie den metallischen Blutgeschmack auf ihren Lippen zu fühlen und den beinahe hypnotischen Befehl des Fremden zu hören, sein Blut zu trinken.

Nach einem sicheren Halt tastend, berührte ihre Hand kalten Stein. Verwirrt starrte die junge Frau das Kreuz in der Mitte des Raumes an. Unwillkürlich und wie in Trance erinnerte sie sich an mehr und flüsterte: „Das ist nicht möglich!" Sie griff sich an den Hals.

Dort fühlte sie die Realität. *Kein Traum! Kein Mann aus einer gelungenen Fantasie.* Für Sekunden wollte sie leugnen, was sie an sich selbst fühlte, und welche Idee ihr gekommen war. Doch die gesamte Szenerie und ihr Erwachen sprachen für ihre Gedanken.

Unbändige Wut stieg in ihr auf. Sie war dem Mann nicht freiwillig gefolgt, hatte sich nicht wirklich verführen lassen, und auch ihre Hingabe kam nicht von ungefähr. Der Biss eines Vampirs erklärte ihre Willigkeit und seine Sinnlichkeit ebenso wie ihre Schmerzen und das Verlustgefühl.

Vampire gibt es nicht! Für einen Moment begehrte ihr Verstand auf, redete von Normalität und davon, was Mythos und was Realität war. Doch wieder verspannte sich ihr Körper. Dieses Mal erkannte Sofia die Schmerzen als Hunger.

Ihre Augen weiteten sich und nahmen mehr von ihrer Umgebung wahr. Wenn sie vorher gedacht hatte, sie hätte Angst, dann war sie jetzt völlig in Panik. *Wo ist er? Warum verführt ein Vampir mich nicht nur, sondern verwandelt mich auch noch, um mich dann allein zu lassen?*

Sofia sprang auf und hastete die Stufen hinauf, den einzigen Ausweg aus dem kleinen Raum. Sie rüttelte und zog an der schmiedeeisernen Tür, versuchte sich übermenschliche Kräfte einzureden, aber es half nichts. Sie war eingesperrt. Allein in einer Gruft.

Sie schloss die Augen und rang um Kontrolle über sich und ihre Gefühle.

Hat der Fremde mich hier eingesperrt, um mich verhungern zu lassen? Ist das eine Strafe für irgendetwas?

Wieder stieg unbändige Wut in ihr hoch. Durch Manipulation hatte der Fremde sich genommen, was sie ihm nicht freiwillig gegeben hatte, hatte seinen unsterblichen Willen gegen den ihren eingesetzt und ihre Fantasien gegen sie benutzt.

Hass, so rein und lodernd, wie sie ihn noch nie verspürt hatte, flammte in ihr auf und fraß an ihren Empfindungen. Der Vampir hatte sie in etwas verwandelt, was sie nicht sein wollte, sich nie gewünscht hatte – und sie dann ihrem Schicksal überlassen. Sie wusste, dass er nicht zurückkommen würde. Außerdem hasste sie Blut!

Ihre rationalen Gedanken setzten schlagartig wieder ein, wie sie es immer taten und riefen Sofia zur Ordnung. Von ihrer eigenen Logik bezwungen stieg sie zurück in den eigentlichen Raum der Gruft, um einen anderen Ausweg zu finden.

Am Fuß der Treppe blieb sie stehen und sah sich um: Eine Grabkammer, vom Gefühl her unterirdisch, gemauert und verputzt, mit sauberen Wänden, kreisrund und wahrscheinlich noch nie benutzt. Sie war leer bis auf das steinerne Kreuz in der Mitte und den offenen, leeren Sarg gegenüber der Treppe.

Sofia schritt um das riesige Kreuz herum und betrachtete die andere Seite. Die zwei Inschriften, die hineingemeißelt waren, wirkten neu:

Melanie Walker 21.07.05 – Des Lebens müde und zum Leben gezwungen

Sofia Walker 22.07.05 – Ein Opfer für das Leben der Leblosen

Sie las die Buchstaben und Zahlen dreimal, um sicherzugehen, dass sie richtig gelesen hatte. Dann schüttelte sie den Kopf. Melanie konnte nicht einen Tag vor ihr gestorben sein, sie hatte noch gelebt, als Sofia sich von ihr verabschiedet hatte. Wenige Straßen und Minuten später war sie selbst dem Vampir begegnet. Am 21. Sie selbst sollte heute sterben. Und … Sie las die Anmerkungen noch einmal.

Dann kontrollierte sie den Sargdeckel, auf dem ebenfalls *Sofia Walker 22.07.05 – Ein Opfer für das Leben der Leblosen* stand.

Sie blinzelte: Melanie war am 21. zum Vampir geworden, fand sich in einer Gruft mit der Botschaft wieder und brachte ihre Schwester Sofia einen Tag später um.

Sie hustete und versuchte die Schmerzen in ihrem Magen zu ignorieren.

Aber warum? Das ergibt doch gar keinen Sinn. Nicht einmal, wenn man bedenkt, dass der Vampir einen fatalen Fehler begangen hatte. Ihr Würgen ging in ein hysterisches Lachen über.

Selbst Unsterbliche können also Zwillinge nicht auseinander halten?!

Und wieso sollte Melanie mich töten? Melanie liebt mich, und sie ist des Lebens überdrüssig. Nicht einmal ein Vampir kann daran etwas ändern. Um kein ewiges Leben der Welt würde Melanie mich umbringen!

Wieder spuckte Sofia Blut, zwang sich aber, stehen zu bleiben. Ihre Wut und ihr Hass auf den unbekannten, finsteren Mann, der in ihr Leben eingedrungen war, es mit einem Biss vernichtet und sich zum finsternen Gott über ihre Entscheidungen aufgeschwungen hatte, halfen ihr dabei.

Mit zitternden Fingern nahm sie den Schlüssel von dem kleinen Haken in der Mitte des Kreuzes und las die Gravur. Dort stand noch einmal ihr Name und das Datum des heutigen Tages.

Eine Warnung? Eine Drohung? Oder eine Erinnerung an das, was ich – oder Melanie – tun soll, tun muss?

Sofia ballte die Hand um den Schlüssel, bis sie spüren konnte, wie das Eisen sich in ihre Haut bohrte, und wie sich die Schmerzen ihres Körpers mit dem Hunger und der Aggression verwoben.

Leise schwor sie sich und ihrer Schwester, dass sie den Vampir finden würde. Finden und töten!

Kapitel 2

Der Schlüssel passte. Rasch und ohne Probleme ließ er sich drehen und öffnete die Tür in die Freiheit.

Sofia sondierte aufmerksam die Umgebung, bevor sie sich traute, die fragwürdige Sicherheit der Gruft zu verlassen. Niemand schien sich auf dem Friedhof zu befinden.

Sie stolperte beinahe über den Stoffhaufen, der vor der Tür lag. Ihre Kleidung. Eine Hose, Pulli und Jacke, Socken und Schuhe. Sogar ein baumwollener Slip und ein weißes Unterhemd lagen für sie bereit. Nicht die Kleidung, die sie abends getragen hatte. Melanies Kleidung.

Das Schwein glaubt wirklich, ich bin Melanie! Sofia unterdrückte ein hysterisches Lachen und nahm die Sachen mit in die Dunkelheit der Gruft.

Verdeckt von der Tür zog sie sich an. Die Sachen passten perfekt. Melanies Geschmack war solide und altbacken. Ganz anders als ihrer. *Egal. Hauptsache Kleidung!*

Dann erinnerte sie sich, und ihr Fluch hätte Tote aufwecken können. Der Fremde hatte ihr nicht nur ihre eigene Kleidung weggenommen und ihr Melanies gegeben. Sofia griff an ihre Ohren, wusste aber schon vorher, was sie vorfinden würde: Nichts.

Er hatte ihr alles genommen, was sie am Leib getragen, alles, was sie besessen hatte, sogar ihre Ohrringe.

„Oh, Opa!", flüsterte sie leise und ließ sich auf die Knie sinken. Dieser Verlust traf sie schwerer als ihre Verwandlung in einen Vampir oder das makabere Todesspiel des Unsterblichen.

Für Sekunden schwappte eine Welle tiefster Verzweiflung über Sofia hinweg, die geballte Wucht der letzten Jahre und die Ungerechtigkeit, mit der ihr Leben beschlossen hatte, noch schlimmer zu werden, als es ohnehin schon war.

Dann ballte sie trotzig die Fäuste und stand auf. Entschlossen verließ sie ihre Gruft, zog die Tür hinter sich zu und schloss von außen ab. *Man kann ja nie wissen!* Den Schlüssel steckte sie in ihre Hosentasche.

Sofia entschied sich für einen Weg, dem sie bis zur Friedhofsmauer folgte. Sie musste ein Stück daran entlanggehen, bis sie einen einladenden Baum mit niedrig hängenden Ästen fand, an denen sie die Mauer überwinden konnte.

Erleichtert stellte Sofia fest, dass sie sich für die richtige Richtung entschieden hatte. Sie war jetzt in der Nähe ihrer Wohnung.

Hastig überquerte sie die erste Straße.

Das Licht eines näher kommenden Autos blendete sie und ließ sie blinzeln. Plötzlich schienen die Farben der Welt ein Eigenleben zu entwickeln und zu leuchten, sich ineinander zu drehen und zu vibrieren. Erst im letzten

Augenblick schreckte das Hupen des Wagens sie lange genug auf, um von der Straße zu springen.

Verwirrt drehte Sofia sich einmal um die eigene Achse, ignorierte die argwöhnischen Blicke der Passanten und versuchte dem Rätsel der ungefilterten Eindrücke auf die Spur zu kommen.

Die Lautstärke der Autos, das Flüstern der Fußgänger, das Drehen der Fahrradreifen, die Musik aus dem Straßencafé an der Ecke dröhnten ohrenbetäubend laut. Sofia hielt sich die Ohren zu, um die Musik auszusperren, aber sie erklang weiterhin ungebremst und laut.

Die Gerüche nach Blut, Schweiß, Parfüm und Seife vermengten sich mit dem Geschmack auf ihrer Zunge, der sie an Winterluft erinnerte und einen Hauch Eis mit sich trug. Er bildete gemeinsam mit den intensiven, unnatürlichen Farben, dem klebrigen Licht der Straßenlaterne und dem Rot der Ampel ein Kaleidoskop unzähliger Eindrücke, die sie nicht verarbeiten konnte. Wimmernd ging Sofia in die Knie und schloss die Augen.

Hinter ihren Augen pulsierte die Welt weiter. Lebendig, im ewigen Kreislauf gefangen. Schwarz-weiß. Sie konnte die Passanten sehen, die Konsistenz ihrer Gedanken, den einzelnen Hund, der aufgeregt an einer Duftmarke roch, das schlafende Kind im Buggy und die Adern in jedem lebenden Geschöpf. Schlag, Schlag, Schlag …

„Mädchen?“ Eine Hand legte sich schwer auf ihre Schulter. Sie vibrierte vor Leben und passte sich dem Weltenklang an. Schlag, Schlag, Schlag …

„Alles in Ordnung?“ Die Stimme des Mannes klang aufrichtig besorgt. Was er sah, war eine junge Frau, die sich von Schmerzen geschüttelt auf den Bürgersteig kauerte.

Leere. Nichts. Kein Geräusch ihres eigenen Körpers. Sie war tot, begriff Sofia schlagartig. Ihre Körperfunktionen waren eingestellt. Ein weiteres Wimmern verließ ihren Mund.

„Ich rufe einen Arzt!“, meinte der Mann, und Sofia konnte mit geschlossenen Augen sehen, wie er sein Handy zückte.

„Nicht!“, bat sie leise.

Normalität! Ich bin normal! Alles ist in Ordnung! Ich bin gesund, mein Körper funktioniert, gehorcht mir. Alles läuft automatisch wie früher! Ich bin Sofia, ich sehe keine komischen Dinge, höre nichts und fühle nichts, was nicht normal ist.

Sofia öffnete die Augen und sah den Mann direkt an. Normal, ein Mann, keine pulsierende Lebensoase, keine Blutquelle mehr für eine Unsterbliche. Sie atmete erleichtert auf, als sie ihren eigenen Herzschlag hörte, und ihr Körper seine Arbeit wieder aufnahm.

Mit ihrem ersten Atemzug sog sie gierig die Luft in sich ein, das lebendige Prickeln des Windes und den leichten Abgasgeruch der Straße.

„Danke!“ Sie ließ sich von dem Mann auf die Beine helfen. „Ich habe einen niedrigen Blutdruck, und wenn ich meine Medikamente vergesse …“ Sie schenkte ihm ein gewinnendes Lächeln. „Dann passiert so was.“

Argwöhnisch nickte der Mann, gab sich zu Sofias Überraschung mit dieser Erklärung zufrieden und verließ sie ohne ein Wort.

Sofia betrachtete ihre Umgebung. Die Normalität, das, was sie bisher gekannt hatte, war wieder da. Selbst ihr Körper erschien ihr wieder lebendig, obwohl sie es jetzt besser wusste.

Sie war tatsächlich tot, was sie zurück zu ihrem Hauptproblem führte: *Warum will ein Vampir irgendeine fremde, lebensmüde Person zur Ewigkeit verdammen und dafür Sorge tragen, dass sie ihre Schwester tötet?*

Wieder stieg Wut in Sofia auf. Wut darüber, dass ihre Schwester Melanie – die Person, die Sofia am meisten liebte und die sie am wenigsten verstand – sie hatte töten sollen. *Der Vampir kennt uns nicht, sonst hätte er uns nie verwechselt! Und nie mit uns geplant!*

Sofia presste ihre Lippen aufeinander. Wenn jemand sie töten wollte, dann wollte sie es wenigstens verdient haben. Dann wollte sie, dass es eine persönliche Sache war und nicht nur ein perfides Spiel eines gelangweilten Unsterblichen.

Als Sofia bemerkte, welchen Weg sie eingeschlagen hatte, blieb sie stehen.

Unmenschlicher Hunger und menschliche Logik stritten miteinander um die beste Lösung ihres Problems. Die Logik gewann. Melanie musste sofort gewarnt werden!

Als Sofia diesen Entschluss getroffen hatte, ignorierte sie ihren Körper, den nagenden Schmerz, die neuen, verzerrten Eindrücke und hastete weiter zum Wohnheim ihrer Schwester.

Ungehindert passierte sie die Absperrung und die Betreuer. Die Angestellten kannten sie seit Jahren und waren es gewohnt, Sofia auch zu ungewöhnlichen Uhrzeiten zu sehen.

Trotzdem atmete Sofia erleichtert auf, als sie mit der Plastikkarte, die sie in einer der Hosentaschen gefunden hatte, die letzte Sicherheitskontrolle passierte. Sie kramte hastig in ihrer Jackentasche nach dem Türschlüssel zu Melanies Apartment.

Wieso sind die Karte und der Schlüssel in meinen Taschen? Und mein Handy? Hat der Vampir einfach all meine Habseligkeiten in der anderen Kleidung verstaut? Warum fehlen dann ihre Ohrringe? Oder hat der Unsterbliche uns doch nicht verwechselt? Sofias rationale Überlegungen gerieten ins Wanken, als unvermittelte Angst um ihre Zwillingsschwester in ihr aufwallte. Entschlossen öffnete sie die Tür.

Das Licht im Bad sorgte dafür, dass sie nicht nach dem Lichtschalter tasten musste. Sie trat ein und schloss die Eingangstür hinter sich.

„Mel?“, ihre Stimme war leise und fragend.

Vorsichtig stupste sie die Badezimmertür auf.

Ihr erster Blick fiel auf das Blut. Der zweite auf ihre Schwester, die aus der Badewanne heraus verweint und benommen zu ihr aufsah.

„Großer Gott, Melanie!“ Sofia war mit einem Schritt bei ihr, schob ihre Hände unter den roten Rollkragenpulli und hob ihre Schwester aus der Wanne.

In Sofias Armen brach Melanie in Tränen aus und klammerte sich mit erstaunlicher Kraft an ihre Schwester. Kraft, die dem blassen, ausgemergeltem Körper nicht anzusehen war.

„Du bist wieder da!“ Die Zufriedenheit in ihren Worten ließ Sofia erneut schaudern.

„Kann ich dich nicht einmal ein paar Stunden allein lassen?“, tadelte sie sanft und trat das stumpfe Besteckmesser zur Seite, mit denen ihre Schwester sich geschnitten hatte.

„Ich dachte …“ Melanie sah Sofia an. Ihre Augen waren weit aufgerissen und glänzten fiebrig. „Sofia, ich bin so allein.“ Melanie streckte ihre Hand nach Sofia aus und strich ihr sanft über die Wange. Eine erschreckend zärtliche und entsetzlich hilflose Geste. Als brauchte sie den Körperkontakt, um sich daran zu erinnern, dass jemand bei ihr war.

Sofia trug ihre Zwillingsschwester in das kleine Wohnzimmer und ließ sich mit ihr in den Armen auf dem Sofa nieder. Mit gekonntem Blick inspizierte sie die nicht allzu tiefen Wunden an den Handgelenken und entschied, dass kein Verband nötig war.

„Lass mich nicht allein!“, bat Melanie und kuschelte sich in Sofias Arme. „Lass mich nie wieder allein!“

„Psst …“ Sofia strich ihr tröstend über die blonden Haare und versuchte den verlockenden Blutgeruch zu ignorieren, der von der Wunde hinauf in ihrer Nase prickelte. „Ich war doch nur einen Tag weg!“

Melanie setzte sich auf und starrte sie vorwurfsvoll an. „Zu lange!“

Sofia schwieg.

„Ich bringe mich um, wenn du mich allein lässt!“, beschloss Melanie wie ein trotziges Kind und rollte sich wieder in Sofias Schoß zusammen.

Bitterkeit brannte in Sofia auf und fraß sich in ihre Worte. „Das wäre dann der sechste Versuch?“

„Siebte“, korrigierte Melanie und hielt Sofia ihren Arm entgegen.

Sofia konnte das Blut unter Melanies Haut pulsieren sehen, konnte spüren, wie die Flüssigkeit sich in den Zellen ausbreitete, sich austauschte und zirkulierte, um das unwillkommene Leben in Melanies Körper zu erhalten.

Sofias Magen krampfte, und ihr Mund wurde trocken. „Soll ich das für dich übernehmen? Ich mache das mit Sicherheit richtig!“ Sofia erschrak über ihre eigene Stimme. Die Stimme einer Fremden, einer gierigen, hungrigen Fremden.

Melanie sah ihre Schwester erstaunt an. Ihre Blicke trafen sich. Der eine verzweifelt und verloren, der andere wütend und vor Hunger brennend.

„Was ist mit dir passiert?“ Melanie setzte sich auf. Zum ersten Mal seit langer Zeit schien sie Interesse an einem Geschehnis außerhalb ihrer kleinen selbsterschaffenen Welt zu haben.

Sofia las Angst in ihrem Blick. Aber nicht Angst vor ihr, sondern Angst um sie. Liebe zu ihrer Schwester wallte in Sofia auf, und mischte sich mit dem Hunger in ihrem Inneren, um ihn zu verstärken. Einmal waren sie ein Fleisch gewesen, ein Blut, und ihr unsterblicher Körper wollte, dass es wieder so wurde. Sofia versuchte sich an ihrer Liebe festzuhalten, doch ihr Körper schrie nach Melanie, wollte sie sich einverleiben. Sofias Umwelt schien zu schrumpfen, bis nur noch Melanie existierte. Alles andere verschwand im Hintergrund, eine dumpfe Kakophonie an verwischten Eindrücken.

Es gelang Sofia, sich an ihrem Hass festzuhalten. Sie schob ihre Schwester von sich und stand auf.

Als sie an der Tür war, murmelte Melanie: „Vampir!“

Sofia verharrte reglos. Ihre Hand auf halbem Weg zur Klinke. Melanie stand auf und näherte sich ihr. Sofia konnte ihre Wärme und Menschlichkeit hinter sich fühlen.

„Ja!“, gestand sie und schloss die Augen. In Gedanken ging sie alle Möglichkeiten durch, die ihr blieben. Sie konnte ihre Schwester ebenfalls zu einem Vampir machen, sie konnte sie töten und alles hinter sich lassen, oder sie konnte jetzt einfach gehen.

Melanie legte ihr die Hand auf die Schulter und drehte Sofia zu sich um. Sofia öffnete die Augen und sah gerade noch, wie Mel den Kopf schüttelte. Ohne es zu beabsichtigen, hatte Sofia ihren Gedankengang laut ausgesprochen.

„Das dritte ist keine Möglichkeit!“, erklärte Melanie. Ihre Augen waren so klar wie selten. „Ich kann ohne dich nicht leben, Sofia. Ich kann es einfach nicht! Ohne dich bin ich unvollständig. Wenn du gehst, wird die Welt mit einem Schlag leer und leblos. Ich fühle nichts bis zu dem Moment, in dem du wieder da bist. Und ich kann nicht ewig leben, weil du nicht ewig bei mir sein kannst.

Selbst ein einziges Menschenleben ist eine Qual für mich. Ohne dich!“ Melanie hatte ausgesprochen, was Sofia schon lange gewusst, aber nie gesagt hatte. Tatsachen, nicht einfache Gefühle; etwas, was weit über Empfindungen hinausging.

Sofia sah ihre Schwester lange an.

„Sofia!“, flehte Melanie. „Ich bitte dich, tu es!“ Sie streckte Sofia ihren Unterarm entgegen. „Ich wünsche es mir!“

Sofia schluckte und versuchte das Blut ihrer Zwillingsschwester zu ignorieren, das nach ihr schrie. *Warum nur hast du das nicht schon vorher geahnt?* Eine kleine Stimme in Sofia weinte, weil sie es von Anfang an gewusst hatte und trotzdem zu ihrer Schwester gegangen war.

Schicksalsergeben beugte Sofia sich vor und legte ihren Mund auf Melanies Wunde. Sie zuckte nicht einmal zusammen, als Sofias Eckzähne länger wurden und sich sanft, aber bestimmt in den Schnitt bohrten.

Melanie schrie leise auf, als Sofia zu trinken begann. Aber es war ein Schrei der Erlösung, der Ekstase. So, als hätte sie seit einer Ewigkeit auf diesen Augenblick gewartet, nur für ihn gelebt.

Nicht ein einziges Mal versuchte Melanie um ihr Leben zu kämpfen. Dankbar hieß sie ihren Tod willkommen und gab nach, als ihre Schwester instinktiv in ihre Gedanken eindrang, um ihr Opfer beruhigend und sanft zu geleiten.

Für einen Augenblick fühlte Sofia Melanies Bewusstsein so deutlich wie ihr eigenes, konnte ihre Empfindungen und Gedanken sehen und fühlen, dann stürzte Melanies Geist in Dunkelheit.

Melanies mentaler Schrei um Halt ließ Sofias Bewusstsein erneut nach ihr greifen. Sie konnte spüren, wie Melanie für Sekunden mit ihr verschmolz, fühlte ihre Schwester sterben, doch gleichzeitig Melanies Bewusstsein in ihrem, Melanies Stimme in ihrem Kopf.

Melanies Blut in ihren Adern, Melanies Leben, Melanies Seele.

Zum ersten Mal fühlte Sofia Melanies Zufriedenheit und begriff, wie sehr ihre Schwester vorher gelitten hatte. Schlagartig erkannte sie, was vorgefallen war. Begriff die ewige Verbindung zwischen ihnen und empfand nur vage Trauer, als sie Melanies toten Körper zusammen mit dem Messer in der Badewanne platzierte und das warme Wasser aufdrehte.

Kapitel 3

Sofia ging durch die verlassenen Straßen der Nacht, huschte von Schatten zu Schatten, während der Schein der Straßenlaternen Lichtkleckse bildete, die den Raureif auf den Straßen weiß schimmern ließen. Die zerbrechliche Schönheit der kleinen Wasserkristalle hatte sich durch die einsetzende Nachtkälte auf den feuchten Straßen und Gehwegen gebildet und kündete vom nahen Winter, dem Stillstand des Lebens.

Die junge Frau lächelte über diese Metapher, weil sie sich in der nächtlichen Stadt wie ein Geist vorkam. Wie jemand, der tot sein sollte, es aber nicht war.

Sofia verharrte mitten in der Bewegung, als der Gedanke, der schon seit Minuten in ihrem Gehirn herumspukte, sich endlich in ihr Bewusstsein wagte: *Wohin bist du unterwegs?*

Ihr Körper und ein Teil ihres neuen Wesens sondierten die Umgebung. Die Straße des verschlafenen Vorortes war menschenleer, die Fenster der freundlichen Einfamilienhäuser dunkel. Genauso dunkel wie der sternenleere Nachthimmel.

Selbst die Geräusche der Autos auf der nahen Schnellstraße waren nur mehr eine leise Hintergrundmusik, die sich in die Klänge der Nacht einfügte und Sofias Ohren schmeichelte. Sie schloss die Augen und genoss für einen Augenblick das Gefühl der dunklen Harmonie, das Prickeln der kalten Luft auf ihrem Gesicht, bevor der Gedanke sich wieder anmeldete. Fordernd.

Er zwang sie dazu, sich endlich mit dem auseinanderzusetzen, was geschehen war. Spulte wie im Schnelldurchlauf alles ab: Unbewusst hatte sie den Weg eingeschlagen, den sie jeden Tag gegangen war. Die übliche Route von Melanies Wohnheim zu ihrem Zuhause.

Doch jetzt stand sie erstarrt auf dem Kopfsteinpflaster und wartete vor der Toreinfahrt, in der sie gestern Abend in die Falle gegangen war. Wieder konnte sie die Berührungen des Fremden auf ihrem Körper spüren, seine fordernden Finger, wie sie Knopf um Knopf ihrer Bluse gelöst hatten, um dann an über ihren Busen nach unten zu wandern. Sofia trat einen Schritt zurück. Es half nichts.

Sein Atem blies wieder in ihr Gesicht, sie spürte seine kühle Haut an ihrer, und nur die Erinnerung an die Welle der Leidenschaft brachte ihren Körper zum Zittern. Welche Macht hatte er über sie gehabt? Mit welchem Recht hatte er ihre wollüstigen Schreie getrunken, mit denen sie ihn eingeladen hatte, sich zu nehmen, was ihm nicht zustand?

Sie ballte ihre Hände zu Fäusten und betrat entschlossen die Dunkelheit der Einfahrt. Nichts. Es war einfach nur die Toreinfahrt zwischen zwei Häusern. Es gab keinen Hinweis darauf, was hier geschehen war. Oder ob es überhaupt hier geschehen war und nicht nur ihrer Fantasie entsprang.

Was hast du erwartet? Einen Hinweis auf einen Vampir? Ein wichtiges Indiz, welches dich direkt zu deinem Schöpfer bringt? Sofia schüttelte den Kopf, um die Gedanken zu vertreiben und die Enttäuschung, die sie überraschte und schockierte.

„Beep-Boop …“, klang es laut durch die Dunkelheit. Das plötzlich einsetzende Geräusch ließ Sofia beinahe in eine Mülltonne springen. „Beep-Boooop-Booop-Booop-BOOOOP …“, schallte es fröhlich weiter, bis Sofia endlich den Ursprung des Lärms in ihrer Tasche gefunden hatte.

Verwirrt betrachtete sie die Anzeige ihres Handys „Who Wants to Live Forever“, mit der es sie gutgelaunt daran erinnern wollte, dass es Zeit war aufzustehen. *So früh ist es schon? – So spät, meine ich.*

„Verdammtes Lied!“, murmelte Sofia und schaltete ihr Handy auf lautlos, während sie wieder aus der Einfahrt trat und ihren Weg fortsetzte.

Der Himmel zeugte nicht davon, dass ihre Uhr recht hatte, aber wieso sollte sie lügen? Schon bald würde die Sonne die Dunkelheit und den Reif vertreiben, und nichts außer Schatten und Feuchtigkeit würden zurückbleiben.

Anders als ihre Schwester war Sofia nie eine Nachteule gewesen, war um diese Jahreszeit dankbar für jede Minute Tageslicht, für jeden Sonnenstrahl. Und das sollte nun alles vorbei sein? *Für immer und ewig Vergangenheit?*

Dieser trübsinnige Gedanke warf neue Fragen auf: *Was willst du jetzt machen? Wie willst du deinen Schöpfer finden? Wie dich rächen? Ihn töten? Und dann?*

Für Sekunden dachte Sofia nach, doch dann übernahm ihre pragmatische Seite die Führung, und sie ordnete die Fragen nach ihrer Dringlichkeit: Immer ein Problem nach dem anderen. Und ganz oben stand: *Wo willst du schlafen?* Wenn die Mythen und Vampirlegenden recht hatten, würde direkte Sonneneinstrahlung sie vernichten. Wo also war sie vor der Sonne sicher? *In der Gruft.*

Hatte der Vampir sie deswegen dorthin gebracht? Damit sie einen sicheren Zufluchtsort hatte? Ein eiskaltes, dunkles Zuhause. Sofia schüttelte den Kopf. *Home Sweet Home!*

Auf keinen Fall würde sie zurück auf den Friedhof gehen. Genauso gut konnte sie sich eine rote Geschenkschleife mit der Aufschrift „Bite me" umbinden. Außerdem hatte EINE Sargerfahrung ihr vollkommen gereicht.

Mit Nachdruck, um sich selbst aufzumuntern, wiederholte sie ihren Schwur: „Ich werde dich finden … und töten!"

***

Obwohl Sofia sicher war, dass der Vampir sie tatsächlich für Melanie gehalten hatte und sie sicher nicht in der Wohnung ihrer toten Schwester Sofia vermuten würde, horchte Sofia beim Eintreten aufmerksam auf Geräusche.

Erst, als sie sich völlig sicher war, dass kein Vampir auf sie lauerte, zog sie die Vorhänge vor den Fenstern zu und betrachtete das Ergebnis. War sie durch ihre luftig-hellen Vorhänge genügend geschützt? Für Sekunden überlegte sie in den Keller zu gehen. Aber der Gedanke, stundenlang schutzlos den Spinnen ausgeliefert zu sein, gefiel ihr ebenso wenig wie die Idee, in die Hände eines Nachbars zu fallen. Eines freundlichen, hilfsbereiten Nachbarn, der sie dort wie tot vorfinden würde. *Wahrscheinlich würde er vor Schreck sterben!* Und sie wieder in einem Sarg landen. *Die Alltagsprobleme eines Vampirs!*

Konnte sie denn tatsächlich nicht mehr ans Tageslicht? Dann konnte sie ihr Studium vergessen! Und ihren Nebenjob! *Wie machten die anderen Vampire das bloß?* Sicher war nicht jeder Vampir reich genug, einfach nichts zu tun. Sicher konnte nicht jeder Vampir, nur weil er unsterblich war, in jeder Nacht sein wunderbares Leben – seinen Untod – genießen und gemütlich Blut schlürfen.

Die Erinnerung an Melanies Geschmack überfiel Sofia ohne Vorwarnung: Metallisch und genauso, wie sie Blut aus ihrer Kindheit in Erinnerung hatte. Aus einer Zeit, in der man kaum soziale Hemmungen hatte und seine frischen Wunden noch ableckte.

Doch dies war nicht einfach Blut gewesen, es war mehr, viel mehr. Ein Tabu, sympathetische Magie, die sie – einen Vampir – am Leben erhielt. Der Kloß in ihrem Hals ließ Sofia würgen. Sie zwang sich, sich wieder den vornehmlichstem Problem zu widmen: Würde sie überhaupt wie tot schlafen? Wobei schlafen in diesem Zusammenhang sicher das absolut falsche Wort war: *Werde ich tot sein? Wieder?* Frustriert setzte sie sich auf ihr Bett. *Sauerei! Endlich habe ich eine Wohnung mit einem herrlichen großen Balkon zur Südseite und jetzt das!*

Sofia griff nach der Flasche vor ihrem Bett und trank einen Schluck Volvic, um ihren brennenden Durst zu stillen. Dann erst fiel ihr ein, dass Vampire nur Blut tranken. Trotzdem schmeckte das Wasser und löschte den Durst. *Und gleich morgen probieren wir Tee!*

Missmutig starrte sie in den Spiegel, bis ihr auffiel, was sie an ihrem Anblick störte: Keine Ohrringe. Sofia nahm das Paar zur Hand, welches gerade auf ihrer Nachtkonsole lag, und ließ es augenblicklich fallen. Sie starrte auf ihre verbrannte Haut. *Silber!*

Erst dann fiel ihr auf, was sie wirklich gestört hatte. *Vampire haben gar kein Spiegelbild, oder?*

Weil sie – wir – angeblich keine Seele mehr hatten. Aber Sofia fühlte sich wie immer, dachte wie immer und sah aus wie immer. Ergo: Ich bin immer noch ich.

Nachdenklich trat sie an den Spiegel und öffnete ihren Mund. Nichts. Keine langen Eckzähne, kein spitzes Gebiss, nur normale, menschliche Zähne. Doch sie hatte die langen Zähne gehabt! Wo sind sie jetzt?

Bevor sie es sich anders überlegen konnte, biss Sofia sich mit ihren normalen menschlichen Zähnen auf die Unterlippe, bis sie blutete. „Aua! Verflucht!“, schimpfte sie. Der Schmerz war noch intensiver, als sie gedacht hatte. „Verflucht ...“, zischte sie, ihre Zunge gebremst von den beiden langen Eckzähnen.

Entgeistert starrte Sofia ihr Spiegelbild an. Blut!

Deutlich schmeckte sie wieder das Blut ihrer Schwester in ihrem Mund, seine Konsistenz, während sie trank, spürte, wie das Leben aus Melanie in ihren Körper floss, das kurze Verschmelzen ihrer Gedanken und Seelen, während Melanie starb und sie weiterlebte. Sie hatte keinen Herzschlag gehabt. In diesem Moment nicht. Sofia erinnerte sich an ihr Erlebnis auf der Straße. Auch dort war sie tot gewesen.

Und mein eigenes Blut macht mich an, wie abgefahren ist das denn?! Sofia schloss die Augen und konzentrierte sich. Schlag – Schlag – Schlag – – – Kein Herzschlag mehr. Trotzdem öffnete sie die Augen. Großartig! „Wahrscheinlich bin ich einfach nur zu dumm, um tot zu bleiben!“, murmelte sie, doch selbst ihr Zynismus konnte sie nicht aufheitern.

Zu bald schon würde der Anruf kommen, dass ihre Schwester tot sei: Ein Selbstmord in der Badewanne.

Sie würde – musste – wach sein für diesen Anruf. So viel schuldete sie ihrer Schwester! Sofia kämpfte ihr schlechtes Gewissen nieder. Der Tod war Melanies Wunsch gewesen, sie hatte es so gewollt.

Natürlich! Beinahe hätte Sofia gelacht, als ihr eine Idee kam. Sie schob ihr Bett an die Wand und drapierte einige Decken über die Seiten. Den Telefonhörer nahm sie von der Station und legte sich mit ihm in die nahezu vollkommene Dunkelheit unter ihrem Bett. Tot, aber trotzdem nicht lebensmüde!

Sie starrte in die Finsternis und versuchte krampfhaft an etwas anderes zu denken als an die Nacht mit dem Vampir oder an Melanies letzte Augenblicke, an den Geschmack des Blutes in ihrem Mund. Schließlich konnte sie nur noch mühsam ein Gähnen unterdrücken. Wurde sie müde, weil der Tag anbrach, oder weil sie schon lange wach war? Immerhin war sie gestorben, aus einem Sarg ausgebrochen, hatte ihre Schwester getötet und einige „Wie-bin-ich-ein-guter-Vampir-Experimente" angestellt. Nichts davon hatte gestern Abend auf ihrer To-Do-Liste gestanden.

Der erste Sonnenstrahl beantwortete Sofias Frage. Als er in ihr Zimmer fiel, konnte sie ihn durch die Dunkelheit hindurch spüren. Bleierne Müdigkeit überfiel die Vampirin und sie schloss ihre Augen. Der Gedanke an Melanie ließ sie sie wieder öffnen.

Außerdem: Was war mit der Beerdigung? Sie konnte unmöglich zulassen, dass nur Melanies Betreuer da waren!

Sofia streckte ihre rechte Hand Richtung Bettdecke, überlegte es sich aber anders. Sicherheitshalber konzentrierte sie sich auf ihr Herz: Schlag – Schlag – Schlag, sie konnte unmöglich tot sein und unmöglich verbrennen. Trotzdem dachte sie darüber nach, welchen Teil ihres Körpers sie für den Rest der Ewigkeit am ehesten entbehren konnte, falls es schief ging. *Dinge, die ich nicht wissen wollte, aber gezwungen war zu erfahren,* dachte sie, murmelte ein Stoßgebet gen Himmel und streckte langsam den abgespreizten kleinen Finger der linken Hand – d*er dir nie etwas getan hat, und der es nicht verdient, von einem Sonnenstrahl zu einem Brikett geröstet zu werden* – in die Sonne. Nichts geschah.

Erleichterung durchflutete Sofia, und sie robbte rücklings aus ihrem dunklen Versteck, hielt sich aber außerhalb der Sonneneinstrahlung. *Wenn ich jetzt zu Crispy Cross Sofia werde, bin ich echt sauer,* dachte sie und betrat das Sonnenlicht. Die Müdigkeit war schlagartig und lähmend. Es gelang ihr noch, sich in Richtung Bett zu drehen, bevor sie einschlief.

Kapitel 4

Edward näherte sich dem Gebäude und versuchte seine innere Stimme zu ignorieren. Selten genug kam es vor, dass er trotz seiner zweitausend Jahre sein

Gewissen bemerkte. Und gerade ein schlechtes konnte er sich nicht erlauben. Nicht hier und nicht jetzt.

Der Vampir betrat den steinernen Moloch und dachte wieder daran, wie sehr er das Gebäude verabscheute. Von außen sah es aus wie ein zeitloses Herrenhaus, grau und unwirtlich, und von innen war es nicht anders. Es war zu groß, zu leer und zu kalt. Die Königin hatte sich nie die Mühe gemacht, diesen Ort menschlich werden zu lassen. Es gab keine modernere Technik, keine Elektrizität, nicht einmal Toiletten – wozu auch, wenn niemand der Bewohner mehr menschliche Bedürfnisse hatte?

Trotzdem brodelte der Palast vor Leben. *Vor Tod*, korrigierte Edward sich. Er konnte die anderen spüren und ignorierte sie wie üblich. Die meisten von ihnen verachtete er ohnehin, weil sie ihr After-Life liebten.

Nein, er war keiner dieser Vampire, die dauernd lamentierten, aber er war auch niemand, der sein komplettes Leben geändert hatte. Er hatte immer noch dieselben Prioritäten und war stolz darauf. Jederzeit konnte er als Mensch durchgehen.

Die meisten anderen Vampire waren Ignoranten, die nichts von der Zeit wussten, in der sie lebten, nichts von den Menschen und nichts von den Vampiren. Sie wussten nicht einmal, wer Edward war, oder welches Amt er bekleidete. Und sie würden ihn erst erkennen, wenn es für sie zu spät war. Solange ignorierte Edward sie.

„Halt!" Die Stimme hinter ihm klang überheblich und schlecht gelaunt. Edward machte sich nicht einmal die Mühe, sich umzudrehen.

„Halt, habe ich gesagt!" Der Besitzer der Stimme bewegte sich so schnell es ihm seine vampirischen Fähigkeiten erlaubten – Edward sah ihn trotzdem – und versperrte ihm den Weg. „Wohin so eilig?"

Edward musterte den jungen Vampir. In den letzten zehn Jahren schien es einiges an Zuwachs gegeben zu haben, er kannte nicht einmal den Schöpfer seines Gegenübers. Der Jungspund hatte sich vor ihm aufgebaut und musterte ihn.

„Du bist nicht von hier, oder?" Die ersten Zweifel schienen in dem Frischling aufzukeimen, denn sein Blick wanderte hilfesuchend an Edward vorüber. Doch Edward wusste, dass niemand hinter ihm stand.

„Du hast mir Antwort zu geben, Neuling!", behauptete der Vampir, der wohl in seinen späten Vierzigern das Zeitliche gesegnet hatte. Edward schenkte ihm ein müdes Lächeln. Die meisten Menschen hatten mehr Verstand als Vampire und hielten Abstand zu Edward.

Mühelos drang er in den Geist des jungen Vampirs ein und benutzte ihn. „627 Tage, Jon! Kein gutes Alter, um mich herauszufordern!" Edward schob sein Gegenüber einfach zur Seite. Bevor der andere begriffen hatte, was geschehen war, war der Magistrat der Königin bereits um die Ecke verschwunden.

Hier bemerkte er die Anwesenheit eines Sterblichen in den Gemächern der Königin. Der jugendlich-frische Geruch des Mannes lag in der Luft, waberte in Schwaden von Blutversprechungen, Sex und Körpersäften durch den Flur und war beinahe sichtbar.

Ekel stieg in Edward auf. Obwohl er wusste – hören konnte – was hinter den Türen des Königinnengemachs vor sich ging, wünschte er sich, dieser Kelch würde an ihm vorübergehen.

***

Joel blickte auf, als Edward um die letzte Ecke bog. Er hatte den Magistraten gehört, seit er das Gebäude betreten hatte. Wie immer gab Edward sich keine Mühe, vampirisch leise zu sein oder seine Macht zu demonstrieren. Dabei war er pure Macht. Er war einzig der Hexe verpflichtet – und das nur aus einem Grund, der ihn auch heute hierher befahl.

Joel nickte, und es schmeichelte ihm, dass sich Edwards Gesichtsausdruck entspannte und das wilde, ungezähmte Funkeln in seinen braunen Augen Freude widerspiegelte.

Edward musterte Joel, der wie immer ganz in schwarz gekleidet war. Er hatte Joel nie in einer anderen Farbe gesehen und würde es wohl auch nie, denn Schwarz war die Farbe der Schatten. Joel als ihr Anführer spiegelte den dunklen Aspekt der Königin auf jeder Ebene wider. Alles an ihm war dunkel: seine Haare, seine Augen und sein Charakter. Für ein Wesen wie ihn war Schwarz erst erfunden worden. Selbst das Lächeln, mit dem er Edward gegrüßt hatte, war finster.

„Gut siehst du aus!“, meinte Edward.

Joel deutete eine spielerische Verbeugung an. „Von dir ist das Feststellen dieser Tatsache ein Höchstmaß an Freundlichkeit!“

Die beiden Männer musterten sich, und das Schweigen wurde prüfend.

„Was machen die Schatten?“, erkundigte Edward sich schließlich und begab sich auf ungefährliches Territorium.

„Das Übliche!“, entgegnete Joel und zuckte mit den Schultern. Erst durch diese einfache Geste konnte man erkennen, wie lang seine Haare waren, denn für einen kurzen Moment brachte das Licht sie zum Funkeln. Doch dann war der Eindruck verflogen, und Joel wirkte wieder wie die leibhaftige Finsternis, ohne einen Funken Licht und ohne Lebensfreude.

Seit zweihundert Jahren entgegnete Joel auf Edwards Frage dasselbe. Seit die Königin in einer einzigen Nacht all ihre Gegner von ihrer dunklen Leibwache hatte beseitigen lassen. Joel war einer der drei Männer, die wussten, dass keiner der Rebellen die Nacht überlebt hatte.

„Kann ich dir immer noch meinen Rücken anvertrauen?“, fragte Edward und in seiner Frage schwang dieselbe Frage mit, die er seit Jahrhunderten stellte.

„Kann ich dir immer noch meinen anvertrauen?“, antwortete Joel dem gemeinsamen Ritus entsprechend. Wieder musterten sich die beiden mit einer Mischung aus Respekt, Kalkül und Nachdenklichkeit, bevor Edward nickte.

„Ich werde dir immer meinen Rücken anvertrauen.“

Überrascht sah Joel sein Gegenüber an und verpasste beinahe die Chance, sich ihm in den Weg zu stellen, als Edward die Tür zum Raum der Königin öffnen wollte.

„Entschuldigung!“, bat Joel und deutete auf eine imaginäre Armbanduhr. Edward nickte, er war zu früh.

„Gibt es sonst etwas Neues?“, erkundigte der Magistrat sich bei Joel, um zumindest dem Mindestmaß an Höflichkeit zu entsprechen.

„Nichts, was wichtig wäre, mein Freund!“, entgegnete Joel. „Und bei dir?“

Edward schüttelte stumm den Kopf. *Welch tragisches Schicksal: Jahrhunderte alt und seit Jahrhunderten nichts Neues zu erzählen.* Wäre es nicht sein Leben, hätte er gelacht.

„Falls du nicht auf der Suche nach einer Frau bist, kann ich dir nichts Neues erzählen!“

Edward starrte sein Gegenüber ungläubig an. Sein Blick wanderte zu Joels Kette. Die tropfenförmigen Perlenanhänger schimmerten weiß und jungfräulich rein. Verwirrt sah er Joel an.

„Nicht ich, Xylos!“

„Ah, Xylos!“ Edward gab sich keine Mühe, die Abscheu aus seiner Stimme zu verbannen.

„Er hat mir vorhin ein Schmuckstück angeboten.“

„Und du hast abgelehnt?“ Edward hätte mit nichts anderem gerechnet. Eine Frau, die zuvor durch Xylos’ Hände gegangen war, war praktisch wertlos. Nicht unbedingt körperlich, aber auf jeden Fall geistig.

„Natürlich. Wer will schon eine Sklavin?!“ Joel machte eine Frage aus seiner Antwort.

Edward wusste nur zu gut, dass Joel niemandem traute und keinen Sinn in körperlichen Freuden sah, die auf Lügen basierten. Keine der Frauen, mit denen Joel das Bett geteilt hatte, hatte ihm etwas bedeutet. Nicht einmal so viel, um sie als Sklavin zu halten. Er war neben Edward der einzige Vampir, dessen Frauenkette stets leer war und es wahrscheinlich auf ewig bleiben würde.

„Jeder außer uns, mein Freund, jeder außer uns!“ Edward war erstaunt darüber, wie bitter das Lachen klang, mit dem er sich auf gefährliches Gesprächsgebiet wagte.

„Du glaubst nicht an die Liebe, oder?“, erkundigte sich Joel.

„Nein, du doch auch nicht."

„Ich hoffe, mein Freund, ich hoffe …"

Hoffnung– ein schönes Wort für einen Traum, den Narren einem versprechen!

„Nach zweitausend Jahren hört man damit auf!", versprach Edward und ignorierte den düsteren Blick, den einer seiner wenigen Freunde ihm zuwarf.

„Selbst die Königin hofft!", meinte Joel. Edward schauderte beim Klang der Worte. Er war sicher, dass Joel etwas anderes meinte, als er hineininterpretierte und vor seinem geistigen Auge sah: Die Szene, die sich hinter der Tür abspielte.

„Wenn das Hoffnung ist, mein Freund, möchte ich in diesem Leben lieber nie hoffen oder jemandes Hoffnung sein", lachte Edward. Es klang wie das Geräusch eines zufallenden Sargdeckels.

„Oh, ich weiß nicht, ich habe die Hoffnung auf wirklich guten Sex noch nicht aufgegeben!", kam eine Stimme von der Tür, die sich nahezu geräuschlos geöffnet hatte. Beim Klang der Stimme verschlechterte sich Edwards Laune schlagartig.

„Hoffnung und Betrug, Sex und Liebe sind aber verschiedene Dinge!", stellte Edward klar.

Xylos schnaubte höhnisch. „Sophistik für Anfänger von Mr. Gefühlskalt."

Edward drehte sich zu Xylos um. Er war der einzige Vampir, der in einem Raum mit der Königin sein und dabei selbstzufrieden wirken konnte. Der Einzige, dem Maeves Spiele gefielen.

Kurz glitt Edwards Aufmerksamkeit über ihn, nahm die wie immer vollständig gefüllte Kette wahr, die Portraits der Frauen, die für jeden gut sichtbar auf seinem nackten Oberkörper prangten. Xylos hatte keine besonderen Präferenzen. Nie. Wenn ihm eine Frau gefiel, war sie sein. So lange, bis ihm eine Neue gefiel.

„Oh, willst du eine von ihnen kaufen?", lachte Xylos, dem Edwards Aufmerksamkeit nicht entgangen war. „Ich will mich gerade von diesem Schmuckstück trennen." Er deutete herablassend auf eine Schönheit mit aristokratischen Gesichtszügen und tiefgründigen braunen Augen. Ihre Haut war makellos und nougatfarben, ebenso wie ihre Haare.

Edward hob eine Augenbraue. Es sah Xylos ähnlich, selbst aus seinen abgelegten Liebschaften Profit zu schlagen. Als hätten die Frauen nicht bereits genug gezahlt. Meistens hatten sie das sogar wortwörtlich, wenn man den Gerüchten um Xylos' neuesten Job Glauben schenken konnte.

„Seit ich arbeite, ist die Auswahl noch besser und exquisiter geworden", erklärte Xylos und ließ in einer jahrelang perfektionierten Übung seine makellosen weißen Zähne hinter seinen sinnlichen Lippen aufblitzen. „Und ich werde sogar dafür bezahlt." Er lachte, als amüsierte ihn die Dummheit der Frauen, die sich ihm anboten.

„Wenn der Preis stimmt, kannst du auch jede andere der Schönheiten erwerben“, pries Xylos seine Sklavinnen an und hob die Kette etwas hoch, um Edward einen besseren Blick auf die Frauen zu gestatten, die er gesammelt und in das magische Schmuckstück gesperrt hatte.

„Danke, kein Interesse!“ Edward blieb höflich. Xylos war der Liebling der Königin und ab und zu Geliebter der Hexe. Edward traute ihm nicht einmal so weit, wie er seine Asche werfen konnte.

„Hätte mich auch gewundert!“, schnaubte Xylos und warf Joel einen Blick zu. „Du immer noch nicht, oder?“

Joel schüttelte den Kopf, und wieder bewegten sich seine Haare. *Joel, der Dunkle mit seiner Hoffnung und Xylos, der Helle mit der finsteren Seele.* Edward unterdrückte eine abfällige Bemerkung.

Gleichgültig mit den Schultern zuckend verschwand Xylos wieder in den Gemächern der Königin. Da er die Tür offen gelassen hatte, folgte Edward der Einladung, bevor Joel wieder seinen Wachposten einnahm.

Seine Miene blieb unbewegt, als er den Raum betrat. Nicht nur, weil Xylos seine Reaktion beobachtete. Die Gerüche und Geräusche hatten ihn darauf vorbereitet, was er sehen würde.

Zwar war es lange her, seit er das letzte Mal die Gunst genossen hatte, die Königin bei einem intimen Akt zu sehen, doch manche Dinge brannten sich ins Gedächtnis ein.

Der Sterbliche thronte über Maeve. Nackt in der Kälte des kahlen Raumes, seine Knie und Unterschenkel vom Boden aufgeraut und blutig. Aber er ignorierte alles außer der sich unter ihm windenden Königin.

Edward wusste, was der Junge sah. Eine fleischgewordene Göttin, die ihren weißen Alabasterleib unter seinem wandte, die seinen Penis mit ihrer Enge umschloss und ihn immer wieder in sich empfing, und deren verlockende Seufzer wie Musik klangen.

Maeves Augen waren genießerisch geschlossen, doch sie empfing jeden der pumpenden Stöße des jungen Mannes mit einer Hingabe, die Edward überraschte und die beinahe ehrlich erschien.

Doch der junge Mann sah aus wie alle jungen Männer, die die Königin erwählte, um Körper und Lust zu ihrem Recht zu verhelfen. Eine Serienkillerin mit einem bestimmten Opfertypus: Makellose Jünglinge, kurz davor erwachsen zu werden, bei ihrem ersten Erlebnis mit einer Frau. Die goldenen Haare und die gebräunte Haut ließen den Mann fast aussehen wie Xylos.

Als Edward zum ersten Mal die Ähnlichkeit zwischen den sterblichen Opfern und dem Frauenhändler auffiel, hätte er beinahe laut gelacht. Wahrscheinlich war das einer der Gründe, warum die Königin ausgerechnet Xylos bevorzugte.

Ein lautes Stöhnen lenkte Edwards Aufmerksamkeit zurück auf den jungen Mann. Wahrscheinlich wähnte er sich im Paradies. Erwählt von einer Göttin, die ihm Unsterblichkeit versprach und den Himmel auf Erden. Maeves rote

Haare, die ihr bis zu den Hüften fielen, glitzerten wie geronnenes Blut auf der gebräunten Haut des Sterblichen, als sie die Stellung wechselte und sich auf ihn rollte.

Widerwillig musste Edward gestehen, dass der Anblick erotisch war, gab sich aber Mühe, sein Gesicht emotionslos zu halten.

Mit einem Keuchen nahm Maeve den Jungen tief in sich auf, bewegte sich im vollkommenen Einklang mit ihm. Edward konnte sehen, dass sie noch nicht gespeist hatte, und ihr Leib weiß war. Doch ihre Wangen hatten sich vor Lust verfärbt und ließen ihre makellose Haut strahlen, während sie auf ihren Höhepunkt zuritt.

Ihre sanft gerundeten Brüste wippten im Takt, während ihre rosigen Brustwarzen wie kleine Nippel keck nach oben standen und der Schwerkraft trotzten, als sie ihr Tempo erhöhte.

Der Junge versuchte die Kontrolle über ihren wilden Ritt zurückzuerlangen und Maeves Hüften mit seinen Händen ruhiger zu halten, doch die Königin schob sie weg. Sie ignorierte sein leises Stöhnen, als sie zu fest zugriff, um ihre Befriedigung auszukosten.

Erleichtert sank sie nach vorne.

Das Geräusch reißender Haut übertönte in Edwards Ohren selbst den überraschten Schmerzensschrei des Jungen. Maeve rollte von ihm herunter und blieb zitternd auf allen vieren neben ihm knien. Sie schien jeden Moment seines rhythmischen Ausblutens zu genießen, den Schmerz und das Begreifen in den Augen des Jünglings, der vor Sekunden noch sein ganzes Leben vor sich gehabt hatte. Sie sah zu, wie das Blut sich auf den Boden ergoss, einen Fleck bildete, der rasch anwuchs und schließlich ihre Hand erreichte.

Das Geräusch, das sie von sich gab, als seine Augen endlich brachen, schwang zwischen Triumph und Wahnsinn, bevor sie lachend auf dem Boden zusammensank und sich wie ein wildes Tier leckend und genießend in dem Blut suhlte.

Schließlich stoppten ihre abgehackten Bewegungen, und sie verharrte regungslos. Ihre Persönlichkeit schien zurückzukehren, sich um sie zu sammeln, bis sie sich erinnerte. Langsam schien Wissen in ihren Augen zurückzukehren und den Wahnsinn zu vertreiben.

Immer noch leicht benommen, trunken von dem Blut und dem berauschenden Sex, stand sie auf. Das Blut auf ihrer ansonsten makellosen Haut unterstrich das Weiß und betonte ihren Alabasterleib ebenso wie ihre Haare, die nahezu in einem identischen Farbton funkelten. Erst das Blut des Jungen schien sie zu vervollkommnen. Die heidnische Göttin der Todeslust.

Schon früh war den Menschen klar gewesen, dass Geburt und Tod, Lust und Vernichtung Hand in Hand gingen. Lilith war nur einer der vielen Namen der Göttin, die Maeve verkörperte. Ob sie so alt war wie die Legenden und Sagen um die großen Göttinnen der Liebe und des Todes vermochte Edward nicht zu schätzen, wusste aber, dass Maeve ihnen in nichts nachstand.

Mit einer Bewegung ihrer Hand bedeutete die Königin Xylos, die Leiche wegzuschaffen. Achtlos warf der Vampir sich die leere Hülle des Sterblichen über die Schulter, beachtete nicht, wie ähnlich der Tote ihm sah: Der eine tot, der andere ein Gott unter den Frauen. Anmutig trotz seiner Last verließ Xylos unter den Blicken der Königin den Raum. Erst dann wandte Maeve sich ihrem Gast zu.

„Du schon wieder?!“ Sie maß Edward von oben bis unten, bevor sie eine ihrer perfekten, rötlichen Augenbrauen hob. „Sind die zehn Jahre schon wieder um?“

Sie schlenderte betont gelangweilt um ihn herum, und Edward widerstand dem Drang, ihr mit dem Blick zu folgen. Ihre tänzelnden Schritte hatten schon viele Unsterbliche um den Verstand gebracht, ebenso der Schwung ihrer Hüfte, die Betonung ihres weiblichen Pos und ihre Leidenschaft.

Doch er roch den Sterblichen an ihr, aus jeder Pore ihres Körpers strömte sein Duft, seine Lust, seine Liebe und sein Tod. *Erbärmlich!* Er bedurfte keiner weiteren Erinnerung an den Einsatz in diesem Spiel.

„Die zehn Jahre sind in der Tat um!“, entgegnete er und ließ sie durch seine Betonung und seinen Blick wissen, dass der Ablauf der Frist der einzige Grund war, warum er sie aufsuchte.

„Die Umwandlung?“

„Bereits geschehen.“

„Ahhh!“ Ihre kleine rosige Zunge befeuchtete anmutig langsam ihre einladend glänzenden Lippen. Eine sinnliche Geste, die an ihn verschwendet war. Trotzdem lachte sie leise, als könne sie seinen Widerwillen spüren. Sie liebte es zu spielen – und dieses Spiel liebte sie besonders.

Darin stand sie ihrer Schwester in nichts nach.

„Hat meine Schwester die Sterbliche kontrolliert?“, erkundigte sie sich. Nur jemand, der sie so lange kannte wie Edward, konnte erkennen, dass sie besorgt war. Wie alle zehn Jahre für kurze Zeit.

„Sie ist dabei gewesen“, bestätigte Edward mit einem gleichmütigen Nicken.

„Ja!“, bestätigte auch die Stimme Mornas. Edward gab sich Mühe, seine Überraschung nicht zu zeigen. Die wenigsten Unsterblichen konnten ihn überraschen. Dass es der Hexe trotz seiner Wachsamkeit gelungen war, erstaunte ihn.

Morna kicherte leise. Objektiv ein vergnügtes, auf vielen Ebenen erfreutes Geräusch. Oder eine Herausforderung. Edward widerstand dem Drang, ihr den Hals umzudrehen. Aus dieser Phase war er entwachsen.

„Ach Edward, mein schöner, verärgerter Liebling!“, gurrte die Hexe beim Näherkommen. „Du bist immer noch böse auf mich?“ Sie machte eine Frage aus ihrer Feststellung und warf ihre langen roten Haare nach hinten. Sie waren ebenso seidig wie die ihrer Zwillingsschwester. Ihre hohen Wangenknochen und die leicht schräg stehenden grünen Augen betonten ein herzförmiges makelloses Gesicht und ließen Morna jung und unschuldig aussehen.

„Dabei könntest du alles haben!“, flüsterte sie, als verrate sie ihm ein verbotenes Geheimnis. „Immer noch, Edward … Immer noch …“ Sie ließ ihre Stimme effektvoll verklingen und schenkte ihm ein verlockendes Lächeln, das mehr als den Himmel versprach.

Stumm verfluchte Edward den Tag, an dem ihre Aufmerksamkeit auf ihn gefallen war. An dem letzten Tag, an dem er noch Hoffnung gehabt hatte.

Als Morna ihre Hand ausstreckte, um ihn zu berühren, bewegte er sich schnell. Nicht schnell genug, denn mit einer spielerischen Bewegung strich sie seinen bloßen Unterarm entlang und hatte ihre Finger in Sicherheit gebracht, bevor er sie wegschlagen konnte.

Dieses Mal klang ihr Lachen hochmütig und triumphierend.

„Ach, Edward! Es ist immer wieder eine Freude, dich bei mir zu haben!“, behauptete sie. „Du bist immer noch ebenso schön wie früher, wenn du wütend bist. Weißt du noch, damals …?“ Ihr Lachen entblößte ihre ebenmäßigen Zähne.

„Ich bin nicht wütend. Ich empfinde Ekel!“ Edward zwang ein Lächeln auf sein Gesicht. „Genau wie damals …“

Das Lachen auf Mornas Gesicht erlosch schlagartig, machte für Sekunden wütendem Hass Platz, um sich dann in Überheblichkeit zu verwandeln. „Lügner!“

Edward erwiderte ihren Blick ungerührt und wünschte sich, sie so verletzen zu können, wie sie es bei ihm getan hatte – und immer noch tat. Sie mochte eine Schönheit sein, mit dem Gesicht und dem Körper eines Engels, doch ihre Seele war die eines Dämons aus der untersten Hölle.

Und vielleicht hast du sie dazu gemacht, kamen ihm die Worte des Magnus wieder in den Sinn, und er war der Erste, der den Blick Richtung Tür abwandte.

Gerade, als Xylos den Raum wieder betrat. Er war so schnell gewesen, dass Edward annahm, er habe einen anderen Vampir mit der Entsorgung der Leiche betraut. Xylos hatte noch nie einen Hehl aus seiner besonderen Stellung gemacht.

Morna trat mit drei langen Schritten an Xylos heran und schmiegte sich in seine Arme, während ihr Blick weiterhin herausfordernd auf Edward ruhte. Xylos kommentierte ihre Geste mit einem sinnlichen Lächeln, obwohl er wusste, dass Edward der Favorit der Hexe war. Seit ihrer ersten Begegnung.

„Man sollte meinen, nach all den Jahrhunderten hättest du gelernt, dass deine Tricks bei mir nicht funktionieren“, murmelte Edward. Unbändiger Hass tobte in ihm, während er gezwungen war, freundlich zu sein und Morna nur mit Worten zu verletzen.

Ihr Lächeln wurde großzügig. „Oh, ich finde, sie funktionieren immer hervorragend.“ Mit einem langen Schlecken über seine Halsschlagader gab sie

Xylos frei und schlenderte – ein Sinnbild der Verführung – auf Edward zu. Äußerlich blieb er weiter gelassen, verfluchte innerlich aber den Tag, an dem er sie zu spät abgelehnt hatte.

„Die Sterbliche, so jung und doch so lebensüberdrüssig!", lachte Morna. „Ich habe sogar Melanie Walkers Krankenakte gelesen!" Sie umrundete Edward und blieb dann vor ihm stehen. „Hast du sie gelesen, Geliebter?" Sie lächelte zu ihm hoch. „Du hättest sie sicher nicht ausgesucht, wenn du das gewusst hättest!", behauptete sie und hauchte ihm einen Kuss gegen die Lippen.

„Weißt du, wie oft sie es bereits versucht hat? Armes kleines Mädchen!" Keck grinsend trat sie zurück.

„Na ja, spätestens in zehn Jahren werden wir es ihr abnehmen, nicht wahr?" Morna richtete ihre Frage an Xylos, der nickte.

„Guter Hund! Wuff, Wuff!", kommentierte Edward und fing sich einen spöttischen Blick von Morna und Maeve ein. Xylos' Blick hingegen versprach Revanche und beunruhigte Edward gegen seinen Willen.

„Bis dahin ist sie mein!", stellte Edward deswegen klar.

„Ja, ja!", bestätigte die Hexe scheinbar abgelenkt. Sie fuhr mit der Hand über Xylos' nackten Oberkörper und schien die Textur seiner Haut zu genießen. „Aber sie war ganz ansehnlich …", murmelte Morna.

„Wie ansehnlich?", erkundigte Xylos sich rachsüchtig.

„Sehr!" Die Hexe lächelte ihn an und warf einen schnellen Blick in Edwards Richtung. „Ich wollte, dass er sie fickt!" Ihre Hände wanderten nach unten. „Du hättest sehen sollen, wie er sie manipuliert hat!" Langsam glitten ihre Finger unter den Saum der Jeans und wanderten in Richtung Leibesmitte. „Dafür, dass unser Freund einen Widerwillen gegen Sex entwickelt hat, seit er Vampir ist, hat er sich mit der kleinen Maus wirklich abscheulich viel Zeit gelassen."

Mornas Finger öffneten langsam einen Knopf nach dem anderen. Die Wölbung in Xylos Hose zeigte, wie sehr ihn dieses Spielchen vor Edwards Augen anmachte. Maeve starrte die beiden wie gebannt an. Seit Xylos zurückgekehrt war, hatte er ihre volle Aufmerksamkeit.

„Und dafür, dass sie in der nassen Gosse kniete, schien es ihr ebenfalls zu gefallen." Die Hexe streifte langsam Xylos' Jeans nach unten bis zu seinen Knöcheln.

Es gelang der Königin, wieder einen klaren Kopf zu bekommen. „Das war nicht abgesprochen!"

Morna zog eine Schnute, die bei jeder anderen weiblichen Person niedlich gewirkt hätte. „Ich wollte nur sicher gehen, dass er es nicht verlernt!", behauptete sie. „Außerdem waren schon sein Widerwillen und sein Anblick den Aufwand wert!"

„Ach, dass du dadurch die Wut seiner Auserwählten auf ihn geschürt hast?" Edward war erstaunt darüber, wie logisch Maeve denken konnte, wenn sie für eine Weile ihren Wahnsinn zur Seite legte.

„Sie ist nur eine kleine unbedeutende Spielfigur", stellte Morna klar. „Den Fluch zu brechen hat nie geklappt und wird nie klappen!"

Kapitel 5

Sofia schreckte aus ihrem Traum auf. Ihr Herz raste, obwohl es eindeutig still stand, und auch der kalte Schweiß auf ihrer Stirn entsprang nur ihrer Fantasie. Angespannt versuchte sie sich jede Einzelheit ins Gedächtnis zurückzurufen, doch es klappte nicht. Jedes Mal, wenn Sofia sich konzentrierte, fühlte sie sich, als falle sie in ein tiefes schwarzes Loch.

Ich habe gar nicht gewusst, dass Vampire so intensive Träume haben, oder überhaupt träumen. Witzbold! Bis gestern hast du nicht einmal an Vampire geglaubt! Sie schloss die Augen und versuchte sich in den Traum zurückzuzwingen. Sie hockte auf allen vieren auf dem nassen Asphalt und bewegte sich nicht, obwohl ihre Jacke und die Bluse hochgerutscht waren und ihren unteren Rücken und ihren Bauch entblößten. Ihre Kapuze bedeckte ihre Haare, ihr Gesicht war dem Boden zugewandt, und wie betäubte wartete sie mit starren Augen auf ihr Schicksal.

Selbst wenn Sofia nicht begriffen hätte, dass sie es war, die dort auf der nassen Straße wartete, hätte sie Mitleid gehabt. Sie fühlte sich hilflos, ausgeliefert und entblößt bei dem Rückblick auf die Nacht, die sie zum Vampir gemacht hatte.

„Nimm sie dir!", verlangte eine weibliche Stimme. Sie klang gefährlich und irgendwie unberechenbar. Der Besitzer einer solchen Stimme brachte jemanden um und fragte eine Minute später, wie es dem Toten ging. „Lass sie wissen, was du tust – und wie! Fick sie!"

„Nein!" Es war die Stimme eines jüngeren Mannes.

Trotz seiner Weigerung konnte sie hören, wie er auf sie zukam. Und das Rascheln der Kleidung, welches bezeugte, dass er seinem Wort zum Trotz der weiblichen Stimme gehorchte. Sofia konnte ihr eigenes Gesicht sehen. Reglos und unbeteiligt.

Ihr eigener Wutschrei riss sie aus dem Traum. Der Vampir hatte sie benutzt wie ein Stück Fleisch. *Wie Vieh!*

Selbst der leidenschaftliche Sex gegen ihren Willen wäre besser gewesen. Sie schnellte zurück in ihre Erinnerung, in ihren Körper, mit dem sie den verführerischen, gesichtslosen Fremden aktiv und leidenschaftlich empfangen hatte.

Doch die Wahrheit war noch schrecklicher als die Erinnerung: Sie hatte nicht einmal etwas dabei empfunden, nichts, gar nichts. Und er auch nicht.

Sie krümmte sich zusammen und umschlang ihre Unterschenkel, um einen schützenden Kokon um sich zu bilden. *Warum? War es ein Spiel gewesen, genau wie die Inschrift? Ein Wettstreit?* Sofia spürte Tränen ihre Wangen hinablaufen und weinte sich zurück in den Schlaf.

Kapitel 6

Edward lauschte den Worten der Hexe, wie sie die Verführung der hilflosen Sterblichen beschrieb, so wie Morna sie erlebt hatte. Währenddessen erstarrten sein Gesicht und sein Körper langsam zu einer Maske hilfloser, heißkalter Wut.

Obwohl es nur eine Täuschung gewesen war, brachten Mornas ausführlichen Details ihn um den Verstand. Zum Glück hatte das vor Rachsucht geifernde Miststück ihn ob ihres scheinbaren Triumphes nicht durchschaut!

Ihn nicht und die perfekte Illusion nicht. Für sie war die Sterbliche in der Nacht in der Gasse kniend gefickt worden. Ein Stück Vieh, wehrlos und ausgeliefert und trotzdem vor Wonne schreiend.

Der Sterblichen hatte er wilden, hemmungslosen Sex suggeriert, ihre Erinnerungen so sehr manipuliert, wie er sich traute, ohne seinen Plan kaputt zu machen. Sie sollte an ihrer Rache festhalten. Ihre Rache war seine Erlösung!

Auf dem schmalen Grad, den er betreten hatte, hatte er die Lebensüberdrüssige so sanft behandelt, wie es ihm möglich war. Zum ersten Mal hatte er sich sein Opfer nicht selbst ausgesucht, zum ersten Mal nicht sein Gesicht gesehen. Es nicht einmal gewollt. Während des Blutaustausches hatte er darauf verzichtet, ihre Gedanken, Hoffnungen und Träume kennenzulernen und sich einfach an den Plan gehalten, den Magnus für ihn entworfen hatte.

Selbst als er ihr sein blutiges Handgelenk zum Trinken an den Mund gepresst hatte, hatte er die Lebensüberdrüssige nicht beachtet. Hatte nur die Stimme des Magnus gehört, seine Erklärungen und Hoffnungen.

Aber das Blut des Mädchens floss noch in ihm, der Geschmack ihres Lebens lauerte noch in seinem Mund, und irgendwie schien Edward auch ihre Unschuld, von der Magnus erzählt hatte, schmecken zu können.

Durch seine Illusion war dieser Teil der Sterblichen vor der Hexe verborgen geblieben, trotzdem fühlte er sich deswegen schuldig. Immerhin hatte die Frau genügend Respekt vor sich und vor ihrem Körper, um sich nicht dem erstbesten Kerl an den Hals zu schmeißen. Und durch seine Illusion hatte er ihr vielleicht ihre letzte Hoffnung, die auf eine rettende Liebe, genommen.

Edward schüttelte den bohrenden Gedanken ab. Wieso ging ihm dieses Weib nicht aus dem Kopf, obwohl er sie nicht gesehen hatte, obwohl sie ihn nicht einmal interessiert hatte? War es ihre körperliche Unschuld, die Magnus so nebenbei erwähnt hatte? Oder die Art und Weise, wie er selber die erotische Illusion gesponnen hatte?

Es konnte und musste ihm egal sein! Sein Ziel stand fest, er musste gewinnen!

Erst eine Bewegung im hinteren Halbschatten des großen Raumes lenkte Edwards Blick auf eine Gestalt, die er vorher nicht bemerkt hatte. Nur Magnus war in der Lage, so sehr mit der Welt zu verschmelzen, dass er eins mit dem Hintergrund wurde, für das Auge und die Sinne nicht wahrnehmbar. Doch jetzt war er aufgestanden.

Langsam kam der alte Vampir auf die kleine Gruppe zu, als fielen ihm selbst jetzt als Vampir die Bewegungen noch ebenso schwer wie zu dem Zeitpunkt, als er ein Sterblicher gewesen war.

Wie immer, wenn Edward ihn sah, erstaunte Magnus ihn. Von einer Sekunde zur anderen wurde aus einem attraktiven Mann, der im Leben etwa fünfzig Jahre alt gewesen sein musste, ein gebrechlicher alter Vampir, der eine Last zu tragen schien, die er nicht teilen wollte und die ihn lähmte.

Schon oft hatte Edward sich gefragt, wieso ein willensstarkes Geschöpf wie Magnus freiwillig den beiden Schwestern untertan war. Und von den beiden trotz seiner Stärke und Unabhängigkeit mit den wichtigsten Aufgaben betraut wurde. Was hatte er verbrochen, welche Geschichte zu erzählen?

„Edward!“ Magnus begrüßte den jüngeren Vampir mit einem Handschlag, der von erstaunlicher Kraft zeugte und der seiner Haltung widersprach.

„Hast du weise gewählt?“

Edward zuckte nonchalant mit den Schultern, nickte und beantwortete damit die eigentliche Frage: *Bist du mit meiner Wahl zufrieden? Ich weiß es nicht, glaube aber an dein Geschöpf.* Er vertraute Magnus und seiner Wahl, auch wenn er nicht verstand, wie jemals eine Lebensüberdrüssige nicht nur als Vampir bestehen, sondern auch noch den Fluch brechen sollte.

Trotzdem tat es ihm leid, dass er auf Magnus’ Anraten so tief gesunken war und zu solchen Mitteln griff. Er hatte die junge Frau allein und schutzlos unter dem Gelächter der Hexe in der Gasse zurückgelassen, wohl wissend, dass Magnus noch mehr plante und sich der jungen Vampirin annehmen würde.

„Sie hat bereits sechsmal versucht, sich umzubringen!“, betonte Edward.

„Sechsmal?“ Der Magnus zog eine Augenbraue hoch, als erstaunte ihn die Zahl. Edward fragte sich, ob er etwas falsch verstanden hatte, wusste aber, dass ihm keine Möglichkeit blieb, Magnus direkt zu fragen. Die Hexe und die Königin würden jeden Moment ihres Gespräches anwesend sein.

„Die Frau ist allein und verwirrt in einer Welt, die sie nicht versteht, und in der ihr niemand helfen wird.“ Der Magnus betonte seinen Satz als Feststellung, und es fiel Edward schwer, den Blick seines Freundes zu deuten.

Die Hexe gab ein prustendes Geräusch von sich, während die Königin den Magnus misstrauisch beäugte.

„Ist das gut oder schlecht?“, erkundigte sie sich schließlich.

„Schlecht für sie und gut für Edward, wenn die Frau stark ist.“

„Was sie ja nicht ist, sonst wäre sie keine Selbstmordkandidatin.“ Morna lächelte süffisant und zufrieden mit sich selbst, dass sie bei der Wahl der Kandidatinnen auf diesem Zusatz bestanden hatte.

„Wahrscheinlich endet sie innerhalb einer Woche als gebrannte Frau“, gab Xylos eine Doppeldeutigkeit zum Besten.

Magnus tat die Bemerkungen achselzuckend ab und sah Edward unverwandt an, als könne er seine Gedanken lesen.

„Du solltest sie kennenlernen“, meinte er schließlich unverbindlich.

„Er kennt sie doch bereits!“, warf die Königin ein.

„Näher!“

„Noch näher?“ Die Hexe und Xylos lachten.

Edward nickte nur. Magnus hatte einen Plan, und er hatte versprochen, ihn zu unterstützen.

„Denk an ihren Hass!“, mahnte Magnus.

„Denk an ihre Liebe!“, spöttelte Xylos und presste Morna an sich.

„Versprich mir, dass sie dich hassen wird!“, bat Magnus.

„Versprechen gegeben!“, meinte Edward mit einem Blick auf die Hexe. Frauen dazu zu bringen, ihn zu hassen, schien etwas zu sein, was er wirklich gut konnte.

Trotzdem schien Magnus noch nicht endgültig zufrieden zu sein. „Versprich mir, dass du nicht eingreifen wirst, egal, was geschieht.“

„Versprechen gegeben!“

Magnus nickte. Edward hatte noch nie ein Versprechen gebrochen.

„Auf welcher Seite bist du eigentlich?“, erkundigte die Königin sich, und ihr angespannter Blick wanderte zwischen Edward und Magnus hin und her.

„Ist das nicht offensichtlich, Schatz?“ Magnus strich Maeve mit einer zärtlichen Geste eine blutige Haarsträhne von der Wange. „Auf der Seite der Liebe.“

Für Sekunden schien sich die Königin unter der Liebkosung des Magnus zu winden, denn ihr Gesichtsausdruck wurde weicher, ihre stete Anspannung fiel von ihr ab, ebenso der grausame Ausdruck um ihren Mund. Doch als die Königin einen Schritt zurück machte, aus dem Griff des Magnus heraus, verflog der Eindruck so rasch, dass Edward sich nicht sicher war, ob er sich das Gesehene nur eingebildet hatte. Im Gesicht seines Freundes suchte er nach einer Bestätigung, fand jedoch zu seiner Erleichterung keine Spur, die seinen Verdacht bestätigte. Der Dialog zwischen Magnus und der Königin war kein Hinweis für Edward. Liebe im Plan des Magnus hätte Edward dazu gebracht, ihn zu verwerfen. Edward hatte noch nie an Liebe geglaubt – oder an das

Vertrauen, die Zuneigung zwischen zwei Menschen, die dafür notwendig war. An Hass und Wut glaubte er. Jetzt musste er nur noch die Frau dazu bringen, ihn zu töten. Eine Frau, die er nicht kannte und die ihm nichts bedeutete. Außer einem nagenden Schuldgefühl.

Das war der Plan, und der Plan war gut.

„Na, wie lange glaubst du, wird deine neue Hoffnungsträgerin durchhalten?", fragte Morna spöttisch.

„Solange sie muss!"

„Und wie lange wird das sein? Ein Jahr, zwei Jahre, zehn Jahre?" Die Hexe lachte, um ihm zu zeigen, was sie annahm. „Glaubst du, sie schafft in einem Jahr, was keine vor ihr vollbracht hat? Glaubst du, so lange verzichtet Melanie auf einen weiteren Selbstmordversuch?"

Edward wurde wütend. Er wusste nicht einmal wie die Frau aussah, geschweige denn, was sie empfand. Nur, dass er ärgerlich auf sich selbst war, weil er ihretwegen Gewissensbisse hatte.

„Ja!", entgegnete er deswegen.

„Ja?!" Morna lachte. „Dann steht der Deal?"

„Ja!", bestätigte Edward.

„Narr!", murmelte Morna, doch sie schien zufrieden mit sich zu sein, denn sie stolzierte aus dem Raum, bevor Edward einen Rückzieher machen konnte.

Magnus schüttelte den Kopf, als die Tür hinter der Hexe zufiel. „Wieso hast du sie herausgefordert?"

„Ich mag sie nicht." Edwards Stimme war leise. Er wusste, dass er sich wie ein Trotzkopf verhalten hatte.

„Oh, großartig, einfach großartig. Wieso bin ich nicht selbst auf diese geistreiche Antwort gekommen?", höhnte Magnus. „Du hättest es wissen müssen! Morna ist daran gewöhnt, zu bekommen, was sie will!"

„Ihr Problem, nicht meines!"

„Sie wird es zu deinem Problem machen."

„Hat sie doch schon!" Edwards bitterer Tonfall ließ Magnus verstummen. Beide wussten, dass nicht die letzte Provokation gemeint war.

Kapitel 7

Sofia konnte es körperlich spüren.

Schauder der Angst und des Unwohlseins jagten über ihren Rücken und ließen eine Gänsehaut entstehen. *Dass Sterbliche es nicht bemerken!* Sie schüttelte den Kopf, während sie weiterging und dem Mann durch das Gedränge der Menschen folgte.

Sie fühlte sich merkwürdig enttäuscht darüber, dass es so einfach gewesen war. Sofia hatte eine lange, weltweite Suche nach Vampiren eingeplant. Die Wahl war nur aus einem Grund auf London gefallen: Die Stadt gefiel ihr, seit sie bei einem Schüleraustausch zwei Wochen lang hier gelebt hatte.

Immer hatte sie sich gewünscht zurückzukehren. Sich den Tower noch einmal anzusehen, Pauls Cathedral und Camden Market. Traurig warf sie einen Blick nach rechts auf einen Straßenkünstler. Als sie letztes Mal in Covent Garden gewesen war, war Melanie bei ihr gewesen. Sie hatten zusammen gelacht und Spaß gehabt.

Das war genau drei Tage vor der Nacht gewesen, die ihr Leben für immer verändert hatte. Schlagartig war alles anders geworden. Sofia hatte sich solche Mühe gegeben und so sehr gekämpft, dass sie beinahe vergessen hatte, dass es auch einmal anders gewesen war. Vierzehn Jahre Glück, Liebe und Geborgenheit an der Seite ihres Großvaters verspielt bei einer verdammten Autofahrt. Und dann ihre Eltern … Sofia war schlagartig erwachsen geworden, Melanie krank.

Wut stieg in ihr auf, während sie den Rücken des Vampirs betrachtete. Sie hatte ihn sofort als das erkannt, was er war. Der Untote hatte nicht einmal bemerkt, dass sie ihm folgte. Hatte ihr nur einen achtlosen Blick geschenkt, so wie einer sterblichen Frau auch.

Mühelos folgte sie ihm über den Trafalgar Square Richtung Soho, ließ den Abstand gewollt weit, damit der Vampir keinen Verdacht schöpfte. Aber das tat er nicht, drehte sich nicht einmal zu ihr um, dabei konnte sie das gleichmäßige Klipp-Klapp ihrer Absätze deutlich auf dem Asphalt hören. Geräuschlos schien er vor ihr herzuschweben, während er sie tiefer in die engen Seitengassen führte.

Schließlich passierte er die Warteschlange eines Nachtclubs und klopfte an die Eingangstür. Sofia blieb auf der gegenüberliegenden Straßenseite stehen und versuchte den kurzen Wortwechsel mit dem Türsteher zu verstehen, der es dem Vampir erlaubte, den Club zu betreten. Nichts. Wahrscheinlich auch ein Vampir.

Sofia seufzte tief und setzte sich in Bewegung, an den Wartenden vorüber. Eine auffallend hübsche Frau verstellte ihr den Weg. Der Blick, mit dem die Schönheit Sofia maß und einschätzte, war überdeutlich. Ebenso das Ergebnis, zu dem sie kam: *völlig unbedeutend.*

„Du musst dich anstellen, wie der Rest von uns!“, behauptete sie.

Sofias Temperament übernahm die Kontrolle. „Nein!“, war alles, was sie sagte. Sie schob die Brünette zur Seite. Bevor die Ohrfeige ihr Gesicht erreichen konnte, fing sie die Hand der Frau in der Luft ab. Mühelos schob die Vampirin die Frau zurück in die Reihe.

„Wir warten schon seit Stunden auf Xylos!“, wagte eine andere Frau zu protestieren.

„Ich bin nicht wegen irgendeines Callboys hier!", versprach Sofia, die einige Gesprächsfetzen aufgefangen hatte und klopfte an die Tür.

Die Klappe wurde sofort geöffnet, und ein paar Augen sahen ihr entgegen. Sie gehörten dem Mann, der den Vampir in den Club gelassen hatte. Tatsächlich ein Untoter. *Warum müssen Vampire immer dem Klischee entsprechen und einen coolen Nachtclub führen?*

„Ja?" Er musterte Sofia ausgiebig. Ihm schien zu gefallen, was er sah.

„Darf ich rein, oder muss ich mir hier draußen den Arsch abfrieren?" Sofia war wütend und nicht in der Stimmung, charmant zu sein. Sie hatte insgeheim schon eine lange Wartezeit vor dem Club eingeplant.

Leises Lachen war die Antwort, und zu ihrer Überraschung wurde die Tür geöffnet.

„Zu Xylos geht es dort entlang!" Der riesige Türsteher erschien neben ihr und zeigte auf einen Gang, der nach links führte.

Sofia setzte zu einer scharfen Erwiderung an und drehte sich um. Als der Blick des Riesen in ihre Augen fiel, veränderte sein Gesichtsausdruck sich schlagartig.

„Nein!" Entsetzt schüttelte er den Kopf und versperrte Sofia den Weg in den Club.

„Ich kümmere mich darum!" Ein weiterer Vampir war unbemerkt hinter dem Türsteher erschienen und spähte über seine Schulter hinweg.

Wie machen die das bloß so leise und so schnell? Sofia konnte einen weiteren Mann erkennen, der sich aber so weit im Schatten hielt, dass sie ihn nur als Schemen wahrnehmen konnte.

***

Edward beobachtete, wie die junge Frau einen Blick in seine Richtung warf und ihn nicht sehen konnte. Die Schatten waren seine Tarnung. So würde sie nicht merken, wenn er demnächst immer wieder in ihrer Nähe auftauchte.

Leider war sie jünger, als er befürchtet hatte und wirkte unsicher und verwirrt. Aber offensichtlich hatte sie getan, was Magnus von ihr verlangt hatte: Ihre Schwester getötet.

Edward lief ein Schauder über den Rücken. Ein wahrhaft teuflischer Plan, kaltblütig und makaber. Ein Alptraum für diesen Traum von einer jungen Frau. Nachdenklich betrachtete er ihren hohen, schlanken Wuchs. In ihrer Jeans und der hellen Bluse wirkte sie sehr jung. Einige lange, widerspenstige Locken hatten sich aus ihrer blonden, prachtvollen Hochsteckfrisur gestohlen und lockten sich um ein ovales Gesicht, das vollkommene Proportionen aufwies. Ihre Züge waren zart und von klassischer Schönheit, die Lippen voll und sinnlich. Perfekt.

Sie war eine offene Herausforderung für jeden Vampir, der es gewohnt war, alle schönen Frauen haben zu können, die er wollte. Einmal oder für immer. Innerlich verfluchte Edward den Magnus. *Hätte er nicht eine hässliche Maus aussuchen können statt eines Engels?*

***

„Ganz wie Ihr wünscht, Sire!" Der riesige Vampirtürsteher entfernte sich wieder Richtung Tür.

Bevor Sofia begriff, was der blonde Vampir mit dem merkwürdig leeren Blick vorhatte, hatte er nach ihr gegriffen und sie zu sich gezogen. In einer engen Umarmung drückte er unsanft mit einer Hand ihren Mund auseinander und prüfte ihre Zähne.

„Du bist tatsächlich ein Vampir?" Seine Miene zeigte eine Mischung aus Verärgerung und Interesse.

„Lass mich los!", fauchte Sofia und erntete nur ein Lächeln. Der Junge, kaum so groß wie sie, verstärkte seinen Griff weiter und ließ seine Hand langsam von ihrem Mund über ihren Hals gleiten, während er versuchte, sein Opfer mit seinem Blick im Bann zu halten.

Sofia hatte genug.

***

Es ging so schnell, dass Edward nicht einmal sehen konnte, wie sie sich bewegte, und im nächsten Moment hatte sie Noctalyus gegen die Wand gepresst und hielt ihn mit ihrer Rechten am Hals, sodass seine Füße knapp über dem Boden hingen.

Der Vampir versuchte mit beiden Händen, ihren Griff zu lockern und strampelte mit den Füßen, doch der Engel bewegte sich nicht.

„Hat dir niemand Benehmen beigebracht? Ich behandele dich ja auch nicht wie ein Pferd und prüfe erst einmal deine Zähne!", fauchte sie.

Edward lächelte in der Dunkelheit. Widerwillig genoss er nicht nur die Schadenfreude, sondern auch den atemberaubenden Anblick, den sein Geschöpf bot: wütend und mächtig. Ihr Körper schien vor Kraft zu strotzen, und auch, wenn sie selbst von ihrer Geschwindigkeit und Stärke überrascht zu sein schien, fixierte sie Noctalyus, der keinen Ton hervorbrachte.

Doch trotz ihrer Konzentration und ihrer Fähigkeiten schien sie die aufgebrachten Stimmen nicht zu hören, die näher kamen und ihn in Alarmbereitschaft versetzten. Die Vampire im Club warteten nur darauf, dass die junge Frau die Regeln der Gastfreundschaft brach.

Der kalte Hass in Noctalyus Augen ließ einen heißen Schauder der Vorahnung über Edwards Rücken laufen. Er brach mit seiner Rolle als

Neuling und trat aus den Schatten, bevor er sich an das Versprechen erinnerte, das er dem Magnus gegeben hatte.

Ohne dass sie seine Bewegung bemerkte, trat er hinter den blonden Engel und legte ihr seine Hand auf die Schulter. Sanft ließ er die junge Vampirin seine wohlgenährte Wärme spüren und verwandelte die Aufforderung loszulassen in eine Bitte.

***

Sofia zuckte zusammen, die Berührung elektrisierte sie. Die Hitze und der sanfte Druck setzten einen süßen Adrenalinstoß in ihr frei, der sich in ihrem ganzen Körper ausbreitete.

Widerwillig ließ sie ihr Gegenüber los. Langsam, um den Vampir, der sich in ihren Rücken geschlichen hatte, nicht zu beunruhigen, drehte sie sich um – und musste nach oben blicken.

Obwohl der dunkelhaarige Hüne beim ersten Anzeichen eines Einlenkens seine Hand von ihrer Schulter genommen hatte, und das Ganze nicht mehr als eine unpersönliche Geste gewesen war, begann Sofias Haut an der Stelle zu prickeln, als habe die kurze Berührung sie versengt.

Er schien ihre Reaktion zu spüren, denn ein Lächeln lockerte seine harten, wie in Marmor gemeißelten Züge auf und ließ ihn wie einen finsteren, unergründlichen Erzengel wirken.

Es verschlug ihr den Atem, als ihr Blick auf das schimmernde Braun in seinen Augen traf. Der Vampir wirkte interessiert und amüsiert, voller unverhohlener Bewunderung für ihren Körper.

Plötzlich stürzte der blonde Vampir nach vorne. Sofia schnellte zur Seite, doch sie war nicht flink genug, zu sehr war sie von dem Anblick des atemberaubenden Hünen gefangen gewesen. Sie wurde von den Füßen gerissen, noch bevor sie zu einer Abwehrbewegung ansetzen konnte. Zu Edwards Verblüffung gelang es ihr, sich rechtzeitig abzurollen und sogar noch Noctalyus mit seinem eigenen Schwung gegen die nächste Wand zu schleudern.

Blutend und ohnmächtig blieb der blonde Vampir liegen. Die näher kommenden Stimmen der Vampire verstummten und zogen sich zurück. Noctalyus hatte die Regeln zuerst gebrochen.

„Ist er tot?“ Sofias Frage klang kleinlaut, ihre Stimme trotzdem melodisch. Edward betrachtete sie fasziniert. Für eine Frau, die ihr Leben frühzeitig beenden wollte, kämpfte sie ungewöhnlich verbissen.

„Nein. Aber wenn du einen Rat haben willst: Das solltest du jetzt nachholen!“

Sofia starrte ihr Gegenüber an, sein göttliches Gesicht war kalt und gefasst. Er maß den anderen Vampir mit Verachtung. Erst als der Erzengel ihr seine

Hand entgegenstreckte, fiel ihr auf, dass sie immer noch auf dem Boden hockte.

Sofia starrte die ausgestreckte Hand an und wusste instinktiv, dass es gefährlich war, diesen Mann zu berühren, konnte der Versuchung aber nicht widerstehen. Während er ihr auf die Beine half, spürte sie wieder seine Kraft, die er ihr schon beim Handauflegen sanft demonstriert hatte. Kam der neuerliche Adrenalinstoß von ihrer verwirrten Angst oder von der rätselhaften Anziehungskraft, die der Fremde auf sie ausübte?

Anstatt sie sofort loszulassen, als sie sicher stand, zog der Hüne sie noch näher zu sich heran, und die sonderbare Glut in seinen dunklen Augen jagte ihr einen Schauer über den Rücken.

Sofia versuchte ihren Blick zu lösen, doch statt ihrem Verstand zu gehorchen, registrierte sie seinen sinnlichen Mund. Lippen, die ihren Namen flüstern sollten, während sie sich küssten.

Bei der Veränderung ihres Ausdrucks lachte ihr Gegenüber. Ein geheimnisvolles, sinnliches Schnurren. Sie spürte, wie ihre Brustwarzen hart wurden. *Gott im Himmel, der ist gefährlich!*

Sofia trat einen Schritt zurück. Es gelang ihr trotzdem nicht, den Blickkontakt abzubrechen.

Edward genoss den verwirrten Ausdruck im Gesicht seines wunderschönen Geschöpfes. Er ertrank fast in ihren klaren blauen Augen und fühlte sich, als falle er kopfüber in ein Labyrinth, in eine Falle; so tief und voller faszinierender Schönheit, wie er sie noch nie gesehen hatte. Sein Blick wurde unwiderstehlich angezogen von einem Mund, der perfekt geformt war, und von Lippen in dem zartesten Rosa, das er je gesehen hatte.

Er zog sich ein wenig von ihr zurück und war innerlich erschrocken darüber, wie tief er bereits in sie versunken war. Er schüttelte die Verzauberung ab, dann warf er der Ursache dieser Magie einen bösen Blick zu. „Was, zum Teufel, denkst du dir eigentlich?“

Sein scharfer Tonfall erschreckte ihn ebenso wie die unvorhergesehene Leidenschaft, die ihn überfallen hatte, seit er sein Geschöpf, sein Opfer zum ersten Mal gesehen hatte.

Das Mädchen sah ihn verwirrt an. Und Edward verfluchte sich innerlich. Was dachte er sich eigentlich? Dass sie schön war? Liebreizend? Wieso zum Teufel hatte er eingegriffen? Wieso seiner plötzlichen Sorge um sie nachgegeben?

Ärgerlich schob er seine Handlung und die unerklärliche Faszination auf sein schlechtes Gewissen. Er war schlicht und ergreifend nicht darauf vorbereitet gewesen, dass sie jung war. Und hübsch. Und leidenschaftlich. Willensstark und ungezähmt. Vor unterdrücktem Zorn und Frustration hätte er am liebsten laut geschrieen.

„Wobei?“, fragte sie und riss ihn aus seinen Gedanken.

„Wie – wobei?“

„Du hast gefragt, was zum Teufel ich mir eigentlich denke, und ich fragte: Wobei? Zu existieren, hier zu erscheinen, jemanden zur Hölle zu schicken, der in meinem Mund rumfummelt? Was genau meinst du?"

Was zum Teufel denkst du dir eigentlich dabei, mich dazu zu bringen, mein Versprechen zu brechen?!, war die korrekte Antwort, die Edward ihr auf gar keinen Fall geben würde. Schlimm genug, dass er sich immer noch – trotz besseren Wissens – für die Kleine interessierte.

„Alles davon, nehme ich an", meinte er mit einem Seitenblick auf Noctalyus, der sich langsam wieder zu regen begann.

„Nimmst du an?!" Sofia maß den Hünen mit einem gewollt abschätzenden Blick, obwohl es ihr schwerfiel. Seinem Aussehen und Auftreten nach zu urteilen, schien ihr Gegenüber in einem früheren Leben ein erfolgreicher und begehrter Kriegsgott gewesen zu sein.

„Und wer bist du? Mr. Annehmer?!"

Jetzt wäre der Zeitpunkt, sein Versprechen aufrechtzuerhalten. Doch der Zeitpunkt verstrich. „Edward!"

„Edward und weiter …?"

„Einfach nur Edward." Er verzog einen Mundwinkel zu einem trägen Lächeln, das die meisten anderen Vampire davon abhielt, ihn weiter zu provozieren. Bei seinem Geschöpf biss er auf Granit.

„Hör zu, einfach nur Edward. Es geht dich nichts an, wie ich ein Vampir geworden bin oder warum. Es geht dich nichts an, was ich vorher gemacht habe oder jetzt tue, und es geht dich nichts an, warum ich hier bin. Und jetzt sei so gut und geh mir aus dem Weg, ja?"

Edward starrte sie fasziniert an. *Sie ist großartig!*

„Aber mich geht es sehr wohl etwas an!", unterbrach die Stimme Noctalyus. Der Blonde stand auf und gab sich keine Mühe, seine Wut zu verbergen.

„Tatsächlich?" Sofia klang nicht überzeugt.

„Es ist mein Club, und damit befindest du dich auf meinem Grund und Boden." Ihr Angreifer klopfte sich seine Kleidung sauber und glatt.

„Nett hier!" Spöttisch verzog Sofia eine Augenbraue, was ihr das Aussehen eines verärgerten Engels verlieh.

„Also, lass mich die Frage genauer formulieren: Wer bist du und was führt dich her?"

Sofia öffnete den Mund, um ihren Namen zu nennen, überlegte es sich anders und antwortete: „Melanie und die Suche nach meinem Schöpfer!", sagte sie schließlich.

Noctalyus lächelte höhnisch. „Den wirst du hier nicht finden, Kind!" Sofia zuckte innerlich zusammen, als ihr Gegenüber sie auf ihre Stellung hinwies. „Niemand in meinen bescheidenen Hallen ist alt genug, um einen neuen Vampir erschaffen zu dürfen."

Sofia warf einen Blick Richtung Edward. *Wie alt müssen die denn werden, um Schöpfer spielen zu dürfen?*

„Aber ich bin nicht nachtragend, ich habe mich hinreißen lassen …“ Das Gesicht des Blonden drückte Redlichkeit aus, doch in seiner Stimme lauerte etwas, was Edward beinahe dazu gebracht hätte, sich schützend vor sein Geschöpf zu stellen.

„Wenn du möchtest, führe ich dich herum!“ Noctalyus bot dem Engel seinen Arm an. Sein Blick war triumphierend, als Sofia zögernd vortrat und ihn annahm.

Kapitel 8

Sofia öffnete die Tür zu dem Raum, den Noctalyus ihr gezeigt hatte. Wenn sie ihm trauen durfte, wartete hier der einzige Vampir Londons, der alt genug war, um ihr weiterhelfen zu können.

Das grelle Neonlicht blendete sie und verwandelte die Welt in ein scharfes Zerrbild aus Hell und Dunkel. Der Vampir, die Lässigkeit in Person, fläzte sich auf einem Bett, dessen Größe allein Aufschluss über seine Hobbys gab. Die Hose war das erste, was Sofia auffiel.

„Oh, bitte!“ Sie schüttelte den Kopf. „Nicht noch so ein Klischee.“

Erstaunt blickte der Vampir auf, und Sofia sah in die hellsten Augen, die sie je gesehen hatte.

„Welches Klischee?“ Xylos Stimme klang irritiert.

Sofia zeigte auf die Hose. „Eine schwarze Lackhose. Stereotyper geht es ja wohl kaum!“

Xylos sah an sich herab, als sei Sofia die erste Frau, die seine Hose bemerkte, wenn er halbnackt auf einem Bett vor ihr lag.

„Sie lässt sich aber leicht abwaschen.“ Anzüglich lächelnd erhob sich der Vampir von seinem Bett und bot Sofia einen ausgezeichneten Blick auf die volle Länge der Hose.

„Uh! So genau wollte ich das gar nicht wissen.“

Xylos lachte bei dem peinlich berührten Klang ihrer Stimme. Es war ein sehr sinnliches Lachen, das sie umschmeichelte wie flüssiger Honig. *Großer Gott, wo haben die den denn her?*

Der Vampir löste sich endgültig von seinem Bett und schlenderte mit einem verträumten Gesichtsausdruck auf sie zu. Selbst der einfache Akt des Gehens wirkte bei ihm verführerisch. Ebenso seine Muskeln, die sich rhythmisch bewegten und seine faszinierende Haut, die in einem himmlischen Goldton schimmerte. Nichts an seinem Körper schien einen Makel zu haben, er war perfekt proportioniert und wirkte trotzdem wie ein süßer Sunnyboy. Er konnte kaum älter als fünfundzwanzig gewesen sein, als er Vampir wurde, denn seine Gesichtszüge waren weich, vertrauensvoll, während ein gefährliches Feuer in seinen Augen brannte. *Wahrscheinlich ist es dieser Gegensatz, auf den die meisten Frauen abfahren,* dachte Sofia. Edward hatte – wenn man nicht hinsah – in Großbuchstaben „Gefahr“ auf der Stirn stehen, während bei Xylos auf den ersten Blick nur „Harmlos“ stand.

Es waren einzig seine Augen, die Sofia erschreckten – wie ein Gewässer ohne Boden – und die sie dazu zwangen, den Blickkontakt abzubrechen.

Für Sekunden fühlte ihr Kopf sich unsagbar leer an, und sie musste sich konzentrieren, um sich dem Vampir nicht darzubieten.

„Noctalyus hat wirklich einen guten Geschmack. Wenn er es war, der dich aus der Warteschlange gefischt hat.“

„Ich habe mich selber gefischt“, meinte Sofia abwesend und starrte die Kette an, die der Vampir trug. Sie versuchte sich zu erinnern. Hatte nicht auch Noctalyus solch eine Kette getragen?

„Gefällt sie dir?“ Xylos ließ einen einzelnen Anhänger durch seine langen Finger gleiten und lenkte Sofias Aufmerksamkeit dadurch auf die Tatsache, dass die anderen vier perlenförmigen Anhänger das Abbild verschiedener Frauen zeigten.

Kaum hatte der Vampir den Anhänger freigegeben, schmiegte er sich wie eine flüssige Perle zurück an seine Haut.

„Nein. Wieso sollte jemand vier Frauenportraits mit sich herumtragen?“, meinte Sofia ehrlich.

„Weil ich sie liebe.“

„Nee, ist schon klar! Alle vier!“ Sofia musste sich keine Mühe geben, ihre Stimme sarkastisch klingen zu lassen.

„Aber du bist wegen etwas anderem hier, nicht wahr?“ Xylos Tonlage wurde ein gekonntes Flüstern, seine Worte ein Schmeicheln gegen ihre Haut. Er war ihr eindeutig zu nahe.

„Ja, bin ich!“, gab sie zu. Für den Bruchteil einer Sekunde las sie herablassende Verachtung in seinem Blick, dann wieder seine liebevolle Sanftmut, mit der er sie verführen wollte. *Oh Gott, er ist der Callboy!* Bevor sie dazu kam, seinen Verdacht klarzustellen, sagte er: „1.000 Euro.“

„1.000 Euro?“ Beinahe hätte Sofia gelacht. „Weißt du, wie lange ich dafür arbeiten muss?“

„Nein“, antwortete der Vampir und in diesem Nein schwang ein „Interessiert mich auch nicht“ mit.

„Einhundert Stunden!“, sagte sie trotzdem. Und fügte noch hinzu, als sein anzügliches Grinsen in die Breite wuchs: „Deswegen kein Interesse.“

Er musterte sie abschätzend. „Wenn das der einzige Grund ist: 500 Euro.“

„Du hast ja eine wahnsinnige Inflation“, lachte Sofia, die die Situation angesichts seines Gesichtsausdrucks genoss. „Wenn ich noch fünf Minuten warte, bekomme ich Geld, nicht du.“

Xylos blinzelte und starrte Sofia an, sah weg und sah sie wieder an. So, als könne er nicht fassen, was geschah.

Dann kehrte er zu seinem Standardtext zurück: „Es lohnt sich, Mädchen! Glaube mir, ich bin gut, der Beste, den du je gehabt hast – und je haben wirst.“

Sofia grinste. Irgendwie war er süß in seiner Hilflosigkeit.

Nur mühsam widerstand Xylos der Versuchung, den Preis noch weiter zu senken. Dass sich die hübsche Blondine so deutlich uninteressiert an ihm und seinem Körper zeigte, machte sie so reizvoll wie schon lange keine Frau mehr. Er schob sich langsam und unmerklich so in Position, dass sie unmöglich vor ihm die Tür erreichen konnte.

„Das, mein Lieber, kann jeder behaupten!“ Ihr Lachen provozierte ihn, sein Spiel weiterzuspielen.

„Lass es auf einen Vergleich ankommen!“, lockte er.

Obwohl Sofia Xylos’ Atem auf ihrem Gesicht spüren konnte, was ihr wie eine Invasion in ihre Privatsphäre vorkam, musterte sie den Callboy. Er war sich seiner Sache ekelhaft sicher, glaubte, er könne sie ebenso besitzen wie die Frauen, die draußen auf ihn warteten.

„Ich habe keine Vergleichspalette. Nicht jeder ist so leicht zu haben wie du!“, konterte Sofia deswegen mit einer Spur Bosheit und vergaß, auf ihr eigentliches Anliegen zurückzukommen.

Xylos starrte sie an, und Sofia begriff, dass ihre Worte exakt das Schlechteste gewesen waren, was sie hatte sagen können. Der Glanz in seinen Augen spiegelte seine plötzlich angefachte Gier. „300.“

„Nicht mal, wenn du was draufzahlst, Schätzchen! Kennst du die Visawerbung?“ Sofia fühlte sich unter dem sexuell aufgeladenen Blick unwohl und war froh, dass sie ihr Gegenüber mit ihrer Bemerkung aus dem Konzept brachte.

„Visa?“, hakte Xylos nach.

„Sie meint damit, sie ist unbezahlbar!“, unterbrach Edwards Stimme das Gespräch. Sofia als auch Xylos fuhren überrascht herum, sie hatten ihn nicht kommen hören.

Edward nickte entschuldigend, obwohl ihm nicht nach einer Entschuldigung war. Gleich nachdem Noctalyus ohne Sofia zurückgekehrt war, hatte Edward sich entschlossen einzugreifen. Es gab kaum eine subtilere und boshaftere Rache, als Xylos eine Frau zuzuführen. Sei es eine Sterbliche oder eine Unsterbliche.

„Noctalyus sagt, ich solle dich zur Tür bringen, damit dir genügend Zeit bleibt, dich für die Party morgen Nacht vorzubereiten und dich neu einzukleiden“, log Edward und verfluchte sich in derselben Sekunde, in der er es ausgesprochen hatte. Jetzt hatte er das lebensmüde Mädchen, den rachsüchtigen Noctalyus und den interessierten Xylos wahrscheinlich noch eine weitere Nacht am Hals.

Sofia blinzelte und sah an sich herab. Xylos Blick – und, wie Edward verärgert feststellte, auch sein eigener – folgten ihr. Edward riss sich von Sofias Anblick los und sah an Xylos verwirrtem und gierigem Blick, dass der Callboy immer noch nicht begriffen hatte, wen er vor sich hatte. *Ist auch besser so*, dachte Edward. Er wunderte sich über die grenzenlose Erleichterung, die er empfand, als Xylos sich umdrehte und durch eine Handbewegung zu verstehen gab, sich wieder seiner Verlustierung in Form der nächsten Sterblichen widmen zu wollen.

Edward wartete, dass die Vampirin den Raum verließ, bevor er ihr folgte und die Tür zu Xylos' Raum schloss. *Weswegen stört es dich, dass das Mädchen mit Xylos spricht? Xylos kennt die Regeln.* Verärgert beobachtete er ihren wiegenden Gang, die mäandernde Linie ihres Körpers, der sich anmutig vor ihm bewegte in einer zeitlosen Bewegung, die den Männern stets zur Versuchung wurde.

Du willst sie in deinem Bett! Die Erkenntnis traf ihn wie ein Schlag. Sie schmerzte und nahm ihm den Atem. Sein ganzer Körper war in Aufruhr.

Wütend, als sei es Sofias Schuld, überholte er sie und blieb stehen. Durch seine Nähe zwang er sie dazu, den Kopf in den Nacken zu legen, um seinen Blick festzuhalten.

„Es wäre besser, wenn du morgen Nacht nicht herkommst!", behauptete er.

„Was passiert morgen Nacht?" Sofia gab sich Mühe, ebenso leise zu reden.

„Es werden einige der älteren Vampire hier sein."

„Dann werde ich das auch!", beschloss Sofia und wollte an Edward vorbei Richtung Ausgang gehen. Verärgert über die Leichtigkeit, mit der sie seine Warnung abtat, vertrat er dem Engel den Weg und blieb so nahe vor ihr stehen, dass sein Körper den ihren streifte. *Du wirst gehorchen und nicht herkommen*, befahl er seinem Geschöpf und sah sie eindringlich an.

Sofia weigerte sich, auch nur einen Zentimeter zurückzuweichen. Ihretwegen konnte Edward sich auf ihre Füße stellen, ohne dass sie zurückweichen würde. Sie hatte das Gefühl, dass verlorener Boden nichts war, was man von ihm zurückbekäme.

„Geh mir aus dem Weg!", forderte sie. Schon vor Jahren hatte sie gelernt, dass man Hilflosigkeit überspielen und Tränen verhindern konnte, wenn man Widerstand aufbrachte. Manchmal war Zorn der einzige Schutz, den man hatte.

Edward blinzelte überrascht über Sofias Gegenwehr. Sie schien nicht einmal bemerkt zu haben, dass er versuchte, sie geistig zu beeinflussen. Er musste direkter werden.

„Das werde ich!", versprach Edward und beugte sich langsam zu ihr. „Gleich!" Sein Atem strich über ihr Gesicht und die Tatsache, dass er sie nicht küsste, sondern Millimeter vor ihren Lippen innehielt, sie seine Wärme, sein

Verlangen spüren ließ, ohne etwas zu fordern, brachte ihren Atem mit einem leichten Keuchen zum Stocken. Ein vollkommen weiblicher Laut. Sie verfluchte sich im Stillen dafür. *Keuche einfach, warum nicht?,* schalt sie sich. Es trennten sie nur wenige gefährliche Zentimeter vor dem vollen Körperkontakt, während seine Hände in der Luft an ihrem Körper nach unten glitten, ohne ihn oder den Stoff ihrer Kleidung zu berühren. Trotzdem konnte sie seine wohlgenährte Wärme spüren und fühlte sich, als setze er ihre Haut in Brand, spürte, wie Elektrizität durch ihren Körper schoss, wo immer seine Finger verweilten und genoss das schmerzhaft unbekannte Ziehen in ihrem Unterleib.

Sie sollte, nein, sie musste diesen Kontakt abbrechen, fliehen, solange sie noch Zeit hatte, bevor sie gefühlsduselig wurde und sich auf Unkontrollierbares einließ. In diesem Augenblick berührten seine Fingerspitzen ihre Wangen und brachten ihren letzten Vorsatz ins Wanken.

Geh und komm nicht hierher zurück, verlangte er stumm. Edward spürte das leichte Zittern ihres Körpers, deutete es als Einwilligung seines Befehls und verlor die Kontrolle über seine Manipulation. Er überwand den letzten Millimeter, schenkte ihr kaum mehr als den Hauch eines Kusses, ein Versprechen, bevor er seinen Kopf noch weiter senkte, um sanft ihre Wange zu küssen.

Sofia merkte, dass es zu spät war für Widerstand. Sie hatte Feuer gefangen. Flammen züngelten auf ihrer Haut. Sie keuchte, als seine Lippen weiter nach unten glitten. Sie keuchte erneut, als sein Mund Hitze in ihre Adern presste und dann tiefer glitt, den Puls am Ansatz ihres Halses fand.

Nur einmal! Edward erschrak über seinen unerwarteten Wunsch, der wie ein feuriges Verlangen durch seine Adern pochte und trat einen abrupten Schritt zurück.

„Verdammt“, fluchte Sofia leise, und ihre Augen zeigten immer noch die kurze Leidenschaft, die sie geteilt hatten.

„Das kannst du laut sagen, Mädchen!“, bestätigte Edward grollend, als ihre Blicke sich trafen.

Sofia machte zwei unsichere Schritte an dem Hünen vorbei, als müsse sie sich erst daran erinnern, wie man läuft. Dann blieb sie stehen, als käme ihr eine plötzliche Eingebung: „Bist du …“ Sie schwieg und versuchte einen klaren Gedanken zu fassen, während Leidenschaft, Wut und hilflose Verwirrung in ihr tobten. Er musste es sein! Anders konnte sie sich seine Anziehungskraft auf sie nicht erklären. Sicher, er war ein gut aussehender Kerl, aber noch ein junger Vampir, wie Noctalyus ihr erzählt hatte. Außerdem war Attraktivität allein noch nie ein Grund für sie gewesen und erst recht keiner, all ihre Prinzipien in einem halbdunkeln Flur über den Haufen zu werfen!

Edward schmunzelte. Selbst wenn sich die Bestürzung und ihr Verdacht nicht so deutlich auf ihren vollkommen ebenmäßigen Gesichtszügen und in ihren blauen Augen abgezeichnet hätten, hätte er die Gedanken seiner Auserwählten erraten.

„Der Magistrat ist dein Schöpfer!“, erklärte er deshalb, um sie von der Frage abzuhalten. Mit der Frage hätte sie ihn zu einer direkten Antwort gezwungen, und eine Lüge konnte jeder Vampir entlarven. So sagte er die Wahrheit und konnte ihre Wut auf ihren Schöpfer weiter anfachen.

„Wer ist der Magistrat?“

„Da ich dich nicht davon abhalten kann, hier wieder aufzukreuzen, erzähle ich es dir morgen!“

„Wenn du es mir jetzt erzählst, brauche ich morgen vielleicht gar nicht herzukommen!“, versuchte Sofia Edward zu ködern.

Er schenkte ihr ein wehmütiges Lächeln. „Ich bin nicht dumm, Mädchen! Morgen.“

Sofia stampfte mit dem Fuß auf und wirkte dadurch jünger denn je. „Wieso?“

„Wieso nicht?“

Schicksalsergeben seufzte Sofia theatralisch. „Ihr Vampire seid alle so …so …“

„ … liebenswert …“, schlug Edward vor.

„… anmaßende und selbstgefällige Chauvinisten!“

Edward schenkte sich eine Entgegnung und hielt dem Blick aus blauen Augen ungerührt stand.

„Würde es helfen, wenn ich ‚Bitte, bitte’ mache?“, fragte Sofia und schluckte ihre Verärgerung hinunter. Sie musste einfach an die Informationen kommen!

„Es könnte jedenfalls nicht schaden!“

„Bitte, bitte?“

„Das klang aber nicht nach einer demütigen Bitte!“

Mistkerl! Sofia schlug die Augen nieder. Wahrscheinlich wusste jeder außer ihr, wer dieser verdammte Magistrat war, und warum er mit ihr spielte! „Bitte, bitte mit ganz viel Zucker und einem Tropfen Blut?“, schlug sie vor und gab sich Mühe, den letzten Teil nicht allzu zynisch klingen zu lassen.

Sie wurde mit einem Lachen belohnt, doch als sie hochsah, wirkte Edwards Blick ungerührt. „Morgen!“, meinte er gelassen und zeigte mit der rechten Hand gen Ausgang. „Morgen.“ Mit diesen Worten machte er auf dem Absatz kehrt und stampfte an Sofia vorbei, wobei sich seine Stimmung mit jedem Schritt verschlechterte. Sein Körper schmerzte von Kopf bis Fuß von dem Bemühen, sanft mit dem Mädchen umzugehen. Sein Gesicht fühlte sich vom sanften Lächeln starr an, seine Finger beugten und streckten sich in dem Bestreben, das elektrisierende Prickeln – welches von ihrem Körper auszugehen schien – zu ignorieren. Doch es hatte ihn zu mehr eingeladen. Sein Körper rebellierte gegen seinen wohlwollenden und ehrenhaften Rückzug von ihr, und der Mann in ihm, der vor über zweitausend Jahren zur Welt gekommen war, brüllte, dass diese Frau ihm gehörte! Verdammt sei die Sanftheit!

Er war selber schuld! Warum berührte er sie auch? Bisher hatte er sich stets streng an seine Regel Nummer Zwei gehalten. *Keine körperliche Vertrautheit mit einem Opfer, das dazu bestimmt ist, dich zu hassen und zu töten.* Aber es hatte ihm dieses Mal nichts genützt. Regel Nummer Zwei schien sich mit Regel Nummer Eins angefreundet zu haben. *Breche niemals einen Schwur.* Doch vielleicht war es für Regel Nummer Eins noch nicht zu spät, noch konnte er ihr Vertrauen zerstören und sie dazu bringen, auch ihn zu hassen, nicht nur ihren unbekannten Schöpfer.

Sofia betrachtete verwundert Edwards Rückzug. Heißkalt war ein Wort, das extra für diesen Vampir erfunden worden war. Heiße Kälte und kalte Hitze waren es auch, die sie in einen körperlichen Aufruhr versetzten, den sie bisher nicht gekannt hatte.

Kopfschüttelnd ging sie Richtung Ausgang und kam gerade rechtzeitig, als der riesige Türsteher das Portal für die beiden Frauen öffnete, mit denen Sofia zuvor aneinandergeraten war.

Die Brünette warf ihr einen bitterbösen Blick zu, während sie bereits mit einer Hand in ihrer Geldbörse kramte. Die beiden luden Xylos tatsächlich für viel Geld in ihr Bett, bzw. sich in sein Bett ein!

„Auf zum Tanz mit dem Teufel!", murmelte Sofia laut genug, dass die beiden es hören konnten.

Hinter ihr flüsterte Xylos, zu leise für die Frauen: „Sie sind reich genug – aber nicht schön. DU kannst jederzeit über mich verfügen, meine Schöne. Jederzeit, wie es dir gefällt und umsonst." Das *umsonst* betonte er mit einem sanften Hauch in seiner Stimme, der ihr eine Gänsehaut über den Rücken laufen ließ.

Sofia drehte sich nicht einmal zu ihm um, während sie im Weitergehen murmelte: „Kostenlos, aber nicht umsonst!"

Kapitel 9

Einen Tag später hatte Sofia lange über die Geschehnisse der Nacht und die Vampire nachgedacht: Der Schlüssel zu allem war Xylos. Er musste es sein, musste etwas wissen. Schließlich reiste der Callboy um die ganze Welt, blieb überall nur einige Wochen und war sehr alt. Außerdem war er an ihr interessiert, weswegen er ihr sicher gerne helfen würde.

Es dauerte drei Schritte, bis sie bemerkte, dass der riesenhafte Türsteher des Clubs sie begleitete. Ihren verwirrten Blick kommentierte er mit einem Lächeln. Sie war willkommen, aber nur bedingt und unter Aufsicht .

„Dieses Mal doch zu Xylos?", fragte er mit einem anzüglichen Lächeln. Noch in seiner Zeit als Sterblicher konnte dieses Lächeln nur bedingt als freundlich gegolten haben. Sein Überbiss entstellte sein ansonsten recht hübsches Gesicht und ließ es wie die lebende Karikatur eines Nussknackers wirken. Die Tatsache, dass seine beiden Schneidezähne ausgefahren waren, betonte diesen markanten Zug noch unvorteilhaft.

„Ja", gab Sofia einsilbig zurück.

„Er vergnügt sich gerade mit seinen Freundinnen", informierte der riesige Nussknacker sie gönnerhaft und suchte in ihrem Gesicht nach einem Anzeichen von Missbilligung.

Neugierig folgte Sofia Herrn Überbiss durch eine der dunklen Holztüren. Verwirrt blieb sie stehen. Es war ein leerer Raum mit einer großen, weich gepolsterten Bank in der Mitte. Verwirrt warf sie dem Türsteher einen Blick zu. Er drückte einen Knopf auf dem Schaltpult an der Wand. Langsam und leise setzten sich die Wände in Bewegung, hoben sich und gaben eine Glasfront frei, die der Betrachter auf der Bank unwillkürlich anschauen musste.

Es war wie einer dieser Verhörräume, die man aus Fernseh-Polizeistationen kannte. Doch das, was Sofia durch das Glas erkennen konnte, ähnelte keinem Polizeirevier. Eher einem Harem.

Fünf Frauen vergnügten sich miteinander, übereinander und durcheinander. Sie bewegten sich, schlängelten sich durch die Gefilde der Lust auf dem Boden des Raumes, der komplett aus einer riesigen Matratze zu bestehen schien. Auf dem Boden, in dem Spalt zwischen der Matratze und den Wänden, hatte jemand vorsorglich Dildos, Liebesspielzeuge und Gleitcremes platziert.

Sofias Blick glitt zu dem Gegenstand, der ihr am nächsten war. Er war so voll verwirrender Riemen, dass sie ihn nicht zuordnen konnte und wieder zurückblickte.

„Ein halbes Fußballfeld ganz aus Seide", sprach Sofia leise ihren Gedanken aus und versuchte nicht auf die nackten Busen und glänzenden Finger zu achten, sondern auf Xylos, der in der Mitte seiner Freundinnen kniete und sich verwöhnen ließ.

„Und dafür bekommt er Geld?!" Sofia konnte sich einfach nicht von dem Anblick lösen. Der grellrot geschminkte Mund der Brünetten, die sie vor dem Club provoziert hatte, schloss sich um Xylos Penis und verwöhnte ihn, während ihre Finger mit den ebenfalls grellrot lackierten Nägeln begannen, seine Hoden zu massieren. Xylos' perfekter Körper bog sich vor Erregung und Anspannung. Doch sein Gesicht verlor nur für die Sekunden, in denen die Frau ihn ansah, seinen selbstgefälligen Ausdruck. Als die Brünette die Augen schloss, kehrte er zurück.

„Sie können uns nicht hören!", meinte der Türsteher. „Das Glas ist extra dick, schließlich gibt es so gut wie immer jemanden, der zusieht."

„Oder zwei oder drei, nicht wahr?", frage Sofia, drehte sich aber nicht von dem Fenster weg. Eine zweite Frau beugte sich zu Xylos, neigte ihren Kopf mit einem verträumten Gesichtsausdruck zur Seite. Ihre Haare verdeckten, was geschah, und die anderen Frauen bemerkten Xylos' Zähne nicht. Sofia konnte die Schluckbewegungen sehen, seinen tanzenden Adamsapfel, während er das Blut zu sich nahm. Blut, welches in dem Neonlicht wahrscheinlich ebenso rot war wie der Nagellack und die Lippen.

Ein blonder Kopf tauchte auf und verdrängte die Blutspenderin von Xylos' Mund. Der Vampir hatte eben noch Zeit die Wunde zu schließen, bevor die andere Frau sich ihm anbot.

Eine Schwarzhaarige mit einem kurzen Bob leckte währenddessen genüsslich ihre feuchten Finger, genoss den Liebessaft, den sie aus der Mitte einer anderen Frau gestohlen hatte und benetzte anschließend ihren Daumen, Zeige- und Ringfinger. Als sie sich zu der Blondine beugte und die feuchten Finger in ihrem Anus und in ihrer Vagina versenkte, riss das Stöhnen der Wollust Sofia aus ihrer Betrachtung.

„Wie kommt es, dass ich sie hören kann?", krächzte sie und bemerkte erst jetzt, wie trocken ihr Mund war. Sie sehnte sich nach einem Schluck Wasser.

Der Nussknacker deutete wortlos neben das Bedienpult, bevor er den Raum verließ. Erst jetzt sah Sofia die Lautsprecher.

„Das ist krank!", behauptete sie, doch ihr Unterleib begann vor Verlangen zu kribbeln.

Sie benötigte einige Sekunden, um Xylos wieder ausfindig zu machen. Während ihrer kurzen Unachtsamkeit musste der Vampir eine der Frauen – eine Blondine mit einem gigantischen Busen – wie eine Marionette an seidenen Bändern gebunden haben. Ihre Fuß- und Handgelenke waren gefesselt und einer fremden Macht ausgeliefert. Ebenso ihr Hals.

Sofias Blick prüfte die Decke. Außer dem überdimensionalen Spiegel gab es auch Haken und Ösen, durch die die Bänder gezogen wurden und sie wieder zurück nach unten lenkten. Ebenso zurücklenkten wie die Ösen in den seitlichen Wänden. Alle Fäden endeten in Xylos' Händen.

Sofia schüttelte sich, obwohl eine leise Stimme in ihr die Hilflosigkeit der Frau genoss und von Xylos' Dominanz durchaus angetan war.

Unfähig sich zu rühren, sah die Vampirin zu, wie eine der Frauen sich der Marionette zuwandte und sich vor sie kniete, während Xylos die Bänder dazu nutzte, den Körper der Blondine zu straffen und zu spreizen. So sehr, dass Sofia fürchtete, er würde sie aufreißen und in zwei Hälften teilen. Doch eben diese Spannung schien der Blondine zu gefallen, denn obwohl gequält, enthielt ihr Schrei unverkennbare Spuren von Lust.

Als die Zunge der anderen Frau die Klitoris der Blonden zu reizen begann, zeugten deren Stöhnen davon, dass sie beinahe soweit war. Sofia konnte ihren hektischen Puls sehen, ihre Erregung beinahe ebenso riechen wie die nahende Entladung erkennen.

Sie war erleichtert, als Xylos seine Aufmerksamkeit endlich vollständig auf die Gefesselte richtete und aufstand. Mit wenigen Schritten war er bei ihr, ohne die Bänder locker zu lassen. Wie von Magie gelenkt, stoppte die Frau ihre oralen Verwöhnkünste und machte ihm den Weg frei. Diesen Umstand nutzte der Vampir, um mit einem einzigen harten Stoß in die Blondine hineinzugleiten.

Die Frau schrie auf, doch Xylos zog das Tuch um ihren Hals so straff an, dass der laute Ton abrupt abriss. Sofia konnte sehen, wie er sich unermüdlich in der Frau bewegte, wie sich seine Muskulatur zusammenzog und wieder entspannte. Und bei jedem Zustoßen nahm er ihr die Luft, während jeder seiner Zurückzieher ihr einen Atemzug ermöglichte.

Sofia griff nach ihrem Hals, als sei es ihre Luft, die wegblieb. Sie war erschrocken und erregt, obwohl sie gar nicht mehr atmete.

Jetzt konnte sie wieder die kleinen, abgerissenen Lustschreie der Frau hören, die ihre Atemluft für Töne vergeudete, gar nicht anders konnte, als Laute von sich zu geben, während Xylos rhythmisch in sie hineinstieß und ihr immer weniger Luft ließ.

Sofia konnte sehen, wie der Orgasmus sich in der Frau auflud, wie Xylos sie an den Rand der Ekstase brachte, sie dort mit einer einzigen Handbewegung hielt – und darüber hinaus katapultierte. Sie mit einer weiteren Handbewegung zurückholte – hielt – und wieder hinauskatapultierte.

Nun war es ein einziger magischer Schrei, der aus dem Mund der Blonden aufstieg und leise gurgelte, während konvulsivische Zuckungen ihren Körper schüttelten, und das Lustfeuerwerk ihr alle Sinne raubte.

Sofia presste sich die Hand vor den Mund, um nicht ebenfalls aufzuschreien, als das Echo der Lust sie unvorbereitet traf, in einem schwachen Abglanz in ihrem Unterleib explodierte, die Muskeln ihrer Vagina kontraktieren ließen und süße Schauer aussandten.

Mühsam gelang es Sofia, die Kontrolle über ihren Verstand und ihren Körper zurückzugewinnen, um den Blick von der Marionettenfrau abzuwenden. Doch das, was ihre Aufmerksamkeit auffing, war nur unwesentlich unschuldiger.

Die schwarzhaarige Bobfrau hatte sich eines der bereitgelegten Spielzeuge gegriffen. Jetzt verstand Sofia endlich den Sinn der Lederriemen. *Großer Gott! Ein Umschnalldildo!*

Die kurzhaarige Blondine schien Sofias Einstellung nicht zu teilen, denn sie bot sich ihrer Gefährtin der Lust mit einem sinnlichen Seufzen dar, spreizte ihre Beine und öffnete sich vollkommen.

Fasziniert sah Sofia zu, wie das schwarze Lederobjekt zwischen ihre Schamlippen glitt und in dem hellen Körper verschwand – und wieder rausgezogen wurde – und verschwand – und rausgezogen wurde. Der Rhythmus der Stöße war ebenso magisch wie das genießerische Stöhnen der Blonden und das Wippen ihrer Brüste. Ihre Laute wurden immer sehnsuchtsvoller, bis sie schließlich ihre langen Beine um den Rücken der anderen Frau schlang und sich ihr entgegenwölbte. Bei jedem Stoß übertönte sie die anderen.

Die Vampirin war so konzentriert auf das Geschehen zwischen den beiden, dass sie die andere Frau erst sah, als diese den kleinen Fingeranalplug in der Bobfrau versenkte.

Deren empörter Aufschrei verwandelte sich noch mitten im Ton in einen Lustschrei, als die langhaarige Brünette ihren Finger kreisen ließ. Ohne ihren intensiv stoßenden Rhythmus zu verändern, machte die Bobfrau weiter, versenkte ihr künstliches Glied tief in der Blondine und hob ihren Po hoch. Sie ließ sich wie eine Göttin verwöhnen, während sie ihr Becken unermüdlich hob und senkte, gab und nahm auf.

Sofia schloss gequält die Augen. Diese spielerisch lustvolle Atmosphäre in dem Haremsraum nahm ihr den Atem und vibrierte als Verlangen in ihrem Körper. Alles in ihr – ihre Erziehung, ihre Moralvorstellungen und ihre Unschuld – lehnte sich gegen das Geschehen auf. Doch ein kleiner Teil in ihr sorgte dafür, dass ihr Unterleib wieder zu kribbeln begann. Alles in ihr sehnte sich danach, einfach nachzugeben, alles Erlernte und Anerzogene über Bord zu werfen und ebenfalls der Lust zu frönen.

Denn Lust war es, was die Frauen dort teilten. Hemmungslose Lust, die verlockte und verführte, gab und nahm – und die sich immer wieder in kurzen Schreien und wohligen Seufzern entlud.

Sofia öffnete die Augen, und ihr Blick wanderte sofort wieder zu dem lustvollen Dreierpaar. Beinahe konnte sie die Wellen des nahenden Höhepunktes, das Steigen der mitreißenden Welle unter der Haut der Bobfrau zucken sehen.. Doch das Lustfeuerwerk explodierte zuerst in der Blondine, die die Augen verdrehend einen erstickten Schrei von sich gab, bevor ihre Gefährtin zuckend den Gipfel der Lust erklomm, und die Welle sich brach.

Sofia konnte das rhythmische Pochen zwischen ihren eigenen Beinen nicht länger ignorieren. Sie sehnte sich nach Erlösung. Wie von selbst glitt ihre Hand nach unten. *Nur einmal!* versprach sie sich.

Was tust du hier eigentlich, fragte sie sich, während ihr Blick wieder zurück zu Xylos huschte. Inzwischen hatte sich der Callboy erhoben und zeigte sich in voller Pracht und Größe. Sofia konnte sogar die pulsierende Ader auf der Unterseite seines Penis erkennen. Ein wahrhaft großer Penis, den er mit einer einzigen, rücksichtslos anmutenden Bewegung in der Brünetten versenkte.

Sofia sah den ungläubig überraschten Blick der Frau, ihren Mund, der sich zu einem perfekten O formte, bevor sie geschmeidig wurde und die Bewegungen von Xylos aufnahm.

Doch er bewegte sich schnell, sehr schnell. Viel zu schnell für einen Sterblichen – oder eine Sterbliche. Und die Schreie, die die Frau von sich gab, spiegelten seine animalische Natur wieder. Langgezogene Schreie, kaum unterbrochen von den winzigen Pausen zwischen seinen tiefen Stößen, tierisch und laut, abgerissen und kaum noch menschenähnlich. Aber ihr Gesicht … ihr Gesicht zeigt ihre Lust, ihre Gier, ihren Willen, sich ihm zu unterwerfen, vollkommen eins zu werden mit ihm.

Sofia gab einen gequälten Laut von sich, denn Xylos' Gesicht blieb unbeteiligt, kalkulierend; der Vampir selber stumm, während er die Frau fickte, ununterbrochen und ohne Gnade fickte, bis ihr Körper vor lustvollen Schmerzen zuckte, und ihr Gesicht sich in einem letzten Aufbäumen gegen seine Macht, gegen die Macht der Wollust verzog.

Mit einem finalen Schrei entlud sie sich. Sofia konnte die Feuchtigkeit zwischen ihren Schenkeln glänzen sehen, Zeugnisse ihrer Lust, ebenso wie die Tränen der vollkommenen Erlösung, der perfekten Loslösung in ihren Augen.

Sofia schloss die Augen. *Tot oder nicht, du stehst hier gerade in einem Vampirclub und schaust zu, wie dieser Freak und sein Harem Sex haben!*

Entschlossen drehte sie sich um und wäre vor Schreck beinahe in die weiche Bank gesprungen.

Xylos stand hinter ihr!

„Verdammt. Wieso seid ihr alle so lautlos?", schimpfte Sofia, um ihre Unsicherheit angesichts seiner Nacktheit zu überspielen. „Könnt ihr nicht einfach gehen, so wie normale Leute?"

Xylos starrte sie undurchdringlich an. „Du schon wieder?" Er wirkte amüsiert, doch dann veränderte sich sein Gesichtsausdruck. Er nahm ihre Hand und tastete nach ihrem Puls. Für Sekunden schien er verwirrt zu sein. „Sind die zehn Jahre schon wieder vorbei?"

„Welche zehn Jahre?" Sofia gab sich Mühe, das Ziehen in ihrem Unterleib zu ignorieren, welches inzwischen zu einem pulsierenden Flehen angewachsen war.

Xylos starrte sie weiter an, lächelnd. Er wusste, er hatte der hübschen Vampirin einen Brocken hingeworfen, zu dem sie mehr Informationen haben wollte. „Schlaf mit mir!", verlangte er.

Sofia lachte leise, und der Ton erregte und verärgerte Xylos.

„Denkst du eigentlich ständig daran, wie du eine Frau ins Bett bekommst?"

„Wie ich dich ins Bett bekomme!", gestand er und fügte hinzu: „Fühl dich geschmeichelt!"

Wieder lachte Sofia, doch ihr Blick huschte über seine Gestalt und blieb an Xylos immer noch erigiertem Penis hängen, der vor Körperflüssigkeiten glänzte.

„Danke, wer weiß, was ich mir da alles an Krankheiten hole! – *Kannst du das überhaupt noch?* – Außerdem teile ich nicht gerne."

„Das haben die anderen Frauen vorher auch behauptet, aber es ist genug Xylos für alle da", scherzte der Vampir und nahm die Spannung aus dem Gespräch. Er wollte die Schönheit nicht verärgern. Noch nicht.

Sein amüsiertes Lächeln ließ ihn jünger und unschuldiger wirken. Seine Augen funkelten, und Sofia ließ es zu, dass er sie an den Schultern berührte und sanft, aber nachdrücklich zum Fenster drehte.

„Schau sie dir an!“, forderte er die Vampirin auf. „Sie sind mein. Ausschließlich mein. Selbst, wenn ich sie gehen lasse, werden sie sich bis zu ihrem Tod an dies hier erinnern, werden versuchen es wieder zu erreichen, doch es wird immerzu ein bloßer Abglanz dieser Wollust sein. Niemals wieder wird es für sie das Labyrinth der Lust geben, diese tabulose und hemmungslose Macht.“

Als er Sofias Versunkenheit in das Geschehen bemerkte, ließ er eine Hand durch ihre Haare fahren, um die Spange zu öffnen, die es bändigte.

„Nicht!“ Sofias Befehl kam zu spät, die seidigen Kaskaden, die sie sorgfältig gezähmt hatte, flossen in die Freiheit, glitten über Xylos' Finger und fielen in weichen Wellen über ihren Rücken.

Die Intimität der Situation begreifend, wollte Sofia einen Schritt nach vorne machen, doch Xylos kam ihr zuvor, versperrte ihr den Weg und deutete nach vorne, lenkte ihre Aufmerksamkeit zurück zu den Frauen.

Das sinnliche Treiben auf der überdimensionalen Matratze erregte Sofia, gegen ihren Willen fühlte sie sich wieder wie gebannt. Sie befeuchtete ihre Lippen mit der Zungenspitze und gab einen leisen Laut von sich, als sie merkte, wie sensibel sie selbst für diese winzige Berührung war.

„Ich rieche deine Erregung und deinen Wunsch nach mir.“ Der Vampir strich mit beiden Händen über seinen perfekten Körper und lenkte Sofias Blick zurück auf seine steife Erregung. „Ich kann dich befriedigen, kann dich einweihen und dich Macht lehren – und Gier. Ich kann dir die Welt zeigen, für die eine Frau wie du geschaffen wurde.“

„Deine Welt oder meine?“ Sofia gab sich keine Mühe, ihre Faszination zu verbergen. Es wäre eine Lüge gewesen, die ein Mann wie Xylos durchschaut und als Schwäche ausgelegt hätte.

Xylos hielt ihrem Blick ungerührt stand, als er zugab: „Meine Welt, meine Regeln.“

Sofia lachte leise und sah zum Ausgang. Xylos begriff, dass er sie nicht mit Faszination, Lust und Erregung einfangen konnte. Er würde ihr mehr bieten müssen.

Er griff mit der rechten Hand nach ihrem Gesicht. Langsam genug, um ihr Zeit zu geben zurückzuweichen und sie in Sicherheit zu wiegen.

Sein ernster Blick ließ Sofia verharren, obwohl sie sich – seine Finger auf ihrer Haut – eingekreist fühlte.

„Die zehn Jahre …“, flüsterte er trügerisch sanft und ließ seine Finger zu Sofias Mund wandern. „Alle zehn Jahre darf der Magistrat eine weibliche Vampirin erschaffen …“, er verstummte und drückte vorsichtig gegen ihre Lippen, bis sie ihren Mund für seine Finger öffnete, erst dann fuhr er fort: „… die einzige weibliche Vampirin außer der Königin.“ Behutsam fühlte er nach ihren Eckzähnen. „Er ist der Einzige, der es darf, aber nur zu einem bestimmten Zeitpunkt.“ Xylos presste seinen Daumen gegen die Spitze von Sofias Eckzahn, drückte so fest dagegen, dass Sofia zurückweichen wollte, doch der plötzliche Blutgeschmack machte einen Rückzug unmöglich. Ihrer Kehle entfuhr ein empörtes Fauchen über Xylos' Manipulation, sein Blut ließ sie wie erstarrt verharren. „Alle anderen werden vernichtet, so verlangen es die Regeln!", flüsterte der Callboy. Seine Augen schienen mit einem Mal noch heller zu werden, verwandelten sich in glänzende, bodenlose Seen und hielten Sofias Blick gefangen.

Der Blutgeschmack veränderte sich schlagartig, wurde würziger, prickelte auf ihrer Zunge wie Minze, scharf und beißend. Sie versuchte einen Schritt zurückzumachen, doch er hielt sie mit seiner Linken so, dass sie seinen Daumen nicht aus dem Mund bekam.

Die Verlockung seines Blutes wuchs, begann in ihren Adern zu pulsieren, die Würze breitete sich in ihr aus, brachte ihren Verstand zum Schweigen, während das Prickeln feuriges Verlangen in ihr anfachte.

Nicht! Ihre innere Stimme, die verdächtig nach Melanie klang, brachte Sofia wieder zur Vernunft, und es gelang ihr, Xylos mit einer schmerzhaften Kopfbewegung abzuschütteln.

„Fall tot um!", schnauzte sie und verließ fluchtartig und mit einer Geschwindigkeit, die sie überraschte, den Raum.

Sein amüsiertes Lachen folgte ihr.

Kapitel 10

Edward bemerkte die Ankunft seines Geschöpfs vor den anderen Vampiren. Selbst vor Joel. Er bewunderte die lässige Anmut, die Sofia eigen war und mit der sie, gedeckt durch den Halbschatten des Eingangsbereiches, einen Moment verharrte und ihm ungewollt Gelegenheit gab, sie zu mustern.

Das Mädchen sah hinreißend aus in seinem dunkelblauen Kleid mit den silbernen Fäden, dessen weicher Stoff ihren Körper umschmeichelte, als sei sie hineingegossen worden. Ihre vollendeten Kurven, der Schwung ihrer Hüften, ihre schlanke Taille und die festen Brüste zeichneten sich unter dem Stoff ab und waren eine Offenbarung. Ihre seidigen goldenen Locken fielen offen über ihre Schultern und ihren Busen und lockten mit schimmernden Lichtreflexen die Blicke auf sich und die engelsgleiche Trägerin.

Edward fluchte lautlos. Wenn er schon nicht vollständig gegen die Wirkung seiner Schöpfung gefeit war, wie mochte es den anderen Vampiren gehen. Denen, die weniger kontrolliert waren?

Als er die ersten Blicke sah, die Richtung Eingang geworfen wurden, stiegen Wut und Beschützerinstinkt in ihm auf. Unter Joels interessiertem Blick kämpfte er beides nieder und verharrte an seinem Platz. *Versprich mir, dass du nicht eingreifen wirst, egal, was geschieht!*

Aus dem Augenwinkel heraus konnte er sehen, wie Noctalyus aufstand und die Vampirin anstarrte. Edward drehte sich zu dem blonden Vampir um und konnte sich nur knapp zurückhalten. Die Gier und das Verlangen funkelten in den leeren Augen des Blonden und waren auch für die anderen ein Signal. Solange die Vampirin mit niemandem eine Beziehung hatte, war sie Freiwild.

***

Das erste, was Sofia sah, als sie sich dem Raum näherte, war Schwarz. Das erste, was sie hörte, war 80er Jahre Musik. „Und wieder ein Klischee", murmelte sie leise und betrat den großen Raum. Sie war nervös.

„Nicht viel anders als bei den Sterblichen!", betonte Edward gleichgültig und erschien neben ihr.

„Verdammt!", erschrak sie. „Könnt ihr Vampire nicht gehen, so wie normale Leute auch?"

Er lachte leise und musterte sie anerkennend. Verärgert tat sie es ihm gleich und versuchte dabei ebenso überheblich auszusehen wie er.

Der junge Vampir trug Dunkelbraun. Die Farbe war exakt auf sein Haar abgestimmt und machte seine wachsamen dunklen Augen noch dunkler. Der schlichte Schnitt seines Smokings, die Weste aus perlfarbenem Satin und die eng anliegende Hose ließen ihn größer erscheinen und betonten seine breiten Schultern und seine langen, kräftigen Beine. Er sah auf eine lässige Art elegant aus. Und gefährlich. Ein gelangweilter Krieger, der sich nur aus einem Grund unter die gewöhnlichen Vampire mischte: Um sich ein Opfer zu suchen.

„Gefällt dir, was du siehst?" Sein Lächeln war hinreißend spitzbübisch. Er nahm ihren Arm und hakte sie wie selbstverständlich bei sich ein.

„Ich kann auf mich selbst aufpassen", widersprach Sofia, verzichtete aber darauf, sich zu befreien. Edward hielt sie locker, es wäre ihr jederzeit möglich, ihm zu entkommen.

„Jaaaa … ICH habe das gesehen!" Sein Lächeln wuchs in die Breite, als er sich an ihren Kampf mit Noctalyus erinnerte. „Aber du siehst nicht so aus, als wenn du es könntest."

Edward sah auf sie hinab, und unter seinem Blick fühlte Sofia sich klein und schwach. Ein absolut unerträgliches Gefühl. Doch sie begriff, was er meinte. Auch sie hatte die gierigen und interessierten Blicke der anderen Vampire bemerkt.

Edward war zufrieden mit Sofias Verhalten. Die vage Bedrohung und die sexuelle Spannung in der Luft waren selbst für jemanden ohne erotische Erfahrungen und mit ihren marginalen Kenntnissen der Vampirgesellschaft offensichtlich.

„Was ist mit deinem Versprechen?"

„Der Abend ist noch lang!“, neckte er sie. „Außerdem, denke ich, hast du von Xylos schon einiges erfahren.“

„Xylos?“ Sie sah Edward verwundert an.

„Ich kann ihn an dir riechen.“ Er ärgerte sich über ihre Sorglosigkeit und über seine Sorge.

„Na, großartig! Wer bist du? Super-Nasen-Vamp?“

„Abgesehen davon, dass du anscheinend zu viele Comics gelesen hast, bist du die einzige lebende Vampirin außer der Vampirkönigin. Ihr Hass auf dich ist gewaltig. Ebenso ihre Machtlosigkeit.” Seine Stimme klang wie schmeichelnde Seide, sanft und vage besitzergreifend. Beinahe so, als sei schon ein Gespräch mit ihm etwas Anrüchiges. Vielleicht war es das auch.

„Wieso Hass und Machtlosigkeit? Ich habe ihr doch gar nichts getan.“

„Du existierst!“, gab Edward zurück. „Sieh dich doch um: Du stellst ihre gesamte Gesellschaft in Frage, ihr Königreich und ihre Machtbasis. Und du bedrohst ihre Schwester!“

„Ich tue was?“ Sofia musste sich keine Mühe geben, erstaunt zu klingen.

„Ihrer Schwester ist prophezeit worden, dass sie eines Tages von einer Vampirin umgebracht wird. Deswegen ist es jedem Vampir außer dem Magistraten verboten, weibliche Vampire zu erschaffen!“

„Ich habe nicht darum gebeten, zum Vampir zu werden. Und da die Schwester der Vampirkönigin nichts mit meiner Erschaffung zu tun hat, habe ich auch ganz zufällig nicht vor, sie umzubringen!”

Edward lachte. Ein angenehmer, nachhaltiger Laut wie ein teures Parfüm, das noch im Raum schwebte, selbst wenn sein Besitzer ihn schon lange verlassen hatte.

„Du hast heute sogar Glück!“, behauptete er und fügte in Gedanken hinzu: *Oder wirklich ganz verflixtes Pech, denn nun weiß Joel, wie du aussiehst!* „Heute ist einer der wirklich alten Vampire hier!“

Sofia sah sich um, da Edward keine Anstalten machte, ihr einen weiteren Hinweis zu geben.

Der Vampir trug ebenfalls Schwarz. Ausschließlich Schwarz. Aber wenn es einen Trend zu dieser Farbe unter den Vampiren gab, musste er derjenige sein, der ihn gestartet hatte. Die Dunkelheit schien ihn wie eine zweite Haut zu begleiten, zog sich durch seine optische Erscheinung und spiegelte sich in seinem finsteren Gesichtsausdruck wieder.

Sofia lief ein Schauder über den Rücken. Obwohl dieser Mann auf unglaublich faszinierende Art gefährlich und anziehend wirkte, bezweifelte sie nicht, dass es dieselbe Faszination war, die Insekten in eine Venusfliegenfalle fliegen ließ.

„Sein Name ist Joel!“, meinte Edward und schob Sofia auf den alten Vampir zu. Lächelnd bemerkte er ihren Widerwillen . Die Schlange musste Eva so angelächelt haben: Amüsiert, belustigt und gefährlich verführerisch.

„Angst?“, neckte er sie.

***

Xylos beobachtete, wie Edward das Mädchen Richtung Joel führte, vorbei an der Tanzfläche, auf der schon einige Vampire und handverlesene junge Frauen tanzten. Seit er den Raum betreten hatte, konnte er seinen Blick nicht von ihr wenden. Beobachtete die Bewegungen ihres schimmernden langen Haares, welches eigenen Naturgesetzen zu folgen schien und in verschiedenen Goldtönen schimmerte, obwohl es sicherlich nie eine Tönung gesehen hatte. Die Betonung des Lichtes auf ihren hohen Wangenknochen, und das Glitzern ihrer Lippen ließen ihn wieder an einen Gott glauben.

Edwards Geschöpf schien nicht zu wissen, wie hübsch sie war, oder welche Wirkung sie auf Männer und Vampire hatte. Sie tat nichts, um ihre Wirkung zu kontrollieren oder zu verstärken, aber das war auch nicht nötig. Der Raum schwamm in einer Woge aus Testosteron und Verlangen nach ihr. Und Xylos kam nicht umhin zuzugeben, dass er sie ebenfalls wollte.

Es wurmte ihn, diese Frau mit Edward zu sehen. Ihr Lächeln, wenn er sprach, oder kurz und verschwörerisch ihre Hand drückte. Die Röte ihrer Wangen, wenn Edward sie neckte und die Tatsache, dass sie Xylos völlig ignorierte und sich voll und ganz auf den eiskalten Edward konzentrierte, machte ihn rasend.

Sie wusste, dass Xylos gut aussah, sexuell attraktiv war. Xylos hatte gerochen, dass sie von ihm angetan war, hatte die Reaktion ihres Körpers auf sein Blut gespürt, doch sie hatte die Macht besessen, sich trotzdem von ihm zu lösen.

Wut löste das Verlangen ab, während er ihre Tändeleien mit Edward beobachtete. Er lächelte, als ihm einfiel, dass er zurzeit etwas besaß, was Edward nicht offenbaren konnte: Macht!

Macht war etwas, dem nur die wenigsten schönen Frauen widerstehen konnten. Ebenso wie Konkurrenz und Gefahr. Frauen liebten gefährliche Männer, glaubten in ihrer Selbstgefälligkeit, sie könnten das Feuer bezähmen und das Meer lenken.

Xylos wandte sich wieder der Brünetten zu, die seine Dienste für Geld gekauft und ihn vorher in seinem Zimmer beglückt hatte. *Nicht einmal das hatte sie wirklich gekonnt,* dachte er, und sein Blick wanderte unwillkürlich zu Sofias Lippen. Bei dem Gedanken an ihren Lippen um seinen Penis konnte er spüren, wie besagter Körperteil hart wurde und gegen die Hose spannte.

Sofia fühlte sich beobachtet und versuchte unauffällig zu sehen, welcher der Vampire sich inzwischen nicht von Edwards Begleitung hatte abschrecken lassen. Ihr Blick fiel auf Xylos, der eben sein Gesicht abwandte und etwas zu seiner Begleiterin sagte.

„Er beobachtet dich schon die ganze Zeit", flüsterte Edward verschwörerisch und beobachtete gemeinsam mit Sofia, wie Xylos die Entlohnung für seine Dienste einstrich.

Betont lässig ließ der Callboy, kaum dass er das Geld in der Hand hatte, die Brünette in Trance fallen und nickte den anderen Vampiren zu, die bisher unbeteiligt um das Pärchen herumgesessen hatten.

Sofia erstarrte mitten in der Bewegung, mit der Edward sie mit sanftem Druck zu dem alten Vampir dirigieren wollte. Sie konnte gar nicht fassen, was geschah.

Noctalyus stand auf, warf Xylos ein Bündel Geldscheine zu und ging zu der jungen Frau, die ihn verführerisch anlächelte. Schon hatte er seine schwarze Hose geöffnet und seinen Penis befreit. Mit einer Bewegung hatte er die roten Lippen geöffnet, sich mit der zweiten tief im Mund der Brünetten versenkt. So tief, dass Sofia würgen musste.

Doch die Frau schien nicht einmal zu bemerken, wie sie missbraucht wurde, denn sie stöhnte wollüstig, während das Lächeln auf Noctalyus' Gesicht diabolisch wurde. Sie ließ zu, dass ein weiterer Vampir sie auf den Knien platzierte, ohne ihre Verbindung zu Noctalyus zu unterbrechen. Ihr Gesichtsausdruck wirkte zufrieden und genießerisch, und vermutlich empfand sie nichts als sexuelles Vergnügen; auch wenn es ein manipuliertes Vergnügen war.

***

Xylos beobachtete Edwards Engel, der das Geschehen mit schreckgeweiteten Augen verfolgte. Als der Vampir hinter der Brünetten an seinem Reißverschluss zog, um sich ebenfalls rücksichtslos über Xylos' ehemalige Kundin herzumachen, konnte er sehen, dass Sofia eingreifen würde.

Und dann würde sie ihm gehören! Zwar nur für diese eine Nacht. Aber eine Nacht war ein Anfang.

Und schon bald würde er sie ganz besitzen. Das pure Gold, eine Herausforderung, selbst für ihn. Und wenn sie es nicht mehr war, konnte er sie für viel Geld – sehr viel Geld – weiterreichen. Das sollte die überhebliche Schönheit wissen – und ihm trotzdem verfallen!

***

Edward reagierte, griff nach Sofia und wirbelte sie zu sich herum. In ihrem Gesicht las er Abscheu, Ekel und Wut, was er nur zu gut verstehen konnte. Doch die Regeln der Königin und ihrer Schwester waren eindeutig und erlaubten es den Vampiren, mit Frauen zu tun und zu lassen, was ihnen gefiel. Darin lag die Machtbasis der rothaarigen Zwillinge.

Wer dagegen verstieß oder einen anderen Vampir behinderte – in diesem Falle Xylos – ging für mindestens eine Nacht in dessen Besitz über.

Selbst ein überstürztes Verlassen des Clubs oder eine verbale Attacke würde Xylos gegen Sofia verwenden können. Noctalyus, der in seinem eigenen Club der Richter wäre, würde keine Gnade walten lassen, und Edward würde ihr nicht helfen können, ohne seine Funktion als Magistrat zu offenbaren.

Sofia gab einen leisen Aufschrei von sich, als Edward plötzlich mit seinen langen Fingern ihr Kinn umfasste. „Was soll das?" Sie versuchte gar nicht erst, sich aus seinem festen Griff zu befreien.

„Ich lenke dich ab." Seine plötzlich sehr raue Stimme lenkte weiß Gott ab, Sofia spürte sie bis ins Mark. Edward berührte einzig und allein ihr Kinn, und doch hatte sie das Gefühl, in seine Arme zu sinken. Er hob ihr Gesicht zu sich auf, sah sie mit seinen hypnotischen, wissenden Augen an und senkte langsam den Kopf. Ihre Lippen wurden weich und öffneten sich. Und wenn die Welt um Sofia eingestürzt wäre – sie hätte sich ihm nicht entziehen können. Die erste Berührung seiner Lippen ließ sie sehnsüchtig schaudern.

Edward schloss sie in die Arme und zog sie an sich. Sofia fühlte sich umgeben von Härte, von Muskeln aus Stahl. Er neigte den Kopf zur Seite, und der Druck auf ihren Lippen nahm zu. Sein Mund war hart wie alles an ihm, fordernd. Doch im nächsten Moment wurden seine Lippen warm, lockend, verführerisch. Sofia stürzte sich ins Ungewisse.

Sie küsste nicht zum ersten Mal, aber es war in gewisser Weise ihr erster richtiger Kuss. Nie zuvor hatte ein solcher Zauber sie umfangen, nie zuvor hatte jemand sie bei der Hand genommen und in die Sinnlichkeit entführt. Warme, betörende Wohligkeit breitete sich in ihr aus, bis ihr die Sinne vor Verzückung schwanden.

Mit der Zungenspitze zeichnete er ihre Lippen nach, eine bezaubernd kunstfertige Zärtlichkeit. Es wäre klüger gewesen, sich nicht darauf einzulassen, doch Edward nahm ihr den Atem und wob ein Netz um sie, führte sie in Bereiche jenseits ihres Wissens, wo sie auf ihn angewiesen war. Mit einem Seufzer öffnete sie die Lippen noch weiter und gab seinen herrischen Forderungen nach.

Er nahm sich, was er wollte. Die intime Liebkosung setzte eine Vielzahl von Empfindungen in ihr frei, bis ein heißer Blitz sie tief im Inneren traf. Dieser Kuss diente nicht der Verführung, er sollte vielmehr ihre Seele brandmarken, und das tat er auch. Der Kuss war gebieterisch wie der ganze Mann.

Als Edward sie endlich freigab und ihr mit dem Daumen über die geschwollenen Lippen strich, keuchte Sofia leise. Sie brachte kein Wort heraus, doch was Edward in ihrem glasigen Blick entdeckte, gefiel ihm offensichtlich – es war der Beweis, dass seine Küsse sie betörten. Er lachte leise und zufrieden. Genauso eine Frau hätte er sich selber ausgesucht, wenn er an die Liebe glauben würde: Eine mit Feuer und Temperament, eine schöne Frau, die intelligent, willensstark, verführerisch und humorvoll war. *Lebensüberdrüssig*?

Verwirrt befreite Sofia sich aus Edwards Griff. Fast hätte er über ihren schockierten und doch leidenschaftlichen Gesichtsausdruck gelacht, aber nur fast. Es traf ihn, dass sie ihn plötzlich für einen Macho-Vampir hielt, der sie nur aus einem Grund begehrte: Ausgefallene Sexspiele.

„Was immer du hier siehst und denkst: Lass es dir nicht anmerken! Und du greifst auf gar keinen Fall ein, versprichst du mir das?!", verlangte und erklärte er aus diesem Grund.

Sofia nickte mit glasigen Augen und fixierte Edward, als sei er der einzig reale Halt in ihrem Universum. Plötzliches Verlangen strömte durch seine Adern, brachte sein Blut zum Glühen und die Besitzgier, das Verlangen, sie auf der Stelle zu besitzen und nie wieder gehen zu lassen, wurde nahezu übermächtig. *Es ist zu spät für eine Beziehung oder Liebe! Außerdem: Sie liebt ja nicht einmal ihr eigenes Leben.*

Er beugte sich zu ihr, um sie seinen betrübten Gesichtsausdruck nicht sehen zu lassen und hauchte ihr einen Dankeschön-Kuss auf die geröteten Lippen.

Verwundert über seine plötzliche Sanftheit wurde Sofia misstrauisch. „Ist auf deiner Frauenkette etwa auch noch ein Portraitplatz frei?", erkundigte sie sich kratzbürstig.

Edward lachte leise. „Alle, meine Schöne, alle."

An Sofias Gesichtsausdruck konnte er erkennen, dass sie keine Ahnung hatte, wovon er sprach.

„Jeder von uns bekommt – da unsere Erschaffung der Kontrolle der Königin obliegt – eine Kette …", begann er.

„Mit fünf Perlen für Frauenportraits?!", riet sie.

„Portraits?" Edward schüttelte seinen Kopf. „Nein, meine Schöne! Keine Portraits. Es sind magische Gefängnisse."

Sofia starrte den Vampir ungläubig an und ließ zu, dass er sie zur Tanzfläche bugsierte.

„Fünf Gefängnisse oder Luxussuiten oder was auch immer sich der Vampir für seine Frauen wünscht. Dort kann er Frauen unterbringen und sie als seine Partnerin für immer jung halten."

„Partnerin? In einem Gefängnis?"

„In einer Welt, die der Vampir nur für sie erschafft", bestätigte Edward.

Der kalte Schauder über Sofias Rücken breitete sich aus, brachte ihr Blut zum Gefrieren und griff nach ihrem Herzen. Die Angst kletterte auf dünnen Spinnenbeinen aus ihrem Gehirn, während sie äußerlich ruhig und gefasst an Edwards Seite die Tanzfläche betrat.

„Die Frauen können nicht befreit werden. Einmal in der magischen Kette – sterben sie bei ihrer Freilassung."

Sofia blinzelte, als könne sie nicht begreifen, was sie hörte. „Ich verstehe nicht … Magie …" Ihre Stimme verklang.

„Existiert“, nickte Edward. „Genau wie Vampire und Hexen.“ Er wirbelte Sofia in seine Arme und hieß sie Tanzaufstellung annehmen. „Die Schwester der Vampirkönigin ist eine Hexe, sie stellt diese Ketten her, damit die Vampire nicht in Versuchung kommen, gegen das Gesetz, keine Frauen in Vampire zu verwandeln, zu rebellieren.“

Sofia nickte, als sie begriff. „Und das verbietet die Hexe, weil sie Angst hat, von einer Vampirin umgebracht zu werden – von mir.“

„Genau!“, bestätigte Edward.

„Aber …“ Sofia dachte an Xylos Kette, und ihre Angst nahm zu.

Die ersten Takte von Jennifer Rushs „Heartwars“ erklangen. Edward war sich nicht sicher, ob er über das Lied lachen oder sich darüber ärgern sollte. Er kam sich schäbig vor, weil er dem Engel mit seinem nächsten Satz noch mehr Angst machen würde. Aber er musste Sofia warnen. Für eine Schönheit wie sie würde die Suche nach ihm, dem Magistraten, ein sexuell aufgeladener Spießrutenlauf werden; bis er sie dort hatte, wo er sie haben wollte. Und je mehr sie gewarnt war, desto besser würde sie sich vorbereiten und schützen können.

We´re just two people fighting like nations
Is this the state of all human relations

„Die meisten Vampire tauschen ihre Anhänger untereinander oder verkaufen die Frauen wie Schmuckstücke.“

Words are like weapons, take aim and fire
Love loses reason in the name of desire

„Aber es können doch nicht alle …“ Sofia sah sich mit großen Augen um, während sie unter Edwards Führung den ersten Tanzschritt machte.

Heart wars I surrender
Let´s let some sunshine steal all the thunder

Edward schnaubte höhnisch. „Nein, nicht alle. Manche lieben ihre Frauen wirklich und halten sie auf diese Weise unsterblich. Diese Frauen geben freiwillig alles für ihren Vampir auf. Wirklich ALLES.“

We better change `cause it´s breaking us under
Heart wars I surrender to love

Sofia nickte. Der Kloß in ihrer Kehle war unerträglich dick und hinderte sie am Schlucken.

How can two people call themselves lovers
Giving and taking abuse from each other

„Meine Kette ist leer und wird es bleiben – für den Rest meiner Tage“, erklärte Edward mit wehmütigem Gesichtsausdruck .

This situation needs rearranging
How can we love when we waste ourselves waging

„Warum?“ Sofia hatte das Gefühl, als würde sie mit der Frage eine Grenze überschreiten. Edward schwieg lange, so lange, dass sie glaubte, er würde gar nicht mehr antworten. Und als er es schließlich doch tat, war seine Stimme so leise, dass sie nicht wusste, ob die Antwort nicht nur für ihn selbst bestimmt war: „Weil ich eine gleichberechtigte Partnerin will, die freiwillig bei mir ist und keine Sklavin."

Heart wars I surrender

Sein Blick hielt den ihren gefangen. Seine braunen Augen, die oftmals so nachdenklich und traurig blickten, funkelten und hüllten sie ein in seine Wärme. Und sie wusste Bescheid – sie wusste, dass er ihr den Hof machte, mit voller Absicht. Er umwarb sie, selbst wenn dieser Gedanke bei allem, was sie bisher gehört und erlebt hatte so wild und so unmöglich war, dass ihr Verstand es nicht akzeptieren konnte. Doch ihre Sinne taten es. Ihr erster Impuls war, einen Schritt von ihm in die Sicherheit zurückzutreten. Doch während er mit ihr tanzte, gab es keinen Ort der Sicherheit. Nirgendwo konnte sie sich vor seinem brennenden Blick verstecken, und das Letzte, was sie wollte, war wegzulaufen.

Let´s let some sunshine steal all the thunder
We better change `cause it´s breaking us under
Heart wars I surrender to love

Sofia war fasziniert, die leichte Berührung seiner Finger, wenn ihre Hände sich trafen und sich wieder losließen, die sanften Zärtlichkeiten, wenn Edward sie in eine Drehung führte – alles war geplant. Mit diesem Tanz wob er ein Netz um sie, für die Augen unsichtbar, doch für ihre Sinne sehr deutlich.

Ihre Nerven prickelten, verstärkten ihr Bewusstsein. Jede seiner Berührungen wurde eine Verlockung, ein Versprechen, das sich in den Bewegungen des Tanzes widerspiegelte. Sie fühlte die Versuchung, sich ihm zu unterwerfen, sich dem zu unterwerfen, was er ihr sagte, nachzugeben und zu glauben, dass er sie als seine Frau haben wollte. Und dass er sie bekommen würde.

We stand alone with our pride as protection
We gotta find a different direction

Der Tanz ging weiter, und sie entzog sich ihm, bis sich ihre Finger kaum noch berührten. Und dann hörte sie sein Versprechen, unausgesprochen: Wenn sie sich ergab, würde sie alle Freuden des Fleisches genießen.

Reach past our minds and end this destruction
Are we the world or the world our reflection

Edward sandte ihr die Botschaft sehr geschickt, anscheinend war er erfahren darin, die Verlockung anwachsen und das Versprechen leuchten zu lassen.

Heart wars I surrender to love

Die Musik endete. Und sie blieben stehen. Doch die Versuchung und das Versprechen leuchteten ihr noch immer aus seinen Augen entgegen.

„Darf ich um den nächsten Tanz bitten?" Die Stimme von Xylos riss Sofia aus ihrer Verzauberung.

„Nein!", behauptete Edward entschlossen und versperrte dem Callboy den Weg.

Sofia erstarrte innerlich. Zu oft hatten andere Menschen über sie und ihr Leben bestimmt, hatten sie um ihr Leben betrogen und ihr Vertrauen ausgenutzt, als dass sie bei einer Wahl, die sie betraf, die Entscheidung eines anderen annehmen konnte. Der Protest, der in ihr aufstieg, war wie ein Urtrieb um Selbstständigkeit und Freiheit. Sofia protestierte: „Ich bin immer noch eine eigenständige Persönlichkeit und treffe meine Entscheidungen selber!" Der Schmerz über all die Ungerechtigkeiten in ihrem Leben brach aus ihr heraus und schaltete für Sekunden ihren Verstand aus.

„ICH weiß dass, Mädchen! Und ICH weiß das zu schätzen!", betonte Xylos, doch Sofia war bereits an ihm vorbeigegangen, hatte Edward und ihn stehen lassen und sich in einer ruhige Ecke des Raumes zurückgezogen.

Edward sah ihr nach, schockiert über den verletzten Ausdruck, den er für Sekunden in ihren Augen gesehen hatte. Einen Schmerz, den sie so tief in ihrem Inneren vergraben hatte, dass er nicht geheilt werden konnte und immer darauf lauerte auszubrechen.

„Ganz schön arrogant, die Kleine!", kommentierte Xylos. Sein Gesichtsausdruck spiegelte deutlich seinen Entschluss wieder, ihr zu zeigen, dass sie trotz ihrer Schönheit ein Nichts war.

Edward schüttelte den Kopf. Es sah Xylos ähnlich, jeder Frau zu unterstellen, sie sei arrogant oder benutze ihr Äußeres als Waffe. Trotzdem durfte man ihn nie unterschätzen. „Was willst du?"

„Du hast Maeve und Morna angelogen", flüsterte Xylos.

Edward musterte ihn verächtlich.

„Du hast nicht gesagt, dass die Kleine noch Jungfrau war." Xylos musterte sein Gegenüber aufmerksam. Wenn sein Verdacht stimmte, hatte er nach Jahrhunderten endlich eine Möglichkeit gefunden, den Magistraten zu erpressen. „Du hast in dieser Nacht gar nicht mit ihr geschlafen, nicht wahr?"

Edward gelang es, seine Überraschung in ein Lachen umzuwandeln. Mit einem anzüglichen Grinsen in Richtung seines Geschöpfs meinte er: „Glaubst du wirklich, ich hätte darauf verzichtet?"

„Und jetzt bist du an einem Nachschlag interessiert?" Xylos beobachtete Edward und ärgerte sich, weil der sich nicht aus der Ruhe bringen ließ. „Es war ja auch nichts Halbes und nichts Ganzes in der Gasse, nicht wahr? Was denkst du, ist sie eher zärtlich? Devot? Oder eine reißende Löwin im Bett?" Xylos warf einen Blick Richtung Sofia. „Ich tippe auf devot."

***

Sofia beobachtete die beiden und ärgerte sich über sich selber, weil sie geflohen war. Offensichtlich unterhielten sie sich über sie, zu oft blickten sie in ihre Richtung. Worüber redeten sie?

Sie ärgerte sich, dass ihr Hörsinn nicht halb so gut war, wie sie gehofft hatte. Vielleicht fehlte ihr auch einfach die Übung.

Und dieser Joel ist auch verschwunden!

***

„Ich weiß, dass sie dir gehört, Edward. Es sei denn, sie verstößt gegen die Regeln."

„Die sie nicht einmal kennt!"

„Dafür hat sie ja dich!", antwortete Xylos herablassend, als zweifele er daran, dass Edward sich wirklich etwas aus seinem Geschöpf machte.

„Ja, dafür hat sie mich!" Edward nahm die Herausforderung an. Er würde dafür sorgen, dass Sofia nichts geschah!

„Aber in einem Jahr wird sie mir gehören. Und zwar egal, ob sie versagt oder dich tötet, mein Freund!"

Wut stieg in Edward auf. Wut auf die Vampirgesellschaft, auf Xylos, die Königin und besonders auf die Hexe.

„Ich werde sie sanft behandeln und anlernen – anfangs – und dann wird mein Spiel gespielt."

„Und wenn Melanie dich nicht will?"

„Spielt das eine Rolle?"

„Sie wird kämpfen und sich wehren. Sie ist eine Kämpferin."

„Ich liebe es, wenn Frauen sich wehren. Je länger, desto besser", lachte Xylos. Dann bekam sein Gesicht einen wehmütigen Ausdruck. „Es ist schade, dass sie mit der Zeit den Elan verlieren und die Kraft." Er betrachtete den Körper der Vampirin so provozierend, dass Edward seine Erfahrung aus 2000 Jahren aktivieren musste, um den Callboy und Frauenhändler nicht auf der Stelle zu lynchen.

Xylos, der immer noch auf einen Ausbruch Edwards hoffte, fuhr fort: „Aber eine Vampirin ist vielleicht etwas anderes? Eine Herausforderung. Sie kann viel mehr aushalten als eine Sterbliche."

Xylos machte Anstalten, zu Sofia zu gehen, verharrte aber, als käme ihm in diesem Moment ein wichtiger Gedanke, den er Edward unbedingt mitteilen musste: „Weißt du, was mein bester Sex war?"

Edward wollte es nicht wissen, aber das würde Xylos nicht davon abhalten es ihm zu erzählen. Im Gegenteil.

„Die Königin! Sie hat mich geholt und gefickt, und ich wusste nicht, ob ich überleben würde. Ob sie mich töten, zu einem Sklaven oder zu einem Vampir machen würde. Ich habe mich gewehrt, als sie mich biss. Die Todesangst hat aus diesem Fick den besten und heißesten gemacht, den ich je hatte." Er deutete auf Sofia. „Und SIE kann mir das immer wieder bieten!"

Edward unterdrückte mühsam ein Knurren. Er konnte spüren, wie sich seine Hände zu Fäusten ballten, bis seine Nägel ins Fleisch schnitten, und der Schmerz ihn ablenkte. Er konnte froh sein, dass Xylos bereits auf das Mädchen zuging und nichts von seiner Wut mitbekommen hatte. Edward riss sich zusammen. Er musste Xylos diesen Tanz mit seinem Geschöpf gewähren, ob es ihm gefiel oder nicht.

Ein Eingreifen hätte Xylos' Verdacht bestätigt, dass die Kleine Edward wesentlich mehr bedeutete, als der Hexe lieb sein konnte. Eine Tatsache, die zu Erpressungen einlud – und dazu, Edward emotional so hart zu treffen, wie es seit seiner Verwandlung in einen Vampir niemandem mehr gelungen war.

Er würde seinen Engel später vor Xylos warnen.

Kapitel 11

Sofia ließ sich nun von Xylos auf die Tanzfläche führen, weil sie Edward vorher widersprochen hatte. Sie ärgerte sich, als genau in dem Moment, als sie die Tanzfläche betrat, die Töne eines Blues erklangen.

Am liebsten hätte sie Bette Midler und „The Rose" verflucht und die Flucht ergriffen. Stattdessen ließ sie es zu, dass Xylos sie zu sich zog und ihren Körper an seinen schmiegte. In dieser Position konnte sie spüren, wie sein Atem in ihre Haare blies, einzelne Strähnen bewegte und ihren Hals kitzelte, während seine Arme ihre Taille umschlangen und seine Hände sich oberhalb ihres Pos auf ihrem Rücken niederließen.

„Du hast dich vorhin tapfer geschlagen!", flüsterte Xylos an Sofias Ohr. „Aber du solltest Edward nicht trauen!"

„Ich traue niemandem!"

„Eine gute Einstellung", kommentierte Xylos zufrieden.

„Eine traurige Einstellung", murmelte Sofia.

Xylos warf ihr einen kurzen Blick zu. Ihre Worte passten nicht zu ihrem Auftreten oder seiner Einschätzung. Trotzdem war er zufrieden. Er konnte spüren, dass sie die Wahrheit sagte. Egal, was der Magistrat tun würde, um sein Geschöpf zu verführen, er würde den Engel nicht bekommen. Sie würde ihn auch nicht erlösen, dafür war sie nicht kaltblütig genug, sie würde ebenso versagen wie die unzähligen anderen Frauen vor ihr.

Aber für ihn würde sie ein besonderer Leckerbissen sein zwischen all den arroganten, weichen Frauen, den willigen Zahlerinnen und den dummen Gespielinnen, die glaubten, alles und jeden mit Geld oder Schönheit kaufen zu können, und die er meist für nur wenige Wochen behielt.

Er strich mit seinen Fingerspitzen über ihre pochende Halsschlagader.

„Reizend, wie du weiterhin versuchst die Sterbliche zu spielen!", murmelte er und widerstand der Versuchung, ihr Blut zu kosten. Dieser Versuchung würde er erst nachgeben, wenn sie ihn darum bat – anflehte – nicht eher.

„Ich mag es nicht, wenn du mich berührst!" Sofia drehte den Kopf weg.

„Angst?", neckte Xylos.

„Ekel!", konterte sie, und zu ihrer Überraschung lachte der Callboy leise.

„Wenn du dich auf mich einlässt, werde ich deinem Körper huldigen, wie es nie ein anderer Mann oder Vampir getan hat oder tun wird. Ich werde dich verwöhnen und dir Genüsse zeigen, die nicht für Menschen bestimmt sind. Ich werde dich auf Ebenen katapultieren und in Sphären heben, in denen nur noch wir beide existieren und unsere Lust aufeinander. Ich werde dich vor hemmungsloser Gier flehen und betteln lassen, bis du glaubst, vor Verlangen zu sterben, und werde dir jeden Wunsch erfüllen."

Sofia benötigte einige Sekunden, um sich von Xylos' Worten zu erholen. Er wusste wahrlich, wie man eine Frau in Versuchung führte.

Schließlich sagte sie: „Danke für das nette Angebot! Aber ich habe kein Interesse!"

„Lügnerin!", tadelte Xylos, der die Unwahrheit in ihrem letzten Satz mit jeder Faser seiner Existenz spürte. „Ich wittere deine Neugier und kann die Feuchtigkeit zwischen deinen Beinen riechen, die verführerische Mischung aus völliger Unschuld und sinnlicher Begierde, die von dir ausgeht."

„Fein!", behauptete Sofia. „Du hast mich erwischt, ich bin auch nur ein Mensch und durchaus anfällig für einen attraktiven, sinnlichen Mann. Zufrieden?"

Das war Xylos tatsächlich. Sie würde sein werden!

Vielleicht würden die Königin und ihre Schwester sogar zusehen wollen, wie er den Engel zu Fall brachte. Lange blonde Haare konnten sich mit feurigroten mischen, verführerische Lippen miteinander verschmelzen, makellose Alabasterkörper einander umwinden. Er gluckste leise in sich hinein. Diese Fantasie würde ihn sicher so bald nicht loslassen!

Er fing Sofias Blick auf und zeigte ihr, was er sich vorstellte: Weiche Körper, vollkommen geschwungene Hüften und makellose Brüste. Er ließ sie an seiner Vorstellung teilhaben, verknüpfte seine Erinnerungen und seine Wünsche und drängte sie ungefiltert in ihren Geist.

Sofia erstarrte in Xylos' Armen – einer Gliederpuppe gleich – mit der Xylos weitertanzen konnte, solange er die Führung und die Macht behielt, während er Sofias Geist in seiner Fantasie gefangen hielt.

Sofia befand sich plötzlich in einem Bett, das sie nicht kannte. Nur langsam ließen ihr Blick und ihr Verstand sich auf das Offensichtliche lenken: Weibliche Hände spielten mit ihrem Körper, strichen mit äußerster Sanftheit über ihre Brustwarzen, während sie die Zunge einer zweiten Person zwischen ihren Schenkeln spürte.

Sie sah an sich hinab und in das Gesicht einer fremden vampirischen Schönheit mit feuerroten Haaren, deren Blick von einem unheilvollen Feuer beseelt schien. Doch ihre Berührungen waren ebenso vollkommen wie ihr Antlitz – ebenso perfekt wie das Antlitz der zweiten, menschlichen Frau, die Sofia mit ihren Händen verwöhnte.

Die Vampirin hob ihre Hände und versuchte, die Berührungen der menschlichen Frau zu stoppen. Deren Haut war weich wie Seide, warm und lebendig, und Sofia brachte es nicht über sich, den Körperkontakt zu unterbrechen. Im Gegenteil. Sie ließ zu, dass die Frau sie tiefer in ihren Bann zog, Sofias Brustwarzen mit ihren Fingern umschloss und langsam zudrückte.

Die Schmerzen waren exquisit und entluden sich in einer ersten Welle.

Sofia wand sich, als die Vampirin zwischen ihren Beinen ihre Zunge bewegte. Sie konnte ihre eigene Erregung spüren, die anderen Frauen riechen, ihre Lust. Genussvoll fing die Rothaarige Sofias Lusttropfen mit der Zunge auf, ließ diese sanft und spielerisch über die Klitoris gleiten, bis Sofia stöhnte. Erst dann tauchte sie einen Finger in Sofia. Schockiert bewegte sich Sofia, doch es gab kein Entkommen, und sie wollte auch nicht entkommen. Nicht, als die Menschenfrau ein zweites Mal zudrückte, und die Schauer der bittersüßen Lust Sofia durchzuckten.

Währenddessen ließ die rothaarige Vampirin ihren Finger in Sofia kreisen, berührte Stellen, die noch nie jemand berührt hatte und schmeckte Sofias Nektar, von dem noch nie jemand gekostet hatte.

Und du kennst sie nicht einmal, unterbrach Sofias innere Stimme mit Melanies tadelnder Tonlage das Geschehen.

Xylos war überrascht, als Sofias Blick plötzlich wieder klar wurde. Sie schien wieder zu sich selbst zu finden und fixierte ihn, als sei er der einzige Halt in ihrem wackeligen Universum.

„Scheißkerl!“, murmelte sie, doch in ihrer Stimme schwang unverkennbare Erregung mit. „Verdammt lebhafte Fantasie!“

Xylos ahnte, dass Sofia immer noch den Geruch der Hexe in der Nase hatte, dass ihr Blut immer noch von den fiktiven Berührungen der Königin kochte. „Das, was du vorhin gesehen hast, hat dich angemacht. Nicht nur die Fantasie, auch die Realität vorher hat dir gefallen. Ich habe dir gefallen“, behauptete er.

Sofia versuchte gar nicht erst das zu leugnen, sondern griff ein anderes Thema auf. „Du benutzt Frauen als Schafe.”

„Nein, als Lustobjekte und als Essen.“

„Gleich viel besser, du Freak!“, kommentierte Sofia sarkastisch. „Wie nennt man eine Frau in Xylos’ Bett? Ficksnack bei Mac Mensch. Brauchst du wirklich fünf?“

Xylos lachte leise und vergnügt. So gut hatte er sich seit Jahrzehnten nicht unterhalten. „Warst du vor deinem Leben nach dem Tod Vegetarier?"

„Nein." Sofia schüttelte den Kopf.

„Siehst du? Nichts anderes ist es bei mir auch. Ich esse, um stark zu bleiben. Das ist es, was Menschen und Vampire tun. Und genau wie du früher – mag ich verschiedene Fleisch- und Blutsorten."

„Das sind Menschen!"

„Ich weiß!"

„Wie alt muss man werden, um diese ätzende Einstellung zu bekommen?"

„Ich hatte sie schon immer!", verkündete Xylos, als sei es etwas, worauf er stolz war.

„Das ist, als … als … machtest du einen Menschen zu deinem Haustier." Niemals würde sie den kalten und amüsierten Gesichtsausdruck vergessen, mit dem er sich über die Frauen hergemacht hatte. Erst über die eine, dann über die andere. Es hätte jede Frau sein können – es spielte für Xylos absolut keine Rolle, welche Frau er gerade fickte und von welcher er trank.

„Mehr sind Menschen auch nicht", meinte er.

„Du meinst Frauen?!" Sofias Tonfall war ausdruckslos. Xylos widersprach ihr nicht. Sie versuchte sich aus seinem Griff zu befreien. Mit einem Mal wurden seine Hände zu Klauen, die sie hielten, seine Arme zu Stahlbändern, die sie umschlossen. „Der Tanz ist noch nicht zu Ende!" Seine Stimme war eisig.

„Für mich schon!", zischte Sofia, doch Xylos reagierte nicht auf ihren Versuch, von ihm fort zu kommen.

Sofia konnte die Wut beinahe körperlich spüren. Ihre rechte Hand hatte schon zugeschlagen, bevor ihr Verstand wusste, was ihr Körper tat.

Selbst Xylos hatte den Schlag nicht kommen sehen. Er traf ihn mitten ins Gesicht und warf ihn quer durch den Raum, wobei er noch gegen einige Vampire stieß und sie mit sich riss.

Xylos lachte, als er schließlich inmitten der Vampire zum Stillstand kam. Nicht arrogant, sondern mitfühlend! Nicht unterkühlt, sondern aufbrausend! Dieser Engel war göttlich und so höllisch leicht zu provozieren! Was für einen Spaß er mit ihr haben würde. Irgendwann. Er war unsterblich und konnte warten.

Kapitel 12

Sofia spürte, dass ihr jemand folgte. Sie blickte sich um. Instinktiv wusste sie, dass es Edward war. Der Mond ließ sein Haar aufleuchten und verlieh seinem Gesicht eine gewisse Härte.

Warum seine Anwesenheit sie gleichzeitig beunruhigen und aufregen konnte, wusste sie nicht, doch ihre Nerven spannten sich an. Die närrische Sehnsucht, die sie beim Tanzen mit ihm gefühlt hatte, kehrte zurück.

Für Sekunden kämpfte sie nicht nur gegen einen unerklärlichen Fluchttrieb an, sondern auch gegen den Wunsch zu ihm zu laufen und sich für immer in seine schützenden Arme zu werfen. *Er kann mich nicht schützen, Noctalyus sagte, Edward sei kaum älter als ich.*

***

Edward näherte sich seinem Engel. Seine Wut verflog bei jedem Schritt ein wenig mehr. Das Mondlicht ließ das Blau von Sofias Kleid fast verschwinden und hüllte es in ein überirdisches Silber, welches mit dem Gold ihrer Haare um die Wette glänzte.

Als sie ihn ansah, vergaß er auch den letzten Rest seiner Wut darüber, dass sie sich nicht an ihr Versprechen gehalten hatte. Ihre Augen, umrahmt von ihren unglaublich langen Wimpern, waren riesengroß, fast zu groß für ihr Gesicht und glänzten, als kämpfe sie gegen Tränen an. Sie wirkte schockiert und verletzt, während ihr Körper nach ihm zu rufen schien, nach Schutz, Geborgenheit und Vertrauen.

Mein verletzlicher Engel, ganz allein unter Feinden, dachte er und fühlte sich schäbig, weil es seine Schuld war, dass sie überhaupt in dieses Spiel verwickelt worden war.

„Im Mondlicht siehst du aus wie ein silberner Geist." *Der gekommen ist, um mein unsterbliches Herz zu stehlen.* Seine Stimme klang verräterisch tief, und er schalt sich selber einen Narren. „Hüte dich vor Xylos!", verlangte er.

„Das hat er mir auch in Bezug auf dich geraten", antwortete sie.

„Das kann ich mir denken! Aber was mich betrifft: Ich habe nicht vor, dir Schaden zuzufügen." *Jedenfalls nicht mehr, als ich es bereits getan habe.*

„Du meinst, du willst mich nicht als Blutbank missbrauchen, zu deiner Sklavin machen, töten, vergewaltigen oder verkaufen?"

„Nein, nichts dergleichen", versprach Edward mit einem Lächeln. *Ich habe dich nur zu einem Vampir gemacht, dir dein Leben gestohlen und manipuliere dich, damit du mich zur richtigen Zeit am richtigen Ort tötest.*

„Xylos war leicht zu verletzen!", behauptete Sofia trotzig.

„Das hat ihn nur noch verbissener gemacht."

„Versteht er kein nein?"

„Nein. Das tun die wenigsten Vampire!"

„Du?"

Edwards Lächeln wurde schelmisch. „Finde es doch heraus!"

„Wieso hast du mich geküsst?" Sofia wechselte das Thema. Zu genau erinnerte sie sich an seinen rettenden Kuss und das darin verborgene

Versprechen – dass er sie, wenn sie sich ihm hingäbe, für immer auf Händen tragen würde. Es war elementar und verführerisch – und stellte die Schwüre jedes potenziellen Liebhabers in den Schatten.

Edward starrte sie an und erkannte, dass er bereits unrettbar verloren war. Er hatte seine Regeln gebrochen und war auf sein eigenes Spiel hereingefallen.

„Ich habe dich geküsst. Einmal, um dich zu retten“, antwortete er.

Seine Stimme hypnotisierte Sofia. Edward zog sie an sich. Das Braun seiner Augen wurde noch tiefer und fesselnder, als es bereits im Neonlicht gewesen war.

Sofia schluckte. Edward war ein Verführer und hatte seine Kunst in den letzten Jahrzehnten perfektioniert, daran bestand keinerlei Zweifel. Es wäre klug, Distanz zu wahren. Doch sie war unfähig sich loszureißen, wurde von seiner Ausstrahlung eingefangen – in dem Netz, welches er bereits vorher um sie gesponnen hatte. Sie hob die Hände und legte sie auf seine Arme, als er sie noch näher zog.

„Warum?“, flüsterte sie. Sein Mund näherte sich dem ihren. „Es gab sicher auch andere Möglichkeiten mich zu retten?“

„Die gab es bestimmt.“ Edwards Atem strich über ihre Lippen. „Aber ich wollte dich genießen.“

Und er tat es wieder. Sein Mund senkte sich auf ihren; fest und wissend. Sofia wusste, dass sie sich wehren sollte, stattdessen schwankte sie am Rand eines unsichtbaren Abgrunds. Edward spürte ihr Nachgeben. Seine Hände umfassten ihre Taille fester, seine Lippen wurden fordernder.

Sie taumelte, fiel kopfüber.

Warum sie den Wunsch hatte, auf seine arroganten Forderungen einzugehen, konnte sie nicht ergründen; trotzdem tat sie es. Sich an seine Stärke zu klammern, sich der Erregung des Kusses hinzugeben war geradezu Wahnsinn, trotzdem tat sie auch das.

Als seine Lippen sie bedrängten sich zu öffnen, fügte sich Sofia. Edward schluckte ihr Keuchen, als er eindrang und ihren Mund nahm, Sofia den Atem raubte und ihr gleichzeitig seinen gab.

Wahnsinn in der Tat! Ihre Haut erhitzte sich, glühte. Sofias gesamter Körper lebte auf, wurde erweckt und wiedergeboren in seinen Küssen.

Nie hatte der Drang zu nehmen und zu besitzen so machtvoll in ihm getobt. Edward kämpfte darum, ihn im Zaum zu halten; trotzdem erfüllten ihn Hunger und Gier. Das Mädchen war köstlich, so großzügig, ganz nach seinem Geschmack!

Nie zuvor hatte er den Geschmack der Unschuld begehrt; aber sie war anders, nicht ganz unschuldig, elementar sinnlich. Er war gefangen, gefesselt und süchtig. Ihren Wert hatte er bereits bei ihrem ersten Anblick gespürt – das Versprechen eines Engels.

Nur seine jahrtausendealte Erfahrung ermöglichte ihm, seiner wachsenden Erregung Herr zu werden. Der Zeitpunkt für Begierde war falsch; Edward war bereits weiter gegangen als er vorgehabt hatte, angelockt von rosigen Lippen, überwältigt von der Heftigkeit seines Verlangens.

Er unterbrach den Kuss und zitterte; so viel Kraft kostete es ihn, sich daran zu hindern zurückzukehren, ihren Mund erneut zu erobern und nach Herzenslust zu plündern.

Sofias Wut entfaltete sich. Sie fühlte, wie er die Schwingen ausbreitete; sie rang mit ihm, versuchte ihn niederzukämpfen, aber er erhob sich über ihren Willen und flog ungehindert los.

Es lag nicht einmal daran, dass sie von ihrem ursprünglichen Ziel abgekommen war oder sich in Edwards Nähe der Kraft seines Willens bewusst war, eine greifbare Kraft, die sie drängte, sich ihm zu unterwerfen. Was sie wütend werden ließ, war ihre Reaktion auf seine Berührung, der Funken des Erkennens, das Auflodern eines Feuers, das so alt war wie die Zeit.

Sie konnte, wollte, durfte sich nicht verlieben. Nicht jetzt, wo sie einen Schwur zu halten hatte und ihren Verstand und ihre ganze Kraft dazu benötigte, gegen alle Vampire der Welt zu kämpfen, um diesen mysteriösen Magistraten zu finden.

Edward bemerkte, wie ihr Körper sich versteifte. Sie traf eine Entscheidung und wollte gleich darauf von ihm fort. Er packte ihre Hände und fing sie auf, als sie bei ihrem Fluchtversuch gegen eine Häuserwand prallte. Sofia stockte der Atem, sie öffnete den Mund.

Edward hob ihre Hände seitlich neben ihren Kopf, hielt sie auf diese Weise gefangen und kam mit Bedacht näher. Durch sein Hinabbeugen baute er eine Art Käfig um sie.

Sofia konnte kaum atmen, wusste nicht, ob sie es wagen durfte. Edwards Kraft umfing sie, hielt sie und prägte sich in ihre Sinne. Kaum zwei Zentimeter trennten ihre Körper. Sie begriff seine Absicht, ihre Sinne zu betören, damit sie ihn als Liebhaber und Gefährten akzeptierte.

„Du hast gesagt, du wirst mir nicht schaden!“, protestierte sie. „Mich nicht zu deiner Sklavin machen oder mich vergewaltigen.“

Sofia lotete aus, wie fest Edwards Griff war – mehr aus Instinkt, als aus Erfahrung. Seine Hände hielten sie, doch nur so fest, dass sie ihre stählerne Kraft spüren konnte.

„Weder schade ich dir gerade, noch vergewaltige ich dich, noch bin ich dabei, dich zu meiner Sklavin zu machen!“, stellte Edward klar.

Sein verärgerter Blick schnürte ihr die Kehle zu. Er log nicht, aber sein Zorn war auf der Pirsch, genau wie ihrer. Sie erkannte die Wahrheit. Woran war sie mit ihm?

Edward zögerte angesichts der widerstreitenden Gefühle in seinem Inneren. Es verlangte ihn danach, mit ihr zu gehen, bei ihr zu bleiben und sie zu beschützen und – falls eine lebensüberdrüssige Person dazu überhaupt in der Lage war – ihr Vertrauen für sich zu gewinnen.

Doch gleichzeitig wusste er: Er konnte ihr nicht vertrauen, weil sie ihrem Leben nicht vertraute; er durfte nicht bei ihr bleiben, um sie nicht noch mehr in Gefahr zu bringen; und er durfte auch seinem Verlangen nicht nachgeben, weil sie ihn, den Magistraten, sonst vielleicht nicht mehr genügend hassen würde, um ihn zu töten.

Abrupt ließ er Sofia los und trat einen Schritt zurück.

„Wenn du auf deiner Suche nach deinem Schöpfer auf unsere Königin triffst, wirst du laufen. So schnell und so weit wie noch niemals zuvor."

Sofia nickte.

„Wenn du auf die Hexe stößt, wirst du ebenfalls laufen, so schnell und weit wie noch niemals zuvor. Sie sind wunderschöne Zwillinge mit weißer Haut und rotem, langen Haar. Verstanden?"

Sofia nickte.

„Und wenn du auf Xylos triffst …"

„Werde ich laufen, so schnell und weit wie noch niemals zuvor?!", schlug Sofia zynisch vor.

„Genau!" Edward sah sie ernst an. „Er ist ein gefährlicher Psychopath, und das Vampirsein hat ihn nicht verändert. Er ist brutal, und er will dich!"

Sofia schluckte. „Versuchst du, mir Angst zu machen?"

„Ja!", gab Edward zu.

„Du machst deine Sache gut."

„Gut!", betonte Edward zufrieden.

„Aber wo fange ich an, den Magistraten zu suchen? Wie sieht er aus? Was ist ein Magistrat überhaupt?"

„Er ist der oberste Richter der Königin, der Vollstrecker ihrer Gesetze und Zeuge all ihrer Befehle."

„Also finde ich ihn bei der Königin?", fragte Sofia leise.

„Nein!" Edwards Entgegnung war scharf, während er überlegte, wie er Sofia – so gut es ging – vor den Gefahren der Vampirgesellschaft beschützen und sie trotzdem zu seinem Ziel lotsen konnte.

„Es gibt eine Gruppe, die dafür sorgt, dass weibliche Vampire getötet werden. Wenn du sie findest – dazu musst du einfach nur weitermachen wie bisher, dein Anfang war gut – wirst du sicher auch den Magistraten finden."

Sofia war bei Edwards Worten blass geworden. „Das ist doch Wahnsinn! Vor der Königin, der Hexe und Xylos soll ich weglaufen. Aber eine mörderische Gruppe, deren Zweck einzig und allein darin besteht mich umzubringen, soll ich auf mich aufmerksam machen, ohne zu wissen, wann und wo ich ihr begegne und wer zu ihr gehört?"

„Das ist der einzige Tipp, den ich dir geben kann. Einen anderen Weg weiß ich auch nicht!", behauptete Edward. Sofia spürte die Wahrheit in seinen

Worten. Er glaubte tatsächlich, sein Vorschlag sei die beste Idee, wie sie den Magistraten finden konnte.

„Gibt es sonst noch etwas, was ich wissen sollte?", fragte Sofia. Sie war merkwürdig enttäuscht darüber, ihre Suche nach dem Magistraten alleine fortsetzen zu müssen. Edward bot nicht einmal an, sie zu begleiten. *Kannst du das Versprechen in seinem Kuss so falsch gedeutet haben?* Traurig sah sie zu Boden und vermied es, ihm ins Gesicht zu sehen. *Merkwürdig, dass er mir so viel bedeutet, und dass es mich so sehr schmerzt, wieder enttäuscht und alleingelassen zu werden. Man sollte meinen, irgendwann hätte man sich daran gewöhnt.*

„Nein, ich denke nicht", behauptete Edward.

Sofia konnte die Lüge beinahe körperlich spüren. Edward verschwieg ihr etwas, vielleicht den Grund, warum er sie nicht begleitete.

„In Ordnung, ich nehme dich beim Wort!", versprach Sofia. „Aber wenn diese Information, die ich nicht wissen muss, kommt und mich in den Arsch beißt, werde ich nicht amüsiert sein."

Edward konnte hören, dass ihre Stimme zitterte und verfluchte sich selbst für alles, was er ihr angetan hatte und noch antun würde.

„Lebwohl!", hauchte sie und war in der Nacht verschwunden, bevor er sich verabschieden konnte.

Kapitel 13

Edward beobachtete den Eingang der mittelmäßigen Absteige in der Rue de Clichy, in der Sofia abgestiegen war. *Wie ein typischer Städtereisetourist.*

Er hatte sich wieder auf seine ursprüngliche Aufgabe besonnen, sein Geschöpf aus der Ferne zu beobachten.

Da sie sich als außergewöhnlich mächtig erwiesen hatte, harrte Edward schon seit zwei Stunden im Schatten der Brücke aus, nicht sicher, wann sie sich erheben würde, um ihre Nacht zu beginnen.

Seit zwei Tagen folgte er ihr durch die Stadt der Liebe und konnte kein Muster in ihrem Schlafrhythmus erkennen. Mal erschien sie bereits bei Einbruch der Dämmerung auf der Straße, mal verließ sie das Hotel erst um 23 Uhr und wirkte dabei immer noch müde.

Er wurde aus dem Mädchen einfach nicht schlau. Bisher hatte sie sich noch nicht um Kontakt zu den Vampiren in der Stadt gekümmert, sondern sich wie eine Touristin benommen. Edward schauderte bei diesem Gedanken. Es waren erstaunlich viele der alten und mächtigen Vampire in der Stadt, was nicht allein an dem Flair von Paris liegen konnte.

Ihn selber hatte niemand bemerkt. Er war zu alt und zu erfahren. Seine Aufgabe bestand schließlich seit Jahrhunderten darin, ungesehen zu leben, zu finden und zu richten.

Selbst Hasdrubal, ein Kind des untergegangenen Karthagos, hatte Edwards Anwesenheit in der Metro nicht gespürt, als dieser sich an der Station *Charles de Gaulle Etoile* dicht an Sofia gedrängt hatte. Sie hatte nicht einmal den Kopf gehoben, um die Anwesenheit des Vampirs zu würdigen, sondern war wie eine Sterbliche mit der Herde der Touristen aus der Metro gestampft und durch den Arc de Triomphe auf die Champs Elysées gegangen.

Bis zum *Gefilde der Seligen* war Hasdrubal der jungen Vampirin gefolgt, ohne bemerkt zu werden und ohne zu spüren, dass Edward seine Reaktionen beobachtete. Edward spürte die Verwunderung und die Aufregung des älteren Vampirs, doch Hasdrubal hatte sich an die Regeln gehalten und war gegangen, ohne Edwards Engel anzusprechen. Auch wenn sein Bedauern ihm deutlich im Gesicht geschrieben stand.

Sofia war über den Place de la Concorde gegangen, hatte die Gartenanlage Jardin des Tuileries besichtigt und war dann zu der Glaspyramide und dem Louvre geschlendert.

Da sie die eindrucksvolle Glaspyramide des japanischen Architekten Pei trotz der Illumination nicht eindrucksvoll zu finden schien, führte ihr Weg sie rasch in den Louvre, den sie bis 21.44 Uhr besuchte. Genau eine Minute vor Schluss hatte sie ihn verlassen und war wieder in ihr Hotel zurückgefahren.

Edward löste sich von der Wand, an der er gelehnt hatte, als Sofia die Straße betrat und sah erstaunt auf seine Armbanduhr. *Wirklich früh!*

Gespannt folgte er ihr in die Metrostation, doch wieder fuhr sie nicht zum Treffpunkt der Pariser Vampire, sondern nahm die Metro zur *Trocadéro*.

Edward begann sich über ihr Verhalten zu ärgern. Sie schien ihr Leben zu genießen und die Suche nach ihrem Schöpfer dazu zu benutzen, sich die Sehenswürdigkeiten anzusehen!

Zum Glück ersparte sie es sich und ihm, die 1652 Stufen des Eiffelturms hinaufzusteigen, sondern betrachtete den Turm lediglich von unten. *Wenn sie jetzt auch noch Fotos macht, drehe ich ihr den Hals um*, dachte Edward. Sekunden, bevor Sofia ihre Digitalkamera zückte.

Ich fass' es nicht! Jahrelang interessiert sie sich nicht für die Schönheit der Welt und für das Leben, und kaum ist sie tot, erfreut sie sich an jedem Tag, als wäre er ihr letzter! Edward wandte den Blick von ihr ab. *Großer Gott! Was denke ich da gerade? Bin ich wirklich so tief gesunken?* Beschämt gestand er sich die Antwort ein, die schon lange in ihm nagte: *Ja, bin ich.*

Sein Verlangen nach ihr und der anklagend-traurige Blick, den sie ihm in London zugeworfen hatte, bevor sie ihn einfach stehen ließ, bohrten immer noch in ihm und brachten seine schlechtesten Eigenschaften zum Vorschein: Eifersucht, Besitzsucht und Gier.

Er begriff, was an diesem Abend geschehen war und dass er seine Entscheidung, Sofia nicht zu begleiten, wohlüberlegt getroffen hatte. Er tat das Richtige.

Doch leider fühlte er es nicht. Er fühlte sich … benachteiligt. Als hätte man ihm etwas genommen, das er sich schon seit langer Zeit gewünscht hatte – gerade in dem Augenblick, als er die Hand danach ausgestreckt hatte.

Und als sie einfach gegangen war mit diesem Blick, als ob er ihr gerade das Herz gebrochen hätte … Nie zuvor hatte er sich so miserabel gefühlt. Dazu kam seine Schuld.

Wie ein Schatten folgte er Sofia zur Bootsstation. Das übersichtliche kleine Boot erschwerte ihm die Verfolgung und zwang ihn dazu, seine vampirischen Fähigkeiten zu nutzen und parallel zum Boot am Ufer entlangzuhuschen und zu warten, bis Sofia das Boot wieder verließ.

„Notre-Dame"

Natürlich! Kein Tourist lässt sich Notre-Dame entgehen. Edward seufzte. Hätte er gewusst, was sie vorhatte, hätte er sich noch einen Städteplan gekauft, um die einzelnen Punkte abzuhaken und zu sehen, wie viele Ausflugsziele noch kamen.

Als Sofia die drei Portale der Westfassade betrachtete, versuchte er sich zu erinnern, wie Notre-Dame früher ausgesehen hatte. Einst als Jupitertempel, dann als kleine christliche Kirche. Aber es war ihm nicht möglich, zu sehr überlagerten die Portale seine Erinnerung. Damals waren sie farbig gewesen und das „*Jüngste Gericht*" am Mittelportal hatte auch eindrucksvoller ausgesehen.

Er folgte dem Engel unbemerkt, um mit ihr und der nächsten Metro nach *Abbesse* zu fahren. Seine Hoffnung, dass sie sich endlich auf ihre Aufgabe besann, wurde zerstört, als sie die falsche Richtung einschlug. Oder die richtige, denn Sofia war auf dem Weg zum Wahrzeichen Montmartres, Sacré-Cœur. Missmutig verschmolz Edward mit den Schatten und folgte ihr. Dieses Mal ärgerte er sich noch mehr über die Fotos, denn das Mädchen bat einige Passanten, sie zusammen mit der weißen Kirche zu fotografieren.

Weiß sie denn nicht, dass Vampire nicht fotografiert werden können, dachte Edward, während er zusehen musste, wie sein Engel mit einem Sterblichen flirtete und mit der Kamera kokettierte.

Schließlich ging Sofia weiter nach oben. Edward blieb stehen. Weit würde sie ohnehin nicht mehr kommen. Einem Gebäude, in das so viel Glaube gesteckt worden war und immer noch gesteckt wurde, konnte kein Vampir der Welt sich mehr als wenige Meter nähern

Sofia verschwand kurz aus seinem Blickfeld, kam aber nahezu sofort mit einem verärgerten Gesichtsausdruck zurück.

Hat sie es auch endlich gemerkt? Edward, der sich kurz auf die niedrige weiße Mauer gesetzt hatte, stand auf, um ihr zu folgen. Und verharrte mitten in der Bewegung. Sie hatte die Kirche betreten!

Ungläubig starrte er auf die Pforte, hinter der Sofia verschwunden war und wartete. Nichts geschah. Langsam setzte er sich in Bewegung und stieg die letzten Treppen nach oben. Nichts geschah. Kein unsichtbarer Widerstand, wie er ihn schon so oft gespürt hatte, wenn er sich Gebäuden des Glaubens genähert hatte, hielt ihn auf. Ungehindert betrat er die Kirche und entdeckte sein Geschöpf nahezu zeitgleich, wie es langsam den Innenraum entlangschlenderte. Bei dem Anblick ihrer Reinheit – sie schien direkt einem der Engelsgemälde entsprungen zu sein – und der unschuldigen Faszination, mit der sie das religiöse Inventar betrachtete, stieg heißkalte Wut in ihm auf. Sie schien nicht einmal über ihre Handlung nachgedacht zu haben, bevor sie die Kirche betreten hatte. *Ist das ihre neue Art, Selbstmord zu begehen?*

Fluchtartig verließ er die Kirche, nicht sicher, ob er sonst etwas Dummes tun würde. Gewiss würde kein anderer Vampir ihr in einer Kirche etwas zuleide tun. Geschweige denn, ihr folgen!

Bevor er dazu kam, sich wieder in den Schatten zu setzen, sah er etwas, was ihm für einen Moment die Sprache verschlug und ihn wegsehen ließ.

Als er wieder den Ort betrachtete, an dem er Sekunden zuvor das Liebespaar gesehen hatte, war es verschwunden. Verwirrt stand Edward auf, brachte erst die Treppen hinter sich, bevor er einen klaren Gedanken fassen konnte. Er bog in die Rue de Montmartre ab.

„Magnus!“ Seine Stimme hob sich über den Lärm der Touristen und ließ seinen Freund anhalten.

Die Frau an Magnus’ Seite blickte sich ebenfalls suchend um, konnte Edward aber in der Menge nicht als den Rufer ausfindig machen. Erst als Magnus ihm ein Zeichen gab, trat Edward zu dem Paar.

„Edward, mein Junge! Welch faszinierender Zufall!“ Magnus reichte ihm die Hand. Edward schüttelte sie, jedoch ohne seinen Blick von der Frau abzuwenden.

Magnus und eine Frau! Eine sterbliche Frau um die fünfzig Jahre, bildhübsch, mit munteren braunen Augen, ihr Gesicht strahlend vor Lebensfreude und Liebe, doch ihr Körper war bereits im Verfall begriffen.

„Darf ich dir Elisabeth vorstellen?“ Edward begriff, dass sie etwas Besonderes war, noch bevor Magnus hinzufügte: „Meine Frau!“

„Sehr erfreut, Edward!“ Elisabeth reichte ihm ihre schmale Hand. Sie zitterte leicht und Edward begriff warum, als sie hinzufügte: „Es freut mich, den Magistraten kennenzulernen, von dem mein Mann bisher nur das Beste erzählt hat.“

Edward warf Magnus einen ungläubigen Blick zu. Ausgerechnet er hatte einer Sterblichen die Existenz der Vampire offenbart, ausgerechnet er hatte sich mit einer Frau eingelassen! Und es wäre Edwards Aufgabe, die Frau auf der Stelle zu töten und seinen Freund zur Königin zu bringen. Stattdessen hörte er sich ein „Sehr erfreut!“ erwidern.

Das Lächeln Magnus' war wehmütig. Er durchschaute Edwards Entscheidung, doch zu Elisabeths Beruhigung erkundigte er sich trotzdem. „Wirst du schweigen?"

„Ja!" Edward verbeugte sich vor Elisabeth, was Magnus sichtlich überraschte.

„Wieso?", erkundigte sich Edward. Den beiden Vampiren war klar, dass er mehr wissen wollte als den Grund, warum Magnus sich mit einer sterblichen Frau einließ.

„Liebe!", gab Magnus mit einem geheimnisvollen Lächeln preis, welches dem der Mona Lisa in nichts nachstand.

Edward lachte trocken. *Liebe. Immer alles für die Liebe.*

„Du hast nie geliebt, oder?" Die Frage kam von der Frau.

„Nein, Liebe gibt es nicht!"

„Dann hätte Morna sich ihren Fluch auch sparen können", entgegnete sie und schlug die Augen nieder. Offenbar fürchtete sie sich vor den Konsequenzen ihres Satzes, mit dem sie offenbart hatte, dass Magnus sie in alles, wirklich alles eingeweiht hatte.

Die Worte der todkranken Frau – wieso ist sie todkrank? – trafen Edward und zwangen ihn zu einem Einwand: „Ich liebe meine Familie!"

„Das ist nicht dasselbe!", flüsterte Elisabeth. Ihre leisen Worte klangen wie das Kratzen eines Stiftes auf brüchigen, vergilbten Pergamentseiten.

„Dann sorg dafür, dass das Mädchen dich tötet – und die Hexe stirbt!" Magnus übertönte Elisabeths Satz.

„Ja!", nickte Edward. *Sie ist diejenige, die Morna töten wird! Die Wahrscheinlichkeit ist hoch. Zumindest, wenn sie diejenige ist, die auch dich tötet und befreit!*

„Zwing das Mädchen dazu, dich zu hassen!"

„Dafür hast du bereits Sorge getragen, als du sie dazu gezwungen hast, ihre Schwester zu töten!" Edward gelang es nicht, seine Abscheu über diesen makaberen Plan zu unterdrücken. Zu genau erinnerte er sich daran, wie wütend und verzweifelt Sofia gewesen war.

„Sie und ihr Hass auf dich sind der einzige Weg, dieses Spiel zu gewinnen."

„Es. Ist. Kein. Spiel!"

„Ich. Weiß!"

Elisabeth wirkte nachdenklich, als entdeckte sie an Edward etwas, was selbst den vampirischen Sensoren des Magnus entging.

Als Edward zum Sacré-Cœur zurückkehrte, war Sofia fort. Wie vom Erdboden verschluckt. *Wahrscheinlich auf ins Moulin Rouge*, dachte Edward und schlenderte nachdenklich in die Nacht.

Erst nach Stunden drang das Verschwinden seines Engels in sein abgelenktes Bewusstsein, nahm an Beunruhigung zu und wurde rasch dringlicher.

Kapitel 14

„Edward!“ Joels Stimme riss den Magistraten aus seiner Verwirrung darüber, dass er Sofias Präsenz nicht mehr in ihrem Hotel wahrnehmen konnte. Betont langsam drehte er sich um und musterte den Schwärzesten der Vampire.

„Morgen, Joel! Bist du beruflich hier?“

Joel verkniff sich ein Lächeln, als er begriff, wonach Edward in Wahrheit fragte. Falls ein anderer Vampir in Hörweite war, würde er wissen, dass Edward sich nach der Vampirin erkundigte.

„Es ist niemand hier, Edward. Ich bin allein.“

Edward entspannte sich sichtlich.

„Aber ich bin wegen IHR hier!“, betonte Joel. Edward kam Joels Aufforderung nach und schlenderte mit ihm die Straße entlang. Dicht bei den Autos und dem durchdringend lauten Verkehr würden andere Vampire ihre Unterhaltung nicht verstehen können.

Trotzdem sprach der immer vorsichtige Joel leise: „Ich dachte, du wärst bei ihr!“

Angesichts des deutlichen Vorwurfes in der Stimme seines Freundes blickte Edward überrascht auf.

„Ich war bei Melanie, bis ...“ Edward schwieg, denn er konnte unmöglich sagen, was ihn abgelenkt hatte. Was für einen Moment wichtiger zu sein schien als sein eigens Schicksal.

„Ehrlich, mein Freund! Es ist mir völlig egal, was passiert ist. Auf jeden Fall ist es deine Schuld!“

Dumpfe Vorahnung stieg in Edward auf. „Was ist meine Schuld?“

„Scheiße, Edward!“

Joel schwieg und schürte so noch Edwards Befürchtungen. Edward hätte am liebsten auf seinen Freund eingeschlagen.

„Sie ist auf dem Friedhof.“

„Auf welchem von den dreien?“

„Cimetière de Montmartre.“

Aus Edwards Beunruhigung wurde Furcht.

„Ich hätte ihr mehr Verstand zugetraut!“, murmelte er leise, als müsse er sich vor sich selbst verteidigen.

„Woher sollte sie es wissen?“ Joels Stimme klang aufgebracht. So aufgebracht, wie Edward sie noch nie gehört hatte. „Woher soll sie überhaupt irgendetwas wissen?“

Edward schwieg auf diese Anklage hin.

„Und du hast sie ins offene Messer laufen lassen!“

Jeder wusste, dass sich auf dem Cimetière de Montmartre ausschließlich die jungen Vampire trafen. Selbst Edward waren die Exzesse zu Ohren gekommen, doch die Königin duldete die Ausschweifungen und die Sexorgien mit Sterblichen, die ab und zu in einem Blutbad endeten.

Die Beunruhigung in Edwards Körper wurde bohrend, gleißte als helle Schlieren hinter seinen Augenlidern und nagte sich durch seine Gliedmaßen. *Sie kann nicht tot sein, sie kann nicht …!* Trotzdem musste er die Frage laut stellen: „Ist sie …"

„Sie ist entkommen!", muffelte Joel, obwohl er Edward gerne noch in Ungewissheit gelassen hätte. Edwards Erleichterung war greifbar.

„Was ist passiert?"

„Außer, dass du ein verfluchter Idiot bist?!"

„Außer, dass ich ein verfluchter Idiot bin!", gestand Edward, den seine Sorge um Sofia überraschte. Wenn er nur daran dachte, was hätte passieren können: Ihr blondes Haar blutverklebt, ihre makellose Haut … Arme und Beine verdreht …Ihn schauderte.

„Na, immerhin ist er einsichtig!" Hasdrubals Stimme direkt hinter ihm erschreckte Edward. Hasdrubal war kein Freund, Hasdrubal war niemandes Freund. Ob er sich an die Gesetze hielt, war ein Geheimnis zwischen ihm und der Königin.

Joel deutete Edwards wütenden Gesichtsausdruck und seine geballten Hände richtig. „Hätte Hasdrubal mir nicht geholfen, hätte sie keine Chance gehabt!", betonte er und legte seinem Freund die Hand auf die Schulter. „Sie wäre NICHT entkommen!"

Edward entspannte sich langsam, blieb aber wachsam, als er sich zu dem anderen Vampir umdrehte.

Leise hörte er Joels Stimme, während er Hasdrubal mit Blicken maß. „Sie haben ihr Geld geboten, Sicherheit und Sex. Edward, sie wollten sie, weil sie eine Frau ist. Eine schöne Vampirin. Sie haben begonnen, um sie zu kämpfen."

„Ein paar wollten ihre Ketten benutzen", fügte Hasdrubal betont gleichgültig hinzu und genoss Edwards Gesichtsausdruck.

„Hätte Hasdrubal mir nicht geholfen …" Joel vollendete den Satz nicht und überließ den Rest Edwards Fantasie.

„Wieso hast du meinem Geschöpf geholfen?", fragte Edward und versuchte sich nicht anmerken zu lassen, wie sehr es ihn störte, dass Hasdrubal in die Angelegenheit verwickelt war. Auf keinen Fall durfte er wissen, dass Melanie ihm etwas bedeutete!

„Geschöpf?!" Hasdrubal schüttelte den Kopf. „Du benimmst dich wirklich schäbig, mein Magistrat. Ich verstehe dich nicht."

Edward war überrascht, dass Hasdrubal seine Magistratur über ihn anerkannte. „Du kennst den Grund."

„Ja, beinahe ebenso gut, wie du oder der Magnus."

„Dann weißt du, wieso ich es tue."

„Nein, ich sehe nur, dass du zu feige bist, den anderen Weg zu gehen."
„Den anderen Weg?"
„Erinnere dich an den Fluch!"
Edward erinnerte sich nur zu gut. Es gab keine Sekunde, in der ihn Mornas Worte nicht verfolgten. Aber die Alternative zu seinem Tod wollte und konnte er nicht eingehen, sie war zu unsicher. „Wie kann ich diesen Weg auch nur in Betracht ziehen? Sie liebt ja nicht einmal ihr Leben!"
„Wenn du das glaubst, bist du ein größerer Narr, als ich bisher dachte", erwiderte Hasdrubal.
„Woher willst du das wissen, allmächtiger Hasdrubal?" Hasdrubal ließ sich nicht provozieren.
„Weil ich bereits geliebt habe, als deine Großmutter Sternenlicht im Auge des Schicksals gewesen ist, mein Freund."
Edward schwieg.
„Weißt du, dass ich in all den Jahren noch nie in Rom gewesen bin?", erkundigte sich Hasdrubal. Seine Freundlichkeit zitterte nur ein winziges bisschen.
Und ich nie in Karthago, lag Edward auf der Zunge, doch er wandelte es um in ein: „Kann ich mir vorstellen!".
„Aber es ist etwas, das ich ändern werde. Wenn du sie nicht wertschätzt – ich kenne eine Menge Vampire, die es tun würden."
„Lass Melanie in Ruhe."
„Melanie?" Hasdrubal grinste süffisant und überraschte Edward mit einem Versprechen: „Ich verspreche dir, ich werde Melanie in Ruhe lassen!" *Wahrheit!*

Kapitel 15

Während Sofia schlief, hatte Edward ihr Blut gerufen und war dem Ruf nach Deutschland, ins Ruhrgebiet, gefolgt, wo er seinen Engel kurz nach Anbruch der Dunkelheit wiedergefunden hatte.
Überraschenderweise nicht in ihrer eigenen Wohnung.
Wahrscheinlich die Wohnung ihrer toten Schwester. Bei dem Gedanken an Magnus´ makaberen Plan, der allerdings bisher eine gelungene Wirkung zeigte, schauderte ihm.
Wahrscheinlich glaubte sie sich hier sicher vor dem Magistraten und spürte nicht, dass er nur wenige Meter entfernt zu ihr hinübersah. Wieder lief sie am Fenster vorbei, und Edward erhaschte einen Blick auf ihre blonde Mähne, die sie nachlässig zu einer Lockenpracht hochgesteckt hatte.

Sie sah bezaubernd aus in den dunkelblauen Jeans – *Hosen für Frauen sollten verboten werden!* – und einer schwarzen Bluse mit Rüschen. Die Kombination aus leger und feierlich wirkte verspielt und betonte ihre Jugend.

***

Sofia ließ sich wieder auf dem Sofa nieder und nippte an dem tröstlich warmen Tee, nachdem sie das Fenster zum Balkon geöffnet hatte. Hinter ihr bauschten sich die langen Vorhänge luftig auf, und der kalte Wind begann Geschichten vom nahenden Winter zu erzählen. Trotzdem gelang es ihr nicht, zur Ruhe zu kommen und sich heimisch zu fühlen.

Sie hielt sich in der Wohnung einer Fremden auf. Die Räume waren kalt und leer, sie selber einsam. Sie fühlte sich gefangen von ihrem alten Leben, während sie von Raum zu Raum pilgerte. Selbst der Tee schmeckte fade und diente nur dazu, den Durst zu stillen und das Verlangen nach Blut hinauszuzögern.

Sobald Sofia die Augen schloss oder entspannte, kam das Pandämonium zurück: Gerüche nach Sex und Leidenschaft, vor Verlangen verzehrte Gesichter, Schreie und Rufe in Sprachen und Dialekten, die sie nicht kannte, und die vielleicht bereits seit Jahrhunderten ausgestorben waren, ebenso wie die Sprecher. Der Kampf war für Sofia unerwartet gekommen. In einem Moment machten die Vampire ihr noch den Hof, im nächsten stürzten sie sich auf sie und versuchten ihrer habhaft zu werden. Auf einmal waren es zu viele, in der Masse zu stark, zu schnell und überall.

Hätte Joel nicht eingegriffen und der andere, der alte Vampir mit der dunklen Hautfarbe, hätten die Vampire sie in ihrer Gier in Stücke gerissen.

Edward hatte traurigerweise recht behalten: Wenn sie keinen männlichen Vampir an ihrer Seite hatte, war sie Freiwild. *Warum ist er dann nicht mit dir gegangen?*

„Verlangen alleine reichte wohl nicht!“, hörte Edward sie leise murmeln und beobachtete, wie sie ein Fotoalbum aus dem Regal nahm, um sich abzulenken.

Als er ihren Gesichtsausdruck sah, verfluchte er sie im Stillen für ihre Melancholie. Sicher sah sie sich gerade Bilder von glücklichen Tagen an.

Die einzelne Träne in ihrem Augenwinkel blitzte im Licht und rollte, als wollte sie Edward bestrafen, sehr langsam hinab. Als der Tropfen an Sofias Mundwinkel hängenblieb, lenkte er Edwards Blick auf die perfekten, sinnlichen Lippen. Gequält schloss er die Augen. *Daraus kann nichts entstehen – nicht aus dem ungreifbaren Versprechen eines Kusses.*

Er hörte das entschlossene Zuschlagen des Fotoalbums und öffnete die Augen, nur um zu sehen, dass Sofia sich zusammengerollt hatte und gegen den Kummer ankämpfte.

Hat sie denn niemanden, der sich um sie kümmert? Wütend presste er die Lippen zusammen, weil es so offensichtlich war: Sie war allein. Wahrscheinlich hatte sie nur ihre Schwester gehabt – und die hatte sie ja getötet. *So ein unfaires Spiel vom Magnus! Die Lebensüberdrüssige durfte leben, die andere musste sterben, ein Opfer für die Rachsucht!*

Der Gedanke beruhigte sein Gewissen nicht im geringsten.

***

Entschlossen schloss Sofia das Album und machte das Licht aus. Sie würde nicht depressiv werden! Sie würde kämpfen, und sie würde gewinnen!

Sie zwang sich dazu, bewusst zu atmen und in die Nacht zu lauschen. Sie aktivierte all ihre Sinne und konzentrierte sich auf die Geräusche, die sie hören konnte. Nur um sich abzulenken und sich daran zu erinnern, dass es auch Leben auf dieser Welt gab – und Menschen, die mehr Glück hatten als sie.

Sofia erbleichte, als sie die Geräusche in der Wohnung unter ihr einem Geschehen zuordnen konnte. „Aber so glücklich muss nun wirklich nicht sein!“, murmelte sie und versuchte sich auf etwas anderes zu konzentrieren.

Doch ihre Sinne schalteten immer wieder automatisch zurück. Nach einigen Minuten ergab Sofia sich ihrem Schicksal und schloss die Augen. Sie konnte nahezu körperlich fühlen, wie ihr Nachbar die Zunge in seine Geliebte senkte, und als sie sich noch mehr konzentrierte, konnte sie sogar die vaginale Feuchtigkeit der Frau riechen.

Das genussvolle Stöhnen der Unbekannten prickelte auf Sofias Haut, kitzelte ihre Sinne und weckte ihren Instinkt. Der Nachbar leckte seine Freundin rhythmisch, bohrte seine Zunge zwischen ihre Schamlippen. Sofia fühlte, wie die junge Frau sich unter ihm wand, konnte die Geräusche des Lakens hören, das Flüstern des erregten Körpers.

Sofia befeuchtete mit der Zungenspitze ihre Lippen. Das Prickeln in ihrem Körper vervielfachte sich, und ein leiser Seufzer entfuhr ihr. Ihr Körper war so erregt, als würde er die Liebkosungen empfangen. Probehalber nagte Sofia mit den Zähnen an ihrer Unterlippe, sog sie langsam ein und entließ sie durch den engen Spalt wieder in die Freiheit.

Erst jetzt hörte sie die leise Musik, die so gar nicht zu der erotischen Szene in ihrem Kopf und in der Wohnung unter ihr passte, und die aus dem Erdgeschoss zu kommen schien.

Justin Timberlakes *Sexy Back* war verführerisch mit seinem mitreißenden Rhythmus. Mit dem Vorspiel im Hintergrund konnte Sofia die Verlockung, sich dem Tanz hinzugeben, spüren. Wie von außen fühlte sie die leichte Bewegung ihrer Hüfte, das Wiegen ihres Körpers. Der leise, hingebungsvolle Seufzer der Frau ließ die Musik mystisch erscheinen und Sofias Körper erbeben.

Wieder versuchte sie, die Geräusche, die Hingabe und Leidenschaft auszuschließen, war aber zu ungeübt in ihren vampirischen Fähigkeiten, zu neugierig und bereits zu erregt, als dass es gelingen konnte. Die Musik, der Text und Rhythmus flossen ineinander, verwoben sich mit dem animalischen Tanz des Pärchens und kreierten Magie.

Sie konnte einfach nicht widerstehen.

Bei dem herrlich verruchten Gedanken warf sie den Kopf in den Nacken und kicherte leise, glitt aber doch – wenn auch mit einem leichten Schamgefühl – aus ihrer Jeans. Genießerisch schloss sie die Augen, sperrte ihr Gewissen aus und verbarrikadierte die Tür mit Ruchlosigkeit.

Sofia konzentrierte sich auf den Takt der Musik und überließ sich dem Wunsch ihres Körpers, hörte nur noch auf ihre Instinkte, während sie den Klängen folgte.

Edward konnte die unerwünschte Reaktion seines Körpers spüren und bohrte seine Fingernägel in seinen Handballen, um sich durch die Schmerzen wieder in die Wirklichkeit zu reißen. Doch der Anblick blieb derselbe. Sein Engel tanzte einen verführerischen Tanz, den er noch bei keiner Frau gesehen hatte, sinnlich und einladend, als heiße sie die Nacht willkommen, als bestehe sie ganz aus Leidenschaft und Verlangen.

Während Sofia sich anmaßend langsam und gekonnt spielerisch entkleidete, genoss sie sich selbst, berührte sich, strich über ihre Haut, mal sanft, mal fest.

Edward veränderte vorsichtig und leise seine Position, um seinem Körper mehr Freiraum zu geben, da seine Hose zu spannen begann. Zum Glück würde es nicht mehr lange dauern, bald würde der Tag anbrechen.

Sofias Bluse fiel und gab den Blick frei auf etwas, was verführerischer war als alles, was Edward bisher gesehen hatte. Er musste sich zurückhalten, um sich nicht zu Sofia zu gesellen und in ihrem Spiel die Hauptrolle zu übernehmen.

Unwillkürlich rutschte er auf seinem Beobachterposten hin und her, um sich Abhilfe zu verschaffen und seine steife Männlichkeit in eine bequemere Position zu bringen. Doch magisch wurde sein Blick wieder zurückgezogen, die Aufmerksamkeit seines Körpers und seines Geistes richteten sich auf eine Person: Den Engel in Dessous.

Die Korsage umschmeichelte Sofias Oberkörper, als sei sie für sie geschaffen worden; das Gold passte von Farbe und Muster zu dem Höschen, welches sie trug. Es verhüllte mehr als es entblößte, ebenso wie die passenden Strapse, die mit den Strümpfen einen farblich verlockenden Kontrast bildeten und verheißungsvolle Sinnlichkeit versprachen.

Ein Ozean heller Haut blitzte hinter der Spitze auf, bedeckt von einem Hauch Stoff, der Sofia verführerischer aussehen ließ als einst Salome. Schicksalsergeben öffnete Edward seine Hose und genoss das Gefühl des verschwindenden Drucks, doch er verbot sich selber jede Berührung, um sein Verlangen nicht noch schlimmer zu machen. Er wünschte sich, sein Engel würde endlich aufhören. Nur um sich gleichzeitig zu wünschen, dass es niemals endete.

Als sie sich vornüber beugte, die kleinen Schnallen der Strapse löste und genießerisch ihre Strümpfe hinabrollte, langsam, Zentimeter um Zentimeter bis zu den Zehenspitzen, flüsterte ihre Bewegung über ihren Körper.

Edward glaubte in der beginnenden Dämmerung selbst die kleinen, nahezu durchsichtigen Härchen sehen zu können, die sich auf Sofias Körper aufgerichtet hatten und die die Versuchung genossen.

Genau wie er. Leicht streifte er seine Unterhose und ließ seine Fingerspitzen auf der Beule verweilen, die sich daraufhin noch weiter reckte.

Mit einer geschmeidigen Bewegung befreite Sofia sich von ihrer Korsage und bot ihm einen Ausblick auf ihre kleinen festen Brüste mit den keck nach oben gerichteten rosigen Brustwarzen, die leicht geschwollen nach Berührung lechzten.

Edward befreite seinen Penis, der sich hart in seine Hand presste; empfindsam und bereit. Noch nie hatte er sich Edwards Kontrolle entzogen! Nie!

Sofia öffnete ihre Haarspange, ihre blonde Mähne fiel in einer seidigen Kaskade über ihre Schultern hinab bis zu ihrer Taille. Edward stöhnte, als er sich vorstellte, wie die weichen Wellen um seinen Körper glitten, und Sofia ihn nur mit dieser Berührung zum Höhepunkt folterte.

Doch nun verharrte sie reglos, gefangen in ihrer Verbindung mit der anderen Frau. Ihre Lustschauer waren es, die Sofia durchrannen und mit sich rissen.

Sein Engel hatte sich zu tief in seine Sinne hinabgelassen, um die Verbindung zu lösen – wollte es vielleicht auch gar nicht. Edward kam nicht umhin, sich zu wundern und trotz seiner eigenen Erregung neugierig zu werden.

Sofia räkelte sich und verschmolz ihren Geist noch mehr mit den Empfindungen der Fremden. Genoss die Berührungen des fremden Körpers, als wäre es ihr eigener. Die fordernde und reizvolle Massage der Pobacken quälte und erregte sie zugleich. Die knisternde Atmosphäre berauschte sie, und sie ließ sich in ihr treiben, ließ all ihre Sinne in Beschlag nehmen.

Sofia spürte die Kühle des Gegenstandes, seine Länge und die Form, doch erst, als sich die Finger auf den Analmuskel konzentrierten, begriff sie das Spiel ihres Nachbarn.

Es war zu spät, sich zu lösen, viel zu spät. Und so spürte sie, wie die sinnliche Massage intensiver wurde, die Rosette des Anus mit einschloss, während er gleichzeitig mit seiner Zunge die Klitoris in kleinen Bewegungen umkreiste.

Sein Zeigefinger umschmeichelte die Rosette, drückte kurz zu und verweilte dort für Sekunden, bevor der Druck nachließ.

Die Kette wurde langsam zwischen den weiblichen Schenkeln hindurchgezogen, genutzt, um ihre Sinnlichkeit weiter anzuheizen und die Klitoris zu reizen. Die Kälte bildete einen aufreizenden Kontrast zu der warmen Zunge, während Perle um Perle nach hinten gezogen wurde und für zusätzliche Reibung sorgte.

Sofia schrie leise auf, leiser als die Frau in der Nachbarwohnung, während der Nachbar sanft zudrückte, und die erste kleine Kugel im Anus verschwand. Kugel um Kugel, der größer werdenden Perlen verschwand jetzt in der Frau, und jede Einzelne war überdeutlich zu spüren, rieb sich in ihr und sorgte dafür, dass die Berührungen an ihrer Klitoris kaum noch auszuhalten waren.

Lust schüttelte Sofias Körper, der auf den Körper der fremden Frau eingestimmt war. Zur Verstärkung nutzte sie ihre Finger und folgte den Bewegungen ihres Nachbarn.

Edward stöhnte innerlich und gab auf, als Sofias Finger in dem kleinen, blonden Haarnest zwischen ihren Beinen verschwanden, während die andere Hand weiter ihren Körper verwöhnte.

Seine Finger schlossen sich fest um seine Erektion, benutzten Sofias Rhythmus, um sich ebenfalls zu befriedigen. Er ließ sich von ihrer Ausstrahlung tragen, von den Wellen der Verführung, die sie ausstrahlte und nutzte sie, um mit ihr zu einem lautlosen Höhepunkt zu reiten.

Sofia wurde von Höllenqualen der Lust geschüttelt und schrie tonlos, als das Feuerwerk der Ekstase über der Frau und über ihr zusammenschlug, ihr Nachbar gleichzeitig Perle um Perle aus seiner Freundin herauszuziehen begann und sie beide so noch höher trug. Bis die beiden weiblichen Körper aufgaben und sich in konvulsivischen Zuckungen entluden.

***

Noch Minuten, nachdem Sofia die Vorhänge zugezogen und sich schlafen gelegt hatte, kämpfte Edward um seine Selbstkontrolle und fragte sich, was zum Teufel gerade geschehen war. Wie hatte er sich nur so gehen lassen können?

Doch statt echte Schuldgefühle oder Reue zu empfinden, durchliefen ihn immer noch unkontrollierte Wellen der Lust wie ein Flashback des Orgasmus, bei dessen Erinnerung ihn immer noch ein Schauder des Verlangens packte, und sein Penis sich wieder versteifte.

„Gott, was für eine Schönheit und Leidenschaft!“, murmelte er leise und wandte sich ab.

„Ja, tatsächlich, nicht wahr?“, fragte Morna hinter ihm.

Edward drehte sich um und starrte sie an.

„Entschuldige, du warst … abgelenkt“, sagte sie amüsiert mit einem Fingerzeig auf seine immer noch prall gefüllte Hose.

„Was willst du?" Edward war wütend wie selten zuvor. Nicht nur, dass sie ihn erwischt hatte, wie er über sein Opfer fantasierte, sondern dass sie den Engel dermaßen verführerisch und ruchlos erlebt hatte, machte ihm zu schaffen.

„Oh, ich bin wegen der guten Aussicht hier", gab sie zurück und Edward spürte, dass Morna tatsächlich alles gesehen hatte, nicht nur den Schlussakkord. „Außerdem bin ich ebenfalls an der Kleinen interessiert." Die Hexe benetzte ihre Lippen mit ihrer rosigen Zungenspitze – und diese kleine, sinnliche Geste machte Edward deutlich, wie Morna ihren Satz meinte. „Ich bin mir sicher, es wird ein Vergnügen sein, sie und Xylos zu beobachten – oder vielleicht an dem Spiel teilzunehmen. Ich bin mir sicher, sie hat nichts gegen … Experimente."

Edward schluckte und kämpfte seinen Hass nieder. Er kannte Mornas Vorstellung von kreativem Spaß. *Wenn man mitmacht, ist es nicht immer von Vorteil nahezu unsterblich zu sein.*

„Keine Angst!", lächelte Morna und schürte Edwards Wut weiter. Dass sie seine Gedanken einfach durchschaute, beunruhigte ihn.

„Spiel ruhig mit ihr, solange du noch Zeit dazu hast. Ich glaube sowieso, dass es dir nichts nutzt. Schließlich hat sie unter den Vampiren genügend Auswahl."

Edward erstarrte innerlich. Xylos? Hasdrubal? Joel? Wenn er sich einen von ihnen in der Nähe seines Engels vorstellte, fühlte er etwas, das er nicht zuordnen konnte. Aber es kam Hass sehr nahe. Morna lachte leise, als könne sie Edwards Gedanken lesen.

„Wenn ich es nicht besser wüsste, könnte ich glauben, der Mann, der nicht an die Liebe glaubt, ist eifersüchtig."

Edward ballte seine Hand zur Faust, doch er beherrschte sich. Wenn er Morna jetzt provozierte, war es das. Keine Sofia mehr, keine Erlösung.

„Wir sehen uns gleich", lachte Morna und verschwand. Ihre Worte waren Befehl, Einladung und Feststellung zugleich.

Edward fluchte leise und lästerlich. Mit seiner Tollheit hatte er Gefühle verschwendet, die er nicht haben durfte und wertvolle Zeit verstreichen lassen. Ein Luxus, den er sich nicht leisten konnte.

Noch während er überlegte, was zu tun war, fiel ihm auf, dass er sich bereits entschieden hatte und auf Sofias Balkon stand. Kopfschüttelnd betrat er durch die immer noch offene Balkontür die Wohnung und zog die Pistole. Er würde sie im Schlafzimmer platzieren, sodass Sofia sie nach ihrem Erwachen finden würde.

Und hoffentlich ist sie auch in der Lage, sie zu benutzen! Er dachte dabei nicht nur an den Zwischenfall in Paris.

Er hörte das Geräusch, mit dem Sofia das Bett verließ. *Sie ist noch wach? Unmöglich! Kein junger Vampir kann zu solch einer frühen Morgenstunde noch bei Bewusstsein sein!*

Hastig rief Edward ihr Blut, benutzte diese Verbindung zwischen ihnen, um sein Geschöpf zu kontrollieren und stieß auf ein mentales Hindernis. Sie blockierte ihn, sperrte ihn aus, ohne seinen Versuch überhaupt bewusst wahrzunehmen!

Ihre Schritte, verführerisches Tapsen von nackten Füßen auf kalten Fliesen, kam näher, als sie von den Geräuschen aufgeschreckt ins Wohnzimmer gehen wollte.

Edward verstärkte den geistigen Druck, so stark er sich traute und atmete erleichtert auf, als der Widerstand in sich zusammenfiel. Sekunden, bevor sie den Flur vor ihm betrat. *Großer Gott, Engel!*

***

Im ersten Moment war Sofia wach, dachte an Gefahr und im nächsten war sie federleicht und schwebte in einem Traum.

Sie war in ihrer Wohnung, ihre Sinne waren merkwürdig verzerrt und schläfrig, und sie schlafwandelte auf leichten Pfaden von einer seltsamen Neugierde getrieben, die sich mit der Erregung vermischte, die immer noch in ihren Adern schwelte und die, einmal erwacht, auf neues Brennmaterial zu warten schien.

Ohne ihn zu sehen, wusste sie bereits, dass der Magistrat hier war, bei ihr – und nur auf sie wartete.

***

Edward bebte am ganzen Körper. Sofia hatte sich lediglich ein dünnes schwarzes Negligé übergezogen, mit schwarzer Spitze an Bein und Halsausschnitt und mit langen trompetenförmigen Ärmeln. Der netzartige Stoff drängte sich an ihre Haut und ließ sie leuchten, während ihre langen Haare sich in Kaskaden um ihre Taille kringelten und ihr – zusammen mit den riesigen blauen Augen und dem tranceleeren Ausdruck – einen überirdischen Touch gaben. Himmlische Perfektion, die seine schlummernde Lust wiedererweckte.

Nur einmal, schwor er sich und bereute es schon, bevor er die Worte gesagt hatte.

***

„Gibt mir deine Hände!“ Sie hörte die Stimme. Es war keine Bitte. Sofia streckte die Hände aus.

Der Mann, der plötzlich vor ihr stand, umschloss sie mit seinen und sah ihr in die Augen. Merkwürdigerweise konnte Sofia ihn trotzdem nicht sehen, weder sein Gesicht, noch seine Augen. Da, wo er sein müsste, war nur ein Schemen. Sie fühlte sich losgelöst von ihrem Körper, beinahe so, als beobachte sie eine Fremde. Bisher hatte sie gedacht, sie könne sich einfach nur nach dem Erwachen nicht mehr an das Gesicht des Magistraten erinnern, doch dieser Augenblick belehrte sie eines Besseren. Sie sah ihn auch im Traum nicht.

Aber schlafe ich überhaupt? Sie meinte sich daran zu erinnern, wirklich aufgestanden und Richtung Wohnzimmer gegangen zu sein.

Als könne der Traumschatten ihre Gedanken lesen, lenkte er Sofia ab und benutzte seinen Körper – ein kaum merkliches Herüberbeugen – um sie mit unausgesprochener Dominanz an die Mauer neben der Tür zu drängen. Sofia blinzelte vor Faszination, konnte sich aber nicht aus seinem Bann befreien. Als er ihre Hände über ihren Kopf streckte, atmete sie beunruhigt ein.

Edward bewegte sich so langsam, dass Sofia sich durch ein falsches Gefühl der Sicherheit beschwichtigt fühlte und ihre neuerliche geistige Gegenwehr vergaß.

Der Mann aus ihrer Fantasie beugte sich zu ihr und strich mit seinen Lippen sanft über ihre. Es war eine unglaublich innige Geste, so gemächlich und zärtlich geküsst zu werden. Hätte er sie erregend geküsst, wäre die Wirkung nicht annähernd so verheerend gewesen.

Mit qualvoller Muße küsste er sie so sanft, dass sie jede noch so leichte Veränderung der Liebkosung durch seine Lippen spüren konnte. Sofia ließ den Kopf an die Wand sinken und schloss die Augen, in der schmetterlingsleichten Reibung seiner Lippen verloren, die über ihre streiften, als hätte er alle Zeit der Welt. Die Welt schien plötzlich unnatürlich still, und sie wusste nicht, ob er sie fünf oder fünfzehn Minuten lang auf diese Art geküsst hatte. Sie hätte ewig still gehalten.

Der Mann aus ihrem Traum umfasste ihre Handgelenke mit einer Hand und zog mit der anderen die Konturen ihrer Wangenknochen nach. Sofias Herz sank, als sie erkannte, wie nahe sie daran war, von seinen quälend gemächlichen und herrlichen Berührungen verführt zu werden.

Der Traumschatten legte die Finger an ihren Mundwinkel, und sie öffnete mit wohligem Seufzer die Lippen. Er küsste sie weiterhin, aber ohne seine Zunge zu gebrauchen, was sie wahnsinnig machte. Gemächlich. Zärtlich. Mit so anhaltender Vertrautheit, dass sie sich jeder Feinheit dessen bewusst war, was er tat. Dann zog er sich zurück und fuhr mit dem Finger über ihre Unterlippe. Sie berührte ihn instinktiv mit der Zunge.

Mit rauem Stöhnen umfasste er ihren Kopf mit beiden Händen und vollführte mit seiner Zunge eine lange, samtartige Bewegung entlang ihrer Zunge. In dem Moment, in dem sie gegen ihn sank, entfernte er sich jäh von ihr und ließ sie allein zurück.

***

Einige Augenblicke lang war die Begierde so heftig gewesen, dass Edward befürchtet hatte, er würde das Mädchen unter seinen Körper ziehen, ungeachtet der Frage, ob sie es wollte. Stattdessen war er geflohen und hatte an seine Familie gedacht, die ihn auch nur für den Gedanken daran verstoßen hätte, sich gewaltsam zu nehmen, was gegeben werden musste.

Edward hatte sich noch niemals so gefühlt; fast gewalttätig vor Verlangen. Der Engel hatte tiefe, primitive Gefühle in ihm entfacht: Besitzdenken und Eifersucht, dass ein anderer Mann sie so bekleidet sehen könnte.

Edward atmete tief ein, eine zutiefst menschliche Geste, die er seit langem vermieden hatte. Jetzt, wo er wusste, welche Dessous sie trug – gleichgültig, welche Kleidung sie auch darüber anhatte – wie konnte er sie je wieder anschauen, ohne im Geiste die endlose Ausdehnung ihrer seidigen Haut zu sehen? Die sanften Hügel ihrer Brüste, die festen Brustwarzen und die leichte Wölbung zwischen ihren Oberschenkeln?

Sein unerfülltes Verlangen wurde rasch zu neuerlichem Zorn.

***

Sofia stand verwirrt in ihrem Flur und starrte auf eine leere Stelle, wo eben noch ein Schattengebilde gewesen war.

Sie schloss die Augen und erinnerte sich an ihren Traum. Beinahe konnte sie die Wärme wieder spüren, seine Lippen. Sie fragte sich, was für ein Gefühl es gewesen wäre, ihre Hände über die Brust ihres Traummannes wandern zu lassen, die Größe und das Gewicht seiner Muskeln zu spüren.

Erschrocken öffnete sie die Augen. *Wach, ich bin wach!* Vorsichtig berührte sie mit ihren Fingerspitzen ihre Unterlippe. Empfindsam und geschwollen, sie selber glühte förmlich vor Lust, verging in dieser winzigen Berührung.

Kein Traum! Jemand war hier gewesen, hatte sie in Trance versetzt, um sich in ihre Träume und Sehnsüchte zu stehlen, ihr Verlangen gegen sie zu verwenden und Begierde in ihr zu wecken.

Eine hinterlistige, tückische Eroberung! In der Sicherheit und Einsamkeit ihres Schlafzimmers konnte sie zugeben, dass es irgendwie funktioniert hatte.

Doch wer war der Fremde?

Xylos, um sie dazu zu bringen, zu ihm zu kommen, zu kapitulieren wie eine liebeskranke Maid?

Joel, der Schwarze, vor dem alle Vampire Angst hatten, und der eine geheimnisvolle Macht zu haben schien?

Der Fremde aus Paris, der beinahe mystisch gewesen war, und dessen Anwesenheit für Panik gesorgt hatte?

Oder Edward?

Der Magistrat! Sofia erbleichte bei dem Gedanken. Von allen Vampiren war er der Einzige, der nicht offen zu ihr kommen würde, sondern in einem

Traum. Bereits einmal hatte er bewiesen, welche Macht er über sie besaß, und er konnte es immer noch! Obwohl sie selber zum Vampir geworden war, konnte er sie beeinflussen!

Frustriert heulte sie auf. Der Klang eines einsamen, in die Enge getriebenen Tieres, welches aus seinem letzten Versteck gejagt worden war. Sie schlug gegen die Wand und achtete weder auf die tiefe Delle im Mauerwerk, noch auf den Riss im Putz und in der Tapete.

Großer Gott! Als ihr die vollen Konsequenzen seiner Macht klar wurden, stürmte sie in ihr Schlafzimmer, riss kopflos ihren gerade erst wieder verstauten Koffer vom Schrank und begann hastig Kleidungsstücke aus Regalen, Schubladen und Schrank zu kramen.

Als sie den Koffer öffnete, verharrte sie reglos und starrte den Gegenstand an. *Grundgütiger!*

Wer hat die Schusswaffe hier deponiert? Freund oder Feind und zu welchem Zweck? Jemand, der von Paris gehört hatte und helfen wollte?

Sofia nahm die Waffe in die Hand und versuchte zu verstehen. Eine Glock? Sie kannte die Waffe nur aus dem Fernsehen, trotzdem gelang es ihr beim ersten Versuch, das Magazin herauszuziehen. *Geladen.*

Als Sofia auf der obersten Patrone ein Kreuz und ein „M“ erkannte, begann sie unkontrolliert zu zittern.

Er hatte sie tatsächlich gefunden!

Kapitel 16

Edward machte sich nicht die Mühe, seinen Zorn zu verbergen. Er war noch nie fortbefohlen worden, wenn er bei einem seiner Geschöpfe war. Nie hatte es die Hexe oder ihre Zwillingsschwester interessiert, was er mit seinen Auserwählten trieb.

Er stampfte die Treppe nach unten und gab sich keine Mühe, seine Macht zu verbergen, wie er es sonst tat. Sie wallte von ihm aus, vertrieb die jüngeren Vampire, brachte die Älteren zum Schweigen und verdammte alle – außer einigen handverlesene Gäste der Königin – zu plötzlicher Panik.

Die Dunkelheit umwallte ihn, schien sein Begleiter zu werden und sich zu verdichten, während er sich Schritt für Schritt dem Audienzraum näherte.

Leer, hatte er schon vor der Landung festgestellt.

Doch die Aura der Königin hing über dem Haus, und er konnte den prickelnden Duft von Sex riechen, von Blut und Tod. Maeve war hier in der Nähe und verbarg sich in ihrer Leidenschaft, ließ sich nicht orten, sondern erwartete bedingungslosen Gehorsam.

Als Edward um die Ecke bog, wich ihm Xylos mit einer fließenden Bewegung aus. Über seiner muskulösen Schulter lag ein toter Junge, nachlässig und lieblos gepackt und abtransportiert, nachdem Maeve ihn hatte ausbluten lassen.

„Schon wieder?“ Edward hob eine Augenbraue und musterte den Goldton der Haut, der endgültig erloschen war. Normalerweise begnügte sich Maeve mit einem Opfer pro Jahr. Dies war schon das zweite Opfer innerhalb weniger Tage.

Ungerührt erwiderte Xylos Edwards Blick aus viel zu hellen, viel zu wasserblauen Augen. So hell, dass Edward sich in ihnen spiegelte, und zum wiederholten Male fragte er sich, was wirklich hinter ihnen vorging.

„Und der nächste wartet schon!“

Edward war sich sicher, dass Xylos solch eine Information nicht umsonst preisgab, sondern sich etwas davon versprach.

„Seit wann verlangt sie das?“, fragte er und hoffte, von Xylos eine Antwort zu bekommen. Wenn die Königin tatsächlich etwas gegen Sofia plante, wollte er der Erste sein, der es erfuhr.

„Sie verlangt es nicht.“ Xylos Blick blieb ungerührt, sein Gesicht unlesbar, als er weiterging. „Ich bringe sie ihr.“

Edward starrte dem Callboy hinterher. Xylos plante etwas – *Wahrscheinlich gemeinsam mit Morna!* – und was immer es war, es war für ihn gefährlich – *und für Melanie!*

Edward betrat den Raum, in dem niemand auf ihn wartete und versuchte sich ein Bild von der Lage zu machen.

Xylos beeinflusste die Königin, er war der on-off-Liebhaber Mornas und damit einer der einflussreichsten Vampire. Edwards Hals schnürte sich bei dem Gedanken zu, dass Xylos diesen Aufwand vielleicht nur betrieb, um das Mädchen zu bekommen.

Melanie …

Seine Gedanken schweiften ab zu ihr und den Stunden zuvor.

Sie war perfekt. Viel perfekter, als er geglaubt hatte – noch schöner als seine Vorstellungskraft es ihm verraten hatte. Eine vollkommene Göttin.

Doch alles, woran er denken konnte, waren ihr Eifer, ihre Begeisterung und ihre ehrliche, rückhaltlose Leidenschaft, mit der sie sich ihrem zauberhaften kleinen Spiel hingegeben hatte. Er fragte sich, zu welcher Leidenschaft sie wohl im Bett fähig war.

Edward starrte aus dem Fenster in die Finsternis und erinnerte sich an ihren Anblick: Makellose weiße Haut, die sich gegen die schwarzen Strümpfe abhob, geschmückt mit Strapsen und einem hauchdünnen Slip. Die verführerische Korsage, die sie von einem süßen Engel in ein teuflisch verlockendes Wesen der Nacht verwandelt hatte.

Edward ärgerte sich über sich selber. Keine Frau hatte ihm je so ein Gefühl der Unsicherheit eingeflößt und ihn in seinem Verlangen leiden lasen, ohne dass er sicher war, Erleichterung zu finden. Er hatte alle haben können. Im Leben und im Tod. Hatte es aber nie gewollt. Nicht mehr seit dem Fluch.

Und ausgerechnet eine Frau, die er nicht haben konnte, begehrte er! Auf keinen Fall würde er eine Lebensüberdrüssige verführen.

Doch die Erinnerung an ihren Kuss blieb. Die Zärtlichkeit und das Versprechen in ihm hatten ihn mehr erschreckt, als alle Lüsternheit und Gier dieser Welt es gekonnt hätten. Und die sanfte Sinnlichkeit, mit der er sie zu der seinen machen wollte.

Als Edward die Geräusche hinter sich nicht länger ignorieren konnte, drehte er sich mit ausdrucksloser Miene zu den vier Neuankömmlingen um und betrachtete sie, um sicher zu gehen, dass ihn seine Sinne nicht trogen.

Morna war nicht bei der Königin, nur Xylos, Hasdrubal und Joel. Maeve schwebte in ihrem schwarzen Kleid auf ihn zu, schien dabei kaum ihre Füße auf den Boden zu setzen, und keine Bewegung ihrer Kleidung zeugte davon, dass sie ihren Körper tatsächlich bewegte.

Sie wirkte wie eine unheimliche Alptraumfigur aus einem schlechten Horrorfilm, doch Edward schauderte. Zu lange war es her, dass ein Vampir, der älter war als er selbst, seine Macht demonstriert hatte – und noch nie hatte die Königin es getan.

Ein Blick in ihr Gesicht erklärte ihm, warum sie in all den Jahrhunderten die nahezu unbestrittene Führerin ihres Volkes gewesen war. Intelligenz flammte durch den sonst so unbestreitbaren Wahnsinn und erzählte stumm von Jahrtausenden, Liebe, Leid und vergessenen Legenden.

Maeves kalte Schönheit traf Edward unvorbereitet und mit voller Wucht. Tränen traten in seine Augen. Er versuchte nicht, sie vor ihr zu verbergen. Selbst ihre ausdrucksstarken Züge schienen schärfer geworden zu sein, erinnerten mehr an Morna, jedoch ohne den abgrundtiefen Hass und den Willen, alles zu dominieren. Die Emotionen in ihnen konnte er jedoch unmöglich lesen.

Maeves Blick glitt von seinen Augen über sein Gesicht zu seinem Hals und der leeren Kette. Sie sagte kein Wort, sondern setzte ihre stumme Musterung fort, als sähe sie Edward zum ersten Mal und müsse sich erst eine Meinung über ihn bilden.

Als sei sie schließlich zu einem Urteil gekommen, trat sie einen Schritt zurück und schloss die drei anderen Vampire in ihr Blickfeld ein.

Hasdrubal, der seltsam angespannt wirkte, so als warte er nur darauf, dass die Hölle losbräche, und der dem kurzen Frieden im Wesen seiner Königin nicht zu trauen schien; Joel, dunkel und unbeteiligt wie immer; und Xylos, der merkwürdig zufrieden mit sich selbst wirkte.

Ein Opfer der Königin, dachte Edward, *sie hat ihn zum Vampir gemacht. Warum hat sie ausgerechnet ihn am Leben gelassen?*

„Xylos!“, begann die Königin, und ihre Stimme schlug Edward in den Bann. Noch nie hatte Maeve so geklungen, ihre Stimme so rein, melodisch und voller Leben. „Ich werde deinem Wunsch entsprechen. Falls das Mädchen die Prophezeiung nicht erfüllt, wird sie dein sein!“

Edward wollte aufbrausen, doch die Königin verdammte ihn mit einer Handbewegung zum Schweigen.

„Du wirst diese verdammte Kette nicht benutzen, hörst du mich, Xylos? Es ist dir verboten, sie einzusperren, und es ist dir verboten, mit Gewalt zu nehmen, was gegeben werden muss!“

Xylos nickte zum Zeichen, dass er verstanden hatte.

Edward hasste ihn einen glühenden Moment lang für die Überheblichkeit, mit der der jüngere Vampir die Königin behandelte und für den Verlust in seinem Blick, der unverwandt auf Maeve ruhte. Er ahnte, wie gerne Xylos Sofia unterwerfen und abhängig machen wollte, doch beides wurde ihm verboten.

„Hasdrubal!“, die Königin winkte den Karthager näher. „Auch deiner Bitte werde ich entsprechen!“

Edward fluchte leise. Trotzdem war er sicher, dass alle ihn und seinen hilflosen Einwand gehört hatten.

„Falls sie die Frau ist, die Edward tötet, unterstelle ich sie deinem Schutz und deinen Entscheidungen und werde respektieren, was immer du für richtig hältst.“

Edward sagte: „Du hast versprochen, dass du sie in Ruhe lässt.“

Hasdrubal nickte und verzog die Lippen zu einem genüsslichen Lächeln. „Und ich halte mein Versprechen! Ich lasse Melanie in Ruhe!“

Edward musterte Hasdrubal und versuchte zu ergründen, was dieser meinte, da er die Wahrheit sprach. Die Stimme der Königin riss ihn aus seinen Überlegungen.

„Stellst du auch Ansprüche auf das Mädchen?“ Maeve hatte sich zu Joel gedreht.

„Nein, meine Königin.“ Falls Joel die Veränderung der Königin aufgefallen war, verbarg er seine Gedanken vortrefflich.

„Wieso nicht?“

„Weil sie Edwards Erlösung ist.“

„Ist? Oder sein könnte?“ Provozierend hob Maeve eine ihrer zierlichen Augenbrauen und sah Edward fragend an. In ihrem Blick lag eine Mischung aus Beunruhigung, Wut und dieser seltsamen, intelligenten Selbstbeherrschung.

Es klopfte an der Tür – und ohne eine Antwort abzuwarten, trat Morna ein. Sie wirkte verärgert, weil ihre Schwester schon mit der Besprechung begonnen hatte.

„Oh, habe ich es verpasst?“, fragte sie trotzdem mit zuckersüßer Stimme.

„Ja!“ Dieses eine Wort schien Morna zu verunsichern, und der Blick, den sie in Richtung ihrer Schwester warf, drückte Überraschung aus.

„Falls das Mädchen versagt, bekommt Xylos sie, und falls sie Edward tötet, Hasdrubal“, fasste Maeve ihre Verfügung noch einmal zusammen.

„Großartig!“, kommentierte Morna und funkelte ihre Schwester an. Auf ihrer perfekten Stirn bildete sich eine steile Falte. „Und wenn sie weder das eine noch das andere tut? Was ist, wenn sie diejenige ist, die mir zum Tode prophezeit wurde?“

Edward glaubte einen besorgten Unterton zu hören, und die Antwort der Königin machte ihm klar, dass er nicht der Einzige war.

„Machst du dir Sorgen?“

„Nein.“ Morna schüttelte energisch den Kopf.

„Dann stell nicht solche Fragen!“, befahl die Königin in einem absoluten Tonfall, der keinen Widerspruch duldete. Noch nie hatte Edward gehört, dass Maeve so mit ihrer mächtigen Schwester sprach.

Doch es schien die Königin Kraft zu kosten, sie selbst zu bleiben. Beinahe körperlich konnte Edward spüren, wie Maeves Macht schrumpfte, und ihre Persönlichkeit ins Straucheln geriet.

„Sie sollen sich von ihr fernhalten!“, befahl Morna und deutete auf alle vier Vampire.

Maeve sah sich um. Über ihre Augen schwamm ein undurchsichtiger Schleier aus Blut.

„Sie hat noch elf Monate. Es ist euch erlaubt, um sie werben!“, befahl die Königin, und bevor ihre Schwester einen Einwand vorbringen konnte, fügte sie hinzu: „Jede Nacht bis 0.00 Uhr, dann habt ihr zu gehen, denn auch die anderen Vampire haben dieselben Rechte wie ihr.“

„Was?“ Morna schrie ihre Schwester fast an. Diese taumelte, als habe die Hexe ihr einen körperlichen Schlag versetzt.

„Das Mädchen hat dieselben Freiheiten wie jeder Vampir“, flüsterte Maeve trotzdem, und ihre Stimme klang brüchig.

Wut verzerrte Mornas perfektes Puppengesicht, machte es für Sekunden zu einer boshaften Fratze, die ihre wahre Natur enthüllte, und die Edward schon vor Jahrhunderten gesehen hatte. Zum ersten Mal, als sie ihn verflucht hatte.

Doch von den drei anderen Zeugen ließ nur Xylos eine kurze Regung erkennen, die Edward nicht deuten konnte. Bei jedem anderen Lebewesen hätte er sie als Mitleid gedeutet.

Kapitel 17

Stundenlang war Sofia über den nächtlichen Boulevard geschlendert, hatte beim Treasure Island die Piratenschlacht angesehen, beim Bellagio die Wasserspiele und die kleine Version des Pariser Eifelturms bestaunt, bevor sie ins Venetian gegangen war.

Dort hatte sie sich eine Gondelfahrt unter einem immer blauen, immer künstlichem Himmel gegönnt und einen Piccolo.

Es war bereits sehr spät – oder sehr früh – als sie sich, nach einer Achterbahnfahrt um das New York New York-Hotel, in Richtung ihres Hotels aufmachte.

Ihr Tempo und ihre Faszination an der menschlichen Vergnügungswelt machten Edward nahezu wahnsinnig. Zudem kam der immer dringender werdende Wunsch, mit ihr zu reden und sie zu berühren. Sobald er nicht auf der Hut war, schweiften seine Gedanken ab, und er wurde unaufmerksam. Dann dachte er an ihren Geschmack auf seinen Lippen, ihre Küsse, und selbst der metallische Geschmack ihres Blutes wurde zu einem sinnlichen Genuss, einem Kaleidoskop seiner aufgewühlten Emotionen und seines Verlangens.

Der Vampir konnte es nicht mehr länger vor sich selbst leugnen: Er war in seinen Engel vernarrt, wollte ihn beschützen, besitzen und sich in ihm verlieren. Und jeder dieser Gedanken machte ihn noch wütender. Sie konnte und durfte nicht die Frau sein, die er liebte. *Jede Frau auf der Welt, nur sie nicht!*

***

„Hast du eigentlich vor, noch lange aufzubleiben?" Edward tauchte plötzlich an Sofias Seite auf.

„Ahhh!" Sie sprang so schnell und so weit zur Seite, dass sie um ihr Gleichgewicht kämpfen musste. „Scheiße!", fluchte sie herzhaft, als sie ihr Gegenüber erkannte. „Hatte ich nicht gesagt, dass ich es hasse, wenn du wie ein verdammter Springteufel auftauchst?"

Edward musste entgegen seiner Vorsätze grinsen. *Sie ist großartig und schlagfertig!* „Kann sein, dass du es erwähnt hast!", nickte er gönnerhaft.

„Einsneunzig groß und …", sie musterte ihn abschätzend, „ca. hundert Kilo schwer …"

„Hi!"

„… und leise wie eine Feder."

„Das sind meine leichten Knochen!", spöttelte er.

Zwischen Sofias Augenbraue entstand eine steile Falte. „Verfolgst du mich etwa?"

„Ja."

„Weißt du, was Stalking ist?"

„Zeig mich doch an!“, sagte er achselzuckend und ging langsam auf sie zu. Seine unverkennbare Art, sich zu bewegen ließ Sofia an Gefahr denken und an Flucht. Stattdessen blieb sie mit versteinertem Gesicht stehen und starrte ihm entgegen, wie er leise und elegant näher kam, sein ganzer Körper eine Symphonie für ihre Sinne, Edward selber ganz ein Teil der Dunkelheit.

Mit keiner Miene gab sie zu, dass sie bemerkte, wie die bräunlich-graue Kombination seiner Kleidung ihm ein mystisches Aussehen verlieh. Im schwachen Licht der beginnenden Dämmerung schien er zu einem Phantom aus Schatten zu werden. Zu einem irrealen Produkt ihrer weiblichsten Fantasie – gekommen, um sie in seine Welt zu locken.

„Du bist sehr schreckhaft?!“ Er machte eine Frage aus seiner Feststellung.

Sofia schnaubte. „Wen wundert es?“

„Paris?“

„Auch.“

„Du bist sehr einsilbig.“

„Ja.“

„Warum?“

Sofia wurde klar, dass sie Edward auf diese Weise nicht loswerden würde. „Wieso willst du das wissen? Wieso bist du hier?“

„Ich bin wegen dir hier, Mädchen!“, gab er zu. „Ich habe dich gesucht – nach Paris.“

„Du weißt es?“

„Joel hat es mir erzählt.“ Edward verzog das Gesicht, als er an Joels Standpauke dachte.

„Wäre er nicht gewesen und dieser andere ...“ Sofia wandte sich schaudernd ab und überließ den Rest des Satzes Edwards Vorstellungskraft.

„Hasdrubal! – Was machst du in Vegas? Hier gibt es keine anderen Vampire.“

„Ich wollte mich amüsieren. Steht irgendwo in den Gesetzen, dass das verboten ist? Gibt es irgendwelche Einschränkungen? Bitte haben Sie keinen Spaß zwischen 1.00 Uhr und 4.15 Uhr, und lachen sie von 4.15 Uhr bis 4.30 Uhr nicht länger als eine halbe Sekunde?“

„Melanie“, flüsterte Edward leise und so schmeichelnd, dass ihr trotz des falschen Namens ein wohliger Schauder den Rücken hinablief. Trotzdem vergaß sie keine Sekunde lang, dass er sie allein gelassen und ihr nicht einmal seine Hilfe angeboten hatte.

„Weißt du inzwischen, wo der Magistrat ist?“, fragte sie kurz angebunden.

„Er soll auf dem Weg nach Prag sein“, sagte Edward nonchalant. Joel und Hasdrubal hatten recht. Er würde sie im Auge behalten müssen. Und das konnte er am besten, wenn er bei ihr blieb. „Lass mich mit dir kommen!“

„Nein.“

„Warum nicht?“

„Weiß ich, ob ich dir trauen kann?“
„Weil ich ein Vampir bin?“
„Weil du existierst.“
„Sehr charmant.“
„Mein Charmemodus ist in Reparatur.“
„Das hat nicht zufällig etwas mit der Waffe zu tun, die du bei dir trägst?“
Sofia starrte ihn an. „Woher …“
„Ich kann sie riechen, außerdem beobachte ich dich schon den ganzen Abend.“
In ihrem Gesicht konnte er eine rasche Abfolge von Gedanken ablesen.
„Pass auf, Melanie: Ich bin hier, weil ich bei dir sein und dir helfen will.“
„Wieso? Was versprichst du dir davon?“
„Du bist misstrauisch!“
„Das Leben hat mich gelehrt, dass man am besten fährt, wenn man das Schlechteste von den Menschen erwartet.“
„Untot zu sein hat nichts daran geändert?!“
Ihre Blicke maßen einander, und schließlich gab Edward nach. Zu viel stand für ihn auf dem Spiel, als dass er es in einer unnötigen Auseinandersetzung riskieren konnte.
„Es gibt viele Gründe: Weil ich dich mag, weil ich mich zu dir hingezogen fühle, und weil alles, was der Hexe schadet, gut ist.“
„Warum?“
„Bist du aus dem Warum-Alter nicht raus?“, fragte er.
Süffisant zog Sofia eine Augenbraue hoch und wartete auf seine Antwort.
„Weil die Hexe meine Familie auf dem Gewissen hat – zu ihrer Belustigung.“
Sofia nickte. *Wahrheit.*
„Ja, es hat etwas mit der Waffe zu tun. Bleibt dieses Gespräch unter uns?“
„Heiliges Vampirehrenwort!“
Sofia musste wider Willen schmunzeln. Edward war froh, dass es ihm gelungen war, das Eis zu brechen. Sie lachte nicht oft, doch wenn sie es tat, fühlte es sich so an, als täte sie es nur für ihn. Für Sekunden verlor er sich in seinen Träumen.
Verdammt! Wo war bloß seine Selbstdisziplin hin? Seine legendäre Kontrolle, die ihn zu dem gemacht hatte, der er war? Er konnte nicht ihre Lebensfreude oder ihr gemeinsames Blut für seine Fantasien verantwortlich machen.
„Nach Paris bin ich nach Hause gefahren. Genau eine Nacht lang bin ich dort gewesen. Der Magistrat hat mich gefunden und ein Geschenk dagelassen.“
Edward riss sich blinzelnd von dem Anblick ihres sinnlichen Mundes los.

„Sein Zeichen ist auf den mit Weihwasser und Silber gefüllten Patronen: ein *M*. Er kann mich finden – jederzeit, überall … und manipulieren. Ich werde nie sicher sein."

„Nicht, solange er noch lebt", stimmte Edward zu, und es war keine Lüge.

„Nie wieder wird mich jemand benutzen, nie wieder, hörst du?! Niemand bringt mich ungestraft um mein Leben." Ihr Blick, verloren und ängstlich, ließ ihn frösteln. Am liebsten hätte er seinen Engel in Sicherheit gebracht und getröstet – sehr lange und sehr ausgiebig – doch das durfte er nicht.

„Dann bring ihn mit seiner eigenen Waffe um, sobald du ihn findest", schlug er stattdessen vor.

Sofia zuckte bei den Worten zusammen, als hätte Edward sie geschlagen. Aus dem Mund eines anderen, eines Unbeteiligten, klang es ganz anders als bei ihrem Schwur nach Mord.

Sie räusperte sich: „Das klingt in meinen Ohren entsetzlich kaltblütig."

Kaltblütig? Er würde ihr wirklich den Hals umdrehen. Allein der Gedanke daran, wie sie sein Blut in Wallung brachte, wie unwohl er sich seit mehr als einer Woche gefühlt hatte, wie heftig ihn heißes Verlangen ergriff, wann immer das Mädchen in seiner Nähe war – und dann noch die Momente, wo er sie in seinen Armen gehalten und ihr Körper sich an ihn geschmiegt hatte. Nichts an ihm war mehr kaltblütig oder kalt kalkulierend. In jeder Sekunde, die er nicht bei ihr war, verzehrte er sich nach ihr, und in jeder Sekunde, die er bei ihr war, bekämpfte er sein irrationales Verlangen.

Am liebsten hätte er aufgeschrien, zerrissen von seinem innerlichen Kampf. Er musste sich in Sicherheit bringen. Sich und den Plan. *Verletze sich – bring sie dazu, auch dich – Edward – zu hassen!*

Er kämpfte sein Mitleid und sein aufgestautes Verlangen nieder. „Zeig mir deine Arme!" Selbst in seinen Ohren hörte seine Stimme sich gefährlich ausdruckslos an.

„Mein Arme? Aber wieso?" Sie wirkte verwirrt.

„Deine Arme!" Befehlend streckte er seine Hand aus, so als rechne er damit, dass sie ihm ihre Unterarme anvertraute.

Kompromisslos und befehlsgewohnt waren die Worte, die ihr bei seinem Anblick in den Sinn kamen. Mit einem Mal schnürte es ihr die Brust zu. *Was weiß er?* Angst davor, dass er ihr Geheimnis entdeckt haben könnte, stieg in ihr auf, und es kostete sie Mühe zu fragen: „Was für ein Spiel spielst du? Worauf willst du hinaus?"

Ein Hauch von dem, was ihr Geheimnis für sie bedeutete, musste ihren Ton gefärbt haben – etwas flackerte in seinen Augen auf. „Nein, meine Schöne – das ist kein Spiel." Edwards Miene wurde härter: „Deine Arme."

„Fall tot um!" Sie wich langsam vor ihm zurück, doch er folgte ihr mit einer seltsamen Mischung aus Eleganz und Bedrohung. Plötzlich hatte sie das

Gefühl, dass nur sehr wenige Vampire Edward so erlebt und es überlebt hatten.

„Das bin ich bereits“, kommentierte er, „und ich habe keinen Bedarf, noch einmal zu sterben.“ Er griff mit atemberaubender Geschwindigkeit nach ihrer Hand und riss sie zu sich. Grob zerriss er ihre langen Ärmel bis zu den Oberarmen. „Nicht einmal für dich, meine Schöne!“

Sie begriff, dass er tatsächlich nach Narben auf ihren Armen suchte, nach Zeichen für ihre selbstmörderischen Absichten. Seine Fingerkuppen glitten über ihre Haut, doch anders als bei den Malen zuvor, waren sie nicht verführerisch und warm, weckten keine Hitze und kein Verlangen in ihr, sondern nur kalte Wut.

Sie riss sich mit einem Ruck von ihm los.

„Wie hast du es dann getan, Melanie? Mit Tabletten?“

„Du verdammter Bastard!“, fluchte Sofia und schlug zu, bevor sie es sich überlegen konnte.

Edward starrte das Mädchen an, still wie der Tod. Ihr Ausbruch war kurz gewesen, aber heftig. Sie funkelte ihn wild an. Doch in ihren Augen las er noch etwas anderes: Verzweiflung, so rau und offen, dass sie unendliche Schmerzen erleiden musste. Jede Minute, die sie lebte. Es machte ihn wieder wütend. Doch die Wut war nur ein Symptom eines viel tieferen Gefühls – eines Gefühls, das ihm unangenehm war: Sorge.

„Melanie, wie hast du es getan?“

Sie stürzte sich auf ihn, doch er war vorbereitet und fing sie ab. Gekonnt hielt er sie fest, schränkte ihre Bewegungsfreiheit ein, und zwang sie dazu, seinen Blick zu erwidern.

„Wie?“ Er wusste, dass seine hochmütige Frage seinen herablassenden Gesichtsausdruck widerspiegelte. Doch sie blieb stumm und versuchte sich aus seiner Gewalt zu befreien. Ein Schatten, der gegen einen Schemen kämpfte. Zu leise und zu schnell, um vor den Augen der Sterblichen Gnade zu finden.

„Melanie!“, flüsterte er gegen ihre Lippen und holte zum letzten Schlag aus. *Dafür wird sie mich mit Sicherheit hassen!* „Der Magistrat verwandelt nur lebensüberdrüssige Frauen in Vampire. Bisher haben sich alle umgebracht. Also: Wie planst du deinen Tod? Besuchst du Kirchen, weil Vampire sie nicht betreten können? Ist es die Sonne? Wie willst du es versuchen, Melanie?“

Edward konnte das Aufgeben seines Geschöpfes körperlich spüren, ihr Zittern war überdeutlich. „Melanie ist tot!“, flüsterte Sofia tränenerstickt, so leise, dass er sie kaum hören konnte.

„Lügnerin!“, fauchte Edward.

Als sein Blick den ihren einfing, wurde ihr Schmerz dreidimensional, traf ihn mit unvorhergesehener Wucht und drang in sein Herz.

„Sofia!“, flüsterte sie leise und hielt seinem Blick stand. „Mein Name ist Sofia!“

Wahrheit, stellten seine Sinne fest. Schockiert wich er einen Schritt zurück.

Still. Edward stand vollständig still. Hätte Sofia ihn nicht direkt angesehen, hätte sie nicht gewusst, dass er noch da war. Kein Lebenszeichen von ihm drang zu ihr. Kein Gedanke zeichnete sich auf seinem Gesicht ab, es blieb vollständig statuenhaft und leer, während die Gefühle in ihm tobten.

Sofia fühlte sich zu leer, als dass sie Furcht empfinden konnte, Furcht vor seinen Gedanken oder vor seinem Verrat.

Edward starrte den Engel vor sich an. Erleichterung und Frustration, Weinen und Lachen tobten in seinem Inneren, während er sich wie ein naiver Idiot fühlte. Ein rücksichtsloser, egoistischer Idiot.

Natürlich! Zwillinge! Er hatte es nicht gemerkt – nicht einmal in Betracht gezogen. Selbst die Hexe war bei ihrer Überprüfung darauf hereingefallen, hatte sich nicht einmal darum gekümmert, dass die Lebensüberdrüssige noch eine Schwester hatte, geschweige denn kontrolliert, ob sie zufällig ein Zwilling war.

Und Magnus? Nein, niemals glaubte Edward an einen Zufall! *Welches Spiel spielst du mit mir, mein Freund? Und spielst du es überhaupt mit mir?*

Ihm fiel der Satz von Magnus ein, den er der Königin ins Gesicht gespien hatte: „Ich bin auf der Seite des Mädchens.“

Edward schloss seine Augen, sperrte Sofias Anblick aus, als könne er so auch seine Schuldgefühle aussperren. Das Mädchen war makellos. Sie verdiente nichts von alledem. Nichts von alledem betraf sie.

Sofia …! Wer bist du, Sofia? Was denkst du, was träumst du? Was sind deine Hoffnungen und Wünsche? Irgendwo musst du anfangen, Edward!

„Was hast du vorhin gemeint?“, fragte er.

Als sie lange Zeit nicht antwortete, befürchtete er, sie würde nie wieder mit ihm sprechen, doch schließlich fragte sie: „Womit?“

„Als du gesagt hast, niemand würde dich jemals wieder benutzen?“

„Das ist eine lange Geschichte.“

„Nun, ganz zufällig sind wir beide unsterblich, du kannst also gerne weit ausholen.“

Wider Willen musste Sofia lächeln. Edward verstand es, sie aufzuheitern – und sie gezielt zu verletzen.

Bei ihrem Lächeln verwandelte sich das Eis seiner Augen von einer Sekunde zur anderen in lodernde Flammen des Verlangens. Er trat so rasch an sie heran, dass er ihren Fluchttrieb überrumpelte, bevor sie seine Nähe spürte.

„Was immer es war, es tut mir leid. Wenn ich es ungeschehen machen könnte, dann würde ich es tun.“

„Selbst meine Existenz als Vampir?“

„Selbst deine Existenz als Vampir!“, murmelte Edward an Sofias Lippen und zögerte, als er den Schalk in ihrem Blick sah.

„Selbst wenn das bedeuten würde, du wärst mir nie begegnet?" Ihr Atem streifte seinen Mund, und er musste sich konzentrieren, um ihr eine passende Antwort zu geben: „Mir nicht begegnet zu sein ist wahrlich nicht das Schlimmste, was dir geschehen könnte!"

Sofia lachte leise, und Edward stahl das Lachen direkt aus ihrem Mund, indem er sie küsste. Einen Augenblick lang war sie noch angespannt, dann ergab sie sich. Ihr Körper wurde nachgiebig, ihre Lippen sanft. Sie kannte nicht die List einer erfahrenen Frau, ihre Begeisterung war frisch, unschuldige Leidenschaft, die ihn begeisterte und bezauberte.

Als sie schließlich zurückwich, ließ Edward sie gehen. Ihr Gesichtsausdruck spiegelte Verwirrung wieder.

Edward ging es nicht anders. Obwohl sein Verstand ihn an den Fluch und an die Aufgabe, die Sofia zu erledigen hatte, erinnerte, wollte er sie mit einem Verlangen, das ebenso irrational wie unkontrollierbar war.

„Ich will das nicht", murmelte Sofia leise, als müsse sie sich selber daran erinnern und sich davon überzeugen, dass sie sich auf ein gefährliches Spiel einließ.

„Das ist eine Lüge!"

„Nein, ist es nicht!" Sie schüttelte heftig den Kopf.

„Ich kann dein Verlangen spüren." Edward leckte sich die Lippen. „Ich kann es schmecken."

Sofia gab einen gequälten Laut von sich. *Wie belügt man jemanden, der weiß, was man fühlt?*

„In Ordnung", gab sie zu, „mein Körper verlangt nach deinem." Ihre Miene war frustriert. „Macht dich das glücklich?" Der letzte Satz war Zynismus pur.

Edward lächelte. „Ja." Er schenkte ihr nur ein Wort, aber es floss durch ihren Körper, ihren Verstand und flüsterte von Dingen, die er nicht gesagt hatte. Wisperte in der Dunkelheit von Triumph und Erfüllung, Leidenschaft und Verehrung.

„Was hält dich ab?" Seltsamerweise stelle Edward diese Frage, obwohl sein Verstand immer noch gegen seine Leidenschaft anbrüllte.

Sofia schnaubte. „Was hält dich ab? Ist das eine ernste Frage? Vor drei Minuten hast du nicht einmal gewusst, wer ich bin!"

„Und habe dich gewollt."

„Du meinst, du hast mich quälen wollen?!", konterte sie wütend.

Er beugte sich zu ihr und legte jedes Gramm seiner Sehnsucht, jeden Hauch von Verführungskunst in seine wortlose Bitte um Vergebung, bis sie unter seiner Berührung erbebte. Erst dann ließ er von ihrem Mund ab, folgte mit seinen Küssen der Linie ihres Kiefers, bedachte jeden Zentimeter ihres Gesichtes; ihre Nase und ihre Augenlider, als sie sich flatternd schlossen. Er hielt inne, und seine sinnlichen Lippen schwebten eine Zungenlänge entfernt über ihren. Als er die Bestätigung seiner Wirkung in ihren Augen las, packte ihn das Verlangen mit solcher Macht, dass er erzitterte.

Er grub seine Hände in die reiche Seide ihrer Haare und hielt Sofia still, während er sich zu ihr beugte. Er sammelte die Energie um sie herum und hielt Sofia in ihrem Zentrum gefangen. Sein Mund senkte sich auf ihren, nahm ihn in Besitz. Feuer sprang von ihm zu ihr, verband sie und steigerte sich zu unbarmherzigem Hunger. Doch der Kuss war nicht genug. *Wird nie genug sein.*

Sofia legte Edward die Handfläche an die Brust, um ihn wegzudrücken, doch stattdessen ließ sie die Hand auf seinem dünnen Hemd ruhen, genoss die Lebenswärme, die von ihm ausging und seine Anziehungskraft, der sie einfach nicht entrinnen konnte. Sie wusste sehr genau, warum er sie auf diese Weise küsste – er wollte die Kontrolle über sie haben; wollte sie leidenschaftlich machen und gehorsam, damit sie ihn mitnahm und ihm vertraute. Sie war vielleicht leidenschaftlich – aber gehorsam? Nur, weil ihr Körper und ihr Verstand jeglichen Widerstand aufgaben, wenn er sie in seinen Armen hielt und seine Lippen die ihren fanden, bedeutete das noch lange nicht, dass er sie damit auch willenlos machte.

Und das wiederum bedeutete, dass er sie so lange küssen konnte, wie er wollte. Wenn er entschieden hatte, sie noch bis Tagesanbruch zu küssen , gab es für sie keinen Grund, auch nur eine einzige kostbare Minute seiner Küsse zu verschwenden.

Sie verpflichtete sich mit diesen Küssen zu nichts, nicht zu Liebe und nicht zu Vertrauen. Aber es war ausgesprochen schön, von ihm geküsst zu werden. Die Berührung seiner Lippen verzauberte sie, die noch viel kühneren Liebkosungen seiner Zunge erregten sie. Sie fühlte sich wild und leichtsinnig – eigenartig ruchlos.

Edward hatte sie in eine Welt gelockt, die nur aus erotischen Träumen und brennender Sehnsucht zu bestehen schien. Mochte es auch eine verrückte Idee sein, sie würde in dieser Nacht für einige kurze Stunden ihren Träumen nachgeben und die Fantasie ausleben, mit der sie sich vielleicht bis in alle Ewigkeit begnügen musste.

Als der Vampir seinen Arm noch fester um sie schloss, schmiegte sie sich bereitwillig an ihn, drückte ihre Brüste gegen seinen Oberkörper.

Für Sekunden drohten Edwards innere Dämonen ihn zu überwältigen, dann schob er vorsichtig seine Zunge zwischen ihre Lippen, um die sanfte Höhlung, die sie ihm so bereitwillig anbot, gekonnt zu erforschen.

Ihr Geschmack, so leicht und frisch, so verlockend, stieg Edward sofort zu Kopf und verwirrte seine Sinne. Nur mühsam hielt er seine Dämonen weiter zurück und genoss das, was sie ihm freiwillig bot.

Er wurde nicht vom Zorn getrieben, nicht einmal von dem Wunsch, ihr seinen Willen aufzuzwingen, damit sie sich der Gefahr fern hielt. Der Drang, der sein Blut in Wallung brachte, war einfach nur das Verlangen nach ihr – mehr nicht. Er wollte sie, musste sie einfach haben.

Sofia schnappte nach Luft, als Edward sie zärtlich und mit unerträglicher Muße in die Halsbeuge biss. Seine Eckzähne glitten sanft über ihre Haut. Ihr Mund wurde trocken.

„Nein!" Sie machte sich von ihm los und trat einen Schritt zurück.

Allein ihre schreckensweiten Augen hielten ihn davon ab, sie sofort wieder in seine Arme zu schließen.

„Sofia!" Er streckte die Hand nach ihr aus.

„Nein!" Sie trat einen weiteren Schritt zurück und starrte seine Hand an, als sei sie ein Fremdkörper in ihrer Welt. „Bleib, wo du bist, Edward! Bleib, wo du bist!"

Er rührte sich nicht, starrte nur die verletzliche Schönheit vor sich an. Ihm wurde bewusst, dass er der Grund für ihre Angst war, der Magistrat, wegen dem sie entsetzliche Qualen litt. Während in ihm alles jubelte, dass es Liebe tatsächlich gab, und er sie nach all den Jahrhunderten endlich gefunden hatte, kämpfte Sofia gegen ihre inneren Dämonen, gegen ihre Schuldgefühle wegen des Todes ihrer Schwester, um ein Leben in einer Gesellschaft, die keinen Platz für sie bot und gegen einen unbekannten Mann – den Magistraten – der sie diesen Seelenqualen ausgeliefert hatte.

„Sofia, verzeih!", bat Edward.

Gott, ich bin solch ein Idiot, schalt Sofia sich selber. *Ich kann es einfach nicht. Kann nicht genießen und dann einfach verschwinden. Besser nie der Lust nachgeben, als diesen Genuss zu vermissen!*

Sie kämpfte mit den Tränen. *Edward wird dich früher oder später enttäuschen und im Stich lassen! Das tun sie doch alle!*

„Geh, Edward! Geh und kümmere dich nicht mehr um mich. Tu so, als würde ich nicht existieren."

„Nein!" Ihr Anblick brach ihm das Herz. „Sofia", flüsterte er leise.

„Sag niemandem, wer ich bin", hauchte sie und war verschwunden. Edward drehte sich einmal um seine eigene Achse, konnte jedoch nicht ausmachen, wohin sie verschwunden war. „… sonst bin ich tot!" Das Flüstern schien aus allen Richtungen zu kommen und direkt aus ihrem Herzen.

„Sofia!" Edward wusste, dass sein Ruf umsonst war, dass sie ihn nicht mehr hören konnte oder wollte. Er hatte sie verloren. Gespielt, gesetzt und verloren.

Kapitel 18

Er fühlte sich benutzt. Und überflüssig. Gefühle, die ihm ganz und gar nicht behagten.

Plötzlich schien jeder sein eigenes Spiel zu spielen und seine eigenen Ziele zu verfolgen. Jedes Spiel hatte Sofia als Hauptfigur.

Als Edward Magnus endlich kommen hörte, legte sich seine Erregung und machte heißer Wut Platz. Er hatte seinem Freund geglaubt und dessen unfehlbarem Plan vertraut. *Was planst du wirklich, Magnus?*

Schon wieder war er zur Königin gerufen worden, schon wieder unvorhergesehen und schon wieder in einer Zeit, in der eine Störung noch vor Wochen undenkbar gewesen wäre. Doch Morna und Maeve hatten seine Anwesenheit schlichtweg ignoriert.

„Die Zeit läuft mir davon“, sagte Magnus beim Eintreten. Angesichts seines verzweifelten Gesichtsausdrucks spürte Edward einen Stich. Was immer sein Freund geplant hatte, es lief offensichtlich schief.

Morna und Maeve standen nahezu synchron – ein gespenstischer Anblick – von dem einzigen Gegenstand auf, der den kahlen Raum dominierte: Dem Bett. Ein sündiges Traumgebilde aus weißer Seide, so zart und hell wie die Alabasterhaut der Zwillinge, die darauf mehr denn je wie Wesen aus einer anderen Welt gewirkt hatten. Identische, eineiige Zwillinge. Doch als die beiden zeitgleich ihre Augen aufschlugen wurde ein gravierender Unterschied zwischen ihnen deutlich: Morna war wütend, während Maeve gegen den Wahnsinn kämpfte – und verlor. Ihre blutunterlaufenen Augen blickten zielgerichtet zur Tür.

„Meine Königin!“ Magnus kniete nieder, und die Blicke der Königin folgten ihm, obwohl Edward sicher war, dass sie ihn nicht sehen konnte. „Ich bitte Euch um Unsterblichkeit für meine sterbliche Geliebte!“

Die Stimme von Magnus bebte, und Edward ahnte, was es den alten Vampir kostete, diese Bitte zu äußern.

Das Lachen der Hexe klang wie brüchiges Papier. „Dafür habe ich die Ketten erschaffen.“

„Das ist Sklaverei, Morna, keine Liebe!“

Niemals zuvor hatte Edward den Namen der Hexe aus Magnus´ Mund gehört. Es klang sonderbar, beinahe wie in einer fremden Sprache und doch vertraut und melodisch, als sei es etwas, was Magnus vor langer Zeit einmal sehr häufig gesagt hatte.

„Sie wäre in Sicherheit“, sagte Morna sanft, „und ich auch.“

„Lass mich sie zu einem Vampir machen!“ Magnus’ Stimme war flehend, es schwangen Töne darin mit, die beinahe hypnotisch schmeichelten und seine Verzweiflung unterstrichen.

„Niemals“, flüsterte Morna, als habe Magnus sie um etwas Entsetzliches gebeten. „Niemals zu einem Vampir!“ Sie kam näher. „Hörst du mich? Niemals wird jemand weibliche Vampire erschaffen! Niemals Wesen, die mir schaden könnten!“

„Du kannst doch nicht wegen einer einzigen Prophezeiung in ständiger Furcht leben!“, fauchte Magnus. Es klang, als greife er eine jahrhundertealte Diskussion wieder auf.

„Fahr zur Hölle!“

„Da bin ich bereits!“ Die beiden musterten sich wie Kontrahenten, bis Magnus sich an Maeve wandte. „Maeve?“

Edward schwieg, wie es seine Pflicht war. Niemand, den er kannte – und der es überlebt hatte – hatte die Königin jemals nur bei ihrem Namen genannt.

Doch Maeves Gesicht blieb weich, ihre Stimme entfernt und sanft, als sie den alten Vampir mit einem Ausdruck ansah, der fast tadelnd wirkte. „Sie ist meine Schwester, Magnus. Ich kann sie unmöglich in Gefahr bringen.“

„Aber mich, nicht wahr? Mich kannst du durch die Hölle gehen lassen?!“ Verbittert wandte er sich ab und Edward zu.

„Erzähl mir nichts von der Hölle!“ Maeves Stimme klang eisig. „Was hast du vor? Du machst sie zu einem Vampir – und dann?“

„Du weißt es …“ Magnus’ Stimme verklang leise in der Luft.

„Nein!“ Maeve schrie so laut, dass jede Zelle in Edwards Körper vibrierte. Plötzlich war die Königin bei Magnus und schlug wie eine Besessene auf ihn ein, während er lediglich versuchte, sich zu verteidigen. „Ich verbiete es! Niemals! Solange ich lebe, wird niemand mehr … niemand, hörst du mich, Bruder? … niemand wird es mehr tun! Niemand …“ Ihre Kräfte schienen nachzulassen, sie sackte langsam auf die Knie, als gäbe jeder Muskel in ihrem Körper nach und weigere sich, ihr Gewicht weiter zu tragen.

„… der Bund, der Ritus …“ Das Flüstern von Magnus war nur noch eine verzweifelte Bitte um Anhörung.

Doch der Wahnsinn in Maeves Blick war unübersehbar, ebenso wie ihr Schmerz. Eine Trauer, die so groß war, dass sie Zuflucht suchte und diese nur im Wahnsinn und in rauschhaften Blutorgien finden konnte.

Zum ersten Mal begriff Edward, dass der mythische Bund zwischen zwei Vampiren keine Legende war, der vertraut verbotene Wortlaut, über den er als Magistrat wachte, kein ausgestorbenes Ritual. Der Bund der Gefährten war Wirklichkeit, und die Königin war ihn – vielleicht vor Jahrtausenden – eingegangen.

Ihre Liebe ist gestorben, und sie ist wahnsinnig geworden! Deswegen immer dieselben Männer, dasselbe Ritual: Liebe am Anfang, Lust in der Mitte und am Ende immer der Tod und das Leid.

„Ich verfluche den Bund, ich verfluche die Vampire und die Unsterblichkeit, ich verfluche dich …“

Morna kicherte leise und schadenfroh. Ihr entging der Blick, den Maeve ihr zuwarf und der Edward schaudern ließ.

„... und dich auch, hörst du mich, Morna? Dich auch …“ Maeve bettete ihr Gesicht in ihre Hände, schloss die Wirklichkeit aus und weinte. „Du hast dich mit Edwards Fluch selbst in Gefahr gebracht – und tust es alle zehn Jahre aufs Neue!“

Morna beugte sich besorgt zu ihrer Schwester und nahm ihre Hand. Maeve hielt sie, als sei der Kontakt zu ihrer Schwester der Rettungsanker, der sie an die Realität band, während sie von Weinkrämpfen geschüttelt wurde.

Magnus wandte sich ab, doch mit einer Handbewegung stoppte Morna ihn. „Du wirst nicht zu deiner Geliebten gehen."

Magnus sah zu Boden, als könne er die Entscheidung nicht fassen. Leise und verzweifelt beschwor er seine Schwester: „Sie stirbt!"

Morna lachte höhnisch, doch unterschwellig glaubte Edward Unsicherheit und Trauer zu hören. „Das tun sie alle, mein Bruder. Irgendwann tun sie das alle!"

Maeve weinte um jemanden, den Edward nie gekannt hatte. Ihre Zustimmung war nur ein verzweifelter Hauch und drang nur an seine Ohren, weil er angestrengt horchte. „Ja, Schwester, das tun sie alle!"

Morna verzog ihr Gesicht. Edward begriff mit einem Mal, dass es nicht allein Macht oder Mitleid war, das sie an der Seite ihrer Schwester ausharren ließ, sondern etwas anderes: Liebe und Furcht.

Er kannte die Macht der Hexe über ihre Zwillingsschwester, hatte aber nie damit gerechnet, dass Morna sich davor fürchtete, diese Macht eines Tages nicht mehr zu haben oder den Gefühlen und dem Wahnsinn ihrer Schwester ausgeliefert zu sein.

„Damit ist es beschlossen!", verkündete die Hexe mit einem Blick auf Edward. Da sich Maeve nicht rührte, nickte er in seiner Funktion als Magistrat und bezeugte den Befehl. Erst dann rief Morna die Schatten.

Die Leibwache strömte in einer Wolke aus Dunkelheit und Gnadenlosigkeit herein, als bestünde sie nicht aus Individuen, sondern sei eine kollektive Schutzmacht. Joel an ihrer Spitze wirkte freudlos, als er Magnus in Gewahrsam nahm und die Anweisung gab, ihn in den Keller des museumsähnlichen Hauses zu bringen.

Dort hatte Morna Jahre ihres Lebens zugebracht. Sie hatte in den Räumen nicht nur Artefakte gelagert, Rezepte und Zauber, sondern auch Kerker erschaffen, die von solch starker Magie geschützt wurden, dass selbst Magnus keine Chance hätte zu entfliehen. Beinahe, als hätte die Hexe geahnt, dass dort eines Tages einer der ältesten und mächtigsten Vampire gefangen gehalten werden musste.

Kapitel 19

Es gab kein Zuhause mehr, keinen Ort der Geborgenheit, keine Familie und keine Freunde. Sofia schlug die Augen auf, als die Gedanken kamen und die Erinnerungen.

Umsonst! Sie war umsonst nach London geflogen, nach Paris, hatte sich umsonst in ihrer eigenen Wohnung versteckt in der Hoffnung, dass der Magistrat sie nicht finden würde. Alle konnten sie finden, selbst ein junger Vampir wie Edward – und selbst in Las Vegas.

Ihre Gedanken drehten sich einen Moment lang um Edward, bevor sie sie entschlossen beiseiteschob. Gerade über ihn wollte sie nicht nachdenken. Nicht darüber, was er dachte und wusste und empfand.

Doch ihr Verdrängen öffnete eine andere Tür in ihrer Erinnerung: Melanies Tod war nur der bisherige Endpunkt, davor kam der Tod ihres Großvaters. Eines Menschen, der die Zwillinge rückhaltlos geliebt hatte, ohne etwas von ihnen zu fordern. Und sein Erbe.

Sofia versuchte die Trauer abzuschütteln, den Verlust und das Wissen, dass ihre Eltern mit dem Geld durchgebrannt waren, ihre Kinder allein gelassen und der staatlichen Willkür ausgeliefert hatten. Freunde hatten sich als verlogene Aasgeier entpuppt, Verwandte als habgierige Harpyien. Melanie war daran zerbrochen – fehlende Hoffnung und zerstörtes Vertrauen konnten töten – und wenn Sofia nicht aufpasste, würde ihr Argwohn auch sie vernichten.

Noch nicht, noch kann ich mich zusammenreißen und kämpfen!

Sofia wälzte sich aus ihrem Bett, dankbar für die kleinen, menschlichen Gesten, zu denen sie noch fähig war, und die sie genoss.

Als sie den Gegenstand auf ihrem bereits gepackten Koffer sah, erstarrte sie, bevor die Worte auf dem Umschlag sich in ihrem Gehirn formatiert hatten: *Von Edward.*

Sie war zu erleichtert, um Wut zu empfinden oder Schrecken darüber, dass selbst Edward in der Lage war, so nah an sie heranzukommen, während sie schlief.

Sie öffnete zuerst den Brief. *Zwei Geschenke für einen Engel, Edward* – hieß es dort ebenso schlicht wie lapidar. Sofia legte den Zettel zur Seite und öffnete das Kästchen.

Auf einem Bett aus tiefrotem Samt lag eine lange Kette allerfeinster Machart. Sofia erkannte die Anhänger sofort und schob das Etui von sich.

„Verdammt!"

Ihr Instinkt drängte sie wegzurennen, vor dem Kollier zu fliehen – vor dem Wunsch, es zu berühren, ihre Finger über die glatten Stränge gleiten zu lassen; davor, sich vorzustellen, wie es sich um ihren Hals anfühlte, wie es aussehen würde. Die faszinierenden, magischen Perlen zu berühren, die leer waren und es auch stets bleiben würden.

Dieser verfluchte Edward! Er hatte sie nicht nur aufgespürt, es war ihm auch gelungen, eine Bresche in den Wall ihrer Ablehnung zu schlagen, indem er mit der Hexe, der Königin und den Regeln brach und seine einzige Chance auf eine ewige Geliebte – auf Liebe – für immer verschenkte.

Sofia würde sich überlegen müssen, wie sie mit diesem Geschenk umging, sicher würde sie Edward in naher Zukunft wieder begegnen. *In Prag.*

Prüfend nahm sie das Schmuckstück in die Hand und versuchte, die Magie zu spüren. Doch da war nichts, es war nur ein lebloses Schmuckstück. Sie richtete ihre Aufmerksamkeit auf den Schlüssel, der unter der Kette zum Vorschein gekommen war und verstaute den Schmuck wieder in dem Kästchen.

Was zum Teufel soll der Schlüssel? Sie drehte ihn, hoffte auf einen Hinweis, doch es war und blieb ein einfacher Schlüssel.

Als sie kurz darauf mit ihrem Koffer das Haus verließ, um zu ihrem Auto zu gehen, sah sie es.

Es war direkt gegenüber der Tür geparkt, und der Lippenstift, mit dem ihr Name auf das Beifahrerfenster geschrieben worden war, ließ sich ebenso wenig übersehen, wie das Fahrzeug mit dem glänzenden Offroadgrill.

Großer Gott!

Sofia ließ den Koffer fallen und griff nach dem Schlüssel. Er passte.

Nein, nein, nein, das ist nicht richtig, das kannst du nicht annehmen, dachte ihr Verstand, doch ihr Körper hatte den Koffer schon auf die Rückbank geworfen und war hinter das Lenkrad geschlüpft, um es verzückt zu streicheln.

Der Geruch nach frischem Leder, neuem Auto und Klimaanlage war göttlich. Ebenso göttlich wie die Ausstattung der Luxusklasse. Nicht so der Zettel, den Edward auf das Lenkrad geklebt hatte: *Dein Auto ist eine fahrende Zumutung!*

Damit ist es entschieden, dachte Sofia und griff nach der Türklinke, um wieder auszusteigen, stieß jedoch auf einen weiteren Zettel: *Frauen! Wenn du schon fährst, nimm das Geschenk bitte an. Niemand soll behaupten, ich achtete nicht auf das, was mein ist!*

Sofia gab einen Laut von sich, der halb von Entzücken zeugte und halb von Wut. *Anmaßend, unverschämt und zu selbstgefällig – wie immer!* Sie konnte dieses Auto nicht annehmen, wollte es nicht. Aber sie konnte es unmöglich hier stehen lassen, unbenutzt und allein.

Mit einer liebevollen Geste strich sie über das Lenkrad. *Ich achte auf das, was mein ist.* Sie knurrte leise über ihre widersprüchlichen Gefühle. Es gefiel ihr, dass jemand – Edward – auf sie achtete, aber es widerstrebte ihr, ein Geschenk anzunehmen und sich zu verpflichten.

Sie sollte sein Präsent nicht annehmen. Durfte es nicht. Aber es war nicht irgendein Auto. Es war DAS Auto, das Auto aller Autos, ein Gott der modernen Fahrzeuge. Ein Hummer H2.

Ein nagelneuer Traum aus schwarzem Lack und Chrom, mit dreihundert PS und einer Innenausstattung, die eine Sonderanfertigung sein musste. Schwarzes Wildleder, schwarzer Lack und Chrom, Sitzheizung, Navigationssystem, DVD und TV in den Kopfstützen, getönte Scheiben und ebenso getöntes Schiebdach.

Sofia klopfte gegen das Fenster und kontrollierte anschließend ihren Eindruck an der Frontscheibe. Wow! Mit Extraverglasung – schusssicher.

Meine Seele geht zum Teufel, aber immerhin fahre ich den Weg bequem. Im Handschuhfach fand sie nicht nur die Papiere – der mobile Gott war tatsächlich auf ihren Namen gekauft und zugelassen! – sondern auch ein Bedienungshandbuch, Straßenkarten, Reiseführer und CDs.

Die ersten vier waren mit Grüßen von Joel versehen. „The Best of Rob Zombie", „The Best of Sisters of Mercy", „The Crow II" und das „Black Album" von Metallica. Sofia legte sie auf den Beifahrersitz. Falls die anderen Straßenverkehrsteilnehmer nervten, würde sie diese Musik in Dolby Surround genießen.

Vier weitere CDs landeten im Fußraum, weil es ihr unfair erschien, sie einfach Asphalt fressen zu lassen, schließlich waren sie von Hasdubal. „Bye-Bye Beethoven. See you later, Chopin!"

Xylos?! Sofia schickte ein Dankgebet gen Himmel, dass sie den Wagen noch nicht gestartet hatte. Sicher wäre sie gegen den nächsten Baum gefahren – mit dem Hummer wahrscheinlich direkt durch ihn hindurch! – Trotzdem beäugte sie neugierig die Titel der nächsten drei CDs, denn offensichtlich hatte er absichtlich interessante Musik, provozierende Titel und treffende Texte gemischt. Und so harmonierte „Addicted to Love" von Robert Palmer mit „In your wildest dreams" von Tina Turner; wurde „Love is a Battlefield" von Pat Benator von Cheap Tricks „I want you to want me" und von Soft Cells „Temptation" in die Mitte genommen; während „Wild Boys" von Duran Duran auf „Born to be alive" von Patrick Hernandez folgte. „I will survive" von Gloria Gaynor und „Celebrate Youth" von Rick Springfield brachten Sofia ebenso zum Lachen, wie „Loverboy" von Billy Ocean und „Self Control" von Laura Branigan. *Niemand kann Xylos vorwerfen, er sei nicht charmant und intelligent!* Auf jeden Fall hatte er sich unerwartet viel Mühe gegeben, indem er ihr selber CDs zusammengestellt und gebrannt hattee.

Edward hatte nur die letzte noch übrig gebliebene CD beigesteuert. Neugierig nahm Sofia sie zur Hand und erkannte das Motiv sofort wieder.

Die Loup-Garou CD besaß und liebte sie ebenfalls, aber auf ihrer Rückseite war kein Lied rot markiert, dessen zweiter Titel in Klammern stand: „Vampire's Lullaby."

Minutenlang saß Sofia mit der CD in der Hand wie versteinert und wagte es nicht, auch nur zu blinzeln, so als könnten die Worte des Liedes entschwinden oder ihre Bedeutung verändern.

Mit einem Mal fühlte sie sich gar nicht mehr stark und sicher, sondern sehr verletzlich. Edward ging ihr wirklich unter die Haut – direkt ins Herz. Und genau dort durfte er nicht sein, durfte niemand sein!

Trotzdem blieben die Worte und die Melodie des Liedes von Willy DeVille, wo sie waren und sangen in ihrem Kopf und in ihrem Herzen:

I don´t need a magic power
to live forever throughout time
or be a genius
more creative
than all of History´s greatest minds
I don´t dream of all the pleasures
heaven holds for me
with a hand up above my head
a sword of fire and soft white wings
I´ll tell you what it is I need
to turn this spark into a fire
Come close
and hold me tighter still
It´s you, my one desire …

Schließlich traf Sofia eine Entscheidung, legte die silberne Scheibe in den Player und wählte das Lied „My One Desire (Vampire's Lullaby)".

Kapitel 20

„Wartet!" Edward war überrascht, als er seine eigene Stimme hörte, die den Augenblick, in dem Magnus weggeführt werden sollte, in zwei Hälften schnitt.

„Ja?" Morna hob ihre linke Augenbraue in einer provozierenden Frage.

„In meiner Funktion als Magistrat bezeuge ich die Regeln, das Gespräch und die Bitte von Magnus, ebenso wie deine Anordnung", begann Edward und hielt sich genau an die Formulierung des Rituals, bevor er abwich: „Ich möchte noch einmal die Bitte des Magnus wiederholen und biete mich an, ihn zu begleiten und sein Verhalten zu überwachen."

Morna kicherte. „Sei nicht albern, Edward! Denkst du, ich wüsste nicht, dass er dein einziger Freund ist? Der Einzige, der d …" Sie verharrte mitten im Satz, als käme ihr in dem Moment ein Gedanke. Langsam verzog ihr Gesicht sich zu einem triumphierenden Ausdruck.

„Es sieht so aus, als bekäme ich endlich, was ich seit Jahrhunderten haben will!", seufzte sie, glücklich mit ihrem Gedankengang. Edward, der ihm nicht folgen konnte, starrte sie ebenso an, wie die Königin und Magnus.

„Dich, Edward!", flüsterte Morna leise. Der Ausdruck ihrer zufriedenen Gier stieß ihn ab.

„Ich erlaube es, Magnus' Frau in einen Vampir zu verwandeln, dafür bekomme ich dich!" Als sie die ungläubigen Gesichter sah, ergänzte sie: „Der

Fluch auf deiner Familie wird auch aufgehoben, wenn ich endlich bekomme, was ich haben will."

Der Triumph auf dem Gesicht der siegreichen Hexe war mehr als Edward ertragen konnte. Vor langer, langer Zeit, als er noch unter den Lebenden weilte, hatte er sich geschworen, sie nie wieder zu berühren, nie wieder ihr Bett zu teilen – noch bevor sie den Fluch ausgesprochen hatte.

Die Häme und der Spott, die er damals bei dem Geständnis ihrer Liebe über sie und über die Liebe ausgegossen hatte, hatte sein eigenes Schicksal besiegelt. Nun waren es dieselbe Häme und derselbe Spott, die Mornas schöne Züge verzerrten: „Wenn schon nicht aus Liebe, Edward, dann aus Pflichtgefühl und Freundschaft?!" Ihr Lachen klang triumphierend und unendlich besessen.

Unterschätze niemals die Kreativität von einem Wesen, das unsterblich ist und in Jahrhunderten plant! Und unterschätzt hatte Edward Morna – schon wieder. Vor über zweitausend Jahren hatte er sich geschworen, dass es ihm niemals wieder passieren würde, doch nun war es passiert. Er stand mit dem Rücken zur Wand und konnte nur noch zustimmen.

Joel wirkte mehr als erschüttert. Edward wusste, dass sein Freund nun zum ersten Mal begriff, um was es bei dem Fluch ging, der auf Edward lastete; dass es zwar um Rache ging, aber die Ursache eine zurückgewiesene Liebe war – und der Auslöser Edward selbst.

Edward sah zu Boden und fragte sich – wie so oft in der langen Zeit – ob er es nicht verdient hatte zu leiden; ob es seine Schuld war, dass Morna eine eiskalte und berechnende Furie geworden war. Edward nickte stumm, ohne den Blick zu erheben.

„Nein!", befahl Magnus. „Nein, Morna! Und wenn du noch eine Ewigkeit wartest! Du kannst es nicht erzwingen!" Ihr Verhalten stieß ihren Bruder ab, und sein Gesicht spiegelte seine Einstellung wider.

„Natürlich kann ich das, mein ach so sanfter, ach so liebenswerter Bruder!" Mornas Stimme war nur ein schmeichelndes Flüstern.

„Ja, aber ich nehme es nicht an! Edward, dein Angebot ehrt dich, aber ich lehne es ab!"

„Du lässt deine Liebe ...", Morna betonte das letzte Wort, als sei es ein schlimmerer Fluch als alles, wozu sie fähig wäre, „... sterben?"

Magnus schwieg, obwohl ihm die Entscheidung schwer zu fallen schien.

„Bedenke, Magnus, du kannst sie retten! Deine Liebe!" Morna flüsterte verführerisch. Der Teufel musste solch eine Stimme haben, wenn er eine Seele wollte. Und Edwards Seele wollte sie. Nicht nur die, sie wollte auch den Körper, die Liebe gleich dazu.

„Nein, der Preis ist zu hoch!", behauptete Magnus, und seine Stimme klang ruhig und gefasst. „Und jetzt möchte ich bitte in meinen Kerker!"

Was plant er? Denn dass Magnus etwas plante, stand angesichts seiner plötzlichen Ruhe außer Frage. Er liebte Elisabeth, das hatte Edward gespürt. Würde er sie opfern? Für ein höheres Ziel?

Würde ich Sofia opfern? Für ein höheres Ziel? Ein Schauder der Vorahnung lief über Edwards Rücken.

„Ich begleite Euch!“, sagte Edward. Es war ihm egal, ob die Hexe misstrauisch wurde und eventuell begriff, dass Edward mehr mit Magnus unter einer Decke steckte, als sie ahnte.

Morna öffnete den Mund, und bevor ihre Antwort kam, wusste Edward bereits, dass sie es ihm verbieten würde. Aber die Königin, die seit ihrem Zusammenbruch nichts mehr gesagt hatte, kam ihrer Schwester zuvor. „Ja! Bezeuge seine Gefangennahme!“

Edward nickte, verschmolz mit den Schatten, wurde ein Teil von ihnen und war dankbar dafür, dass die Wache in einer offiziellen Mission unterwegs war. So sprach niemand, und alle hielten ihre Emotionen unter Kontrolle, ließen nichts nach außen durchdringen.

Trotzdem spürte Edward Joels fragende Blicke in seinem Rücken, während er voranging; sicher, dass Magnus ihm folgen und sich tatsächlich einsperren lassen würde.

Edward spürte die Magie bereits, als er die Tür zum Keller öffnete. Sie erstickte jedes Geräusch, jeden Laut, bevor er überhaupt entstehen konnte. Jeder Schritt fühlte sich an, als brannten sich unsichtbare Widerstände in seinen Körper, behinderten ihn und hießen ihn gleichsam willkommen. Aus dieser magischen Falle konnte kein Vampir entkommen, auch nicht in sie hineingelangen – es sei denn, Morna gestattete es. *Teufelsweib!*

Kurz vor der Zelle überholte Joel Edward, den Schlüssel bereits in der Hand, während die anderen einen wachsamen Halbkreis um Magnus bildeten. Die übertriebene Vorsicht war nicht nötig, denn der Vampir wartete geduldig, bis Joel die Gittertür aufgeschlossen hatte und trat dann an ihm und Edward vorbei in die Kammer.

Es war gespenstisch, die Schlüssel gegeneinander schlagen zu sehen, aber nicht klappern zu hören, den Widerstand der rostigen Tür zu spüren, aber keinen Laut wahrzunehmen. An Mornas Magie prallte alles ab, sie teilte „Innen“ und „Außen“ sauber in zwei Hälften.

Er hielt Joel, der die Tür hinter Magnus schließen wollte, zurück und gab ihm durch eine Geste zu verstehen, dass er Magnus für einen Moment folgen wollte. Joel schien zu überlegen, ob und wie weit er sich auf verbotenes Terrain wagte, doch schließlich nickte er.

Erleichtert betrat Edward die Kammer und setzte sich auf den Holzschemel. Magnus ließ sich auf der hölzernen Bank nieder und verzog dabei abfällig das Gesicht.

„Morna hatte schon immer ein Faible für Kiefernholz“, murmelte er. Edward war froh, Magnus’ Stimme zu hören.

Dieses Mal war die Magie tatsächlich sein Verbündeter, würde in der Kammer halten, was hierher gehörte. Kein Wort, keine Information würde den Raum verlassen, selbst Morna würde außen vor bleiben.

„Was wirst du wegen Elisabeth unternehmen?", fragte Edward.

„Nichts." Magnus lächelte nur.

„Gibt es etwas, was ich für dich oder für sie tun kann?"

„Nein, aber danke!"

Edward rollte mit den Augen. Das Lächeln von Magnus war zu schalkhaft, als dass er glauben konnte, Elisabeth sei nicht bereits in Sicherheit. Aber er war hier und Joel auch. Wer sonst war wahnsinnig genug, Magnus gegen Hexe und Königin beizustehen?

„Hasst Sofia dich genug?" Magnus wechselte das Thema und registrierte mit einem Lachen, dass Edward beim Klang des Namens zusammenzuckte.

„Denkst du, ich würde Zwillinge aus Versehen verwechseln?"

Edward kämpfte seine Wut nieder, zu deutlich stand ihm der Schmerz in Sofias Miene vor Augen. Sie hatte es nicht verdient, zur idealen Spielfigur zu werden.

Edward schloss die Augen und antwortete schicksalsergeben: „Das tut sie, mein Freund, das tut sie!"

Er war froh, dass er mit dem Rücken zur Tür stand und Joel seinen Gesichtsausdruck nicht sehen und ihn womöglich deuten konnte.

„Das klingt so, als gefiele es dir nicht." In der Stimme von Magnus schwang Triumph mit, doch anders als bei Morna war es ein angenehmer Triumph.

„War das auch Teil deines Plans?"

„Ja!", gestand Magnus. Edward glaubte eine Spur Bedauern darin zu hören.

Er schloss wieder die Augen und versuchte nicht an Sofias Gesicht zu denken, nicht an ihre Verzweiflung und ihre Furcht, als sie ihm gestanden hatte, dass sie nicht Melanie war. Stattdessen versuchte er sich auf den Ekel zu konzentrieren, den er Morna gegenüber empfand, auf ihren Hass und ihre Skrupellosigkeit, doch es gelang ihm nicht. Mornas rote Mähne verwischte, wurde heller, ihre Gesichtszüge wurden weicher, weniger von Angst wegen der Prophezeiung und von Wut auf Edward geprägt. Sie verwandelten sich immer wieder in Sofias Züge.

„Aber wieso?" Edward spürte, wie seine eigene Stimme den gleichen Schmerz mit sich trug wie Sofias, als er sie in die Enge gedrängt hatte. Obwohl er befürchtete, den gleichen gepeinigten, von aller Welt verlassenen Ausdruck in seinem Gesicht zu zeigen wie sie, öffnete er seine Augen.

„Wegen der Liebe!" Magnus' Stimme war unendlich mitfühlend.

„Natürlich!" Edward lachte höhnisch und verfluchte sich insgeheim dafür, dass er beinahe wie Morna klang. „Wegen der Liebe!"

„Edward!" Magnus sprach sanft. „Lüg mich nicht an!"

Edward sah zu Boden und schwieg verbissen.

„Und jetzt lass mich alten, sentimentalen Narren allein und such' die Frau, die deine Kette trägt."

Unbewusst griff Edward an seinen Hals, fühlte den Stoff seines maßgeschneiderten, hochgeschlossenen Hemdes, welches das Fehlen der Kette verbergen sollte. Als ihm bewusst wurde, dass er unwillkürlich den Verdacht von Magnus bestätigt hatte, sah er ihn an.

„Mir war es offensichtlich, und die Königin hat es ebenfalls bemerkt."

Edward schnaubte. Er konnte sich nicht vorstellen, dass die Königin dieses Wissen nicht ausnutzen würde.

„Und nichts gesagt?!", fragte er deswegen.

„Sie hält sich an ihre eigenen Regeln." Magnus klang betrübt, beinahe so, als hätte er etwas anderes erwartet. *Vielleicht hat er das sogar*, dachte Edward mit einem Anflug aus Mitgefühl, als ihm wieder einfiel, dass die drei Geschwister waren. Dann traf ihn die volle Bedeutung von Magnus' Worten. Er sprang auf. „Aber Morna?"

Magnus nickte zufrieden. „Wir verstehen uns!"

Edward begann auf und ab zu gehen. Es war ihm egal, ob Joel seine Wut sah und verstand, es war ihm egal, ob die anderen Schatten seine Emotionen für Schwäche hielten.

Morna spielte falsch! Das Miststück! Wen hatte sie auf Sofia angesetzt? Und wann?

Er verharrte, regungslos vor Wut. Die Königin zwang ihn, Sofia aus den Augen zu lassen, sie nicht nur mit Joel, Xylos und Hasdrubal sprechen zu lassen, sondern sie auch mit anderen Vampiren zu teilen und ihnen die Chance zu gewähren, um die Gunst seines Engels zu buhlen. Vielleicht, während sie ihren Tod planten!

Kapitel 21

Sofia sah sich sofort am Eingang mit Noctalyus konfrontiert.

„Verfolgst du mich etwa?"

Noctalyus verzog seinen Mund zu einem abwertenden Lächeln. „Du überschätzt dich, kleine Maus!" Er ließ sich genüsslich viel Zeit damit, sie von oben bis oben zu mustern. „Oder sollte ich dich Laborratte nennen? Forschungsobjekt des Magistraten?"

Sofia erwiderte seinen Blick ungerührt. Lieber würde sie sich die Zunge abbeißen, als Noctalyus zu fragen, woher er sein Wissen nahm. Seine blauen Augen waren immer noch so blank, wie sie sie aus London in Erinnerung hatte, und leer.

„Bist du mit diesem Blick zur Welt gekommen, oder musst du ihn jeden Tag üben?"

Noctalyus ließ sich nicht provozieren, sondern behielt sein nonchalantes Lächeln weiterhin festgefroren auf seinem Gesicht. „Geboren."

„Ah! Dachte ich mir!" Sofia wollte einen Schritt an ihm vorbeigehen, doch er verstellte ihr den Weg.

„Deine Waffe!" Verlangend streckte er seine Hand aus.

„Wieso?"

„Du bist hier unter Freunden und benötigst keine Waffe. Außerdem ist es gegen die Regeln."

„Ah! Die Regeln!" Sofia lächelte süßlich und händigte Noctalyus die Waffe aus, die sie gut sichtbar in einem Waffengürtel bei sich trug.

„Der Chef hat keine Zeit für dich. Noch nicht!"

Zufrieden strich Noctalyus die Waffe ein und ließ Sofia passieren, ohne sie abzutasten. Die Tatsache, dass er sie nur unbewaffnet in den Club lassen wollte, bestätigte Sofia, dass eine zweite Waffe eine gute Idee gewesen war. Wenn sie sie nicht brauchte, konnte sie sich morgen dumm fühlen – und wenn sie sie brauchte, würde es zumindest ein Morgen geben.

Sie betrat die Balustrade, die als erster Stock einmal den kreisförmigen Raum umrundete und auf der Wandseite verwinkelte Vertiefungen aufwies, die so angelegt waren, dass man nicht hineinsehen konnte. Vier Treppen führten hinab ins Erdgeschoss, zur Tanzfläche und zur Bar. Sofia fühlte sich an „Blade" erinnert. Die hämmernde Musik ohne Gesang, die abgehackten Stroboskopblitze und die gut aussehenden Vampire mit den ausnehmend attraktiven jungen Frauen schienen direkt dem Vampirfilm entsprungen zu sein.

Sofia ließ ihren Blick schweifen. Wer von ihnen war alt? Wer mächtig genug, der Magistrat zu sein? *Großartig! Da ist Joel.*

Sofias Blick glitt weiter zu einer kleinen Gruppe Vampire, die sich um etwas geschart hatten. Sie trat einen Schritt zur Seite, um erkennen zu können, um was es sich handelte. *Prima! Xylos-der-Freak*, dachte sie, sogar Sekunden, bevor sie begriff, dass der Vampircallboy wieder einmal bei seiner Lieblingsbeschäftigung war. *Wer immer ihn auch gerade bezahlte!*

Eine ausnehmend gut proportionierte Frau in den besten Jahren lag gefesselt, mit gespreizten Armen und Beinen, auf einem großen Bett wie auf einem Opferaltar für Xylos bereit. An ihrem erregten und öligen Körper, von dem ein intensiver Vanillegeruch ausging, erkannte Sofia, dass Xylos sich schon länger mit seiner Kundin beschäftigte.

Der Vampir trat näher zu der Frau. Gegen ihren Willen wurde Sofias Aufmerksamkeit von der brennenden Kerze in Xylos' Hand gefesselt.

Sein plötzlicher Blick nach oben, direkt in ihr Gesicht, traf Sofia ebenso unvorbereitet wie das wissende und verführerische Lächeln um Xylos' Mund. *Er weiß nicht nur, dass du hier bist, er hat das hier extra für dich inszeniert*, begriff sie mit einem Anflug aus Unmut und Aufregung.

Trotzdem sah sie ihm wie gebannt zu, als er sich wieder der gefesselten Frau zuwandte und die Kerze so hob, dass Sofia das heiße Wachs sehen konnte, wie es der Schwerkraft folgte und sich in einem großen Tropfen auf der seidenweichen Haut der Frau ausbreitete.

Ihr Körper bäumte sich unter dem Schock auf, ihr Mund formte einen Schrei, doch drei, vier Sekunden lang kam kein Ton über ihre Lippen. Dann war das Wachs auch schon wieder abgekühlt und getrocknet, die Schmerzen waren verschwunden.

Die Frau versuchte jetzt, den Fesseln und dem drohenden Versprechen des Schmerzes zu entkommen. Xylos kommentierte diesen Versuch lediglich mit einem sinnlichen Lächeln, einzig für Sofia bestimmt.

Den nächsten Wachstropfen ließ er auf die linke Brustwarze der Gefangenen tropfen, und noch während sie schrie, presste er seine Hand auf ihre Scham und benutzte seine Finger, um sie geschickt abzulenken.

Als er seine Berührung einstellte, schienen die Nerven der Gefesselten zum Zerreißen gespannt zu sein. Sie rechnete mit neuerlichem Schmerz. Jeder Muskel in ihrem Körper war angespannt, um ihm zu entgehen.

Trotzdem schrie sie frustriert auf, als eine lange Wachsspur ihren Bauch traf, der Schmerz durch sie hindurchschoss und jeder Muskel in ihrem Körper sich protestierend verspannte.

Xylos griff wieder nach unten, ließ seine Finger geschickt an ihrer Klitoris spielen. Die Frau begann unkontrolliert unter seinen Berührungen zu zucken. Nicht ganz frei von Schmerz und doch lustvoll seufzend.

Wieder nahm er seine Hände von dem menschlichen Körper, und wieder fiel das unerbittlich heiße Wachs auf die makellose Haut der Frau.

Innerhalb von Sekunden hatte Xylos sie wieder über die Grenzen des Schmerzes zurückgeholt und ließ seine Finger sanft über ihren empfindsamen Körper und über die Schwellung ihrer Klitoris flattern.

Sofia konnte sehen, wie die Muskeln der Frau sich anspannten, dieses Mal nicht vor Schmerz, sondern unter den steigenden Wogen ihrer Lust.

Das siedend heiße Wachs auf ihrem Bauch brachte sie zum Schreien, Xylos' Finger gleich darauf ebenfalls, dann wieder das Wachs. Auf ihrem Gesicht las Sofia einen raschen Wechsel zwischen Anspannung und Entspannung, zwischen Schmerz und Lust.

Die Frau strebte für jeden gut sichtbar auf einen Höhepunkt zu. Sie bäumte sich der Kerze ebenso entgegen wie Xylos' Fingern, schien sich nun nach dem heißen Wachs zu sehnen, nach den brennenden, verzehrenden Schmerzen – wegen der Lust, die danach kam. Eine machtvolle, eskalierende Lust, die sich langsam mit dem prickelnden Schmerz vermengte und eins mit ihm wurde.

Sofia schloss die Augen, um dem Sinnbild für schmerzhaften Genuss, für bittersüßes Lustleid zu entgehen. Doch den verzückten Schreien der Sterblichen konnte sie nicht entkommen.

Als sie ihre Augen wieder öffnete, sah sie, wie das vom Schmerz hervorgerufene unkontrollierte Zucken der Frau einem ständigen Zittern Platz gemacht hatte, einem existenziellen Betteln des Körpers um Gnade und erlösende Befriedigung.

Xylos warf Sofia einen Blick zu, bevor er den bereitgelegten Vibrator mit einer Fernbedienung auf die kleinste Stufe stellte und ihn zwischen die Schamlippen der Gefesselten, von oben nach unten und wieder zurückgleiten ließ. Auf und nieder, in beinahe hypnotisch konstanten Bewegungen.

Der Sterblichen entrang sich ein Seufzer der Erleichterung und der Dankbarkeit; der reinste Seufzer, den Sofia je gehört hatte. Sie wollte wegsehen, wollte diesen intimen Moment nicht mit einer Fremden teilen, doch der Ton war zu magisch.

Xylos ließ den Vibrator langsam in die Sterbliche gleiten, hinein und dann wieder hinaus. Imitierte einen zärtlichen Liebesakt, indem er sie sanft penetrierte und der Frau Gelegenheit gab, sich an den Eindringling zu gewöhnen.

Dann erst stellte er den Regulator auf die nächste Stufe. Die Frau verlor die Fassung und versteifte sich bei jedem der kleinen Stromimpulse, die der Vibrator von sich gab. Stemmte die Füße in die Matratze und riss an ihren Fesseln. Vergeblich. Jeder Impuls ließ ihren Körper beben und brachte sie zum Schreien. Schreie überwältigender Lust, die die zusehenden Vampire ebenfalls in Ekstase versetzen und Sofia zum Zittern brachten.

Die Dringlichkeit der sich ankündigenden Erlösung schwebte in den Tönen der Frau mit, doch sie konnte nur hilflos annehmen, was Xylos ihr gab … und wieder nahm … und wieder gab.

Sofia seufzte gequält auf. Als hätte der Callboy das Geräusch gehört, sah er sie an. Zum ersten Mal glaubte Sofia, den Ausdruck in seinen Augen einordnen zu können: Kalkulation und grausame Zielstrebigkeit. Er ließ die Frauen mit der Einmaligkeit des Geschehens in seinem Lustlabyrinth leiden, strafte sie dafür, dass sie zu ihm kamen und ihn wollten.

Sofia wandte sich von dem Geschehen ab, obwohl sie das euphorische Beben des weiblichen Körpers beinahe so intensiv fühlen konnte, als wäre es ihr eigenes; obwohl sie die rhythmischen Stromimpulse hören und die näher kommende, alles vernichtende Welle der Lust spüren konnte.

Angespannt wappnete sie sich und wartete, bis das Lustfeuerwerk über der Frau explodiert war, die Funken sich in alle Richtungen ausbreiteten und auch ihren Körper sinnlich aufheizten, ihre Sinne öffneten und ihre Nervenenden empfindlich und erregt zurückließen.

„Ich hasse Vampire!“, murmelte sie leise und schloss bei ihrer Behauptung auch sich selbst ein. Doch immerhin hatte sie sich wieder so weit unter Kontrolle, dass sie umsehen *konnte*.

Großartig, da ist ja auch Hasdrubal. Fehlt nur noch Edward …

„Ahhh …!“ Sofia sprang zur Seite und beinahe gegen die Wand. Edward war direkt neben ihr aufgetaucht.

„Verdammt! Ich binde dir demnächst einen Peilsender um!“, motzte sie. „Hör auf mit diesem Anschleichen!“

„Ich schleiche nie“, behauptete er. Das Lächeln auf seinem Gesicht verunsicherte sie, wirkte gleichzeitig kalt und berechnend und verführerisch vertraut. Sofort stiegen Emotionen in Sofia auf, die sie versucht hatte zu verdrängen. Plötzlich war sie sehr froh, dass er nicht Minuten eher neben ihr erschienen war.

„Du hast es sogar erfunden!“, kommentierte Sofia, um ihre Unsicherheit zu überspielen. Sie versuchte einen Schritt an ihm vorbeizugehen.

Edward blieb ungerührt stehen. Wenn sie ihn nicht über den Haufen rennen oder ihm nahe sein wollte, musste sie wohl oder übel einen Schritt zurückgehen. Edward folgte ihrer Bewegung, und ehe Sofia sich versah, war sie weitere drei Schritte zurückgewichen und hatte sich in eine dunkle Ecke des Raumes drängen lassen.

„Mr. Gesellschaftsfähig”, murmelte sie und erntete ein Lachen. Edward konnte erkennen, dass Sofia innerlich kochte, weil er sie zu einem Gespräch nötigte.

„Woher wusstest du, wo meine neue Wohnung ist, welches Auto ich mag oder welche Musik?“, wechselte sie das Thema.

„Sofia, ich weiß alles über dich!“

„Okay, nur fürs Memo: Du hast soeben die Grenze vom Möchtegern-Liebhaber zum Stalker überschritten!”, gab sie bissig zurück.

Edward grinste genüsslich, zufrieden mit ihrer Reaktion. Ohne sich aus der Ruhe bringen zu lassen, musterte er sie von oben bis unten. Sein Blick kehrte wieder zu ihrem Gesicht zurück und ließ sie wissen, dass ihm gefiel, was er gesehen hatte. „Engel, du bist wirklich exquisit!“

„Schmeichler!“, wehrte sie lachend ab.

„Immerhin habe ich gewartet, bis Xylos’ kleine Privatvorstellung für dich vorbei war!“, neckte Edward. Um seine Provokation deutlich zu machen, verbeugte er sich, nahm in einer veralteten Geste Sofias Hand und führte sie an seinen Mund. Für einen Moment streiften seine Lippen ihre Finger, und sein Blick fing den ihren.

Sofia war für einen Augenblick orientierungslos, trieb dahin im verführerisch sanften Braun von Edwards Augen. Es hielt sie gefangen in dem aufrichtigen Wohlwollen mit einem Hauch von Verlangen.

Was passierte zwischen uns? Sie wusste es nicht, wollte es auch gar nicht wissen, wollte aber, dass es vorüberging. Sofia traute niemandem genug, um einen Augenblick des totalen Bewusstseins der anderen Person zu teilen. Und da war so eine starke Energie um Edward herum. Ein Element, das beides war: Sehr männlich und sehr selbstsicher. Sehr zielgerichtet und sehr sexuell.

Plötzlich erinnerte sie sich nur zu gut an das schimmernde Netz, das er auswerfen konnte, an die Verlockung und das Versprechen in seinen Küssen.

„Netter Versuch, Stalkerboy!“, sagte sie, trat einen raschen Schritt zurück und fasste sich unsicher an den Hals.

Ihre Finger fanden wie von selbst die Kette, die er ihr geschenkt hatte, und die sie heute ursprünglich nur als Provokation hatte tragen wollen. Der schmeichelnd seidige Stoff ihres schwarzen Kleides und ihres offenen Blazers raschelte sinnlich bei ihrer Bewegung. Unwillkürlich ließ Sofia ihre Hand andächtig über die perlenförmigen Anhänger gleiten, folgte den silbernen Strängen, die über ihre Brüste fielen und befreite die mittlere Perle aus ihrem Gefängnis zwischen Korsage und Kleid.

Edward nahm mit leicht gekräuselten Lippen all ihre Bewegungen wahr. In seinem Gesicht und seinen Augen war nichts zu erkennen, doch innerlich gratulierte er sich dazu, die Anhänger an eine verspielt weibliche Kette gehängt zu haben, bevor er sie Sofia überlassen hatte.

„Sie steht dir sehr gut, Engel!“ Sein Ton war schmeichelnd, solch ein Versprechen der Leidenschaft und des Genusses, dass Sofia eine Gänsehaut überlief. Ihr ganzer Körper schmerzte bei dieser Reaktion. Wie konnte es sein, dass sie sich seiner nicht nur als Mensch, sondern auch als Mann stets derart bewusst war? Es war albern, es war gefährlich. Nicht nur für sie, sondern auch für ihn.

Sie zwang sich wieder, ihren Verstand zu benutzen und weigerte sich daran zu denken, welche Gefühle die Kette in ihr auslöste. Als wäre auch sie gefährlich. Nur Edward konnte eine so unmissverständliche Verlockung liefern, um sein Spiel einzuleiten.

Es kostete Edward Mühe, seine Hände zurückzuhalten. Sie schrien danach, Sofia zu berühren, ihre weiche Haut zu erkunden. Elektrizität knisterte in seinem Blutkreislauf, und jede Körperzelle schien sich ihrer Nähe schmerzhaft bewusst zu sein.

Er zwang sich, an etwas anderes zu denken. Etwas anderes als zarte Satinhaut unter seinen Fingerspitzen und den einladenden Mund, der ihn lockte.

Doch es gelang ihm nicht. Es ging nicht bloß darum, sie zu berühren, ihr nahe zu sein, Haut an Haut. Er wollte seinen Körper tief in Sofias vergraben, hatte das primitive Bedürfnis, sie zu zeichnen, jedem klar zu machen, dass sie zu ihm gehörte. Ausschließlich und immer zu ihm. Und sie dazu zu bringen, ihn auf dieselbe Art zu wollen, wie es ihm nach ihr verlangte.

Sofia konnte die Hitze fühlen, die von Edward ausging, sein Verlangen, welches sie einhüllte und fest umschloss. Es wäre so leicht, ihn einzuladen, gemeinsam im Feuer der Leidenschaft zu brennen. Aber es wäre nicht fair. Er war für einen Vampir ein Kind, ein hoffnungslos sinnliches, gefährlich romantisches Geschöpf, welches an Liebe und Partnerschaft glaubte. Etwas, was sie selbst schon lange nicht mehr tat.

Sofia trat einen Schritt zurück, doch sie war nicht schnell genug für ihn. Edward schloss seine Hand um die Kette, hielt Sofia an den fünf Strängen gefangen und hielt sie still, während er einen Schritt näher trat.

Sofia erstarrte, fühlte sich gebannt von seinem Blick und konnte nicht anders, als die Wärme zu genießen, die von ihm ausging. Allein die flüchtige Berührung seiner Hände reichte aus, sie in fieberhafte Erregung zu versetzen.

„Mir wäre es lieb zu wissen", murmelte er, und seine Stimme klang wie ein gefährliches Schnurren, „dass du jedes Mal, wenn du diese Kette trägst – immer – an mich denkst."

Edward öffnete die Faust und ließ die Perlen fallen. Durch ihr Gewicht fielen die Stränge in Sofias Dekolletee, schlängelten sich unter die Korsage, zwischen ihre Brüste. Sofia keuchte, überrascht von der Hitze – der Hitze seiner Hand, die die Perlen gefangen gehalten hatte.

„Mir wäre lieber, ich wüsste, dass du jedes Mal, wenn du sie trägst, an uns denkst. An das, was sein wird!"

Edward hatte die Kette nicht ganz losgelassen, ein langer Finger blieb in den Strängen verhakt. Er beobachtete die Stränge, hob sie hoch, dann ließ er sie zur Gänze in die Korsage gleiten und beobachtete Sofias faszinierten Gesichtsausdruck.

Sie konnte sich nicht rühren, nicht die Verzauberung abschütteln. Bedächtig ließ Edward die Perlen in einem langsamen, sinnlichen Rhythmus auf- und abgleiten, einem Rhythmus, bei dem sich Sofia plötzlich andere Fantasien auftaten. Zitternd schloss sie die Augen, fühlte, wie ihre Brüste sich hoben und anschwollen.

Edward kam näher, sie spürte ihn wie eine Flamme auf ihrer Haut. Sie öffnete die Augen und stürzte in das Braun der seinen.

„Jedes Mal, wenn du sie trägst, meine Schöne, denk an … das."

Es war nicht ihre Absicht gewesen, ihn so nahe kommen zu lassen. Sie hatte nicht vorgehabt, sich küssen zu lassen. Aber als seine berauschende Wärme so nah war und das den Verstand raubende Gefühl der noch hitzigen Perlen sich provozierend zwischen ihre Brüste schmiegte, gab sie schließlich nach.

Seine Lippen umfingen die ihren. Beim ersten Hauch einer Forderung öffnete sie sich ihm, weigerte sich aber, zu kapitulieren. Sie konnte ihn küssen und überleben, es zulassen, dass er sie küsste, und immer noch nicht die Seine sein. Wenn er das anderes sah, würde er umdenken müssen. Sofia reckte die Arme, ließ ihre Finger in sein Haar gleiten und erwiderte den Kuss.

Edwards Reaktion war unerwartet – kein erstickender Rausch von überwältigendem Verlangen. Stattdessen ließ er sie wissen, dass es mehr gab und lockte sie langsam weiter. Sofia erkannte seine Absicht, aber ihr Widerstand schwankte. Die einzige Möglichkeit, sich an ihr Ich zu klammern, irgendeine Art von Willen aufrechtzuerhalten, war, sich in diesen Kuss zu versenken, sich allem hinzugeben und seiner Führung zu folgen.

Edward ließ die Perlen endgültig los, eine blasse Erinnerung zwischen ihren nackten Brüsten. Seine Arme umfingen sie, er zog Sofia an sich, bis ihr weicher Körper sich gegen seinen presste. Sein Verlangen wuchs, nagte wie eine hungrige Bestie, die mehr wollte, viel mehr.

Er löste seine Lippen von ihren und ließ seinen Mund in einer Spur zärtlicher Bisse tiefer wandern. Sofia trat einen Schritt zurück und entzog sich ihm.

Edwards Frustration war größer als erwartet, doch er lockerte seinen Griff. Dann hob er eine Hand, hakte einen Finger in die Perlenstränge und zog sie unter ihrer schwarzen Spitzenkorsage heraus, drapierte sie wieder über die Seide ihres Kleides.

„Vergiss nicht, meine Schöne: Wann immer du sie trägst, denke daran, was sein wird!“ Damit war er verschwunden.

Sofia drehte sich einmal um ihre eigene Achse, doch Edward war nirgends mehr zu sehen. Sie musste unbedingt herausfinden, wie der junge Houdini es jedes Mal anstellte, aufzutauchen und zu verschwinden, wie es ihm passte!

Sie sah zu Joel hinunter, doch er und Xylos schienen ganz in ein Gespräch vertieft zu sein. Joels Dunkelheit war ein seltsamer Kontrast zu Xylos' Helligkeit. Alles an ihm war dunkel. Seine Haare und Augen waren schwarz, seine Kleidung und selbst sein Wesen schienen von Finsternis dominiert zu werden. Selbst die Art und Weise, wie er still stand, so als warte er nur auf den Moment, an dem er zum Jäger werden konnte, war finster.

Im Gegensatz dazu vibrierte Xylos nahezu von dem Versuch, bei dem Gespräch still stehen zu bleiben. Trotzdem war er in stetiger Bewegung, bewegte seine Finger, tappte mit dem Fuß oder sah sich um, während Joel jeden Statuen-Imitations-Wettbewerb gewonnen hätte.

Xylos schien vor Lebenskraft zu strotzen und seine Energie kaum unter Kontrolle zu haben, während Joel die personifizierte Kontrolle war.

Sofia schmunzelte, als ihr die Ähnlichkeit zwischen Joel und Edward auffiel. Auch er war von einer Dunkelheit umgeben, die eher seinem Wesen entsprang als seiner realen Umgebung, und er schien stets sich und alles andere unter Kontrolle zu haben.

Ihre Neugierde meldete sich. Sie sollte unbedingt herausfinden, ob Edward ein Kind von Joel war.

„Melanie!“ Joel war mit einem Mal direkt neben ihr, ohne dass sie sein Nahen auch nur gespürt hatte.

Sofia sprang beinahe in die Wand. „Tu … Das … Nicht!“

Joel lachte leise. Der Laut war beängstigender als alles, was Sofia seit ihrer Existenz als Vampir erfahren hatte. Schrecklicher als Paris.

„Wieso meint eigentlich jeder Vampir, sich anschleichen zu müssen?“

“Weil wir es können!”, konterte Joel und musterte sie, als sähe er sie zum ersten Mal. Sie versuchte seinen Blick zu erwidern, doch er war ihr unheimlich.

Von allen Vampiren, denen sie begegnet war, war Joel das Ebenbild eines Jägers. Ein Mann, der Monate geduldig auf seine Beute warten konnte und niemals sein Ziel verfehlte.

Ein kalter Schauder lief ihr über den Rücken. Wieso hatte sie in London nicht das Gefühl der Angst gehabt, als er ihr so nahe gewesen war? Jetzt rieten ihr alle Instinkte, ihn von sich fern zu halten und zu hoffen, dass er sich nie auf sie fokussierte.

Trotzdem oder vielleicht auch gerade deswegen loderte ein Kribbeln der Erregung, eine unterschwellige Anziehung in ihr auf. Sofia merkte, wie sie das Verlangen packte sich zu bewegen, und sie musste an Xylos denken, konnte einfach nicht mehr stillhalten.

Joel verfolgte sie mit Blicken, während sie sich wie ein eingesperrtes Tier fühlte. Sie wusste, dass er ihre Bewegungen wahrnahm, jede ihrer Absichten.

„Ist Edward dein Geschöpf?“, fragte sie, als sie sich an ihre fixe Idee erinnerte.

„Edward ist niemandes Geschöpf“, gab Joel zurück, und sein Gesichtsausdruck blieb statuenhaft. Der Blick aus Joels dunklen Augen bohrte sich in ihre hellen. Eiskalt. Und dann, ohne jede Vorwarnung, wurde die Farbe seiner Augen zu einem verführerischen Mitternachtsschwarz und brannte mit einer Intensität, die sie nach Luft schnappen ließ.

Eine sehr menschliche und verführerisch weibliche Geste. Bevor sie begriffen hatte oder weitere Fragen stellen konnte, war er bei ihr, und sein Mund legte sich auf ihren.

Seine Lippen waren sanft, aber bestimmend, pressten sich gegen ihre, und ihr Mund öffnete sich für ihn, sodass sein Geschmack in ihren Körper und in ihren Verstand eindringen konnte. Wie konzentrierte Seide und heiße Versprechungen prickelte seine Kraft durch ihren Körper, flüsterte von verbotenen und verruchten Dingen, die plötzlich im Bereich der Möglichkeiten lagen.

Neckisch nippte Joel an der zarten Haut ihrer oberen Lippe, bevor er sich wieder von ihr zurückzog.

Sie starrte ihn für einen Herzschlag der Ewigkeit an und versuchte, ihre Verwirrung über seine unverhoffte sanft-sexuelle Attacke in den Griff zu bekommen, während das Gefühl, durch ihn in Gefahr zu sein, langsam einschlief.

Sein Gesicht wirkte so ausdruckslos wie zuvor, als sei alles nur Ursprung ihrer Fantasie gewesen. Trotzdem schüttelte sie voller Bedauern den Kopf, weil sie mit plötzlicher Sicherheit wusste, dass er einsamer war als jeder andere Vampir.

„Ich bin nicht die Richtige für dich“, hauchte sie und legte so viel Wärme in ihre Worte, wie sie sich traute.

Joel schenkte ihr ein wehmütiges Lächeln, in dem eine Mischung aus Trauer und Glück lag.

„Ich weiß! Ich wollte nur einmal in meinem Leben einen Engel küssen."

Die Schwere von Joels Einsamkeit traf Sofia wie eine dreidimensionale Last. Tränen traten in ihre Augen.

„Danke, für das Kompliment, denke ich."

„Ich habe zu danken!", erwiderte er höflich und verneigte seinen Kopf vor ihr. „Lebewohl!"

Er verschwand auf dieselbe Weise wie Edward zuvor, doch dieses Mal hatte Sofia damit gerechnet.

„Auf Wiedersehen!", flüsterte sie in die plötzliche Leere vor ihr.

„Wünsch' es dir lieber nicht!" Der Hauch war so leise, dass sie nicht sicher war, ob sie ihn sich nur eingebildet hatte.

Als sie die Anwesenheit von Xylos hinter sich spürte, war sie beinahe dankbar über die Ablenkung, auch wenn er auf ihrer Persona-non-grata-Liste ganz oben stand.

„Sind die beiden endlich weg?!" Er schien erfreut darüber, endlich allein mit ihr sein zu dürfen.

„Ist das der Geruch eines toten Stieres, den ich hier rieche, oder ist das dein Testosteron?", erkundigte Sofia sich mit ihrer liebenswürdigsten Stimme, während sie sich umdrehte und in sein amüsiertes Gesicht starrte.

„Testosteron! Und ich freue mich auch, dich wiederzusehen!", behauptete er. Er umrundete Sofia provozierend langsam und ließ seinen Blick ebenso langsam und anmaßend über sie gleiten.

„Habt ihr gelost, in welcher Reihenfolge ihr mit mir sprechen dürft, oder entscheidet eure Geschwindigkeit?"

Xylos schenkte ihr ein Lächeln und sog die Luft ein.

„Tatsächlich, ich rieche Edward und Joel an dir, großartig!" Er blieb dicht vor ihr stehen. „Von einer Heiligen zur Hure? Hast du für jede Information über den Magistraten mit einem Kuss bezahlt?"

„Ist das hier ‚Nur die Liebe zählt' oder die ‚Untoten-Quizshow', Mr. Moral?"

Xylos' Gesichtausdruck veränderte sich, als hätte sie ihn geschlagen. „Mr. Moral? Ich kritisiere deine Lebensweise ja auch nicht!"

„Ich lasse mich auch nicht für Sex bezahlen und anschließend dafür, dass ich meinen Partner weiterverkaufe", konterte Sofia.

Xylos nickte, als könne er ihren Einwand verstehen, verteidigte sich und seine Handlung aber nicht. „Ich habe dich doch vor Edward gewarnt!"

„Und er mich vor dir!" Sofias Gesichtsausdruck blieb hart und unnahbar.

„Ich wiederhole meine Warnung und bitte dich, ihm nicht zu trauen – was auch geschieht!"

„Warum?"

An seinem verständnislosen Blick erkannte sie, dass er ihre Frage nicht zuordnen konnte. „Warum warnst du mich?"

Er trat einen Schritt näher an sie heran, doch Sofia hob abwehrend die Hände: „Deine Hände bleiben bei dir, Krake!"

„Sagen wir einfach, ich mag es nicht, wenn ein Vampir meine Ware vor mir benutzt!"

„Meine Güte! Dein Ego möchte ich haben!", lachte Sofia und schüttelte den Kopf. Gegen ihren Willen schaffte Xylos es stets, sie zu amüsieren und sie an seine Attraktivität zu erinnern. Und das, obwohl sie wusste, wie gefährlich und unmoralisch er war. Er war charismatisch, beinahe mesmerisierend. Frau sah ihn an und fragte sich automatisch, wie sein Mund sich auf ihrem Körper anfühlen würde. Er war die leibhaftige Sünde.

Xylos verkniff sich einen Fluch. Alles in ihm verlangte danach, das Mädchen wie ein Neandertaler quer durch den Raum zu ziehen, zu seinem Bett und es in die weiche Matratze zu drücken. Um zu sehen, ob sie es wagte, dann immer noch über ihn zu lachen.

Stattdessen dachte er an das, was er wirklich wollte und warnte sie: „Deine Zeit läuft ab!"

Wahrheit! Ihre Engelaugen änderten ihren Ausdruck, wurden misstrauisch. „Wie meinst du das?"

Er schloss die Augen und beschloss, ihr noch mehr Angst zu machen, als er geplant hatte: „Ich spreche von dir und mir für die Ewigkeit."

Als er die Augen wieder öffnete, ließ er sie sein ungezügeltes Verlangen sehen, seine Gier und genoss es, dass sie ihn immer noch anstarrte und ihren Körper nicht aus der Lähmung herauszwingen konnte.

„Du wirst in der Schwärze und Dunkelheit der Magie treiben, nichts außer mir wird dein Leben erhellen. Und leben wirst du, du hast keine Möglichkeit, aus der Kette zu entkommen, keine Möglichkeit, mir zu entfliehen oder dir das Leben zu nehmen.

Du wirst mir gehören, ausschließlich mir, und ich werde mit dir tun und lassen, was ich für richtig halte, und wie ich es für richtig halte.

Selbst deine Umgebung wird von mir abhängen, davon, ob ich dich verwöhnen oder bestrafen will. Deine Welt ist meine Imagination. Will ich ein Bett für dich? Oder Steine? Wiese und Sonnenschein? Oder Feuer und Fesseln?" Er hatte ruhig gesprochen und mit einer Stimme, die trotz seiner drohenden Worte melodisch und verlockend war. Die Faszination auf Sofias Gesicht entsprach der normalen Reaktion einer Frau auf ihn.

Erst, als er einen Schritt nach vorne machte, um sie zu berühren, erkannte er, dass er sich getäuscht hatte, und seine Hand verharrte Millimeter von ihrem Gesicht entfernt.

„Wenn du mich jetzt erschießt, werden hundert andere meinen Platz einnehmen und dich in der Luft zerreißen!", warnte er, bewegte sich aber nicht, da ihre Glock auf sein Herz zielte.

„Was aber nichts ändert, nicht wahr? Du bist ja dann bereits tot!", flüsterte sie leise.

„Du würdest es bereuen", murmelte Xylos und beugte sich trotz ihrer Drohung leicht nach vorne, sodass seine Lippen ihren näher kamen.

„Warum? Das Nobelpreiskomitee wird dich sicher nicht vermissen!" Ihre Augen spiegelten ihre Faszination über seinen Leichtsinn. Sie wusste, sie würde die Waffe nicht benutzen müssen. Nicht bei ihm!

„Die Kette ist eine leere Drohung – noch", hauchte er gegen ihren sexy Mund. *Wahrheit!* „Die Königin verbietet es mir!"

„Warum?"

„Vielleicht, weil ihre Schwester dich dann nicht mehr töten lassen kann, wenn die Zeit für dich gekommen ist."

Eiseskälte griff nach Sofia. Sie begriff, dass ihre Existenz seit ihrem Tod auf der Kippe gestanden hatte und immer noch stand.

„Wann wird das sein?" Ihre Stimme klang belegt, als sie die Waffe sicherte und wieder verstaute.

„Ich weiß es nicht!", gab Xylos zu ihrer Überraschung ehrlich zu und trat einen Schritt zurück.

„Aber das ist doch ..." Sofia schwieg und versuchte ihre Gedanken zu ordnen und die bisher erhaltenen Informationen in einen sinnvollen Zusammenhang zu bringen. „Bist du derjenige, der mich töten wird?"

„Ist das eine Quizshow? Das ‚Glücksrad' der Untoten?", konterte er beinahe mit ihren eigenen Worten. Sein Pokerface gab nichts von dem preis, was er dachte oder empfand. Er hoffte nur, dass sie seine Warnungen ernst nehmen würde.

Was ihn und ihren Tod betraf, könnte er sie beruhigen, aber ihre Angst und Unsicherheit waren ein sinnbildlicher Genuss, den er gerne noch genießen wollte.

„Ich hasse dich!", behauptete sie.

Er schenkte ihr ein großzügiges und verführerisches Lächeln. „Trotzdem kommst du immer wieder zu mir zurück."

Nein, nicht zu dir! In die Vampirgemeinschaft, wusste ihre innere Stimme, aber sie konnte es einfach nicht sein lassen, ihn zu provozieren. Trotz allem, was zwischen ihnen stand – die Drohungen, die Frauen, seine Moral – mochte sie die gewitzten Wortgefechte mit ihm:

„Neugier ist der Katze Tod!"

„Noch nicht!", erwiderte er lachend. Sie hätte ihn am liebsten erwürgt.

„Genieß' meinen Anblick", sagte sie grimmig, als sie sich wegdrehte und ging. „Denn es ist das letzte Mal, dass wir uns sehen werden!"

„Das solltest du dir nicht wünschen!" Seine leisen Worte begleiteten sie auf dem Weg um die Balustrade.

Es gelang Sofia nicht, die Tränen der Wut und der Hilflosigkeit zu unterdrücken. Sie wusste nicht mehr weiter, wusste nicht, wem sie trauen konnte; wer kein Spiel mit ihr spielte, wusste nicht mehr wohin, weil der Magistrat sie überall finden würde und hatte auch vergessen, was sie ursprünglich vorgehabt hatte. Den Magistraten töten? Ha! Sie konnte froh sein, wenn sie nicht diejenige war, die am Ende tot war.

„Sie spielen mit dir!" Sofia war nicht überrascht, als Hasdrubal neben ihr auftauchte und ihr eine Hand auf den Rücken legte, um sie in eine der Vertiefungen zu dirigieren. Sie sah ihn nicht einmal an, sondern wischte sich verärgert die Wuttränen aus dem Gesicht.

„Und du? Spielst du auch mit mir?"

„Ich spiele nie, es ist mir immer ernst!", behauptete er. *Wahrheit.*

„Den anderen mit ihrem Spiel auch!" Sofia drehte sich um und sah dem alten Vampir in die Augen. Etwas an ihnen war merkwürdig. Edward hatte Augen wie Hasdrubal, manchmal. Sie waren so blank und leer, dass man keine Emotion in ihnen lesen konnte, wie verspiegelte Sonnenbrillen. Man sah hinein und sah doch nur sich selbst.

Für einen Moment bedauerte sie Hasdrubal, denn er schien alles, absolut alles, schon gesehen und erlebt zu haben und nichts mehr dabei zu empfinden. Sie bedauerte ihn ebenso, wie sie ihn mit einem Mal fürchtete.

„Wie alt bist du?"

„Zu alt, Sofia! Zu alt!"

Der Anflug des Erschreckens musste auf ihrem Gesicht zu lesen gewesen sein, denn Hasdrubal gab einen Laut von sich, den sie bei jedem anderen Mann als Lachen bezeichnet hätte.

„Keine Sorge, Mädchen! Dein Geheimnis ist bei mir in Sicherheit!"

„Aber woher?"

„In der Pariser Metro habe ich dich beim Vorübergehen berührt – mehr brauche ich nicht, um deine Gedanken zu lesen."

„Bist du …?" Sie sah ihn an und brachte es nicht fertig, die Frage zu stellen.

„Der Magistrat?", wieder gab Hasdrubal sein Beinahe-Lachen von sich. „Nein!"

„Was will er von mir, Hasdrubal?" Sofias Stimme war bezwingend, und sie legte all ihre Verzweiflung in ihre Frage.

Statt zu antworten, legte Hasdrubal ihr in einer tröstenden Geste seine Hand an die Wange. Seine Haut war kalt und fühlte sich leblos an. Eine überraschende Abwechslung zu den warmen Händen von Edward und Xylos. Sie vermochte nicht zu sagen, ob es an Hasdrubals Alter lag oder daran, dass er lange kein Blut mehr zu sich genommen hatte.

„Du bist so rein, dass es beinahe schmerzt, dich anzusehen, Kind!"

Sofia begann zu zittern, konnte auch nicht aufhören, als sie sich eine Närrin schalt. Seine plötzliche Zuneigung erschien ihr wie etwas, was sie beinahe vergessen hatte, und in seiner Stimme schwang etwas mit, was ihr viele Jahre so vertraut gewesen war. Er erinnerte sie an ihren Großvater.

Hasdrubal beugte sich zu ihr und streifte ihre zitternden Lippen sanft mit den seinen. Es war nur der Hauch eines Kusses, und doch erschien es Sofia, als berühre die zärtliche Liebkosung ihr Herz und ihre Seele.

„Ich werde für dich da sein!", versprach er ihr leise. Die Zärtlichkeit in seinen vorher so leeren Augen rührte sie.

Sofia begriff: Hasdrubal war so stark und dominant, dass es ihm ohne Mühe gelingen würde, sie so tief in seinen Bann zu ziehen, dass sie glauben würde, ohne ihn nicht mehr leben zu können. Aber er verzichtete auf Spielereien, auf unterschwellig sexuelle Herausforderungen und bot ihr seine Freundschaft an, vielleicht sogar seine Liebe. *Aber auch seine Hilfe?* Sofia räusperte sich. „Wann?"

Hasdrubal sah sie an, und Sofia konnte deutlich sehen, wie er sich eine Antwort überlegte, eine Ausflucht.

„Am Ende", sagte er schließlich.

„Am Ende?! Also lässt auch du mich hier und jetzt alleine?" Sofia nickte zu sich selbst. Damit hatte sie gerechnet. Trotzdem gab ihr seine Antwort einen Stich. Von dem leichtlebigen Xylos hatte sie nichts anderes erwartet, von dem finsteren Joel auch nicht. Aber dass Edward einfach verschwunden war, sie geküsst hatte und dann gegangen war! Und nun auch noch Hasdrubal!

„Du musst deine Entscheidungen selbst treffen, selbst dein Wissen zusammensuchen. Allein. Die Königin hat es so verfügt!"

„Die Königin! Die Königin! Immer die Königin!", regte Sofia sich auf. „Ich kenne diese Königin nicht! Sie ist nicht meine Königin! Sie hat nicht über mein Leben zu entscheiden! Niemand hat das Recht dazu!"

„Sie hält sich nur an die Regeln", sagte Hasdrubal, es klang wie eine Verteidigung.

„Ja, das tut ihr alle, nicht wahr?" Sofia konnte den Hohn aus ihrer Stimme nicht ganz verbannen. „Wenn sich alle ‚nur' an die Regeln halten, wer stellt sie dann auf und wozu?", fragte sie. Doch sie stellte ihre Frage in die Luft, den Hasdrubal war verschwunden. Nur sein letztes Wort verklang: „Verzeih!"

Sofia stampfte in einer typisch weiblichen, verärgerten Geste mit dem Fuß auf.

Kapitel 22

„Lysander ist so weit!" Noctalyus' Stimme riss Sofia aus ihren Gedanken. Sie folgte dem blonden Vampir die Treppe hinab durch die Menschenmenge. Die Tür, die er öffnete, war ebenso schwarz und gepolstert wie die restliche Wand. Sofia hatte sie zuvor nicht bemerkt.

Der Gang dahinter war kahl, grau und wurde von hellen Neonröhren beleuchtet. Wo die Vampire im Club geprotzt hatten, wurde hier gespart. Schließlich öffnete Noctalyus die hinterste Tür und machte einen Schritt zur Seite, um Sofia eintreten zu lassen.

Das ungute Gefühl in ihrem Inneren verdichtete sich, als ihr der Geruch entgegenschlug: Sex und Körperflüssigkeiten. Noctalyus grinste hämisch, als er sah, wie Sofia das Gesicht verzog, aber eintrat.

Der Raum war zur Hälfte ein typisches Arbeitszimmer mit Schreibtisch, Computer, Monitor, Telefon und Ablagen, zur anderen Hälfte ein Wohnzimmer mit einer großen schwarzen Couch, in deren Stoff man auf Nimmerwiedersehen versinken konnte. Auf einem der passenden Sessel saß ein gelangweilt dreinblickender, attraktiver Mann, der den Kopf auf seine rechte Hand stützte. Lysander. Sein weißes Hemd war bis zum Bauchnabel geöffnet und gab den Blick frei auf eine makel- und haarlose Brust. Die silberne Kette mit den fünf Anhängern lag schmeichelnd auf seiner Haut, zog den Blick auf sich und schimmerte im Licht der gedämpften Beleuchtung, als glühe sie von innen. Sofia konnte sehen, dass lediglich vier Plätze gefüllt waren und die mittlere Perle – die größte – frei war.

Erst auf den zweiten Blick sah sie, dass zwischen Lysanders Beinen, die halb von einer herabgezogenen matten Lederhose bedeckt waren, ein weiterer Vampir saß. Er kniete nackt vor seinem Meister, seine dunkle Hautfarbe ließ ihn mit dem Hintergrund verschmelzen wie ein finsteres Chamäleon. Einzig seine langen schwarzen Haare hoben sich von den gespenstisch weißen Beinen ab, glitten über sie und liebkosten die weiße Haut ebenso, wie es offensichtlich sein Mund an anderer Stelle tat.

Sofia starrte auf die Szenerie und fragte sich, wie der hellhäutige Mann mit den langen weißen Haaren in so einer Situation dermaßen gelangweilt wirken konnte.

Lysander sah auf, und zum ersten Mal flammte etwas anderes als Langeweile in seinem Gesicht auf.

„Ah, der Engel, von dem alle Vampire sprechen.“ Seine Stimme war tief und angenehm. Sofia meinte, einen griechischen Akzent zu hören.

„Melanie!“, stellte sie sich vor und unterdrückte den absurden Wunsch zu knicksen.

Lysander sog scharf die Luft ein. Sofia konnte seine Erektion sehen, die der kundige Mund für einige Sekunden vollständig freigegeben hatte. Eine dünne Blutspur zog sich von der Eichel bis zum Ansatz. Sekunden, nachdem sich das Rinnsal wieder verschlossen hatte, leckte die rosige Zunge des nackten, dunkelhäutigenVampirs das Blut von Lysanders Penis. Das Geräusch klang laut in Sofias Ohren. Lysander war nun offensichtlich bei der Sache.

Sofia hatte noch nie gesehen, wie ein Mann einen anderen Mann verwöhnte. *Hölle! Ich habe bisher so gut wie noch nichts gesehen!* Die Gier und die unnatürlichen Bewegungen, mit denen der dunkelhaarige Vampir den Penis seines Meisters tief in den Mund nahm, stießen sie ab. Doch ein anderer Teil von ihr war fasziniert genug, um immer wieder hinzusehen.

Lysander fing ihren Blick ein, seine Augen wirkten sonderbar silbern, beinahe hypnotisch und hielten ihre Aufmerksamkeit fest, während er sich unter den kundigen Fingern und Lippen des anderen wand und Befreiung suchte.

Erst als er mit einem leisen Aufschrei kam, schloss er die Augen und unterbrach den Blickkontakt. Nur, um die Augen sofort wieder zu öffnen, den Vampir von sich zu stoßen und Sofia einen Blick auf seinen noch zuckenden Penis zu bieten.

„Nenne deinen Preis!“ Lysanders Stimme klang ebenso ungerührt, wie er vor Minuten noch ausgesehen hatte.

„Ich bin unbezahlbar!“, antwortete Sofia schockiert. Sie hatte seinen Blick sofort richtig gedeutet.

„Jeder Mensch ist käuflich – und jeder Vampir. Nenne den Preis, wir werden uns sicher einigen!“, behauptete Lysander, während der andere Vampir Anstalten machte aufzustehen. Der Weißhaarige hob seine Füße und platzierte seine Beine auf dem Rücken des anderen, wie auf einem lebendigen Schemel.

„Ich stehe nicht zum Verkauf!“ Sofia musste sich keine Mühe geben, ihre Stimme empört klingen zu lassen.

„Jeder steht zum Verkauf, nur der Preis muss stimmen – oder die Situation.“

Sofia reagierte sofort und wehrte Noctalyus mit einer gekonnten Bewegung ihrer linken Hand ab. Mit der Rechten zog sie die Waffe, die bisher unter ihrem Blazer verborgen gewesen war.

Lysander regte sich nicht, als sie die Glock auf ihn richtete, sondern sah Noctalyus an, dem sichtlich unwohl in seiner Haut war.

„Du wärst nicht so selbstsicher ohne die Waffe!”, behauptete Noctalyus.

„Ja, das ist der Grund, warum ich sie trage“, bestätigte Sofia und weidete sich an der Wut in seinem Blick. Sie hatte ihn tatsächlich damit ausgetrickst, dass sie zwei Waffen trug. Er hatte den Geruch zwar wahrgenommen, aber darauf vertraut, dass er von einer Waffe stammte.

„In Ordnung, du hast für heute die Oberhand, aber wenn du meinen Boss weiterhin beleidigst und nicht auf sein Angebot eingehst, werde ich dich bald ohne die Waffe finden.” Er lächelte. „Und dann werden wir sehen, wie cool du wirklich bist!“

Erschieß ihn, verlangte eine Stimme in Sofias Kopf. Sie wusste, dass Noctalyus keine leere Drohung ausstieß. Trotzdem konnte Sofia ihn nicht einfach töten, weil er irgendwann einmal zu einer Bedrohung werden konnte. Der Grund war einfach nicht gut genug.

„Muss ich dich an London erinnern?“, gab sie stattdessen höhnisch zurück.

„Oder ich dich an Paris?“

„Das warst nicht du, und es war nicht ein einzelner Vampir."

„Oh!", lachte er, „ich habe Freunde." *Wahrheit.*

Bevor Sofia über die offensichtliche Drohung nachdenken konnte, hatte Lysander seine magische Kette gehoben und ein unverständliches Murmeln von sich gegeben. Der gierige Ausdruck in seinen Augen machte ihr Angst. Sie versuchte zurückzuweichen, aber sein Blick hatte sie in seinen Bann geschlagen. Sie konnte nur hilflos mit ansehen, wie er aufstand und die leere Perle berührte, die nun tatsächlich zu leuchten schien.

Sofia starrte in die wabernde Helligkeit. Sie bildete formlose Konturen, die umeinander wirbelten, sich verbanden und wieder lösten. Die Bewegungen erschienen mehr denn je magisch, sinnlich anziehend und verrucht verlockend.

Sie konnte spüren, wie Lysander näher an sie herantrat. Das Prickeln auf ihrer Haut verriet ihr, das er seine Hand gehoben hatte, um sie ihrer eigenen Kette zu entledigen.

Für einen Moment fühlte sie sich merkwürdig fern von ihrem Körper, schwebte zwischen den Möglichkeiten, dann traf sie die Magie.

„Du gehörst mir, Mädchen!", schien das Schmuckstück anmaßend prophetisch mit Lysanders Stimme zu flüstern.

Die Worte klirrten in ihrem Inneren und hinterließen eine eiskalte Spur der Verzweiflung, wie ein Eiswürfel, den jemand durch ihre Gedanken gezogen hatte, und dessen geschmolzene Ränder sich langsam einen Weg durch ihre Synapsen bahnten. Sofia versuchte ihren Blick abzuwenden, doch das faszinierende Glühen schien an Macht zu gewinnen, erhielt immer mehr Präsenz und zog ihre Aufmerksamkeit magisch an.

Sie schoss. Ihr Arm hatte sich automatisch in Richtung des Leuchtens bewegt, all ihre Sinne hatten sich ohne ihren Verstand verbündet und den Abzug betätigt.

Der Schuss hallte ohrenbetäubend laut in der weißen Stille, die sie umfangen hatte und löste sich nur langsam auf. Die Schreie von Noctalyus und dem dunkelhäutigen Liebhaber vermischten sich mit dem Hall und bildeten zusammen mit dem Geruch nach Waffe und Blut ein Kaleidoskop des Grauens.

Sofia, aus ihrer Trance erwacht, nahm das Geschehen wie in Zeitlupe wahr. Lysander lag ausgestreckt vor seiner Couch auf dem schwarzen Teppich. Sein Körper war viel zu hell gegen die Farbe des Teppichs, das Loch in der Mitte seines Brustkorbes unnatürlich groß. Das Blut auf seiner Haut folgte langsam der Schwerkraft, obwohl die ausgefransten Ränder der Eintrittswunde schwarz waren und wie angefressen von Feuer zu brennen schienen.

Ist er tot? Eine dumme Frage, wenn es um einen Vampir ging, aber es war trotzdem Sofias erster Gedanke. Der zweite, beinahe zeitgleiche war: *Flucht!*

Kapitel 23

Sofia konnte nicht sagen, wie sie es geschafft hatte, Lysanders Raum zu verlassen. Sie erinnerte sich noch an den ungläubigen Gesichtsausdruck des toten Vampirs. An denselben Ausdruck auf Noctalyus' Gesicht, der versucht hatte sie festzuhalten und sich an der Wand klebend wiederfand. Von seinem eigenen Gewicht und dem Druck von Sofias Stoß dorthin katapultiert.

Die zuckenden Stroboskoplichter des Clubs brachten mit jedem Aufblitzen kurze Momente der Helle in ihre Erinnerung, Bruchteile von Sekunden, die aus der Dunkelheit auftauchten, keinen Sinn ergaben und wieder verschwanden. Die Farben waren mit einem Mal absurd bunt, ungewohnt für ihre Augen und kaum der normalen Skala zuzuordnen, das Hämmern des Basses dröhnte durch ihren ganzen Körper, versetzte ihn in Schwingung, erregte und schärfte ihre Sinne noch weiter.

Die Gedanken und Gefühle der Menschen und Vampire schwebten wie Duftstoffe um ihre Körper. Mit ihren Sinnen – Sinne, von denen Sofia vorher nichts gewusst hatte – wahrnehmbar.

Die Bewegungen der anderen erschienen ihr abgehackt und widernatürlich, beinahe als sähe sie in Zeitlupe, während sie sich mit atemberaubender Geschwindigkeit – mehr eine vorbeihuschende Ahnung als eine reale Person – durch die Menge bewegte.

Doch zu viele Eindrücke prasselten auf zu viele Sinnesorgane ein, verlangten Sofias ungeteilte Aufmerksamkeit, während sie versuchte, sich an den Weg nach draußen, in die Freiheit zu erinnern.

Sie fühlte sich von ihren eigenen Empfindungen beengt, eingekreist und gefangen genommen. Es gelang ihr kaum festzustellen, wo ihr Körper aufhörte und die Umgebung begann.

Selbst die frische, kristallklare Luft, die ihr plötzlich ins Gesicht schlug, änderte nichts daran. Sie huschte durch die Schatten, wurde eins mit der Dunkelheit und bewegte sich so schnell durch Gassen und über Straßen, dass sie ihre Umwelt kaum wahrnahm. Die Panik und das Gefühl, in der Welt zu zerfließen, blieben bestehen,

Sofia verlangsamte ihr Tempo erst, als sie ein Bauwerk, welches sie tagsüber besichtigt hatte, wiedererkannte. Die gotische Teyn-Kirche, das Wahrzeichen, mit ihren zwei hohen Türmen. Ärgerlicherweise konnte Sofia sich daran erinnern, dass sie dort das älteste Taufbecken Prags besichtigt hatte, aber nicht mehr daran, wo die Kirche stand. War es die Josefstadt? Die Altstadt? Oder die Kleinseite?

Sie atmete auf, als ihr klar wurde, dass die Vampire aus dem Club ihr nicht folgten. Trotzdem zitterte ihr ganzer Körper unkontrolliert, und ihr war kalt, obwohl Vampire nicht von Temperaturen beeinflusst wurden.

Gemessenen Schrittes ging sie weiter, zwang sich dazu, sich auf ihre Umgebung zu konzentrieren und öffnete ihre Sinne gezielt, um in die Nacht zu horchen.

Doch! Da waren Vampire, viele Vampire, und sie näherten sich ihr. Sofia drehte sich zur Kirche, aber es war zu spät. Mit einer Geschwindigkeit, die ihrer gleich kam, schnitten die Verfolger ihr den Weg ab.

Sofia sah nach oben, als sie die Präsenz fühlte, aber nicht begriff. *Er fliegt! Der verdammte Vampir fliegt!*

Erschüttert hetzte sie fort von dem Verfolger, dessen Umrisse sich deutlich gegen den dunklen Nachthimmel abgezeichnet hatten. Ihre neu entdeckten Sinne verglichen die Auren, die sie im Club wahrgenommen hatte, mit denen der Vampire, die hinter ihr her waren. Es gab nur eine Übereinstimmung, aber die genügte, um ihr klar zu machen, dass sie tatsächlich gejagt wurde: Noctalyus! Noctalyus und seine Freunde!

Jetzt tat es ihr leid, nicht geschossen zu haben, als sie die Möglichkeit dazu gehabt hatte – zweimal!

So schnell es ihre unbewussten Fähigkeiten erlaubten, hetzte Sofia die Malé náměstí entlang und hoffte, dass sie sich nicht in der Richtung irrte. Doch schon, als sie das Rathaus erkannte, begriff sie, dass sie nicht nur in die falsche Richtung lief, weg von ihrem Hotel und weg von dem Hummer, in dem sie noch mehr Schusswaffen verstaut hatte, sondern sich auch immer weiter von allen Kirchen entfernte, die ihr Sicherheit bieten würden.

Das Seltsamste war, dass ihr kein Mensch begegnete, obwohl gerade die Altstadt immer von erlebnishungrigen Touristen oder einheimischen Jugendlichen heimgesucht wurde. Doch gleichwohl der Tod im Glockenspiel – *Doch nicht um diese Uhrzeit!* – die Totenglocke läutete und seine Sanduhr umdrehte, wirkte die Stadt wie ausgestorben. Für gewöhnlich schlief sie nie, doch jetzt schien es so, als seien die Lebenden allesamt unsanft zur Ruhe befördert worden. Sofia sah an der nächsten Ecke einige Jugendliche auf dem Boden liegen, zu einem ineinander verschlungenen Knoten aus Gliedmaßen und Körpern geordnet, als habe jemand sie nicht nur gezwungen zu schlafen, sondern sie auch noch in höchst effizienter Weise gestapelt. Die Vampire schienen ganze Arbeit geleistet zu haben, denn irgendwie war es ihnen gelungen, den gesamten Stadtteil nach ihrem Gutdünken zu inszenieren.

Sofia folgte den abenteuerlichen Windungen der Straße zwischen malerischen Renaissance- und Barockhäusern hindurch, erinnerte sich daran, dass sie diesen Weg ebenfalls besichtigt hatte, konnte ihn aber auf ihrem geistigen Stadtplan nicht einordnen, sodass sie orientierungslos nach rechts weiterhastete und dann nach links. Als sie das Schild Karlova – Karlsgasse – las, war es zu spät. Viel zu viele Vampire waren ihr zu nahe auf den Fersen. Doch es war eine neue Aura unter ihnen, die sie erschütterte. Edward!

Sofia versuchte die aufsteigende Panik niederzukämpfen. Dieses Mal ging es nicht um Macht, Dominanz oder Sex, dieses Mal sollte sie nicht geteilt, gehasst oder geliebt werden. In den kurzen, abgehackten Sätzen ihrer Verfolger hörte sie ihren Tod, ihre vollständige Vernichtung.

Sie war nach Prag gekommen, um die Gruppe zu finden, die weibliche Vampire jagte. Stattdessen war sie in die Falle getappt, eine Falle, die Edward vermutlich seit London für sie geplant hatte. Geschickt hatte er sie manipuliert, sie glauben lassen, er sei auf ihrer Seite, würde sich für sie interessieren und ihr helfen. Stattdessen hatte er sie durch seine Avancen abgelenkt und kontrolliert, belogen und betrogen. Die Tatsache, dass sie Sofia war und nicht Melanie, hatte wahrscheinlich ihren Tod besiegelt.

Sofia versuchte die Enttäuschung über seinen Verrat niederzukämpfen. Sie schmerzte mehr als die Tatsache, dass es Vampire gab, die sie für ihre bloße Existenz hassten. Die Vampire trieben Sofia in Richtung Moldau. Sie versuchte auszuweichen, doch rechts und links von ihr waren ebenfalls Verfolger aufgetaucht, die sie vorher nicht bemerkt hatte und schnitten ihr die Möglichkeit ab, zum Smetana-Museum oder auf den Kreuzherrenplatz mit seinen beiden ausgeleuchteten Kirchen auszuweichen.

St. Franziskus und die Salvatorkirche lagen außerhalb ihrer Reichweite, ihre Heiligenstatuen und Kreuze nur ein fernes Hoffnungszeichen in der Nacht, das Denkmal Karls IV. nur eine malerische Nullnummer.

Sofia wusste, dass es ein Fehler war, noch bevor sie die Karlsbrücke betreten hatte. Sie erinnerte sich an den fliegenden Vampir, hörte die Geräusche um sich herum und versuchte sich zu ducken, die Statue des heiligen Nepomuks in der Mitte der Brücke als Deckung zu benutzen. Aber das lebende Gewicht von oben traf sie und drückte sie zu Boden, während die anderen Vampire schnell Sofias kleinen Vorsprung aufgeholt hatten. Hände griffen nach ihr, entrissen ihr die Waffe, zerrten und schubsten sie, hielten sie rücksichtslos.

Sofia schlug und trat um sich, versuchte gezielt so viel Schaden anzurichten, wie sie konnte, doch es war unmöglich, in diesen wabernden Schemen einzelne Vampire auszumachen – zu schnell verschwand der eine, den sie ins Auge gefasst hatte, während der nächste zugriff und wieder durch andere Hände ersetzt wurde.

Sofia konnte nicht unterscheiden, wie viele Vampire es waren, konnte kaum Gesichter als helle Flecken in der Dunkelheit ausmachen. Sie fühlte nur die Eiseskälte, die Verzweiflung und ihre eigene Lähmung. *Sie stellen etwas mit deiner Wahrnehmung an!*

Die Vampire drückten und quetschten, waren sogar über ihr. Manchmal traf Sofia Gliedmaßen bei dem Versuch, sich zu wehren, doch schließlich wurden ihre Füße einfach vom Boden gerissen und festgehalten. Sie konnte spüren, wie sie ihre Schuhe verlor und immer mehr Haut von der kalten Luft berührt wurde.

Der erste Biss war ein Schock, ebenso der zweite und dritte. Sie konnte spüren, wie sich lange Reißzähne durch ihre Haut bohrten und Marken hinterließen, egal, ob die Vampire nur bissen oder Adern erreichten und sich von Sofia nährten.

Sie fühlte sich, als würde sie bei lebendigem Leibe aufgefressen, zerfleischt. Die Schmerzen glühten in ihren Adern und in ihrem Verstand, sie spürte den Verlust des Blutes, ihrer Kraft, hörte unzensierte Emotionen und Gedanken, spürte die Gier der anderen Vampire, ihren Hunger und ihre Abscheu vor ihr.

Doch es war nicht genug Abscheu, um Sofia als Lebensquell abzulehnen. Die Geräusche des Reißens und Trinkens waren ebenso ekelerregend wie das Schwinden ihrer Kraft, das Weiterfließen ihres Lebenssaftes in einem anderen Körper. Milliliter für Milliliter tranken die Vampire Sofias Stärke, saugten sie aus.

Ihre Umgebung begann sich zu drehen und verwandelte sich in ein verwischtes Bild ohne Konturen. Rechts, links, oben und unten begannen zu kreisen, während ihr Blut konsumiert wurde und in immer mehr Mündern zu verschwinden schien. Plötzlich wurde sie losgelassen, der Boden kippte nach oben und kam näher.

Als sie aufschlug, spürte sie kurz den Schmerz, bevor gnädige Agonie sie betäubte. Sofia hatte gedacht, dass ihr Körper einfallen, ihre Haut alt und runzelig werden würde. Wie bei Lestat im Film. Lestat, den sie in den Büchern von Anne Rice so sehr liebte. Doch ihr unsterblicher Körper bezog seine Nahrung nicht aus sich selbst, ihre Haare wurden nicht dünner, sie fühlte sich nur verletzt und wusste, dass nicht mehr viel fehlte, bis ihr Körper ihr den Dienst verweigern würde. Ihr Herz schlug unrhythmisch, zu hastig und versuchte mit zu wenig Blut dieselbe Menge an Zellen zu versorgen.

Zu wenig Blut! Das Rauschen in ihren Ohren nahm zu, Sofia konnte jeden Herzschlag in ihrem Kopf hören und spüren. Sie fühlte sich, als müsse das Dröhnen sie vernichten.

Doch erst als sich Ketten, silberne Fesseln um ihre Gelenke legten, begriff sie, was Vernichtung wirklich bedeutete. Die Glieder brannten sich in ihre Haut, die Schmerzen waren lähmend. Nie hätte sie die Existenz solcher Schmerzen für möglich gehalten. Das Silber fraß ihre Haut, verätzte sie, bis die Haut nachwuchs. Um ebenfalls zu verbrennen.

Sofia wand sich und versuchte die Fesseln abzustreifen, den peinigenden Schmerzen zu entkommen, doch die Ketten saßen fest. Sofia konnte die Anstrengung spüren, die es ihren Körper kostete, sich zu regenerieren, merkte, wie das Nachwachsen der Haut langsamer wurde, das Klopfen hinter ihren Schläfen lauter und das Ziehen in ihrem Körper, in jeder Zelle fordernder. Ihr ganzer Körper schrie tonlos vor Pein, während der Geruch von schwellendem Fleisch widerlich intensiv in ihrer Nase kitzelte, und die Schreie ohrenbetäubend laut in ihren Ohren schrillten.

Es dauerte, bis Sofia erkannte, dass es ihre eigenen Schreie waren, die sie betäubten, ihre eigenen Tränen, die verhinderten, dass sie die Gesichter ihrer Peiniger erkennen konnte.

Sie blinzelte. Neue Fesseln wurden um ihre Beine geschlungen, um ihre Taille und ihren Busen, berührten ihre nackte Haut, brannten. Sofia bemerkte erst jetzt, dass ihr schwarzes Kleid nur noch in Fetzen hing, sie kaum bedeckte. Doch niemand der umstehenden Folterer schien Interesse an ihrem Körper zu haben, sondern war ausschließlich auf ihre Schmerzen, ihr Leid fixiert.

Sie konnte die Gewichte spüren, die zusätzlich an die Ketten gebunden wurden, unerträglich schwer, obwohl sie noch nicht auf ihrem Körper lasteten. Als Sofia begriff, schrie sie wieder.

Ein höhnisches Lachen aus der Menge antwortete ihr: Noctalyus.

„Passend, oder? Der heilige Nepomuk wurde hier schließlich in den Tod gestürzt. Ertrinken soll ein schöner Tod sein."

Sagt wer?, wollte Sofia schreien, doch kein Ton kam über ihre Lippen.

Noctalyus trat in ihr Blickfeld. Der Hass und der Fanatismus verzerrten seine schönen Züge, ließen ihn nicht mehr kindlich und jung erscheinen, sondern wie einen lebendig gewordenen Dämon.

„Stell dir vor, wie sich dein hübscher Mund im Wasser bewegt, nach Luft schnappt, sie aber nicht bekommen wird. Nicht, dass es wirklich eine Rolle spielt, schließlich bist du ja tot und hast Luft nicht mehr unbedingt nötig, nicht wahr?" Sein Lächeln war diabolisch.

Er zog ein Beil aus seiner Manteltasche. „Nicht, dass du noch einen Mund oder einen Kopf haben wirst."

Er weidete sich an Sofias entsetztem Blick. Sein Lachen war herablassend und so laut, dass es das fordernde Klopfen in Sofias Körper übertönte und ihre ohnehin angespannten Zellen zum Vibrieren brachte. Sie schienen zu schwingen und wie ein Resonanzkörper jeden Ton zu verstärken – in sich selber zu hallen. Sofia konnte spüren, wie die Töne sich in ihrer Mitte verdichteten und einen Rhythmus aufgriffen, den sie bisher noch nicht wahrgenommen hatte.

„Das ist falsch, so falsch. Die anderen Frauen des Magistraten haben sich selbst umgebracht", wimmerte sie protestierend. Ihr Blick suchte Edward in der Menge und fand ihn schließlich. *Bitte! Bitte, nicht du!* Sein stoischer Anblick trieb Sofia neue Tränen ins Gesicht. Trotzdem konnte sie spüren, wie etwas in ihrem Inneren mit einem schmerzenden Gefühl der Enttäuschung auf seine Anwesenheit reagierte.

„Etwas, wozu du anscheinend zu dumm bist!", spottete Noctalyus. „Deswegen haben wir den Auftrag bekommen, dir zu … helfen." Sein Lachen würde sie selbst in der Hölle verfolgen.

Unbändiger Hass stieg in Sofia auf und verdrängte für kurze Zeit die Schmerzen und die Angst. „Ich bin nicht einmal ein Jahr ein Vampir, und es ist Jagdsaison?" Sie konnte hören, wie ihre Stimme bebte, und es kostete sie Mühe, Widerstand zu leisten. Selbst Edwards Kette um ihren Hals schien enger zu werden und Hitze auszustrahlen.

„Bedank dich beim Magistraten!“ Noctalyus sah sich um, als erwarte er, dass der Genannte erschien. Als sich nichts regte, zog er einen spitzen Holzstab hervor. „Ehrlich, meine Hübsche! Ich wollte dich schon bei unserer ersten Begegnung aufspießen!“ Er ließ seinen Blick über ihren geschundenen Körper gleiten. „Zwar mit einem anderen Spieß, aber man kann ja nicht alles haben im Leben – oder im Tod!“

Sofia gab ein hustendes Lachen von sich. Der Druck ihres Schmuckstückes wurde nahezu unerträglich. „Mit einem Holzstab aufgespießt, geköpft und dann noch in der Moldau versenkt – lass uns von Übertreibungen sprechen!“

„Immer noch tough, nicht wahr? Arrogant bis in den Tod?“ Noctalyus beugte sich zu ihr. Sein Mund war nur noch Zentimeter von ihrem entfernt. Sein Geruch verursachte Sofia Übelkeit.

„Vielleicht sollte ich dich vorher noch ficken!“ Er griff zwischen ihre Beine. „Würde dir das gefallen, du Schlampe? Würde dir das zeigen, wo dein Platz in der Schöpfung ist?“

Seine habgierigen Lippen pressten sich auf Sofias, so fest, dass die zarte Haut gegen ihre Zähne gedrückt wurde und zu bluten begann. Seine Zunge drängte sich rücksichtslos zwischen ihre Zähne und plünderte ihren Mund.

Edwards Kette schien ein Eigenleben zu entwickeln und schnitt in ihre Haut. Sofia biss zu. Ihre Zähne trafen auf weiches Fleisch, bohrten sich hinein und ließen auch nicht los, als Noctalyus versuchte sich zu wehren. Sein Schrei an ihrem Mund – vom Blut erstickt – und der Schwall seines Blutes ließen sie würgen, bis sie schließlich das Stück seiner Zungenspitze ausspuckte, das sie erwischt hatte.

Noctalyus stieß sich von Sofia ab, besudelte sie mit Spritzern seines Blutes, bevor sich die Wunde schloss. Die Gier in seinen Augen war verschwunden, hatte Schmerzen Platz gemacht, die nun reinem Hass wichen.

„Miststück!“ Er schlug Sofia ins Gesicht. „Miststück, Miststück, …“ Jedem seiner Worte folgte ein Schlag. Sofia konnte ihr Jochbein brechen hören, ihre Nase, schmeckte das Blut in ihrem Mund – ihr eigenes – während der Vampir sich an ihr austobte.

Doch jeder seiner Treffer hallte als Ton in ihrer Kette, wurde dort verstärkt und gebündelt, versetzte ihre Zellen in größere Schwingung, nährte die Wut, die sich zu einem brennenden Ring verdichtete und den Rhythmus aufnahm, in dem ihr ganzer Körper stumm schrie.

Sofia spürte die Wärme, die von der Kette ausging und die Hitze zu rufen schien. Sie bäumte sich auf, versuchte sich gegen das Brennen zur Wehr zu setzen, doch es stieg in ihr hoch, ließ sich nicht halten und wallte wie eine feurige Macht kreisförmig und ungezügelt aus ihr heraus.

Ihre Schreie mischten sich mit denen der anderen Vampire. Ihr ganzer Körper schien aus Flammen zu bestehen, die sich unsichtbar ausbreiteten und andere Wesen ihrer Art entzündeten. Wie Kerzen begannen die Vampire von innen zu brennen, entzündeten sich ohne äußerliche Einwirkungen, und die Feuer ließen sich auch nicht durch einen Sprung in die Moldau löschen.

Panik und Agonie breitete sich beinahe ebenso schnell aus wie die unheimlichen Flammen, deren Ursprung sich zu einem Ball zusammengekauert hatte.

Sofia wusste, dass sie starb, wusste, dass sie es nicht mehr ändern konnte. Sie konnte sich nicht mehr bewegen, den Flammen keinen Einhalt gebieten und die Magie ihrer Zellen nicht kontrollieren. Die Macht strömte aus ihr heraus, tötete zwar ihre Angreifer, fand sie wie von außen gelenkt und zerstreute sie in alle Winde, würde jedoch Sofia nicht retten können.

Als sie sah, wie ein schwarzer Schatten trotz der Bedrohung stehen blieb, sich um die Flammen und die brennenden Vampire herumschlängelte und auf sie zukam, betete Sofia, dass es schnell gehen würde.

Sie hatte nicht mehr die Kraft, die Tränen zurückzuhalten, gegen die sie bisher gekämpft hatte. Ihr Körper schmerzte, ihr Geist stand in Flammen und schien sie ihrer letzten Kraft zu berauben. Der Schatten beugte sich zu ihr, endlich konnte sie sein Gesicht sehen. Sie spürte, wie die Enttäuschung und der Verrat ihren Verstand einfingen. Die Kälte des nahenden Todes bohrte sich von außen in Sofia hinein, kroch auf dünnen Spinnenbeinen durch ihre Adern und hinterließ erfrorene Hoffnung. Das Eis stoppte das Vibrieren, stoppte das Feuer in der Luft und in ihrem Herzen.

„Edward“, flüsterte sie. Ihre brechende Stimme zeugte von seinem Betrug und ihrer Enttäuschung.

„Scht … spar deine Kraft!“ Er hob sie hoch, als wöge sie nichts. „Ich will dir nicht wehtun, Sofia.“ Da war keine Lüge in seiner Stimme. Kein Hauch einer Unwahrheit.

Hatte sie sich getäuscht?

Er sah nicht aus wie jemand, der Frauen jagte, geschweige denn, sich mit anderen Vampiren verbündete – und gar nicht mehr wie der Mann, dem sie inzwischen so oft begegnet war.

Als sich ihre Blicke trafen, konnte Sofia es spüren wie einen körperlichen Schlag. Hart, eindringlich und tief. Seine Augen waren leer, alte Augen, die bereits alles gesehen hatten. Doch sie blickten nicht emotionslos, sondern verzweifelt.

Kapitel 24

„Ich bin hier, um dich zu retten!“

Sofia schloss die Augen und schickte ein stummes Dankgebet gen Himmel. Sie fühlte sich nicht so, als gäbe es noch Rettung, fühlte sich von ihrem schmerzenden Körper entrückt. Doch in Edwards Armen zu liegen, seine Wärme – ungewöhnliche Wärme für einen Vampir – zu spüren und seine schützende Nähe, das entschädigte für alles.

Wenn das der Moment ist, in dem ich sterbe, bin ich dankbar dass ich ihn noch erleben durfte, dachte sie. Dann kippte ihr Bewusstsein langsam in die Dunkelheit.

***

Edward spürte, wie Sofia sich in seinen Armen entspannte und verfluchte stumm seinen Leichtsinn. Trotz der Warnung wäre er beinahe zu spät gekommen, hatte nicht mehr anders eingreifen können, als sie durch die Kette und ihr gemeinsames Blut zu beeinflussen.

Wenn er Sofia nur vorher ihre Kräfte gezeigt hätte! Keiner der verdammten Anhänger von Noctalyus hätte ihr schaden können! In seinen Fluch schloss er Morna mit ein. Er hätte von Anfang an wissen müssen, dass die Hexe ein falsches Spiel spielte.

Liebe? Pah! Ihm Liebe als Alternative zu seinem Tod und zum Überwinden des Fluches zuzugestehen: Niemals würde Morna Edward einer anderen Frau überlassen!

Er betrachtete den schlafenden Engel, der immer noch zerbrechlich in seinen Armen lag. Ein Geschöpf aus erstarrter Kälte, das von innen zu glühen schien und doch nicht mehr die Macht hatte, allein zu überleben. Der Kampf und das Feuer hatten ihre letzten Ressourcen aufgezehrt, sie zwar äußerlich gesund zurückgelassen, doch Edward wusste, dass es für Sofia nur noch den Tod gab – oder das Blut eines anderen Vampirs mit all den damit verbundenen Konsequenzen.

Nie war ihm der Weg zu seinem Zufluchtsort länger erschienen, nie hatte es länger gedauert, bis er jemanden in Sicherheit gebracht hatte. Vorsichtig bettete er Sofia auf sein Bett, bedeckte ihren makellosen Körper mit einer Decke, bevor er sich ins Handgelenk biss. Die ersten Tropfen ließ er auf ihre Lippen fallen, hoffte, dass sie trotz ihres kritischen Zustandes den Geruch und die Verlockung wahrnahm.

Tatsächlich stahl Sofias kleine, rosige Zunge sich zwischen ihren Lippen hervor und glitt zu den Tropfen, um sie abzulecken.

Das Paradies, dachte Sofia. Sie spürte die Wärme ihrer Umgebung, fühlte sich in weiche Watte gehüllt, leichtsinnig sicher und geborgen. Beinahe hätte sie gelacht.

Selbst der Geruch nach brennenden Vampiren war verschwunden, überlagert von etwas anderem, Intensiverem. So verlockend, dass sie ihre Seele verkauft hätte, um zu erfahren, was es war.

Sie spürte, dass ihre Zunge sich selbstständig machte – obwohl sie noch vor Sekunden behauptet hätte, tot zu sein – und nach dem Wohlgeruch haschte.

Plötzlich sehnte ihr ganzer Körper sich danach, prickelte vor Verlangen und Sehnsucht, wollte mit dem Geruch verschmelzen und eins mit ihm werden.

Als ihre Zunge den ersten Tropfen auffing, brannte er sich durch ihre Geschmacksknospen und hinterließ elementare Gier. Der Ursprung dieser Ambrosia wurde ihr an den Mund gehalten. Sie trank, nutzte ihre Zunge wie eine Katze und schleckte wie eine Süchtige, um jedes Quäntchen zu erwischen.

Ihr Körper brannte von innen, doch es war angenehm, versetzte ihren Geist in Aufruhr und bewirkte, dass sie nach mehr verlangte. Viel mehr. Ihre Sinne öffneten sich, verbündeten sich mit ihrer Haut, ihren Haaren, selbst mit der Hornhaut ihrer Nägel und schrien, lockten, verlangten mit aller Macht nach etwas, was Sofia nicht begriff. Der Gedanke, dass ihre Sinne unbefriedigt bleiben würden, erfüllte sie mit einer ursprünglichen Angst, die tief aus ihrem Unterbewusstsein aufstieg, sich mit dem Verlangen in ihrem Inneren verbündete und sie die Augen aufschlagen ließ.

Sofia benötigte einen Moment, um ihren Blick auf das Blut zu fokussieren und Edward zu erkennen.

Als ihre Blicke sich trafen, schlug die Gier mit unverhohlener Macht zu. Sofia wusste nicht, ob sie Edward berührt hatte, oder er sie, sie wusste nur, dass es zu spät war. Es gab keinen Rückweg mehr, kein Nein, nur noch Sinnesempfindungen und Sinnlichkeit. Sie fühlte den kalten, schimmernden Hauch, als seine Aura in ihre eindrang, sie sich vermischten und einander mit einer Vertraulichkeit umfingen, die sie nie für möglich gehalten, nie gewollt hatte.

Doch obwohl Sofia Edwards Blut in sich spürte und seine Aura sie umfing, war es nicht genug, würde nie genug sein.

Ihr Körper übernahm die Kontrolle und forderte sein Recht. Der stumme Aufschrei drückte beides aus: Protest und Erleichterung.

Edward starrte sie an und war froh, dass sie schlief und seinen besitzergreifenden Blick nicht sehen konnte. Nur kurz hatte er sich von ihr entfernt, um Vorbereitungen zu treffen, und die Zeit war ihm unerträglich lang vorgekommen. Hatte er vorher geglaubt, er finde Sofia attraktiv, so war er jetzt verzaubert. Wenn er vorher in sie vernarrt gewesen war, so war er jetzt von ihr besessen.

Nur vage war seine Erinnerung an den Rausch, nachdem sie ihre Hand ausgestreckt hatte, um ihn zu berühren, aber das Wenige reichte. Er wusste, dass es nicht mit einer körperlichen Vereinigung getan war, nicht mit einer Woche oder einem Monat. Er wollte den Engel noch viele Male in seinen Armen halten, ihn berühren und lieben, seine Schreie trinken und seine Seufzer direkt mit seinem Mund entführen.

Wenn das keine Liebe ist, dann ist es etwas, was dem sehr nahe kommen muss, dachte er und strich Sofia eine lange, seidig blonde Haarsträhne aus dem Gesicht. Er würde sie nur einfangen müssen, bevor sie davonflog. Aber erst einmal musste er sie dazu bringen, ihm seine Überrumpelung zu verzeihen.

Sofia spürte die Berührung im Halbschlaf, erinnerte sich, und die Angst kehrte zurück. Für Sekunden drohte Panik sie zu überwältigen. Dann erkannte sie den Klang einer Männerstimme und ihren Besitzer.

„Ich hatte einen guten Traum. Er ängstigte mich mehr, als alle schlechten Träume es je gekonnt hätten." *Sicher hat Edward nicht vorgehabt, dir solch eine philosophische Offenbarung zu machen*, dachte sie. Doch als sie die Augen öffnete, lauerte er schon halb über ihr.

„Tu doch so was nicht!", protestierte sie, rollte von ihm weg und sah sich um. „Was tue ich auf diesem Satinacker, und wieso passen ich und mein Nachthemd zum restlichen Dekor der Wohnung?" Sie deutete von dem schwarzen Spitzenkleidchen mit der roten Borte auf das rote Satinlaken, das von einem schwarzen Lackgestell umrahmt wurde.

Edwards Lächeln wuchs langsam in die Breite. Es war, als sähe man dem Mond beim Aufgehen zu. Sofia starrte ihn an. Mit seinem Lächeln kam auch ihre Erinnerung zurück.

„Haben wir …?" Sie beendete die Frage nicht, interpretierte Edwards anzüglichen Blick und wurde mit Bruchstücken von Erinnerungsfetzen konfrontiert: Die Berührung seiner Finger auf ihrer bloßen Haut wie die Uraufführung eines uralten, sinnlichen Tanzes, der Rhythmus lockend und angeboren intim.

„Mein Blut war die einzige Chance, dein Leben zu retten", erklärte Edward. Seine Stimme klang belegt, so als sei er nicht sicher, ob sie ihn zum Teufel jagen oder in den Himmel heben würde.

Erinnerungsteile blitzten in der Dunkelheit ihres Geistes auf und verschwanden wieder im schwarzen Loch des Gedächtnisses. Doch Sofia fand dieses Unwissen nicht peinlich, unangenehm und schrecklich entblößend wie in der Nacht ihrer Transformation. Diese Teile waren verführerisch, wollten aufgedeckt werden und verlangten nach Erprobung. Das Gefühl, für kurze Zeit vollständig gewesen zu sein, prickelte auf verschiedenen Ebenen ihres Bewusstseins und in ihrem Körper. Es hinterließ eine brennende Spur des Glücks und des neuerlichen Verlangens.

Stumm nickte sie, nicht sicher, welche Geheimnisse ihre Stimme preisgeben würde, und ob sie wieder auf diese vertrauliche Ebene abrutschen wollte.

Edward vermied ihren Blick, indem er auf das Laken blickte. „Es tut mir leid! Das erste Mal sollte etwas Besonderes sein, nicht nur ein Nebeneffekt …" Sein Satz verklang, ohne dass er ihn wirklich beendet hatte, und der Blick, mit dem er sie nun ansah, bat um Verzeihung.

Sofia starrte ihn an und versuchte das Gehörte zu verdauen. Doch der Brocken in ihren Gedanken blieb. „Erstes Mal?"

Edward deutete auf die Stelle des Lakens, die er angestarrt hatte und wo sich ein Blutfleck abzeichnete, dessen Rot nur eine Nuance dunkler war als das restliche Laken.

„Aber … aber … das ist unmöglich!“, protestierte Sofia. Schock und Glücksgefühl stritten in ihr um die Oberhand.

Edward lächelte sie verschmitzt an, ein kleines Lächeln, nicht sicher, ob es willkommen war. „Ich konnte es nicht verhindern. Beim Bluttausch zwischen Vampiren kommt es immer zum Sex.“ Er klang immer noch entschuldigend.

Sofia musste sich zwingen, nicht zu kichern. Edward rettete ihr Leben, schlief mit ihr – ihr Körper schien damit sehr zufrieden – und entschuldigte sich. *Wirklich ein sehr artiger Vampir.*

„Ihr seid doch alle gleich, ihr Männer“, sagte sie stattdessen und hätte sich in derselben Sekunde ohrfeigen können.

Edwards Lächeln wurde offener, neckte sie. „Wieso wusste ich, dass du das sagen würdest?“

„Und wieso wusste ich, dass du nicht antworten würdest?!“ Nur mühsam widerstand Sofia dem Drang, spielerisch ein Kissen nach ihm zu werfen, um ihm seine Befangenheit zu nehmen.

Als hätte er ihre Gedanken gelesen, entschuldigte er sich abermals. „Ich hätte es dir erklärt und dich gefragt, aber du warst dem Tod nahe und nicht bei Bewusstsein.“

„Jetzt hör endlich auf, dich zu entschuldigen, sonst denke ich noch, es war das furchtbarste Erlebnis deines Lebens!“, meinte Sofia.

Edward starrte wieder das Zeugnis ihrer Unschuld an, seine Anspannung schien Sofia fast greifbar.

„Wie war es denn für dich?“, fragte er kleinlaut.

Sofia sah ihn an und konnte nicht anders, als ihn zu ärgern. Sie fühlte sich zu wohl in ihrer Haut, zu sicher und zu glücklich. „Oooch, ich denke, ganz angenehm!“, antwortete sie.

Edward blinzelte. „Du denkst, ganz angenehm?“

Dann nahm er den herausfordernden Blick wahr, mit dem Sofia ihn musterte. Von seinem nackten, glatten Oberkörper, dessen Form und Muskeln ihn immer noch als Krieger einer nahezu vergessenen Epoche der Geschichte kennzeichneten, hinab zum Bund seiner schwarzen Satinpyjamahose.

„Jaaa … ich schätze, das ging in Ordnung!“, sagte sie nachdenklich.

Edward verkniff sich ein Schmunzeln und ging auf ihre spielerische Provokation ein, dankbar dafür, dass sie plötzlich so offen und entspannt war.

„Du schätzt …?“ Er gab seiner Stimme einen empörten Klang und rollte sich auf Arme und Beine. Langsam, um Sofia in Sicherheit zu wiegen, näherte er sich ihr.

Sofia lachte laut auf, als Edward wie ein Raubtier auf sie zuschlich. Er wirkte lasziv und verführerisch und verlockend gefährlich. Aber er konnte sie mit seiner Langsamkeit nicht täuschen; nicht einmal, als er darauf verzichtete, das Kissen zu fangen, das sie nach ihm warf. Sofia genoss das Spiel, wollte es nicht enden lassen und sprang auf, damit er sie jagen und fangen konnte.

Genießerisch kommentierte sie die Tatsache, dass Edward mitspielte und sie zurück auf die Matratze drückte. Mit einer Hand hielt er ihre Hände über ihren Kopf – fest und bestimmend.

„Was soll ich bloß mit einem unartigen Engel anfangen?“, murmelte er. Die Gedanken, die sich auf seinem Gesicht spiegelten, trieben ihr die Schamröte ins Gesicht. Trotzdem befahl sie: „Küss mich!“

Edward kam ihrer Aufforderung nach, neckte Sofia aber, indem er sich ihr nach einem kleinen Vorgeschmack entzog. Protestierend versuchte sie sich ihm zu entwinden, doch er hielt sie fest, schenkte ihr wieder einen Hauch seiner Lippen, bevor er sich abermals entzog. Sofia fauchte: „Ich bin mir sogar ziemlich sicher, das ging in Ordnung!“

Edward lachte – ein Laut, den Sofia noch viele Male zu hören gedachte – doch er blieb außer Reichweite, während Sofias Körper danach schrie, wieder vollständig zu werden. Glücklich und perfekt.

„Und was gedenkt mein Engel mir jetzt zu befehlen?“ Anmaßend anzüglich hob Edward eine Augenbraue.

„Küss mich!“, befahl Sofia und fügte hinzu: „Richtig!“

Seine Lippen schlossen sich erneut um ihren Mund, doch dieses Mal wurde der Kuss intimer, drängender. Mit der Verlockung konnte Sofia fertig werden, doch die Hitze – dieses Lodern von Feuer und Flamme – die mit ursprünglicher Gewalt von Edward ausging, überwältigte sie. Er drängte ihr dieses Feuer auf, und sie trank es von seinen Lippen. Es rann durch ihre Adern, durch ihre Glieder, durch ihr Gehirn.

Und sie brannte so wie er, konnte trotz der verzehrenden Hitze nicht genug von ihm bekommen. Als sie sich an ihn schmiegte und sein Kuss noch eindringlicher wurde, schwindelte ihr, und sie versuchte ihre Entscheidung zurückzunehmen, ihre Kontrolle wieder zu erlangen.

Edward ließ sich Zeit und verlangte nicht mehr, als Sofia gab. Er senkte den Kopf und bedeckte ihr Kinn mit vielen kleinen Küssen, dann glitt sein Mund zu ihrem Ohrläppchen. Ein wohliger Schauer rann durch Sofias Körper, und er konnte spüren, wie ihr letzter Widerstand schmolz.

„Bist du dir jetzt sicher – vollkommen sicher – dass es mehr als in Ordnung war?“ Er hauchte diese Worte an ihrem Ohr, dann zog er sich ein wenig von ihr zurück, sodass er sie ansehen konnte.

„Ja.“

Sofia hatte erwartet, dass er triumphierend nach ihr greifen würde, doch Edward bewegte sich nicht. Er wartete einfach nur ab. Sie schaute ihn an, dann holte sie Luft. Sie fühlte die Versuchung, die in der Luft lag, sein stummes Versprechen und noch mehr. Da er ihre Hände immer noch nicht freigegeben hatte, benutzte sie ihren Mund, um ihre Antwort zu untermalen, küsste ihn von seinen Wangen zu seinen Mundwinkeln; erforschte seine Haut mit ihren empfindlichen Lippen, bis er sich bewegte und ihren Kuss erwiderte.

Es war Wahnsinn – ein herrlicher, berauschender, drängender Wahnsinn – aber sie küsste ihn, einladend, ermunternd und herausfordernd.

„Was tust du da?" Sie spürte, wie Edward etwas um ihre Handgelenke schlang. Es gelang ihr nicht, ihre plötzlich aufkommende Furcht zu unterdrücken.

„Vertrau mir!", bat Edward.

„Ich … ich kann nicht!" Sofia versuchte, sich ihm zu entziehen, einen besseren Blick auf die seidenen Halstücher zu werfen, die er wie ein Magier plötzlich unter einem der Kissen hervorgezaubert hatte.

Edward küsste sie, der Kuss war berauschend – und dann war da wieder dieses Feuer, dem sie nachgeben wollte.

Edward spürte ihre Entspannung und wusste, dass sie einfach auf ihren Körper gehört hatte, ohne zu überlegen, dass sie wild vor dem Wind segelte, ohne ein besonderes Ziel. Doch das genügte ihm. Er war erfahren genug, diese Erfahrung mir ihr zu teilen und sie dorthin zu führen, wo er sie haben wollte.

„Du bist ein Vampir, diese Fesseln kannst du ganz leicht abstreifen, falls du es wirklich willst!", flüsterte er an ihrem Mund. Sofia antwortete mit einem leisen Stöhnen.

Edward rutschte von ihr weg und hielt ihren Blick gefangen, während er ihre Handgelenke mit dem Seidentuch umschlang und sie ans Bett fesselte. Ihr Blick war glasig vor Angst und Zweifeln, aber auch von einem brennenden Verlangen, das sie nicht wirklich verstand, welches sie aber in Abgründe ihres Wesens führte.

Edward lachte leise und grollend. *Gott, hierfür wirst du in der Hölle schmoren*, informierte sein Gewissen ihn. Aber sie roch so unglaublich gut, fühlte sich so unglaublich gut an und ihre Bewegungen unter ihm, mit ihm, waren so vertraut und so verführerisch sinnlich, dass er sich nicht helfen konnte. Er wollte sie. Wollte sie so sehr, dass es ihm egal war, dass er den Preis für ihre Verführung später würde zahlen müssen. *Und zahlen wirst du!* Das war so sicher wie das Amen in der Kirche.

Langsam beugte er sich zu ihr, ihr Duft machte ihn benommen.

„Weißt du eigentlich, wie unglaublich gut du riechst?", hauchte er gegen ihren Oberkörper und sah zu, wie die kleinen, beinahe durchsichtigen Härchen auf ihrer Haut sich aufrichteten.

„Man sollte dich als Aphrodisiakum benutzen und deine Essenz in Flaschen verkaufen!"

Er nutzte die Gelegenheit, um eine Spur aus Küssen über ihren Brustkorb zu ziehen. Sofia wand sich unter ihm.

„Ich kann mit Fug und Recht behaupten, dass mir noch niemand diesen Vorschlag gemacht hat!", flüsterte sie und wünschte sich, sie hätte sich gegen ihre Fesselung gewehrt. So konnte sie ihn nicht von seinem diabolischen Spiel abhalten, war seinen Liebkosungen ausgeliefert – und es wäre zu albern, sich zu befreien, weil sie ungeduldig wurde.

Edward entschied, dass sie noch zu abgelenkt war und wandte sich ihrer Brust zu, fuhr mit der Zungenspitze um ihre rosige Areola, bis ihre Warze sich aufrichtete. Dann sog er sie ein und ließ sie genüsslich durch seine sanften Zähne wieder in die Freiheit gleiten. Erst als Sofia wimmerte und sich protestierend gegen ihre Fesseln lehnte, sie aber nicht zerriss, glitt er weiter nach unten.

Unvermittelt ließ er seine Zunge über ihre geschwollene Klitoris zucken. Sofia schrie auf und versuchte ihm zu entkommen. Doch er umfasste ihre Pobacken und hielt sie, um ihre geheimste Stelle zu liebkosen. Sofia stöhnte und wand sich, als Edward sie küsste und leckte und mit heißer Zunge an Stellen streichelte, die noch niemand vor ihm berührt hatte. Geschickt versetzte er jeden einzelnen ihrer Nerven in Hochspannung, während seine Zunge lockte und liebkoste und immer schneller über ihre Klitoris glitt. Als seine Zunge schließlich in sie stieß, kam Sofia unter Spasmen.

Ein Schauer nach dem anderen lief durch ihren Körper. Er nahm sie in die Arme, und gerade als sie dachte, es sei vorbei, kniff er sie zart in die Brustwarze und setzte so ein neuerliches Beben in Gang. Edward brummte zufrieden und drückte seinen sich windenden Engel zurück in die Matratze. Er wollte alles so lange hinauszögern, wie es kein anderer Mann tun würde – so lange, bis Sofia vergaß, dass es noch andere Männer gab.

Sie war so schön und offen für ihn – die sinnlichste Frau, die er je gekannt hatte. Jede Faser ihres Körpers reagierte auf sein Zärtlichkeiten, und obwohl er viele hemmungslose Frauen beglückt hatte, hatte ihn keine so um den Verstand gebracht wie diese. In seinem Bauch tanzten Schmetterlinge der Lust, und sein Glied war so hart, dass es wehtat.

Sofia riss die Augen auf, als der letzte Stoß des Orgasmus durch ihren Körper brandete. Der Anblick, wie Edward um Selbstbeherrschung rang, war der Beweis für die Wirkung, die sie auf ihn ausübte. Er erfüllte sie mit primitivem Triumphgefühl. Ihn so erregt zu sehen, dass es ihm Schmerzen bereitete, war weit erotischer als jede Zärtlichkeit, nahm sie mehr gefangen, als alle Fesseln es gekonnt hätten.

Edward sah Sofias Blick, sie spielte nicht die Schüchterne oder Spröde, und das gefiel ihm. Sofia zeigte ihm ihre Lust in ihren ausdrucksstarken, lebhaften Augen und verbarg nichts.

Seine Instinkte hatten ihn damals, als er sie zum ersten Mal gesehen hatte, nicht getrogen. Diese Frau besaß etwas, das er brauchte. Sie war die Richtige. Und diese Erkenntnis setzte eine Flut von besitzergreifenden Gedanken frei.

Er musste sie haben! Ganz und gar! Sie so sehr an sich fesseln, dass sie auch ohne Fesseln und Ketten bei ihm bliebe!

Sofia schauderte, als sein Gesichtsausdruck sich veränderte. Nicht nur Verlangen und Lust zeichneten sich in seinen Zügen ab, sondern auch Besitzgier, der leidenschaftliche Wunsch, zu haben und zu halten.

„Edward?!“ Ihr Ausruf war Bitte und Wunsch zugleich. Sie begriff, dass ihr Krieger auch in dieser Hinsicht gefährlich war. Ein Gegner und Mitstreiter, den sie vielfach unterschätzt hatte. *Mindestens so gefährlich wie Xylos!*

Ihr Gedanke wurde bestätigt, als er ein weiteres Seidentuch unter einem der Kissen hervorzog und es über Sofias Körper gleiten ließ. Eine Gänsehaut jagte über ihren Körper, obwohl die Berührung so sanft war, dass sie einer Folterung glich.

„Vertrau mir, Sofia!“, bat er eindringlich.

Sofia begegnete seinem Blick und wusste, dass sie verloren war. Ein seltsames Wort für ein seltsames Gefühl, dem sie sich seit Jahren verwehrt hatte. Doch seine Bitte war ebenso eindringlich wie sein Gesichtsausdruck, unerbittlich und gleichzeitig flehend, so verletzlich, dass sie sich nicht verweigern konnte.

Stumm nickte sie, hob ihren Kopf und gestattete Edward, ihr die Augen zu verbinden. Zu ihrem Erstaunen empfand sie keine Angst, sondern Lust. Ihm hilflos ausgeliefert zu sein – *Nicht ganz so hilflos,* erinnerte ihr Verstand – auf ihren eigenen Wunsch hin ausgeliefert, weckte ungeahnte Wünsche in ihr.

Edward genoss Sofias Anblick. Seinen Engel gefesselt und seiner Flügel beraubt zu sehen, befriedigte ihn mehr, als jede andere Frau vor ihr es je geschafft hatte. Wie mochte es sich erst anfühlen, wenn er sie besaß? Ganz und gar besaß?

Für Sekunden zitterte er innerlich bei diesem Gedanken, bei der Vorstellung davon, welche Macht sie dann über ihn haben würde, doch er wusste, dass er die Entscheidung längst getroffen hatte.

Sofia konnte hören, wie Edward aufstand und den Raum verließ. Ihre angespannten und geschärften Sinne erkannten das Klappern einer Tür und identifizierten ein Geräusch, das verdächtig nach Eiswürfeln klang.

„Schuft!“, murmelte sie. Ihre Erregung wuchs.

Plötzlich war er bei ihr und presste ihr den kalten Würfel an die Stirn. Die Kälte war eindringlich, schneidender, als sie erwartet hatte. Sofia sog schockiert Luft in ihre Lunge.

Sie verspannte sich, als der Würfel ihre Schläfen hinabglitt, über ihre Wange und zu ihren Lippen. Erst jetzt wurde ihr bewusst, dass sie Durst hatte. Schrecklichen Durst.

Doch Edward gönnte ihr nur ein winziges Lecken an der Erfrischung, bevor er seine linke Hand auf ihre Hüfte legte und sie festhielt, während er ihr den Eiswürfel an die Halsschlagader presste.

Empört schrie Sofia auf, zerrte an den Fesseln, und der Würfel verschwand.

„Ruhig, Engel!“, hauchte Edward drohend. „Ich kann auch Ketten nehmen!“

„Edward!“, flehte Sofia. Er dachte gar nicht daran, sie zu befreien und ihre Wünsche zu erfüllen. Zu genau wusste er, dass es nicht Lust war, die einen Menschen an den Rand der Ekstase brachte, sondern das Versprechen von Lust. Das Versprechen barg eine Macht, die es einem Könner erlaubte, dem Objekt seiner Begierde die Maske von der zivilisierten Fassade zu reißen und es in eine animalische Vergangenheit zu entführen, in ein Labyrinth aus Lust und Leidenschaft.

„Und dich knebeln!“, neckte er.

Sofia gab einen frustrierten Laut von sich, doch Edward spürte ihre Einwilligung in sein Spiel. Wieder presste er ihr den Eiswürfel an die Schlagader, wieder bäumte sie sich auf und zog ihre Beine nach oben, schützend vor den Körper, aber dieses Mal blieb sie stumm.

Edward drückte ihre Beine mit Gewalt auf die Matratze zurück und hielt sie dort, ohne das Eis von ihrem Hals zu entfernen. Erst, als sie sich in seinen wortlosen Befehl fügte, bewegte er das Eis wieder. Ließ es von ihrem Hals abwärts gleiten und nahm die Hand von ihren Beinen.

Sofia schauderte, als Edward die Kälte seitlich an ihren Brüsten vorbeimanövrierte und zog die Beine wieder an.

Er hielt in seiner Bewegung inne und presste das Eis wieder an ihre Halsschlagader, was Sofia vor Schmerz wimmern ließ. Es ist aber doch längst nicht mehr kalt, oder? Dann drückte er ihre Beine wieder zurück auf das Bett.

Ihr Stöhnen zeigte ihm, dass sie die Spielregeln verstanden hatte. Es war pure Folter. Sofia konnte das Eis auf ihrer Haut nicht aushalten, ohne sich zu bewegen, aber wenn sie sich bewegte, hielt Edward inne, was weitaus schlimmer war. Also hielt sie still. Hielt still, als Edward die Kälte in langsamen kleinen Kreisen ihr Bein hoch führte, über ihr Knie hinaus, über die Innenseite ihrer Oberschenkel und über ihren Bauch und auf der anderen Seite wieder hinab.

Erst jetzt bemerkte sie, dass Edward eine leise, eindringliche Melodie summte und ihr kurze Erholungspausen gönnte. Doch immer, wenn seine Melodie zum Thema fand, fand auch das Eis Sofias Körper wieder. Und trotz der Kälte verbrannte Sofia innerlich, spürte die Hitze in ihrem Körper und in ihrem Unterleib, wo die Flammen heiß und eindringlich tobten.

Edward spürte, wie Sofia sich auf seine Melodie konzentrierte, und genau das war seine Falle. Denn statt eine Ablenkung zu bieten, bot er ihr eine Prophezeiung, die sie daran erinnerte, dass das Thema zurückkommen würde – und damit auch ihr Martyrium.

Er genoss die krampfartigen Zuckungen, die den Engelskörper durchliefen, den Anblick, den Sofia ihm bot, weil sie versuchte, sich vollkommen reglos zu halten und doch in jeder Faser ihres Seins ein Ausdruck äußerster Anstrengung, äußerster Konzentration und äußersten Schmerzes lag. Ein

Schmerz, der so bittersüß war, dass er sie in Edwards Welt riss, in sein Labyrinth.

Sofia war jetzt in völligem Einklang mit ihm – und kurz davor, ihre Fassung zu verlieren.

Behutsam ließ er den nächsten Würfel um ihr kleines Dreieck gleiten, ließ das kalte, geschmolzene Wasser ihre Scham hinablaufen und sorgte so dafür, dass sie empfindlich wurde. Dann erst berührte er mit dem schmelzenden Eis ihre Klitoris und begann sie zu reiben.

Sofia spürte die Kälte und konnte nicht glauben, was Edward tat. Und doch verlangte ihr Körper danach, verlangte nach der Berührung, nach der Kälte und der Erlösung.

Sie hörte ihre eigenen abgerissenen Schreie, als Edwards Bewegungen rhythmisch wurden. Fühlte die Ekstase und noch weit mehr. Krampfhafte Zuckungen schüttelten ihren Körper, ohne dass sie sich wehren konnte – und dann war das Eis in ihr und Edwards warme Zunge an ihrer prallen Klitoris. Schnell und gierig wirbelte er mit seinem Können Sofias Innerstes nach außen.

Wärme und Kälte, Feuer und Eis. Sie konnte die Entladung ihrer Sinne kommen fühlen, konnte fühlen, wie ihr Denken ihr entglitt, und sie die Kontrolle über ihren Körper verlor. Ein lang gezogener, animalischer Schrei brach aus ihr hervor, als es so weit war, und der Orgasmus über ihr zusammenschlug.

Edward entfernte ihre Augenbinde, ohne das sie es bemerkte, zu sehr war sie noch in ihren Empfindungen gefangen. Erst als ihr Blick wieder klar wurde und zu ihm zurückkehrte, beendete er ihre Ruhepause.

„Sag es!“, verlangte er. War sie schon wieder bereit für ihn? Wollte sie mehr, und würde sie von ihrem Begehren sprechen? War sie kühn genug, ihm die Worte zuzuflüstern, die ihm verrieten, wie er ihre Träume erfüllen konnte?

„Befiehl mir, was ich tun soll!“, drängte er.

Und dann sagte sie die Worte, die er noch nie aus dem Mund einer Frau gehört hatte, weder aus dem einer Adeligen noch aus dem einer Hure, und die Obszönität ihrer Worte wirkte auf ihn wie ein Liebestrank.

Ohne zu zögern, kam er ihrer Aufforderung nach, war in ihr, und sie war feucht, so herrlich bereit für ihn, dass er sich zusammenreißen musste, nicht sofort zu kommen.

Sofia stöhnte, als Edward in sie hineinstieß, sie weitete und ausfüllte. Sie versuchte ihn noch näher zu zwingen, noch tiefer. *Verdammt!* Er hatte ihr nicht einmal die Fesseln abgenommen!

Sofia protestierte leise, doch Edward unterband ihre Befreiung, indem er ihre Hände festhielt und ihre Position veränderte. Durch diesen Ruck, die Hochbettung ihres Oberkörpers mit Hilfe von Kissen, entdeckte Sofia den Spiegel am Schrank – und ihr Spiegelbild.

Das Bild nahm ihr den Atem und zog ihre volle Aufmerksamkeit auf sich. Sie konnte Edwards nackten Rücken sehen, bis hinunter zu seinen Unterschenkeln; sie sah, wie seine Wirbelsäule sich bewegte, wenn er in sie eindrang, sah, wie sein Po sich im gleichen Rhythmus zusammenzog.

Der Anblick verzauberte Sofia und zog sie wieder zurück in das schimmernde Netz, in dem er sie gefangen hatte. Genau so hatte Edward es geplant.

Sofia sah ihm zu und spürte, wie er sie bei jedem Stoß vollkommen ausfüllte, tief und unnachgiebig. Trotzdem schienen seine Bewegungen mühelos, das Ergebnis kontrollierter Kraft. Sein Anblick, während er sie nahm, zog sie zurück in die Hitze und die wirbelnden Gefühle, die sie immer höher trugen.

Sofia schloss die Augen, als Edwards Bewegungen kreisend wurden, öffnete sie jedoch schnell wieder, um ihn zu beobachten. Wieder und wieder füllte er sie aus. Ihr Rhythmus war wild – wilder, als sie es sich je vorgestellt hatte. Sofia klammerte sich an ihn, ihre Fesseln unbewusst zerrissen, hielt ihn umfangen und genoss die Macht, die sie über ihn hatte – die Macht, die sie beide antrieb. Gemeinsam näherten sie sich dem Höhepunkt, bewegten sich immer schneller, Gefangene ihrer Leidenschaft.

Hitze und Flammen schienen überall zu sein, heiß floss es durch ihre Adern. Dort, wo sie miteinander verbunden waren, loderte das Feuer immer höher, verbrannte ihre Körper, ihren Geist, ihre Sinne und hob sie hoch auf einer Woge der Leidenschaft. Und dann hatte Sofia den Gipfel erreicht – die Hitze um sie explodierte, hüllte sie ein und ließ ihren Verstand abermals aussetzen, während ihr Körper von immer wiederkehrenden Erschütterungen heimgesucht wurde.

Kapitel 25

Als Sofia erwachte und die Augen öffnete, sah sie als erstes sein Gesicht. Erstaunlich, wie schön sie Edward immer noch fand, auf eine sehr männliche Art und Weise. Sie betrachtete eingehend das kräftige Kinn und die markante Nase. Seine Lippen wirkten sinnlich und einladend, und seine Zähne waren außergewöhnlich weiß. Er wirkte stark und kräftig, und unter all seinem zivilisierten Charme schlummerte ein gefährlicher Krieger. *Er muss tatsächlich einen alten, mächtigen Schöpfer haben.* Es überraschte sie nicht, dass er sie und ihre Reaktion genau beobachtete, während er völlig still dalag und geradezu mit der Seide verschmolz.

„Guten Morgen!“, wünschte sie.

„In der Tat, ein guter ABEND!", bestätigte Edward. Die Zufriedenheit in seiner Stimme sorgte dafür, dass ihr vor lauter Verlegenheit das Blut in die Wangen stieg.

„Du solltest dich fertig machen, Schlafmütze, wir haben viel vor!" Er deutete auf ihren Koffer, den er aus Prag geholt hatte.

„Wie hast du das so schnell gemacht?"

„Das ist ein Geheimnis!", behauptete er.

„Den Hummer hast du vergessen, nicht wahr?"

„Ja, rein zufällig war er zu schwer. Das dachte ich zumindest, bevor ich deinen Koffer hochgehoben hatte! Aber ich war zu faul, noch mal zum Auto zurückzugehen."

***

Wenig später waren sie unterwegs. Edwards leises Bedauern darüber, Sofia nicht ewig im Bett halten zu können, verschwand bei jedem Schritt und jedem Blick in ihr Gesicht.

Sofia war glücklich. Sie hatte keine Ahnung, wie es Edward gelungen war, ihr Faible für Geschichte und Städte zu durchschauen – geschweige denn, wie er es geschafft hatte, sie nach Venedig zu bringen, doch bei jedem Schritt vergaß sie eine ihrer Fragen, war fasziniert von den Nebelschleiern, die leicht und durchscheinend durch die Straßen zogen und den Duft von Meer mit sich trugen. Die Kälte sorgte dafür, dass jeder Geruch intensiviert wurde und kristallin in der Luft hing.

Edward hatte sich für einen romantischen Ausflug entschieden und sie auf kürzestem Wege zum Canal Grande geführt.

Fasziniert hatte sie ihm die Entscheidungen überlassen, saß nun trotz der Temperatur neben ihm auf einer der vorderen Bänke an Bord der Linea 1 und sah ihn fragend an.

„Vertrau mir!", bat er und legte seinen Arm um ihre Schulter. Auch wenn Vampire nicht froren, so mochten sie doch Wärme. Und Sofia mochte den Schutz, den Edwards Berührung ihr bot, seine Nähe und die merkwürdige Vertrautheit, obwohl beides ihr auch Angst machte.

Als das Linienboot mit sanftem Tempo losfuhr und über das schwarze Wasser glitt, schmiegte sie sich dichter an Edward. Soviel Romantik hätte sie ihm nicht zugetraut. *Du hast ihm so vieles nicht zugetraut!*

„San Simeone Piccolo – die Kuppelkirche", verkündete der Lautsprecher und meinte die hell erleuchtete Kirche am Ufer, nur um gleich darauf die Brücke Ponte degli Scalzi anzukünden, unter der sie hindurchfuhren und dann auf der linken Seite die Kirche Santa Maria di Nazaretta degli Scalzi.

Sofia sah nach vorne, wo die Lichter der Kirchen, Palazzi und Brücken funkelten wie aneinander gereihte Edelsteine eines kostbaren Geschmeides und sie an die Kette erinnerten, die Edward ihr geschenkt hatte. Nachdenklich tastete sie danach und spürte unter dem Stoff des anschmiegsamen Rollkragenkleides die Härte der Kettenstränge.

Nur mit halbem Ohr hörte sie hin, als der Lautsprecher von dem tragischen Erbstreit im Palazzo Flangini und seinen Hintergründen erzählte, zu sehr nahmen ihre Gedanken sie gefangen und kreisten immer wieder um Edward.

Ihr fiel auf, dass sie ihn schon seit geraumer Zeit ansah, doch sie konnte ihren Blick einfach nicht von seinem Gesicht abwenden, nicht einmal, um sich den Palazzo anzusehen. Sie fühlte sich mesmerisiert von Edward. Davon, wie er mit der Fingerspitze seines Daumens seine Unterlippe entlangfuhr. Nach rechts und zurück nach links in einem Rhythmus, der sie gleichzeitig faszinierte und ihr einen Schauder über den Rücken laufen ließ, der sich in ihrem Unterleib verknotete.

„Ist jemals jemand von dir besessen gewesen?" Sie gab sich Mühe, ihre Stimme neckisch klingen zu lassen, weil sie wusste, dass ihre Gedanken nur zu deutlich in ihrem Gesicht zu lesen waren.

Der Blick, mit dem er sie bedachte, war unergründlich. „Nur die, die mich töten wollen!" In seiner Stimme schwang kein Humor mit, doch Sofia meinte ein kurzes Aufblitzen in seinen Augen gesehen zu haben.

Sie lehnte sich näher zu ihm. „Sind es viele?"

„Es waren viele", korrigierte er, und jetzt war sein Amüsement unüberhörbar. „Ich lasse mich nur von der richtigen Person töten, besessen oder nicht. Da habe ich strenge Regeln."

„Und nur Besessenheit?"

„Wenn es sich bei der Besessenen um einen Engel handelt, geht das klar!"

„Auch, wenn ich dich am liebsten töten würde, weil du mir Informationen vorenthältst?"

Edward sah sie an. Die plötzliche Kälte in seinem Blick, mit der er sie von seinen Gefühlen ausschloss, verletzte sie.

Sofia starrte ins Wasser und schalt sich eine Närrin. Sie hatte also recht gehabt mit ihrer Vermutung. „Wieso sagst du es mir nicht einfach und bringst es hinter dich?"

Sie weiß es! Edward widerstand dem Drang, ihr die Haare aus dem Gesicht zu streichen, die der Wind immer wieder hineinwehte, und sie zu trösten. Er konnte ihre Verzweiflung spüren, wollte sie wegküssen und sie lieben. So lange lieben, bis sie ihm alles verzieh.

„Was, Sofia?", fragte er sanft.

Erst jetzt sah sie ihn wieder an. „Dass der Magistrat dein Schöpfer ist!"

Beinahe hätte Edward vor Erleichterung gelacht. *Irgendwann wird sie es erfahren!* Er ignorierte das nagende Schuldgefühl und schüttelte den Kopf. Er brauchte nicht mehr Sofias Hass, er brauchte ihre Liebe.

„Nein, Sofia. Ich bin – auf Wunsch der Hexe – ein Kind der Königin!"

Wahrheit! Sofia wandte ihr Gesicht ab. Warum hatte sie dann trotzdem das Gefühl, er würde ihr etwas Wichtiges nicht sagen? *Vielleicht hat er vor irgendetwas Angst?*, schlug ihre innere Stimme vor und erinnerte daran, dass auch sie ihm nicht vollständig vertraute. *Es gibt immer etwas in der Vergangenheit, über das man nicht gerne spricht!*

„Gott, ich bin einfach zu misstrauisch!", maßregelte sie sich leise und bemerkte nicht, wie ihre Worte Edwards Gewissen belasteten, weil er ihr sein Geheimnis nicht anvertrauen konnte. Nicht, ohne sie, sich selbst und seine Familie zu töten.

Alles in Edward revoltierte bei ihrem Anblick. Es war ein schreckliches Gefühl, sie anzusehen, ihre innere Zerrissenheit und die Zweifel zu spüren und nicht zu wissen, wie er etwas daran ändern konnte. Doch es waren ihre Augen, die ihn heimsuchten. Tief in ihren Abgründen konnte er schreckliche Wunden sehen, die niemals ganz verheilt waren, die immer noch schmerzten, und die sein Engel vor dem Rest der Welt verbarg. Wie konnte er diese Wunden sehen und Sofia nicht lieben – und hoffen, der Mann zu sein, der ihr die Furcht nahm und ihr Vertrauen gab? *Aber wie willst du heilen, was du zu einem großen Teil zu verantworten hast?*

„Verzichte auf deine Rache!", bat er, „bleib bei mir und liebe mich, und wir werden eine andere Lösung finden!"

Sofia schüttelte den Kopf. „Ich kann nicht darauf verzichten, Edward! Ich kann es einfach nicht!" Die Verzweiflung in ihrer Stimme machte ihm Angst, und er fragte sich, was sie nach Vollendung ihrer Rache plante. Er wagte aber nicht zu fragen, denn er fürchtete die Antwort.

„Er hat mir alles genommen, alles, was ich noch hatte." Ihr Blick schien sich nach innen zu richten. „Nein, viel schlimmer: Er hat mich dazu gebracht, mir selber alles zu nehmen, was ich noch hatte."

„Melanie!", mutmaßte Edward und verfluchte Magnus zum ersten Mal in seinem Leben aus tiefstem Herzen für seine Pläne und Intrigen. Und für die Schmerzen, die er bereit war anderen zu verursachen, um zum Ziel zu gelangen.

„Ja!", bestätigte Sofia. „Ich möchte … ich möchte, dass …" Ihre Stimme verklang, bevor sie sich zusammenriss. „Das hier ist das Netteste, was je jemand für mich getan hat", sagte sie schließlich und deutete auf das Boot und den Kanal. „Ich werde es genießen und in Erinnerung behalten!" Sie setzte diesen Entschluss sofort in die Tat um, indem sie ihre Trauer abschüttelte, als wäre diese kein Teil ihres eigentlichen Wesens, und sich dann der Betrachtung der Palazzi zuwandte.

Nur mühsam widerstand Edward dem Drang, Sofia in seine Arme zu nehmen und ihr von seinen Gefühlen und Hoffnungen zu erzählen. Es war das Dümmste, was er je gewollt hatte, aber es spielte keine Rolle. Das Bedürfnis blieb.

Er schüttelte den Kopf. Sofia stellte ihn und sein ganzes Leben auf den Kopf, untergrub seine Regeln und schlich sich in sein Herz. *Hat sich schon längst eingeschlichen.*

Als er Sofia dabei betrachtete, wie sie sich dem Palazzo Mocenigo-Nero zuwandte, dem sieben Dogen entstammten, und in dem heute die Zentralverwaltung des Veneto untergebracht war, entschied er, dass sie jede ungewohnte Emotion, jedes Brechen der Regeln wert war.

Ihr Gesicht strahlte, als sie zum Palazzo Grassi und zu der säkularisierten Kirche San Samuele sah. Der Blick aus ihren unschuldigen Augen erfreute Edward, und er begann die Welt – seine Welt – die er schon seit langem als langweilig abgetan hatte, in einem ganz anderen Licht zu sehen.

Genieß die Zeit, empfahl sein Gewissen. *Dir bleibt nicht viel Zeit, mit ihr glücklich zu sein. Sie muss bald den Weg zum Tempel finden. Und wenn sie dich dann nicht liebt, solltest du darum beten, dass sie in der Lage ist, dich zu töten!*

Ein kalter Schauder lief ihm über den Rücken. Er wollte nicht mehr sterben – und schon gar nicht durch die Hand der Frau, die er liebte. *Ich habe Jahrtausende gebraucht, um dich zu finden, und ich werde alles tun, damit du mich ebenfalls liebst!*

Das Schlimmste war, dass Sofia einfach weggehen konnte. Sie würde es vielleicht nicht wollen, mochte ebenfalls Fantasien über ihn haben und ihn mögen, aber sie konnte es. Edward nicht. Er hatte keine Ahnung, wann genau es passiert war, aber er wusste, dass sein Leben ohne sie nicht mehr lebenswert sein würde. Jetzt, wo er die Liebe gefunden hatte, würde er nicht mehr ohne sie sein können, und es fiel ihm schwer, zuzugeben, dass er keine Kontrolle mehr hatte. Nicht über seine Gedanken, nicht über seine Gefühle und nicht mehr über Entscheidungen – ihre Entscheidungen – die ihn und sein weiteres Schicksal betrafen.

Was weißt du schon über das Mädchen? Edward sah Sofia von der Seite an, sah ihre Unschuld und ihre Faszination über die Schöpfung und gab sich selbst die Antwort: *Sofia ist alles, was du je gewollt hast – du hast es nur nicht gewusst.*

Und er hatte absolut keine Ahnung, wie er dafür sorgen konnte, dass sie ihn liebte und bei ihm blieb. Mit der Liebe hatte er noch keine Erfahrung. Aber er würde alles tun, was immer nötig war, um ihr Herz zu gewinnen.

„Wie stellst du dir den richtigen Mann für dich vor?" Absichtlich stellte er seine Frage vage und hoffte insgeheim, dass sie seine Befürchtungen spürte und sagte: *Wie dich.*

Stattdessen grinste Sofia verschmitzt und überlegte so offensichtlich lange, dass er versucht war, sie aus dem Boot zu werfen.

„Der richtige Mann …", sie sah Edward direkt an und grübelte herausfordernd, „mal sehen … Er müsste klug sein, aber trotzdem lachen können. Er müsste ein gutes Herz haben und ehrlich und treu sein."

Bei ihrem Wunsch nach Ehrlichkeit wand Edward sich innerlich. Um sein nagendes Gewissen zu ignorieren, konzentrierte er sich auf den letzten Punkt ihrer Aufzählung. „Treue ist wichtig für dich?

Sofia nickte feierlich. „Sehr. Ich teile nicht gern. Wenn er mein Mann ist, gehört er mir ganz allein."

Edward grollte leise. „Gehörst du dem Mann denn auch ganz allein?"

Das Geräusch, das Sofia von sich gab, klang wie Engelslachen – freches Engelslachen. „Wieso wusste ich, dass du fragen würdest?"

Edward griff ihre Vorlage auf, obwohl er Angst vor ihrer Antwort hatte. „Und wieso wusste ich, dass du nicht antworten würdest?"

Sofia strahlte, obwohl sie innerlich durch die Hölle ging. Edward hoffte auf ein Zugeständnis von ihr, welches sie noch nicht bereit war zu geben. Sie war sich nicht einmal sicher, ob sie je bereit sein würde, es jemandem zu geben. Also gab sie ihm die Antwort, die er hören wollte und hoffte, er würde nicht fragen, ob sie mit ihm zusammen war. „Natürlich, sonst wäre ich nicht mit dem Mann zusammen. Mich gibt es ganz oder gar nicht."

Ein Lächeln stahl sich in Edwards Gesicht. Sofia deutete es als Reaktion auf ihre Antwort. Hätte sie auch nur annähernd den Verdacht gehabt, dass Edward an einen magischen Bund zwischen Vampiren dachte und an eine Beziehung für die Ewigkeit, wäre sie im Bruchteil einer Sekunde über Bord gesprungen.

Edward konnte das dümmliche Lächeln auf seinem Gesicht spüren. Selbst ein Außenstehender konnte deutlich sehen, dass er in Sofia verliebt war.

Ihre Worte *ganz oder gar nicht* brachten seine Gedanken wieder zu dem verbotenen Bund – eine Ehe für die Ewigkeit. Zum ersten Mal begriff er die Tragweite der Worte Bund und Ewigkeit", verstand das Verbot der Königin und zog diese Möglichkeit trotzdem ernsthaft in Betracht.

Wenn ich Sofia für die Ewigkeit an mich binden muss, um frei zu sein, sie lieben zu dürfen und ihrer Liebe sicher zu sein, dann werde ich es tun, flüsterte seine Leidenschaft in Träumen von Verbundenheit, Vertrautheit und Erfüllung, während sein Verstand warnte: *Der Bund ist keine Garantie!* Doch sein Herz schrie, weil es nach all der Zeit sicher sein wollte, geborgen und geliebt.

Der Blick, mit dem Sofia ihn maß, sprach Bände. Edward wusste, dass er seine Leidenschaft nicht gut vor ihr verborgen hatte; aber etwas an der Art, wie das Boot durch das Wasser glitt, durch die Schwärze, in der alles verborgen sein konnte, alles möglich schien, machte ihn empfänglich für Sofias Nähe. Selbst das Flüstern ihres Haares im Wind schien ein Versprechen zu sein.

Sofia tappte mit ihren Fingern – im Takt mit dem genervten Fußaufstampfen – auf die Holzbank. „Du hast drei verschiedene Triebe: Essen, Sex und Schlafen. Wieso ausgerechnet deine sexuelle Energie am größten ist, kann dir sicher Freud sagen!"

Edward sah sie an. Ihr neckischer Tonfall konnte ihn nicht täuschen. Die Einsamkeit in ihrer Stimme war für ihn unüberhörbar. Er versuchte sie zu analysieren. War sie in ihren Worten gewesen oder in ihrem Tonfall? Glaubte sie wirklich, es ginge ihm nur um Sex?

Bevor er dazu kam, sie zu fragen, war sie bereits aufgestanden und hatte das Boot verlassen, noch bevor es vollständig an der Endstation angelegt hatte.

Als er Sofia einholte, genoss sie den atemberaubenden Blick auf die Insel San Giorgio Maggiore und drehte sich langsam in Richtung Markusplatz, ohne Edward anzusehen.

Trotzdem konnte er ihre Augen sehen. Dort waren tausend Geheimnisse verborgen, tausend Wunden, ein Leben voller verratenem Vertrauen, gebrochener Versprechungen und voller Einsamkeit. Für einen Augenblick wirkte sie so verloren, dass er sich fragte, wie sie es schaffte, die Welt trotzdem zu lieben und sich an ihrer Schönheit zu erfreuen.

Plötzlich schenkte sie ihm ein Lächeln. „Ich danke dir!"

Es schien, als wäre sein Eindruck nur eine Illusion gewesen, doch ihre Worte belehrten ihn eines Besseren. „Ich kann nicht glauben, dass ich wirklich hier bin, dass du das für mich getan hast!" Sie deutete auf die Piazza San Marco, das Herz Venedigs und auf die Basilica neben dem Palazzo Ducale.

„Weißt du, seit mein Großvater tot ist …" Sie stockte, als ringe sie mit sich und mit der Wahrheit, doch dann erzählte sie. Erzählte von dem Autounfall, bei dem ihr Großvater gestorben war, während sie und Melanie unverletzt von den hinteren Sitzen hatten klettern können. Davon, dass Melanie sich die Schuld an dem Unfall gegeben hatte, weil ihr Großvater auf ihren Schrei hin das Lenkrad verrissen hatte, um einer Katze auszuweichen. Davon, wie ihre Eltern das Erbe der Zwillinge unterschlagen hatten und Melanie und sie in einem leeren Haus und ohne Abschied hatten sitzen lassen. Davon, dass es plötzlich niemanden mehr gab, der sich um die Kinder kümmerte. Berichtete von der einst fürsorglichen Verwandtschaft, die die Mädchen nun ins Heim abschieben wollten, von den Freunden, die sie und Melanie plötzlich wie Aussätzige behandelten und davon, dass niemand – weder eine der drei Tanten noch einer der beiden Onkel – sie haben wollten, während ihre Eltern irgendwo ein neues Leben – ein Leben ohne ihre Kinder – angefangen hatten.

„Melanie ist daran zerbrochen. Ich habe zugelassen, dass sie daran zerbricht und … ich habe versagt … ich konnte sie nicht schützen!"

Edward spürte, dass Sofia ihre Erzählung beendet hatte. Jetzt endlich durfte er sie in den Arm nehmen, nachdem sie seinen tröstenden Versuch zweimal abgelehnt hatte, während die Vergangenheit aus ihr herausgesprudelt war. Sie zitterte, als sie sich an ihn schmiegte, und Edward ahnte, was es sie gekostet hatte, von dem Verrat ihrer Eltern zu sprechen. Er konnte sich die beiden kleinen Mädchen vorstellen – allein in dem leeren Haus, hilflos und im Stich gelassen, und er fragte sich, was für Menschen das waren, die zwei vertrauensvolle, liebende Engel der Hölle auslieferten. Seine Mutter wäre eher gestorben, als ihren Kindern so etwas anzutun.

Sofia schenkte Edward ein trübsinniges Lächeln. „Und alles, was mir von meinem Großvater geblieben ist, sind die Ohrringe, die er mir wenige Minuten vor dem Autounfall geschenkt hat. Der verdammte Magistrat hat sie mir in der Nacht gestohlen, als er mich in einen Vampir verwandelt hat."

Edward erinnerte sich daran, dass auch er sie betrogen hatte und immer noch betrog. Der Kloß in seinem Hals wurde noch größer. Trotzdem wuchs der Wunsch nach dem Schwur und nach dem ewigen Bund. *Sofia würde nie wieder allein sein. Ich würde auf sie achten, sie lieben und ehren …*

Edward verdrängte seine egoistische innere Stimme. Spaß miteinander zu haben und sich für die Ewigkeit zu binden waren zwei verschiedene Dinge. Und wenn sie erst einmal herausfand, wer er war … konnte er dann auf ihre Liebe zählen?

Er würde den verletzten Ausdruck in ihren Augen nicht ertragen, wenn sie es erfuhr und der Liebe zu ihm abschwur.

Vielleicht gibt sie ihre Rachegelüste auf und wird niemals erfahren, wer du wirklich bist, schlug seine Hoffnung vor und ignorierte den Sarkasmus seiner Bosheit: *Vielleicht bringt sie den Magistraten ja auch um, bevor sie bemerkt, dass du es bist?!*

Entschlossen verbannte Edward jeden Gedanken an Konsequenzen, Recht und Unrecht. Er würde bei Sofia sein, so lange es dauerte, würde sich an ihr erfreuen, mit ihr, würde ihr jeden Wunsch von den Augen ablesen und hoffen.

Arm in Arm schlenderten sie am Palazzo Ducale, dem Dogenpalast, vorüber, dessen imposante Architektur und Geschichte Sofia ins Schwärmen brachte und dafür sorgte, dass Edward kleine Geschichtsdetails preisgab und den Fremdenführer für sie spielte.

Erst zwei Stunden vor Sonnenaufgang, als sie die Stadt beinahe für sich allein hatten, rief Edward einen Gondelfahrer, der entweder sehr spät noch auf oder sehr früh schon wach war und bedeutete Sofia, endlich zur Ruhe zu kommen.

Lächelnd fügte Sofia sich in ihr Schicksal und schien ganz froh darüber, dass die Uhrzeit keinen privaten Gesang zuließ.

Kapitel 26

Edward hatte damit gerechnet, dass Sofia müde sein würde, doch sie überraschte ihn.

Eben zog sie sich neben ihm den Mantel aus und hängte ihn an die Garderobe, im nächsten Moment stand sie vor dem Bett zwischen Spiegel und Matratze, und entledigte sich ihres Kleides. Sie hatte ihre Hände schon an ihrem ebenfalls schwarzen Spitzenhemd, bevor Edward *Halt!* befahl.

Sofia erstarrte mitten in der Bewegung und war erstaunt über den Blick, mit dem Edward sie betrachtete. Sie hatte sich keine Gedanken über ihre Handlung gemacht. Er betrachtete sie andächtig, während sie dort stand, beschienen von dem fahlen Licht des Mondes, das sich im Wasser des Kanals brach und in mystischen Formen auf ihren Körper strahlte.

Ein Laut entrang sich seiner Kehle. Sofia hatte noch nie zuvor einen Mann einen solch animalischen Laut ausstoßen hören, aber sie wusste, dass sie Edward diesen Laut noch viele Male ausstoßen hören und genau auf diese Art von ihm betrachtet werden wollte.

„Weiter", sagte er schließlich. „Ganz langsam, Engel. Du weißt, dass ich dich will. Benutze dieses Wissen."

Sofia blinzelte, erregt von der Erkenntnis, dass sie diese Macht über ihn hatte. Sein Körper bestätigte seine Worte: Deutlich war die Erhebung unter seiner Hose sichtbar, und seine Augen waren dunkel vor Verlangen. Er forderte sie auf, ihre weiblichen Kräfte einzusetzen. In ihren Fantasien hatte sie genau davon geträumt: Mit einem Mann zusammen zu sein, bei dem sie sicher sein konnte, dass er sich von ihr angezogen fühlte. So konnte sie ihre Weiblichkeit in vollen Zügen genießen und die Konsequenzen herausfordern.

Langsam begann sie für ihn zu tanzen, erinnerte sich an die erotische Nacht in ihrer Wohnung und an jede sinnliche Bewegung.

Edward stöhnte leise: „Du tötest mich, Sofia!" Doch er bewegte sich nicht, verfolgte ihre Bewegungen mit den Augen, zeigte ihr, wo seine Hände sein wollten und ließ ihr die Freiheit, die sie brauchte, um ihre Neugierde auszuleben.

Provozierend langsam öffnete Sofia die Schleife der schwarzen Schnürkorsage zwischen ihren Brüsten und spielte mit den Bändern, während sie sie aus den Ösen zog. Dann lehnte sie sich spielerisch nach vorne, schenkte ihm einen kurzen Ausblick auf zwei rosige Halbmonde und drehte sich um, um die blickdichte schwarze Strumpfhose über ihren Po nach unten rutschen zu lassen. Mit einer anmutigen Geste beugte sie sich nach vorne, warf ihm einen kurzen Blick zwischen ihren Beinen zu und befreite sie von den Strümpfen.

Tänzerisch richtete sie sich wieder auf, ließ ihn ihre ganze Rückseite sehen und strich sich die Träger der offenen Korsage von den Schultern, bevor sie sie über ihre Arme nach unten gleiten ließ.

Aufreizend langsam drehte sie sich zu ihm um, nutzte ihre Drehung dazu, ihr Höschen loszuwerden, sich anschließend lasziv auf die Bettkante zu setzen und das Flackern des Verlangens in seinen Augen zu genießen.

Sofia war so erregt, dass sich sogar der Rahmen des Bettes, der schmerzhaft gegen ihre Oberschenkel drückte, gut anfühlte. Auf angenehme Art und Weise fest und real, während sie selbst abgehoben war, gewichtslos und verrucht.

Sie bemerkte kaum, dass Edward sich bewegte. Erst, als er vor ihr stand, wurde ihr bewusst, wie vertraut sie mit ihm umging, und wie sehr sie begehrte, von ihm auf diese Weise angesehen zu werden. Seine Miene war so besitzergreifend, dass sie keuchte.

Ihren Blick festhaltend, zog Edward sich qualvoll langsam für sie aus. Kein Stripper hätte mit seiner Darbietung mithalten können. Es hatte eine sonderbare Wirkung auf ihre Gefühle, dass er sich so viel Zeit ließ, obwohl sie nackt war, und obwohl er sie rasch hätte nehmen können. Er fuhr langsam fort, nährte all ihre Fantasien mit seinen Bewegungen und der zärtlichen Darbietung seiner Nacktheit. Er versuchte sie zu umwerben, trotz der Tatsache, dass er sie eindeutig bereits erobert hatte.

Als Edwards Vorstellung schließlich endete und er nackt vor ihr stand, schloss Sofia von seinem Anblick überwältigt die Augen. Sie atmete tief ein und öffnete die Lider wieder, nur um sein hoch aufgerichtetes Glied beinahe auf Augenhöhe zu entdecken

Es ist wunderschön, dachte sie. Sofia hatte nicht gewusst, dass ein Mann so schön sein konnte. Bisher hatte sie die Männer und besonders die männlichen Geschlechtsteile eher als etwas empfunden, das einzig zur Fortpflanzung notwendig war, doch Edwards Anblick war göttlich.

Die harte Wölbung seines Bauches veränderte sich zu schlanken Muskeln, die bis zu seinen Oberschenkeln hinabspielten und ein V aus festen Muskelsträngen bildeten, die die Aufmerksamkeit auf die reine Männlichkeit zog. Sein bloßer Anblick verursachte ein angespanntes Gefühl in ihrem Unterleib. Edwards Penis wirkte samtig, war dick und lang, reckte sich eifrig empor, und die daran verlaufende Ader zeichnete sich deutlich unter der Haut ab. Er würde warm sein. Nein, er würde sich unter ihrer Hand heiß und seidig anfühlen.

Sofia legte ihre Hand darum. Ihre Finger konnten sich, wie sie vermutet hatte, nicht schließen. Ein Schauder durchrann sie, als sie sich vorstellte, dass ihr Körper so viel von Edward aufgenommen hatte – und es wieder tun würde.

Edward bewegte sich in ihrem Griff. Ein Lächeln umspielte Sofias Lippen. Sie konnte das mit ihm tun, konnte ihn als Antwort auf ihre Berührung hungrig zucken lassen – eine kleine Retourkutsche für ihre Fesselung. Sie ließ ihre Hand auf und ab gleiten und staunte. Dieser Teil von ihm war so widersprüchlich: Hart und doch mit so weicher Haut, vor einer Frau so empfindsam, von einem Mann so leicht als Waffe zu gebrauchen und doch auch leicht als Waffe gegen ihn einzusetzen.

Sofia benetzte ihre Lippen und fragte sich, wie er wohl schmeckte. Salzig oder eher süß? Sie beeilte sich, es herauszufinden, bevor ihr Verstand ihr einen Strich durch die Rechnung machte, oder der Mut sie verließ. Sie senkte den Kopf, um mit den Lippen über seine Spitze zu streichen. Nur einmal, ein festes Saugen mit den Lippen, ein schneller Strich mit der Zunge, gerade ausreichend, um ihn zu schmecken und ihre Neugier zu besänftigen.

Ein wenig salzig, dachte sie über den Geschmack auf ihrer Zunge. Er stellte erschreckende Dinge mit ihr an, entspannte und stimulierte sie gleichermaßen. Als ihr ein Gedanke kam, musste sie lächeln und war froh darüber, dass ihre Haare ihren Gesichtsausdruck vor Edward verbargen und er so nicht vorgewarnt wurde.

Sie nahm eine dicke Haarsträhne und ließ sie langsam über Edwards Penis gleiten. Nur die sanften Spitzen, in einer winzigen Berührung von der Wurzel bis zur Eichel, und dann in kleinen Kreisen zurück.

Edward verharrte reglos. Sein kleiner Engel war ein Teufel! Vom Himmel verbannt wegen ihrer experimentell verruchten Natur, die sie nun an ihm ausließ. Für Sekunden glaubte er, er würde unter der quälend leichten, quälend langsamen Berührung sterben, von der er doch geträumt hatte.

Ein Blick in ihr Gesicht zeigte ihm, dass sie gewillt war, diese Folter so lange wie möglich auszureizen. Eine zweite Strähne gesellte sich der ersten hinzu, wurde mehrfach um seinen Schaft geschlungen und wieder in die Freiheit entlassen. Die Auflösung der Verschlingung war mehr, als Edward ertragen konnte und wollte.

Nicht, bis er die Kontrolle hatte und sich ihrer sicher war!

Sofia fragte sich, warum Edward reglos geworden war, schaute auf und war überwältigt von dem wilden Ausdruck auf seinem Gesicht. Dann war er über ihr, drängte sie aufs Bett und streckte sich über ihr aus.

„Das nächste Mal binde ich dich fest!“, versprach Sofia, und er erkannte die Wahrheit in ihren Worten.

„Ich werde dich lieben, bis du nicht mehr aus meinem Bett davonlaufen kannst“, versprach er, bevor er sie küsste.

Sein Kuss war brandmarkend, prägte ihren Körper und ihre Seele und würde immer eine Verbindung zwischen ihnen sein, selbst nach Jahrtausenden ein Pfad, dem sie würde folgen können.

Sie konnte sein Drängen an ihrer Pforte spüren, die Gewalt, mit der er in sie eindrang und die Macht, mit der ihr Körper seine Leidenschaft begrüßte und ihn umfing.

Als Edward innehielt und ihren Körper in die Matratze drückte, knurrte Sofia unwillig. Er wusste genau, was sie wollte, und wie sie es wollte. In seinen Augen las sie, dass genau das auch der Grund war, es ihr zu verweigern.

„Ich schwöre dir, beim nächsten Mal …!“, fluchte sie leise.

„Ja, beim nächsten Mal!“, lachte er. Er wusste, dass Sofia jetzt und hier seiner Gnade ausgeliefert war. Hilflos vor Lust, die sie durch ihr eigenes neckisches Spielchen heraufbeschworen hatte.

Erst, als sie sich nicht mehr rührte oder versuchte, das Tempo zu bestimmen, begann er, sich langsam in ihr zu bewegen. Langsam und tief, mit gleichmäßigen Stößen, die sie vollständig ausfüllten.

Sofia wimmerte nach wenigen Minuten empört auf, wusste, dass sie gerade den Preis für ihr vorwitziges Spiel zahlte.

„Edward!", flehte sie. Erst jetzt fiel ihr auf, wie eindringlich er sie beobachtete, sie und ihre Reaktion. Wütend knirschte sie mit den Zähnen, konnte sich aber seiner Eindringlichkeit und seiner Langsamkeit nicht verweigern.

Trotzdem versuchte sie es noch minutenlang, bis sie den tief sitzenden Schmerz der sich langsam aufbauenden, doch unbefriedigten Lust, der in ihrem Unterleib pulsierte, nicht mehr leugnen konnte.

Als hätte Edward ihre Gedanken gelesen, steigerte er sein Tempo. Endlich gab er sie frei. Sofia entwich ein leiser Schrei der Erleichterung. Jetzt konnte sie sich gegen ihn stemmen, sich seinen Rhythmus zu eigen machen und sich ihm hingeben.

Edward staunte über die Geräusche, die Sofias Lippen verließen, über ihren Gesichtsausdruck und ihre Leidenschaft. Xylos hatte sich geirrt, sie war eine Löwin. Eine Löwin, die es jedes Mal aufs Neue zu zähmen und zu besitzen galt. Sinnlich und voller Hingabe, leidenschaftlich und neugierig.

Sofia schrie auf, als Edwards Bewegungen schneller wurden – zu schnell für eine Sterbliche. Trotzdem konnte sie spüren, wie ihr Schoß ihn aufnahm und willkommen hieß, wie ihre Scheide sich immer enger um seinen Penis schloss.

Ihre Welt schien in tausend kleine Bruchteile zu explodieren. Sie verlor sich vollkommen, verlor jegliches Gefühl für die Wirklichkeit. Sie wurde emporgehoben von einer Kraft, die sie nicht beschreiben konnte, in ein überwältigendes Glück, das sie wie ein Kokon umgab und sie hoch auf die Woge der Ekstase hob.

Dann war er eins mit ihr. Sie fühlte seine Wärme tief in ihrem Leib. Fühlte die Hitze seines Körpers unter ihren Händen, klammerte sich an ihn und gab sich vollkommen hin.

Kapitel 27

Edward verfluchte sich selbst für seine Schwäche, doch der Wunsch nach mehr – viel mehr – war nicht mehr zu zügeln. Egal, wie sehr er sich Egoismus vorwarf oder Rücksichtslosigkeit und Dummheit, er wollte Sofia, wie er noch nie etwas gewollt hatte, und er wollte sich ihrer sicher sein.

Sanft strich er einige vorwitzige Locken, die sich auf ihre makellose Haut gestohlen hatten, aus ihrem Gesicht und genoss den Blick aus ihren großen, klaren blauen Augen mit dem sie ihm zu verstehen gab, dass er ihr etwas bedeutete. *Genug?*

„Engel, es gibt da etwas …“ Er stockte, wusste nicht, wie er seinen Wunsch verpacken sollte. Seltsamerweise schien Sofia entspannt zu bleiben, nichts Schlimmes zu befürchten. Sie sah ihn einfach weiter an, während ihre Fingerspitzen sich auf seiner Brust bewegten, die Beschaffenheit seiner Haut genossen und für eine Gänsehaut sorgten.

Sofia war entspannt, fühlte sich eins mit sich und ihrer Umwelt. Zum ersten Mal seit Langem hatte sie das Gefühl, dass tatsächlich alles gut werden konnte, wenn sie nur die Hoffnung nicht aufgab.

Vielleicht schaffst du es sogar, Edward genug zu vertrauen, um ihm die Chance zu geben, die er verdient?! Sie mochte es, bei ihm zu sein, ihn um sich zu haben und genoss das Gefühl, in seiner Nähe geschützt zu sein. Außerdem gefiel ihr die Art und Weise, wie er sich unter ihren Fingern bewegte. Sie bewies, dass sie Einfluss auf ihn hatte.

„Die Königin verbietet weibliche Vampire, nicht nur, weil ihrer Schwester der Tod durch eine Vampirin prophezeit worden ist, sondern weil es möglich ist, dass Vampirmann und Vampirfrau einen magischen Bund eingehen …“ Edwards Stimme verklang, als er die plötzliche Skepsis im Blick seines Engels sah.

„So etwas wie eine Ehe?“, lachte Sofia, die sich bemühte, das ungute Gefühl in ihrem Inneren zu ignorieren.

Edward sah weg, als spüre er ihre Sorge, sprach aber weiter: „Ja, Mann und Frau, nur viel stärker, viel intensiver. Wenn die Frau bereit ist, diesen Bund einzugehen, bindet sie sich für die Ewigkeit an den Mann. Sie teilen ihre Gefühle, manchmal sogar ihre Gedanken miteinander. Sie leben, lieben und sterben gemeinsam.“ *Wenn ich dir die Wahrheit schon nicht sagen kann, kann ich sie dich fühlen lassen!*

Die Frau bindet sich an den Mann, nicht umgekehrt! Sofias Finger verharrten mitten in der Bewegung. Sie begriff, dass er von ihr ein Zugeständnis erwartete, aber nicht bereit war, selbst eines zu geben. Er hatte nicht einmal gesagt, dass die Grundlage eines solchen Schwures Liebe zwischen ihnen sein sollte, oder dass er sie liebte. *Lust ja, Liebe nein.*

Sofia verharrte reglos. Es war Edward unmöglich, ihre Gedanken zu erraten. Erst als er aufsah, konnte er die Angst und die Zweifel in ihren Augen erkennen.

„Ich meine … ich wollte dir diese Möglichkeit nur aufzeigen, ich …“ In Edwards Stimme schwang Trauer mit über ihre schroffe Zurückweisung, doch Sofia ließ sich davon nicht besänftigen und schlug vor: „Du wolltest nur sicher gehen, dass ich dir gehöre?“

„Nein, darum geht es mir nicht, ich …“

Sofia setzte sich auf und rückte von ihm ab. „Du wolltest dein Besitzrecht geltend machen? Macht über mich erlangen? Was genau wolltest du?“ Ihre Stimme war schrill, Verletzbarkeit schwang darin mit.

„…sicher sein, dass du nicht plötzlich und ohne Vorwarnung aus meinem Leben verschwindest und mich allein zurücklässt, ohne die Gewissheit, dass ich dich jemals wiedersehe."

Sofia schwieg. Es war offensichtlich, dass seine Worte sie nicht nur beruhigt, sondern auch berührt hatten. Schließlich sagte sie: „Es ist trotzdem ein ungerechtfertigter Machtanspruch, Lust hin oder her. Jeder Mensch, jeder Vampir ist ein Individuum und sollte es auch bleiben."

„Ich kann verstehen, wenn du den Bund ablehnst, wenn es dir zu schnell geht oder du mir nicht genug vertraust. Ich will nur nicht", Edward verharrte und suchte nach den richtigen Worten, um Sofia nicht abermals gegen sich aufzubringen, „dass du eines Tages einfach verschwindest oder mir an den Kopf wirfst, dass ich dir nichts bedeute, nie etwas bedeutet habe."

Obwohl Sofias Herz bei Edwards geknickten Anblick danach schrie, ihm Sicherheit zu geben, Versprechungen und Schwüre zu machen, sagte sie: „Du willst eine Sicherheit, die es nicht gibt!"

Sofia zitterte innerlich. Edward wollte an Märchen glauben, an die ewige Liebe und an magische Ehen. Auch sie hatte einmal an Vertrauen und Gefühle geglaubt und auf Wunder gehofft, doch am Ende gab es keinen Wald, in dem ein Esel, ein Bär und ein Tiger miteinander glücklich lebten. Vielleicht funktionierte es auf kurze Zeit, aber auf Dauer gab es nur Verrat, Ausbeutung, Schmerz und Betrug. Selbst bei Eltern und Verwandten konnte man sich nie sicher sein, dass sie auch morgen noch da waren, einen tatsächlich liebten.

„Ich bin nicht von Walt Disney aufgezogen worden, Edward", sagte sie versöhnlicher und unterdrückte ein Gähnen. „Ich glaube nicht an ewige Verbundenheit und magische Bündnisse."

Edward nickte. Sofia war über Jahre ihres Lebens auf die verschiedensten Arten betrogen worden, und er hatte sie um ihr Vertrauen gebeten. Darum, ihm ihr Herz anzuvertrauen, nicht nur für ein Leben, sondern für die Ewigkeit. Nun musste er ihre Entscheidung akzeptieren, auch wenn der Wunsch weiter an ihm nagte und die Stimme seiner Leidenschaft behauptete, er könnte sie im Eifer der Lust an sich binden, ohne dass sie merkte, was er tat. Bis es zu spät war.

„Trotzdem werde ich nicht einfach so verschwinden", Sofia schenkte ihm ein entschuldigendes Lächeln und schmiegte sich müde in seine Arme, „sondern jeden Augenblick mit dir genießen, als wäre es der letzte." Sie schloss die Augen und beendete den Satz nur für sich *…denn eines Tages wirst du mich verraten und ich werde wieder allein sein!*

„Das reicht mir!", log Edward. Er würde es nicht ertragen, wenn sie eines Tages ging. So oder so, Morna würde gewinnen. Dieses Spiel konnte er nicht mehr gewinnen. Er konnte nur Sofia lieben und jede Sekunde genießen.

***

Sofia öffnete nicht einfach die Augen, wenn sie erwachte. Ein Ausdruck von Bewusstsein huschte über ihr Gesicht, und ihre rosigen Lippen verzogen sich zu einem Lächeln. Mit noch immer geschlossenen Augen reckte sie sich genüsslich und entspannte sich wieder.

Erst dann öffneten sich langsam ihre Augen.

Sie sah Edward direkt an, kein Aufblitzen ihrer Wut vom Vorabend störte ihr zufriedenes Aussehen. Stattdessen verzog ihr Mund sich zu einem warmen Lächeln.

„Ist es schon Morgen?“ Der raue Ton ihrer Stimme, die noch vom Schlaf gefärbt war, ging Edward unter die Haut und nahm ihn gefangen. Er konnte nicht sprechen, konnte nicht denken, konnte sich nur noch mit einem brennenden Verlangen, dem Bedürfnis, sie absolut zu besitzen, nach Sofia sehnen. Er würde all seine in Jahrtausenden erworbenen Fähigkeiten und all seine Geduld benötigen, um ihr die Entscheidung über den Bund und über Liebe oder Lust zu überlassen.

„Abend!“, korrigierte er sie.

Sofia lachte leise und voll süßer Anspannung, die sie vor ihm nicht verbergen konnte. Edward beugte den Kopf zu ihr, presste seine Lippen leicht gegen ihr Ohr und hauchte: „Du brauchst gar nichts zu tun. Bleib nur still liegen.“ Und dann liebte er sie, bis sie aufschrie.

Als der Kokon aus Leidenschaft und Glück Sofia schließlich wieder freigab, staunte sie über den Blick, mit dem Edward sie beobachtete und fragte sich, ob es wohl nichts gab, was diesen Mann erschüttern konnte. Sie hatte Minuten gebraucht, um wieder in die Realität zurückzufinden, während er ungerührt wirkte und unnahbar.

Umso mehr erschrak sie über die Worte, die er sprach, als habe er sie in den Minuten zuvor auswendig gelernt: „Mädchen, wenn du noch einmal mit mir schläfst, dich mir noch einmal hingibst, mit mir verschmilzt und mich deine süßen Schreie hören lässt, werde ich jedes Anstandsgefühl vergessen! Ich werde dich nehmen und behalten. Keine Macht der Welt wird mich mehr davon abhalten können! Dann wirst du mein sein. Mein Geschöpf, mein Weib und meine Geliebte!“

Obwohl seine Stimme kalt und voller Anspannung war, sein Gesicht abweisend und seine Körpersprache abwertend, konnte Sofia nicht nur die Drohung und die Warnung in seinen Sätzen spüren, sondern auch die Anstrengung, die es ihn kostete, sie nicht zu dem Bund zu zwingen.

Und plötzlich erschienen ihr Bund, Liebe und Ewigkeit nicht mehr so tragisch. Die bittersüße Versuchung ließ Schauder der Verheißung über ihren Körper laufen, bevor ihr Verstand eingriff.

Kapitel 28

„Edward!“ Morna gab sich keine Mühe, ihren Triumph zu verbergen, als der Magistrat das Zimmer betrat. „Wir haben ein dringendes Problem und können uns nicht mehr um deinen kleinen Schatz kümmern.“ Morna machte eine wegwerfende Handbewegung. „Bring sie um! Du kannst eine neue Vampirin erschaffen, sobald wir eine Lösung haben!“

Edward blinzelte, um sicherzugehen, dass er sich nicht in einem Alptraum befand. Er war dem Ruf seiner Königin sofort gefolgt, hatte die schlafende Sofia verlassen und gehofft, wieder in ihrem Bett zu sein, wenn sie erwachte.

„Ich werde sie nicht töten. Wir haben eine Abmachung, und das Jahr ist noch nicht um.“

„Ach, komm schon Edward, es geht um Wichtigeres!“

„Ja, für dich vielleicht.“

„Nein, wichtiger für uns alle!“, behauptete Maeve, die plötzlich hinter den beiden aufgetaucht war und sie erschreckte.

Langsam, um seine Unsicherheit zu verbergen, drehte Edward sich zu seiner Königin um. Sie wirkte wie das Abziehbild einer netteren Morna, ihre Augen waren klar, ihre Wangen gerötet. Auf ihrem perfekten Puppenmund zeichneten sich noch einige Blutstropfen ab, die sie bei seinem Blick mit ihrer rosigen Zungenspitze ableckte. *Schon wieder?*

Morna tarnte ihre Überraschung mit einem triumphalen Lächeln.

„Siehst du?!“, hetzte sie. „Du kannst also tun, was ich dir befehle, oder du kannst für deine Vampirin untergehen!“ Ihr Lächeln zeigte deutlich, was sie von der Idee eines aufopferungsvollen Edwards hielt.

Edward starrte Morna an. Er erkannte, dass sie auf das Angebot anspielte, welches sie Magnus gemacht hatte: Edward gegen die Frau.

Wenn die Alternative darin bestand, sich Morna und ihren Ansprüchen unterzuordnen, nur noch für sie zu existieren, dafür aber Sofia in Sicherheit zu wissen, würde er annehmen, obwohl – oder vielleicht auch gerade weil – der Gedanke, Sofia aufzugeben undenkbar war.

„Morna!“ Maeves Stimme klang scharf, ihre Empörung echt. „Du wirst dich an die Regeln halten – schließlich hast du sie aufgestellt!“

Innerlich hielt Edward die Luft an. Wieder dachte er, wie sehr diese Maeve einer wahren Königin ähnelte. Einer, die man fürchten und lieben konnte.

Für Sekunden entglitten Mornas Gesichtszüge, zeigten ihre rastlose Wut und ihre hilflose Verzweiflung. Eine Verzweiflung, die Edward vor Jahrtausenden gerührt hätte.

„Was ist denn passiert?“, fragte er.

„Magnus ist passiert!“ Morna kochte vor Wut. „Er ist weg!“

Edward konnte ein Lächeln nicht verbergen. „Zu spät! Seine Frau ist tot!" Mornas Stimme klang kalt wie die Stimme des Teufels, wenn er eine Seele holt. „Und seine Tochter wird es auch bald sein."

„Tochter?" *Unmöglich, Vampire können nicht …* Edward starrte Morna mit offenem Mund an, ebenso überrascht wie die Königin. Maeves Verstand und ihre überlegene Macht blätterten sichtbar ab und enthüllten das Gerippe, das von der einst so faszinierenden Frau übrig geblieben war. Sie taumelte, allein der Wahnsinn hielt sie aufrecht. „Unmöglich!", hauchte die Königin widersprechend, und ihre Blutaugen starrten in eine Welt, die für andere Augen unsichtbar war.

„Es ist eine Tatsache!", entgegnete Morna höhnisch. Trotzdem wirkte ihre unterstreichende Geste wie die einer Hilflosen, der langsam alles aus den Händen glitt. „Wenn du deinen Job machen würdest, wüsstest du, dass unser Bruder uns betrogen hat!" In ihrer Wut klang die Hexe ätzend und giftig.

Und endlich begriff Edward etwas, was so offensichtlich war, dass die Erkenntnis ihn beinahe zum Lachen brachte. Morna hatte Angst!

Die Schritte waren auf so charakteristische Weise näher gekommen, dass Edward sie schon zugeordnet hatte, bevor die Tür aufflog, und Hasdrubal ins Zimmer stürzte. Er trug das lichtlose Schwarz der Schatten, welches die offizielle Seite seiner Anwesenheit unterstrich.

„Magnus hat das Rezept und das Elixier gestohlen!"

Elixier?!

Mornas Wutschrei ließ Edward zittern und trieb Hasdrubal in die Ecke, die am weitesten von ihr entfernt war. „Bringt ihn mir!", befahl sie. „Lebend und mit Elixier!" Ihre Worte klangen animalisch.

Maeves schmale Gestalt glitt in einer fließenden Bewegung zu Boden. Selbst die Energie des Wahnsinns verließ sie und schien zusammen mit ihrer Kraft Morna zuzufließen. Erst, als die Königin herzzerreißend wimmerte, erwachte die Hexe aus ihrer Wut.

Ihr Gesichtsausdruck wurde weicher, mitfühlender, als sie sich zu ihrer Schwester beugte und ihr beruhigend über die Haare strich. Ruhiger präzisierte sie ihren Befehl: „Nimm die Schatten, Hasdrubal, und bring mir meinen Bruder zurück." Sie klang müde, als kämpfe sie einen Jahrhunderte währenden Kampf, von dem sie von Anfang an gewusst hatte, dass er nicht zu gewinnen war. „Aber zuerst holst du Joel aus Venedig zurück, er soll sich um die Tochter kümmern."

Edwards Innerstes erstarrte. *Joel in Venedig? Joel in Venedig bei Sofia?* Er drehte sich zur Tür, doch Mornas schneidende Stimme pfiff ihn zurück. „Du bleibst!", befahl sie. Seine Füße verharrten wie angewurzelt kurz vor der Tür. *Verräter!*

Hilflos musste er mit ansehen, wie Hasdrubal in einem kurzen Aufflackern von Dunkelheit verschwand, um seine Befehle auszuführen. Blieb nur zu hoffen, dass er Joel fand, bevor Joel Sofia fand.

„Entschuldigung!“ Xylos war ins Zimmer gestürmte und hatte Edward angerempelt. „Du solltest nicht direkt hinter der Tür stehen, mein Freund!“ Xylos klopfte Edward kameradschaftlich auf den Rücken und genoss es, dass dieser sich offensichtlich nicht bewegen konnte.

Erst eine Geste von Morna löste die Starre und erlaubte es Edward, sich von der Stelle zu bewegen, um Xylos’ Berührung zu entkommen.

Edward signalisierte Morna mit einem Kopfnicken den Anflug von Dankbarkeit, doch diese starrte Xylos an. Jetzt erst bemerkte Edward die Blässe seines Gegenübers, seine Benommenheit und die Zeichen an seinem Hals. *Maeve.*

„Darüber“, Morna gab sich keine Mühe, ihre Abscheu zu verbergen, als sie auf die Bisswunde deutete, „reden wir unter vier Augen!“

Xylos hielt ihrem Blick stand, bewegte aber unauffällig seine Hand und gab Edward mit einer Geste zu verstehen, er solle endlich gehen.

Ungläubig über diese Hilfe von unerwarteter Seite löste Edward sich aus seiner Starre und war verschwunden, bevor Morna ihren Blick von Xylos lösen konnte.

Kapitel 29

Sofia wurde wach, weil ihr ganzer Körper prickelte, als er einen Blick auf sich ruhen spürte. Sie drehte sich zur Seite und öffnete lächelnd die Augen, doch das Bett neben ihr war leer.

Verwirrt setzte sie sich auf. Ihre Sinne erkannten Joel, bevor er aus den dunklen Schatten trat. Er war im Jagdmodus, wie sie schlagartig erkannte. Selbst das gewohnte Schwarz, die Farbe, die extra für ihn erfunden worden war, schien ihn auf andere Art und Weise einzuhüllen als gewöhnlich. Wie ein Verbündeter, der das Auge ablenkte, Warnsignale unterdrückte und das Opfer in Sicherheit wähnte.

Es tat ihr beinahe leid, dass diese Ablenkung bei ihr nicht wirkte, denn die Angst griff mit einer Ursprünglichkeit zu, die sie lähmte. *Der Schatten der Königin!* Das Wissen war plötzlich da, so als hätte es nur auf ihre Aufmerksamkeit oder den richtigen Augenblick gewartet. Es schien angeboren zu sein, genetisches Vampirwissen, das von Blutgeneration zu Blutgeneration weitergegeben wurde. *Die Schatten hat es immer gegeben, es wird sie immer geben …*

Selbst ihre Nacktheit störte sie nicht, ebenso wenig die Tatsache, dass Joels dunkler Blick auf ihrem entblößten Oberkörper ruhte, statt auf ihrem Gesicht.

„Zieh dich an, Mädchen!“, befahl er. Sofia wünschte sich, er würde nicht so eisig klingen, so unberührbar, dass ihr Herz und ihr Verstand vor Verzweiflung und Kälte brannten. *Wieder, schon wieder*, sang ihre Verzweiflung. *Schon wieder getäuscht!*

„Wieso?" Sie wusste, dass ihre Stimme ihre Gemütsverfassung widerspiegelte, aber es war ihr egal. Sie war zu enttäuscht und hoffte, dass er es sah. *Ich habe gedacht, du bist ein Freund!*

Als Joel sie ansah, wünschte sie sich, er hätte es nicht getan. In seinem Blick lag eine Traurigkeit, die ihre Mutmaßungen über ihr Schicksal in Gewissheit verwandelte. Joel mochte nicht, was er tat, doch er würde es trotzdem tun.

„Weil ich den Befehl habe, dich zur Königin zu bringen, nach Rom!"

„Wieso?", fragte Sofia noch einmal, und in ihrer Frage schwang viel mehr mit: Das Verlangen nach Antworten auf Fragen, die sie nicht zu stellen wagte: *Was wird mit mir geschehen? Warum jetzt? Warum du? Womit habe ich das verdient?*

„Es tut mir leid!", sagte Joel. Seine Worte weckten Sofias Wut.

„Dann tu es doch nicht!", konterte sie verärgert und wünschte sich ihre Waffe zurück. „Niemand zwingt dich!"

„Joel!" Edwards Stimme ließ den Schatten zusammenzucken, doch er hielt seine Position und sah in die Dunkelheit, aus der die befehlsgewohnte Stimme gekommen war.

Sofia starrte das Geschehen vor sich an und widerstand dem Drang, sich schützend in die Bettdecke zu hüllen.

„Entschuldige, Edward!", bat Joel, als Edward aus den Schatten trat. Joel registrierte, dass der Magistrat ebenfalls das Schwarz der Schatten trug, mit der Dunkelheit verschmolz und sie für seine Zwecke nutzte, doch Edwards Gesichtsausdruck ließ andere Rückschlüsse zu.

„Ich entschuldige es nicht!" Edward trat zwischen Joel und Sofia. „Und wenn du nicht sofort deinen Blick von ihr abwendest, werden sie Bücher über das schreiben, was ich dir antue!"

Edwards Eifersucht zeichnete ein Lächeln auf Joels Gesicht, selbst als Edward ihn langsam zurückdrängte. Zu Sofias Überraschung ließ Joel es geschehen.

Als die beiden in der Finsternis verschwunden waren, die sich wie ein Kokon um sie schloss, erkundigte Edward sich: „Wer hat dir den Befehl gegeben?"

Noch bevor Joel antwortete, begriff er, auf was der Magistrat hinauswollte: „Morna!"

„Ich höre, wir verstehen uns!", sagte Edward, und zu Joels Erleichterung schwang ein Lachen in seinem nächsten Satz mit. „Allerdings sucht Hasdrubal dich." In kurzen Worten erklärte Edward, dass Magnus geflohen war, eine Tochter mit seiner sterblichen Frau gezeugt hatte und erzählte von dem Raub.

„Elixier?" Joel klang ungläubig. „Welches Elixier?"

„DAS Elixier!", betonte Edward, „Es kann Vampire zurück in Menschen verwandeln."

„Ah! Der Mythos und die Schöpfung der Vampire, Hexerei und der ganze Kram?“ Joels Worte sollten belustigt und ungläubig klingen, aber es schwang auch ein melancholischer Unterton in ihnen mit.

„Anscheinend ist nicht alles ein Mythos“, sagte Edward.

„Wie viel von dem Elixier gibt es?“

„Warum? Willst du ein Mensch werden?“, fragte Edward lachend. Bei Joels Blick lachte er nicht mehr.

„Menschlichkeit ist kein Eldorado für Liebe, Vertrauen und Glück!“, betonte Edward und erinnerte sich an Sofias Worte: „Eine Garantie gibt es nicht!“

„Wenn ich Peter Pan bin, bist du mein Kapitän Hook!“, kommentierte Joel. „Und jetzt lauf, bevor sie sich Sorgen macht!“

Aber Sofia war weit davon entfernt, sich Sorgen zu machen. Stattdessen empfing sie Edward vollständig angezogen und wütend.

„DU gehörst zu den Schatten?“ Sie deutete auf seinen Licht verschluckenden Anzug, der dem von Joel glich. Doch Edward hatte sich schon abgewandt und war in der Dunkelheit verschwunden.

Sofia unterdrückte einen Fluch. Er zwang sie, ihm zu folgen!

„Verdammt, Edward! Du hättest etwas sagen sollen!“, fauchte sie, obwohl sie nicht sicher war, dass er sie noch hören konnte.

„Du hast nicht gefragt!“ In seiner melodiösen Stimme schwang ein Lachen mit. Sofia beeilte sich, zu ihm aufzuschließen. Als sie ihn auf dem schmalen Steg bei seinem Boot eingeholt hatte, sah sie ihn prüfend von der Seite an.

„Was gibt es sonst noch, das ich nicht weiß?“

Edward lachte diabolisch. „Sehr viel, wir kennen uns doch kaum!“

Sofia war versucht, auf ihn einzuschlagen, beherrschte sich jedoch. „Du weißt verdammt genau, was ich meine!“, grummelte sie. „Was gibt es sonst noch, was ich über dich und die Königin und die Vampire wissen müsste und noch nicht weiß oder noch nicht gefragt habe?“, präzisierte sie ihre Frage.

Edward blieb stehen. „O Süße! Es gibt so viel … so unendlich viel!“ Er blickte an ihr vorbei, als sehe er zurück in die Vergangenheit.

„Aber sei dir versichert: Du bedeutest mir mehr, als du dir vorstellen kannst!“ Er legte ihr die Hände auf die Schultern und sah sie ernst an. „Auch wenn ich mir wünschte, es wäre nicht so.“ Er schüttelte den Kopf. „Aber es ist nun einmal so, und ich kann und will auch nichts mehr daran ändern!“

„Das ist verdammt noch mal keine Antwort!“, murmelte Sofia, doch Edwards Lippen legten sich auf ihre, verschlossen ihren Mund und löschten ihre Wut.

Die Kraft zwischen ihnen loderte auf wie ein Funken, der trockenes Laub entflammte, umfing sie beide und sog sie ein in ihre Hitze.

Obwohl es bereits so oft geschehen war, war das Feuer immer wieder überraschend heiß, überraschend neu, das Lecken der Flammen immer wieder angenehm und verzehrend.

Edward konnte nicht denken, seine Sinne schwelgten in Sofia, in ihrem Geschmack und dem unverhohlenen Versprechen ihres Körpers, der sich seinem leicht entgegendrängte. Er nahm alles, was sie ihm bot und erwiderte alles, was sie forderte.

Sofia geriet noch tiefer in Edwards Bann und genoss es. Sie wollte sich auch gar nicht mehr wehren. Ihr Verstand und ihre Sinne frohlockten angesichts seiner Eifersucht, liebten die Art, wie er sie verteidigt hatte, und es war ihr gleichgültig, wer er war oder was.

Gefährlich.

Das Wort geisterte durch ihren Verstand und öffnete die Fallgruben zu ihrer Erinnerung, zu der nun auch Joels Verrat gehörte. *Du weißt von Edward noch nicht zu viel.* Verwirrt löste sie sich von Edward, ließ ihn ihre Furcht sehen und hoffte, dass er Verständnis hatte.

„Dafür haben wir keine Zeit!“, sagte sie und betete, dass ihre Worte ihre Reaktion und ihr Misstrauen milderten.

„Ich weiß!“, murmelte Edward, entließ Sofia aber nicht vollständig aus seinem Griff, während sein Plan sich langsam neu ordnete.

„Ich muss nach Rom, Edward. Ich muss zur Königin, um den Magistraten zu finden.“

„Immer noch Rache?“, fragte er. In seiner Stimme klang all die Liebe mit, die er für sie empfand.

„Immer noch Rache!“, bestätigte Sofia. Edward war nicht sicher, ob er triumphieren sollte, weil sie ihn erlösen würde oder verzweifeln, weil sie es nicht durch ihre Liebe, sondern durch seinen Tod tun würde.

„Was du noch wissen solltest …“, sagte er, bevor er ihre Taille fest umschlang.

Sofia schrie auf, als Edwards Bewegung nicht stoppte, sondern weiterging und sie und die ganze Welt einschloss. Sie hielt sich an ihm fest, obwohl sie sicher in seinen Armen lag und versuchte, der Eindrücke Herr zu werden. Nicht sie bewegte sich, es war die Welt, die Konturen und die Realität, die verschwanden, und die mit dem Gefühl der Bewegung, der Schwerelosigkeit ein Kaleidoskop an verschwommenen Eindrücken bildete. Hin und wieder schienen sich Farbtupfer mit dem Geräusch des Windes, mit der Stimme der Welt zu verbünden und nach ihr zu greifen.

Doch es war nicht die Geschwindigkeit, die Sofia erschreckte. Es war das Gefühl, in Edwards Armen sicher zu sein. Die Vollkommenheit dieses Gefühles erschreckte Sofia mehr als alles, was ihr je passiert war.

Kapitel 30

Die Landung kam unerwartet und riss Sofia unsanft in die Realität zurück. Sie erkannte die Dioskuren sofort, die den Aufgang zum Kapitolsplatz schützten, und vor denen sie plötzlich stand. *Rom!*

„Verdammt!", fluchte Sofia und versuchte sich aus Edwards Umarmung zu befreien. „Eine Vorwarnung wäre nett gewesen!"

Edward lachte sein amüsiert sinnliches Lachen, und Sofia verzieh ihm alles. Nur nicht das Gefühl des Vertrauens und der Sicherheit, das immer noch in ihr widerhallte und ihre Entschlossenheit, Edward und den Bund betreffend ins Wanken brachte.

Er geht dir unter die Haut, warnte ihre innere Stimme. *Sieh es ein: Du bist kein Mädchen, das sich mit einem Mann einlassen kann, ohne ihn zu lieben.*

Sofia verdrängte entschlossen ihre verräterische innere Stimme und sah sich um. Der Kapitolsplatz verzückte sie: Auf der einen Seite sah sie den Konservatorenpalast, auf der anderen das Kapitolinische Museum, nach einem Entwurf von Michelangelo.

Schließlich stutzte sie. „O, mein Gott!" Sie sah Edward entsetzt an, weil sie die Information aus London als unbedeutend abgetan hatte. „Du weißt, wo die Königin ist!"

Mit plötzlicher Klarheit erinnerte sie sich. Er hatte es ihr auf die Nase gebunden, sie sogar vor der Königin und ihrer Schwester gewarnt!

„Sofia!", tadelte Edward, sich keiner Schuld bewusst. „Natürlich weiß ich es. Ich habe dir sogar erzählt, dass sie mich zu einem Vampir gemacht hat, und dass ich meine magische Kette von ihrer Schwester bekommen habe!"

Sofia nickte stumm. Alle Informationen in ihrem Kopf versuchten einen Platz in dem großen Puzzle zu finden.

„Aber … aber …" Sofia gelang es nicht, die Idee zu fassen zu bekommen, die sich irgendwo im Dunkeln ihres Verstandes versteckte. Nur das vage Gefühl, betrogen worden zu sein, nagte in ihr. „Ich hätte schon viel eher …"

„... in die Falle gehen können?", schnaubte Edward. „Großartig! Was willst du machen? In Vamp-Central einmarschieren, die Königin foltern, bis sie den Aufenthaltsort des Magistraten nennt und ihn dann umbringen? Wie sieht der Plan aus?"

Sofia wand sich innerlich bei dieser Maßregelung. Edward hatte recht: Ihr Plan war eine Katastrophe. Seit wenigen Tagen war sie außerdem nicht einmal mehr sicher, ob es sie wirklich nicht kümmerte, wenn sie zusammen mit dem Magistraten unterging. War die Rache für Melanie, für ihren Tod, den Sofia verschuldet hatte, es wert zu sterben? Dann erinnere sie sich an die Schatten – Joel – und an den Befehl.

„Ich habe keine Wahl mehr!" Sofia wünschte sich plötzlich, es wäre anders. Wünschte sich, sie würde mehr Zeit mit Edward haben, um sicher zu sein, dass es sich lohnte, für ihn und mit ihm zu leben.

„Man hat immer eine Wahl!" Edwards Stimme klang sanft, als spürte er ihre innere Zerrissenheit oder litt selber unter einer.

„Und wie ist meine?", hauchte Sofia.

„Liebe mich, Sofia! Liebe mich!", bat Edward und umrahmte ihr Gesicht mit seinen Händen, nahm es gefangen und zwang sie, ihn anzusehen.

Eine Eingebung ließ Sofia fragen: „Würde es etwas ändern, Edward?"

Der Vampir zögerte. In seinen Augen las Sofia Wünsche, Hoffnungen und Ängste, die sie nicht einordnen konnte. Schließlich antwortete er: „Ja, für mich – und für dich." Sein Atem, den er zum Sprechen benötigte, strich über ihre Lippen.

Sofia zwang sich zu einem Lächeln und wusste gleichzeitig, dass es die Traurigkeit in ihren Augen nur noch unterstrich. „Und für die Vampire? Wäre ich in Sicherheit? Wärst du in Sicherheit?"

Edward dachte über ihre Fragen nach und bedauerte zum ersten Mal, Sofia nicht anlügen zu können, sondern zur Wahrheit verdammt zu sein.

„Nein!", bestätigte er ihren Verdacht. *Nur meine Familie würde endlich von Mornas Fluch befreit werden.*

Noch bevor Sofia antwortete, wusste er, dass sie sich für ihre Rache entschieden hatte. Der Kuss, den er auf ihre Entscheidung folgen ließ, war so unendlich sanft, dass er fühlen konnte, wie Sofia unter ihm erschauderte, so einfühlsam und verständnisvoll, dass es ihr Tränen in die Augen trieb.

„Du solltest nicht mitkommen!", flüsterte sie mit belegter Stimme an seinem Mund, bevor Edward ihren Satz wegküsste und ihre Lippen in Besitz nahm.

Sofia schauderte. Edwards Kuss war dafür geschaffen, ihr zu beweisen, was sie immer noch nicht glauben konnte. Der Kuss demonstrierte nicht nur Edwards Macht über sie und ihren Körper, sondern auch ihre Macht über ihn.

Herablassender Applaus riss Sofia aus Edwards Bann. Er war ebenso erschüttert wie sie, schien nicht verstehen zu können, wie es den anderen Vampiren gelungen war, sie zu umzingeln, ohne dass er es bemerkt hatte. *Trotz des Blutes der Königin noch ein junger Vampir*, dachte Sofia und war trotz ihrer Situation für Sekunden erleichtert über Edwards Wesen.

„Rührend! Wollt ihr als nächstes vielleicht noch eine Sightseeing-Tour buchen?" Noctalyus klang gehässig.

Sofia erstarrte innerlich und äußerlich. Die bloße Anzahl der Vampire war überwältigend, selbst die Luft hing voll unsterblicher Gestalten. Schlagartig war die Verzweiflung wieder da, die sie auf der Karlsbrücke empfunden hatte. Sie vermochte sich nicht mehr zu bewegen, nicht einmal mehr zu atmen oder zu sprechen.

Edward legte seinen Arm schützend um Sofia. Ein Blick auf Noctalyus hatte genügt, seinen verdrängten Hass wieder wachzurufen. Bald würde er beenden, wozu Sofia in Prag nicht mehr die Kraft gehabt hatte. Das Lächeln, das Edward dem Vampir schenkte, war eine Prophezeiung von Leid und Tod.

Sein Lächeln erlosch, als er Noctalyus' Armreifen gewahr wurde. Gaben von Morna, die es dem jeweiligen Träger ermöglichten, sich unbemerkt zu nähern. Edward kannte diese Reifen, hatte sie oft selbst getragen in seiner Funktion als oberster Richter.

Ohne es zu wissen, hatte Morna mit Noctalyus und seinen Freunden den ursprünglichen Plan unterstützt, den Magnus ausgearbeitet hatte. Beinahe hätte Edward über die Treffsicherheit gelacht, mit der Magnus vorausgesehen hatte, dass die Hexe die Frauenjäger unterstützen würde, sobald sie sich bedroht fühlte.

Der Zwiespalt in Edwards Innerem wuchs. Er wollte Sofia schützen und ihre Sicherheit gewährleisten, statt sie bei seinem ursprünglichen Plan zu riskieren, doch sie liebte ihn nicht – nicht genug. Nicht genug für den Schwur und nicht genug für die Erlösung seiner Familie.

Er würde Sofias Leben riskieren und auf ihre Stärke und ihren Hass bauen müssen, darauf vertrauend, dass sie die Auserwählte war, die das jahrtausendelange Spiel endgültig beendete.

Er betrachtete das Gesicht seines Engels, doch sie hatte sich nicht gerührt, schien es auch nicht mehr zu können. Sie war weiß und … zerbrechlich war das Wort, das ihm sofort in den Sinn kam und seine Gewissensbisse verstärkte.

Denk positiv, forderte seine innere Stimme, die sehr nach Magnus klang. *Jetzt liebt sie dich, umso mehr wird sie dich hassen, wenn sie deine wahre Identität erfährt – genug, um dich zu töten und den Fluch von deiner Familie zu nehmen.*

Stumm, aber eindringlich erinnerte die Stimme ihn an den ursprünglichen Plan, der vorsah, dass Sofia durch die Aufzeichnungen der Sekte den Palast des Magistraten finden würde – den einzigen Ort, an dem Mornas Fluch gebrochen werden konnte.

Verzeih mir, Sofia! Edward warf ihr einen bedauernden Blick zu. Sie war stark und würde überleben. Sie würde den Schock über seinen Betrug verkraften, seinen Tod. Ebenso, wie sie ihre kurze Vernarrtheit in ihn abschütteln würde, sobald er nicht aufpasste.

Aber er brachte es nicht über sich, sie gänzlich zu verraten und den Vampiren zum Fraß vorzuwerfen. Unmöglich konnte er sie jetzt im Stich lassen und sie dem ausliefern, was sie schon in Prag durchlitten hatte.

Sofia erwachte aus ihrem Schock, doch bevor sie eine Bewegung machen konnte, legten sich Edwards Finger wie eiserne Klauen um ihren Oberarm.

„Nicht!“, flüsterte er.

„Ein sehr vernünftiger Rat, mein junger Freund! Wir sind nicht hinter dir her, Edward. Ich bin mir sicher, die Hexe hat Verständnis dafür, dass du diesem hübschen Stück Fleisch“, der Blick den Noctalyus über Sofia gleiten ließ, sprach Bände, „nicht widerstehen konntest. Wenn du willst, kannst du gehen! Oder uns helfen, diese Anormalität zu vernichten!“

Wenigstens einen Vampir – IHN – kannst du mit in den Tod nehmen! Sofia hätte sich auf Noctalyus gestürzt, wenn Edwards Griff nicht gewesen wäre. Beruhigend strich seine Hand über ihren Oberarm, seine warme Handfläche über ihre nackte Haut. Seine Berührungen waren so voller Erinnerungen, so verlockend, dass Sofia sich am liebsten in seine Arme geworfen hätte.

„Vertrau mir!“, bat Edward so leise, dass nur Sofia ihn hören konnte, obwohl Noctalyus sich sichtlich anstrengte. Doch er wagte sich nicht näher heran. Offensichtlich erinnerte er sich an Prag.

„Dieses Mal sollten wir alle erwischen!“

Sofia erkannte, dass Edwards Blick unverwandt auf den blonden Vampir gerichtet war. *Konnte Noctalyus der Magistrat sein?* Sofia hoffte es, denn das würde alles einfach machen, nahezu unverschämt leicht.

Aber wie will Edward alle erwischen? Ist das überhaupt möglich? Du hast es in Prag doch beinahe geschafft! Oder ist es Edward gewesen? Die Kette?

Sofia ärgerte sich. Die ganze Zeit über hatte sie Edward nach dem Feuer fragen wollen. Danach, wie sie – oder er – es geschafft hatte, mit beinahe magischer Kraft die anderen Vampire zu verbrennen. Doch sie hatte sich ablenken lassen und sich Genüssen hingegeben, für die sie keine Verwendung hatte, die bedeutungslos waren und … Sofia schluckte, als sie erkannte, dass sie sich selbst belog. Sie hatte sich ablenken lassen wollen. Das war die schlichte und einfache Wahrheit, mit der sie nun leben musste. Und sie musste darauf vertrauen, dass Edward sie ein zweites Mal rettete.

„Wir können hier heil herauskommen!“, beteuerte er zuversichtlich. *Wahrheit! Aber zu welchem Preis?*

„Verzichte auf Gegenwehr und vertrau mir!“, bat er mit ernstem Blick. Wenn Sofia sich jetzt wehrte, war alles aus. Dann würde er eingreifen müssen, und die anderen würden seine Identität durchschauen – und sie ebenfalls.

Auf keinen Fall darf sie mich hier umbringen! Nur im Palast!

Sofia nickte.

„Wieder eine sehr weise Entscheidung“, beteuerte Noctalyus.

„Für eine Frau!“, lachte einer der Vampire. Einige der Umstehenden stimmten in sein Gelächter ein. In ihren Gesichtern las Sofia Abscheu, aber auch Faszination. Dieselbe Art von Faszination, die man Kopfläusen zugestand, bevor man sie vergiftete.

„Die Ketten!“, befahl Noctalyus aus sicherer Entfernung. Die Gier in seinen Augen verriet ihn, aber er würde einen Fehler nicht zweimal begehen.

Es kostete Sofia all ihre Willenskraft, nicht vor den näher kommenden Vampiren zurückzuweichen. Als zwei der Männer sich anschickten, sie zu fesseln, war es einzig Edwards beruhigender Blick, der sie in Schach hielt. Und nur sein Nicken war der Grund, warum Sofia sich die Hexenkette abnehmen ließ.

„Fesselt ihn auch!“, befahl Noctalyus, dem Edwards Haltung nicht entgangen war und dessen Gefasstheit ihm nicht gefiel. Ebenso wenig wie die Tatsache, dass er sich ohne Widerstand fesseln ließ.

„Wenn ihr jetzt die Güte hättet, uns zu folgen?!“, höhnte der Blonde.

Sofia warf ihrem Gefährten einen flehenden Blick zu. Doch kein Muskel in seinem Gesicht zuckte, nichts gab ihr den Hinweis, auf den sie hoffte. Die Schmerzen an ihren Hand- und Fußgelenken waren nahezu unerträglich, obwohl sich dieses Mal die Hitze und der Geruch nach verbranntem Fleisch in Grenzen hielten. Mehr denn je wünschte Sofia sich, sie hätte Edward nach Prag über die Geschehnisse ausgefragt, denn er schien zu wissen, wie man mit Silber umging. *Oder ist es das Blut der Königin?*

Kapitel 31

Nach einem Marsch, der ihr wie eine Ewigkeit vorkam, und der doch nicht lange genug dauerte, waren sie beinahe am Ziel angelangt.

Nicht ein Mal war eine Lücke in der Vampirfront zu finden gewesen, nicht ein Mal waren die Bewacher unaufmerksam geworden, und nicht ein Mal hatte Edward versucht, ihr seinen Plan mitzuteilen. Sofia wurde unruhig, obwohl es ihr inzwischen gelungen war, das Verbrennen ihrer Haut zu stoppen. Wie das? Trotzdem waren die dünnen, silbernen Ketten für sie unzerreißbare Fesseln.

Die Schilder der Menschen hatten Sofia schon den Straßennamen verraten und ihr das mögliche Ziel vor Augen geführt: Die Katakomben!

Die gut besuchten unterirdischen Grabstätten Roms mit ihren stündlichen Führungen waren ein touristisches Highlight in der Stadt, die Weltgeschichte geschrieben hatte. Hier fanden die Reisenden und Suchenden das, was auch sie einmal ereilen würde: Das Ende des Lebens.

Kurz vor dem Eingang zu den Katakomben des Heiligen Calixtus waren sie nach rechts abgebogen, hatten sich durch einen schmalen Durchgang in der schlammfarbenen Mauer gekämpft, die die Pflasterstraße zu beiden Seiten begrenzte und durch ihre Höhe zu einer schmalen Schneise machte.

Selbst der Weg durch eine prächtige Landschaft, die als Weinanbaugebiet genutzt wurde, konnte Sofia nicht über den Umstand hinwegtäuschen, dass sie sich mit jedem Schritt ihrem Schicksal näherte.

Auf was wartet Edward?

Die von alten Reben überwucherte Öffnung im Boden tauchte plötzlich vor Sofia auf und schien bis in alle Ewigkeit in die Dunkelheit hinabzuführen. Wie ein schwarzes Loch in der Realität. Sechs Vampire verschwanden darin, doch Sofia blieb wie angewurzelt stehen.

„Geh weiter!“, raunzte Edward.

Als sie nicht reagierte, versetzte Noctalyus ihr einen Stoß, der sie beinahe das Gleichgewicht verlieren ließ und sie auf die oberste Treppenstufe beförderte.

Treppen?! Der unwirkliche Eindruck verflog.

Langsam, durch die Fußfesseln zu kleinen Schritten gezwungen, stieg sie buckelige Stufe um buckelige Stufe nach unten, während ihre Augen sich an die Finsternis gewöhnten und sie mit Hilfe ihrer vampirischen Fähigkeiten sehen ließen.

Gefangen – endgültig, dachte sie, als sie sich, unten angekommen, unter den triumphierenden Blicken der vorangegangenen Vampire umsah. Tatsächlich war die steile Treppe ein Zugang zu einer unterirdischen Grabanlage. Die ursprünglich roten Ziegel an den Wänden waren vom Alter schwarz geworden – oder vom Staub der Jahrhunderte. *Wahrscheinlich gehört das Grundstück schon seit Ewigkeiten den Vampiren.*

Edward schloss zu Sofia auf, während die anderen Vampire die Treppe hinabschwärmten und ihre Gefangenen vor sich her trieben, immer den sechs anderen hinterher.

Als sie zu der ersten Weggabelung kamen, war Sofia nicht überrascht, dass auch in den Gängen, die sie nicht betreten sollten, Vampire wachten.

Irgendwann nach der achten Abzweigung verlor sie den Überblick in dem labyrinthartigen Netz aus Biegungen, Verzweigungen, Steigungen und Treppen. Große Einbuchtungen von Familiengrabstätten wurden von Krypten abgelöst, die auf sechs Ebenen Löcher für Steinsärge aufwiesen. Ab und zu war eine der zugemauerten Plomben aufgebrochen, und das Loch gab den Blick auf die alten Gebeine frei.

Schließlich änderte sich die Begräbnisart, weg von der liegenden Beerdigung. Die großen Öffnungen, die ebenfalls zum größten Teil noch intakt waren, zeugten davon, dass die Leichen stehend eingemauert worden waren. Der hellere Putz, der die Löcher der Gräber verschloss – die Toten von den Lebenden trennten – gaukelte Sofia Bewegungen vor und erinnerte in seiner Form vage an Menschen.

Ein Schauder lief ihr über den Rücken, als sie an dem nächsten offenen Loch vorbeikam. Hier war offensichtlich, dass ein Akt der Gewalt vorlag. Der Steinsarg war aufgebrochen worden, das Skelett hing in einer Position aus den Trümmern, die auf einen Fluchtversuch schließen ließ.

Unwillkürlich erinnerte Sofia sich an ihr Aufwachen in einem Steinsarg, an ihren Kampf um Freiheit und an die Angst. Für Sekunden meinte sie Schreie zu hören und fragte sich, ob die Fanatiker andere Vampire fingen und lebendig begruben. *So etwas gibt es nur im Film, in „Interview mit einem Vampir“ oder in Laurell K. Hamiltons Büchern*!

Trotzdem öffnete Sofia all ihre Sinne, ignorierte die plötzlich wieder einsetzenden Schmerzen, dort, wo die Fesseln ihre Haut berührten. Nichts. Keine Schreie, kein Leben und kein Untod. Außer ihren Jägern war niemand in den Gängen.

Ein Luftzug lenkte Sofias Blick nach oben. Direkt über ihr befand sich ein Schacht, der in einer Höhe von dreißig Metern eine Öffnung zur Oberfläche führte. Die kreisrunde Freiheit – von unten ein Belüftungsschacht, von oben eine gemeine Todesfalle – gab den Blick auf den Nachthimmel frei. Sogar einen Stern konnte sie sehen, der dort scheinbar einsam in der Finsternis blinkte. Vielleicht war er längst erloschen, doch seine Existenz hatte trotzdem noch Konsequenzen für die Gegenwart, und sein Lichtstrahl brachte einen Funken Helligkeit. Sofia fühlte sich auf den Grund eines lichtlosen Brunnens versetzt, hoffnungslos gefangen, eingekreist von Alter und Tod.

Als sie weiterging, konnte sie den Rauch trotz der Frischluftzufuhr riechen. Minuten, bevor Fackelschein den Weg erhellte und durch sein willkürliches Flackern den Anfang einer großen Halle gespenstisch beleuchtete. Der stete Tanz von Licht und Dunkelheit sorgte für die Illusion der Bewegung und des Lebens im Saal der Gebeine.

Sofia staunte trotz der Situation. Solche großen Hallen, wie unterirdische Kathedralen, kannte sie nur aus Fernsehberichten, aus Paris und London. Und keine davon war – soweit sie wusste – für Touristen zugänglich.

Zu ihrer Linken waren Oberschenkelknochen in die gesamte Wand eingearbeitet worden. Ihr Weiß hob sich von dem finsteren Hintergrund ab. Sofia ließ ihren Blick schweifen. Auf der rechten Seite befanden sich die Unterschenkelknochen, ebenfalls in die Wand eingearbeitet. Vor den Seitenwänden standen vier Reihen Brustkörbe mit Wirbelsäulen wie Knochenkäfige, und reichten bis zum Mittelgang. Dort waren Totenköpfe zu knöchernen Pfeilern übereinander gestapelt worden, sodass sie die hohe Decke des Gewölbes zu stützen schienen. Die blicklosen Schädel würden Sofias Weg durch die Halle mit unsichtbaren Augen verfolgen.

Sofia verbannte diese Vorstellung und ging langsam, gemessenen Schrittes in der Mitte der Pfeiler den Gang entlang, ignorierte die Skelettarme, die den Weg säumten und deren Hände nach ihr zu greifen schienen. *Jemand hat viel Mühe darauf verwendet, diese Halle zu schaffen und jeden Knochen effektvoll zu platzieren!*

Ihr Gedanke fanden sich bestätigt, als sie sich dem Durchgang näherte. Auf dieser Wand waren ganze Skelette eingemauert und erinnerten sie an Al Pacinos Gemälde in dem Film „Im Auftrag des Teufels". Doch anders als in dem Film waren es hier nicht verdammte Seelen, die aus einem Bild zu entkommen versuchten, sondern Skelette, die in ihrem scheinbar letzten Kraftakt um Befreiung kämpften und dem Besucher hilfesuchend die Arme entgegenstreckten.

Morbide! „Welch genretypisches Klischee!" Es gelang Sofia, ihre Stimme abwertend klingen zu lassen, obwohl ihr der Geruch eines großen Feuers in die

Nase stieg und sie daran erinnerte, was sie an diesen Ort führte. Der Durchgang bot ihr ein Bild auf ihre Zukunft und auf den damit verbundenen Scheiterhaufen.

Auch im nächsten Raum warteten bereits zahlreiche Vampire und starrten sie an. Sofia ließ sich von dem Strom nachfolgender Vampire vorantreiben, bis kurz vor den Reisighaufen, und staunte über die große Anzahl ihrer Hasser.

Edward, bitte! Sie warf ihm einen flehenden Blick zu, doch er schien sich über die Ausstattung des Raumes mit den Folterinstrumenten an der linken Wand und den alten Dokumenten in einem Regal an der rechten zu amüsieren.

„Brennen soll die Hexe!", rief eine Männerstimme, und die anderen Vampire nahmen die Worte begeistert auf.

Beinahe hätte der Ruf Sofia zum Lachen gebracht. *Und an die echte Hexe traut sich niemand heran! Schließlich sorgt sie für Macht und für Frauen.*

Die Gruppe ließ den Ruf zu einer Hymne anschwellen, als Noctalyus mit einer brennenden Fackel den Raum betrat. Sofia versuchte sich auf ihre Wut und auf die Hitze zu konzentrieren, die sie bereits einmal heraufbeschworen hatte. Doch alles, woran sie denken konnte, war Edward. *Warum tut er nichts?*

Als der blonde Vampir an sie herantrat und drei Vampire nach ihr griffen, begann Sofia sich zu wehren. Ihr erster Schlag zielte auf Noctalyus und traf ihn trotz ihres kurzen Bewegungsspielraumes so, dass er die Fackel fallen ließ.

Wie in Zeitlupe nahm Sofia das Fallen der Fackel wahr. Beim Aufprall spritzten kleine Funken wie Kugelblitze in Richtung Reisig und griffen dort nach dem dankbaren Brennmaterial. So schnell, dass die Umstehenden erst begriffen, als das Knistern zu hören war.

Den Schlag von Noctalyus sah sie nicht. Der Treffer kam aus dem Nichts, die Ohrfeige eines Unsterblichen gegen ihre rechte Wange, die Sofia mit solcher Brutalität traf, dass sie benommen zu Boden ging.

Erst als sie das Blut auf ihren Lippen und in ihrem Mund schmeckte – ihr Blut – spürte sie das plötzliche Brennen in jeder Körperzelle, die einsetzende Lähmung. Sie versuchte schützend die Arme vor's Gesicht zu reißen. Doch es war zu spät. Die Magie, die Noctalyus gegen sie angewandt hatte, befand sich bereits in ihrem Blut und pumpte sich Schlag für Schlag rhythmisch weiter, beeinflusste Sofias Körper und brach ihren Widerstand.

Edward starrte sie an. Auch er hatte den Schlag nicht kommen sehen, ihn aber körperlich gespürt – genau wie jeder andere Vampir im Raum.

Der Ring an Noctalyus' Finger, der in einem glühenden Rot funkelte, sprach deutlich Mornas Sprache, flüsterte von Verrat und Macht und war der einzige Grund, warum der Blonde es gewagt hatte, noch einmal Hand gegen Sofia zu erheben.

Sofia versuchte ihre Benommenheit abzuschütteln, doch die Magie ließ sich nicht abschütteln, war extra für sie kreiert worden und reagierte auf jeden Versuch. Plötzlich war Sofia sicher, dass die Hexe – die Ausgangsperson der Magie – auch die Quelle aller Rätsel, aller Spiele war.

Durch den Nebel, der sich um ihren Verstand gelegt hatte und ihn einlullte, konnte sie Edwards Stimme hören, aber nicht seine Worte. Die Stimme klang ruhig – viel zu ruhig. Tödlich ruhig, und genauso fühlte er sich auch.

Sofia abermals wie tot vor sich liegen zu sehen, während Noctalyus sich wieder an den Raumeingang zurückzog, zerstörte Edwards Selbstbeherrschung und ließ seine primitivsten Instinkte die Oberhand gewinnen.

Er konnte Sofias Blick aus halbgeschlossenen Lidern spüren, konnte ihre Angst sehen und ihre Verwirrung. Plötzlich fragte er sich, wie er auch nur auf die Idee hatte kommen können, sie der Möglichkeit einer Gefahr auszusetzen.

Er hat etwas Rohes und Ursprüngliches an sich, dachte Sofia verträumt, während der größte Teil ihres Verstandes darum kämpfte, den lähmenden Nebel zu bannen. Sie konnte spüren, wie ihre Nerven bei Edwards Anblick vibrierten.

Auch Noctalyus schien Edwards innere Wandlung zu bemerken, denn er bedeutete einer Handvoll Vampire, ihn festzuhalten.

„Kleiner, wenn du es darauf anlegst, werden wir dich ebenfalls töten!"

„Hat deine Hexe dir da nichts anderes aufgetragen?"

„Sie hat damit gerechnet, dass du das Weib seinem Schicksal überlässt!", behauptete Noctalyus mit mehr Sicherheit, als er empfand.

Edwards Lachen hallte von den Wänden wider und klang grausam. Selbst Sofia wimmerte, als sie das Aufwallen seiner Macht spürte, die von ihm ausging wie ein Verhängnis. Ihr blieb nichts anderes übrig, als fasziniert das Wesen anzustarren, das aus Edward hervorzubrechen schien wie eine Urgewalt.

Plötzlich war er ein Gefäß gefüllt mit Wut, seine Augen glühten wie Feuer. Seine Menschlichkeit schien von ihm abzublättern. Er war immer noch unverkennbar Edward, immer noch wunderschön, doch es war eine harte Schönheit, eine Schönheit, die vernichtete, ohne Leben und ohne Mitgefühl. Er war wundervoll und Furcht einflößend, eine schreckliche Schönheit – wie ein Engel des Todes. Die anderen Vampire wichen vor ihm zurück, als fürchteten sie, er sei ihretwegen vom Himmel herabgestiegen.

Sofia sah Noctalyus' Bewegung, das Glänzen des Ringes in der Luft und versuchte Edward zu warnen. Doch statt ihn auf die Gefahr aufmerksam zu machen, lenkte sie seinen Blick auf sich.

Als das glühende Rot Edwards Körper berührte, verflog der Eindruck der Schönheit und der Macht, Edward wirkte verwirrt, und sein Blick, der immer noch auf Sofia ruhte, wurde beunruhigend zärtlich. Seine Beine gaben unter ihm nach und einzig die angreifenden Vampire, die ihn plötzlich mit unzähligen Armen hochrissen, fingen ihn auf.

Noch vor Sekunden hätte Sofia geschworen, dass nichts in diesem Raum Edward etwas anhaben konnte, dass nichts die Macht hatte, ihn zu vernichten. Jetzt musste sie hilflos mit ansehen, wie er vorwärtsgestoßen wurde, ein Spielball in den Händen der Schwächeren.

„Nein!“ Zumindest Sofias Stimme befreite sich aus ihrer Katatonie, konnte aber nicht verhindern, dass Edward ins Feuer gestoßen wurde.

Sie konnte seinen Schmerzensschrei hören. Er vibrierte in ihren Zellen und begann langsam den Bann zu lösen, der auf ihr lag. *Zu langsam!* Panisch kämpfte sie darum, die Kontrolle über ihren Körper zu bekommen, doch sie konnte verbranntes Fleisch riechen, während der Verlust über ihr zuschnappte und sie in den Abgrund stieß.

Mühsam kämpfte Sofia sich auf die Unterarme hoch, doch die Flut aus Vampirkörpern, die das Feuer umlagerten, versperrte ihr die Sicht. Sie konnte Edwards Existenz nicht mehr spüren. Wut und Hitze ballten sich in ihrem Innersten zusammen, als ihre Macht sich sammelte.

Zu spät, schrie ihr Herz. Zu spät für Edward. Er war nicht mehr. Tonlos brach Sofia in sich zusammen, als sie die körperlichen Schmerzen über seinen Verlust spürte. *Nein, nein, nein, nein, nein, nein …*

Sie konnte ihre Tränen spüren und die ersten Vampire, die sich nach ihr umdrehten, Hände, die sie berührten, doch es war ihr egal. Der Verlust hatte eine bodenlose Öffnung in ihrem Inneren hinterlassen, einen Abgrund, der alles mit sich riss wie ein schwarzes Loch. Ihr Misstrauen, ihre Ablehnung und ihre Verunsicherung – alles bedeutungslos angesichts seines Todes.

Sofia ließ zu, dass man sie aufhob, war gefangen im Banne eines Schmerzes, den sie nicht überleben konnte.

Plötzlich war die Hitze da, griff von außen nach ihr und benutzte sie wie einen Katalysator. Der Scheiterhaufen loderte auf, veränderte seine Farbe, als die Hitze ihn für sich nutzte. Die Gestalt, die sich im Feuer abzeichnete, brannte nicht, sie ließ brennen. Noch während die Vampire das Geschehen ungläubig anstarrten, begriff Sofias Herz. Mit einem Ruck schüttelte sie die restliche Lähmung ab, ignorierte das Glücksgefühl, das sie leichtsinnig machen wollte und drehte sich so schnell, dass die Vampire, die sie hielten, nicht begriffen. Mit einer zweiten Bewegung beförderte Sofia den unheilvollen Ring ins Feuer, bevor er ein weiteres Mal gegen sie oder Edward eingesetzt werden konnte. Ihre dritte Bewegung galt einem brennenden Holzscheit, das sie als Wurfgeschoss benutzte, hinter dem fliehenden Noctalyus her warf und traf. *Et flamber!*

Um sie herum fingen Vampire Feuer und verbrannten in Sekunden zu Asche. Sofia stand still, hielt ihre Sinne so offen, wie es ihr möglich war und erlaubte es Edward, sie weiterhin als Energiequelle zu nutzen, obwohl sie ihre Kräfte schwinden fühlte.

Sie konnte die nahezu unsichtbaren Finger sehen, die nach den Fliehenden griffen und die nur Sekunden brauchten, um ihr Schicksal zu erfüllen. Zusammen mit dem Geruch von brennenden Haaren und glühender Haut, der wirbelnden Asche und dem Anblick des konzentrierten Edwards ergab sich ein surreales Bild, das wie in Zeitlupe an ihr vorüberzog.

Ebenso langsam ging Sofia in die Knie, als ihre Kräfte weiter schwanden. Doch sie hielt ihre Sinne offen für Edward, der den letzten Fliehenden den Tod hinterherschickte.

„Entschuldige!", bat Edward und fing Sofia beinahe beiläufig auf. Deutlich waren ihm die Nachwirkungen der Magie anzusehen. „Mit dem Ring hatte ich nicht gerechnet!"

„Blödmann!", murmelte sie, doch sie wusste, dass ihr Gesicht ihre Dankbarkeit und Glück zeigte.

Edward hauchte ihr einen Kuss auf die Stirn, bevor er ihre letzte Kraftreserve transferierte und sie in einen Tiefschlaf zwang.

Kapitel 32

Als Sofia erwachte, lag sie immer noch in den Katakomben. Edward hatte ihren Kopf auf seinen Schoß gebettet und strich ihr mit den Fingerspitzen vorwitzige Locken aus dem Gesicht. Sie staunte über die Zärtlichkeit in Edwards Blick, die Zartheit in seiner Berührung. Sie kuschelte sich enger an ihn.

„Du hast wirklich geglaubt, ich sei in Gefahr?", fragte er schuldbewusst.

„In Gefahr?" Sofia schauderte. „Nein, ich habe gedacht, ich hätte dich verloren." Schon bei dem Gedanken füllten Tränen ihre Augen. „Ich konnte deine Existenz nicht mehr wahrnehmen!"

„Und das war schlimm?" Er strich ihr eine Träne von der Wange und betrachtete ihr Glitzern im Widerschein des Feuers.

„Schlimm? Ist das eine ernst gemeinte Frage?" Sofia richtete sich empört auf. Sie war versucht, auf Edward einzuschlagen, weil er anscheinend nicht verstand, was in diesen Sekunden in ihr vorgegangen war.

Edward starrte Sofia an, erstaunt, wie schnell sie von einer anschmiegsamen Frau zu einer Furie werden konnte, die ihn mit vorwurfsvollen Blicken maß.

Er hatte die Frage gestellt – stellen müssen – weil er über ihre Reaktion erstaunt gewesen war. Sie hatte jegliche Gegenwehr eingestellt, als sie gedacht hatte, er sei tot.

„Warum, Sofia?"

Sofia versuchte Edwards Blick standzuhalten, in dem ehrliche Neugier lag, als könnte er nicht begreifen, was sein Verlust für sie bedeutet hatte. Oder dass er ihr überhaupt etwas bedeutet hatte.

Sie konnte spüren, wie noch mehr Tränen in ihre Augen traten und sah zu Boden.

Als sie wegsah, erkannte Edward, dass er keine Antwort bekommen würde. Sie würde ihm nicht gestehen, dass er ihr etwas bedeutete, geschweige denn, dass – *ob?* – sie ihn liebte.

Wenn er sie davon überzeugen wollte, dass ihr Herz bei ihm in Sicherheit war, dann würde er ihr mehr geben müssen, als er es bis jetzt getan hatte – sonst würde er sie jetzt verlieren.

Sofia schauderte. Er hatte sie mit seiner Frage in die Enge getrieben und um ihr Herz gebeten. Sie würde ihm sagen müssen, dass es ihm längst gehörte. Sicher würde er sie auslachen oder wieder von dem Bund anfangen.

Sofia versuchte sich zu beruhigen. Dies war zweifellos die größte Hürde, die sie je hatte überwinden müssen. Sie holte tief Luft, dann warf sie ihr Herz über die Hürde. „Weil ich dich liebe." Ihre Lungen zogen sich zusammen. „Und ich weiß, dass es dir um Lust geht, um Besitz und darum, gegen die Vampirgesellschaft zu rebellieren, du musst also nicht damit rechnen, dass ich von dir verlange …" Ihre Stimme erstickte in Tränen. Sie kam sich furchtbar dumm und verletzlich vor. Niemals wieder hatte sie sich so fühlen wollen, derart der Entscheidung eines anderen Menschen ausgeliefert.

Edwards Gesichtsausdruck veränderte sich nicht. Lange sah er sie einfach nur schweigend an. Sofia fühlte sich wie eine Närrin. Sie war gesprungen, und jetzt war es zu spät, eines ihrer Worte zurückzunehmen, ihre Gefühle wieder sicher zu verstauen.

Schließlich bewegte Edward sich, legte seine Arme um Sofia und zog sie zu sich. Er hielt ihren Blick gefangen. „Ich könnte sagen: Ich liebe dich – und das tue ich. Aber so einfach ist das nicht. Ich wollte niemals lieben – dich nicht und keine andere Frau. Ich habe nicht einmal daran geglaubt, dass es so etwas wie Liebe tatsächlich gibt, dabei hatte ich nur Angst, sie nicht ertragen zu können." Er schüttelte den Kopf, als könnte er es selber noch nicht begreifen. „Ich habe geglaubt, ich wäre in Sicherheit, hätte meine Verteidigung uneinnehmbar aufgebaut, so stark, dass keine Frau sie durchbrechen könnte. Und es hat funktioniert, bis du gekommen bist."

Er hauchte ihr einen Kuss auf die Lippen und hielt sie, als wäre sie das Kostbarste auf der Welt. Sofia ließ es geschehen, schmiegte sich in seine Arme und hörte weiter zu, während ihr Herz frohlockte: *Wahrheit.*

„Es ist schwer einzugestehen, wenn man sein Leben lang über die Liebe gespottet hat. Ich weiß auch nicht, ob ich dich jetzt überzeugen kann, aber ich werde dich nie wieder gehen lassen. Du gehörst mir – du bist die Frau, mit der ich die Ewigkeit verbringen will, um sie für immer zu lieben. Mit oder ohne Bund."

„Okay, mit Bund!", beschloss Sofia.

„Okay?! Einfach so?" Edward schob Sofia ein Stück von sich weg, um ihren Gesichtsausdruck besser deuten zu können.

Sofia grinste schelmisch. *Der Bund hat nicht nur Vorteile für ihn!* „Na ja, sieh es mal so: Du kannst mir dann auch nicht mehr entwischen!"

Edward schloss die Augen und lachte vor Glück. *Bei allen Göttern, sie liebt mich!* Sein Gewissen versetzte ihm einen Tritt. Du kannst Bund und Liebe unmöglich auf einer Lüge aufbauen! Er sollte fair sein und mit dem Bund warten, bis Sofia im Palast die Wahrheit erfuhr.

Wir sollten damit warten! „Sofia, da ist noch etwas!“, begann er, doch sie unterbrach ihn. „Nicht jetzt!“

„Das ist der beste Zeitpunkt!“, sagte Edward, hoffte aber, dass Sofia widersprach, was sie auch prompt tat. „Nein, das ist der dümmste Zeitpunkt!“ *Sie hat recht!* „Es sei denn, du wolltest mir noch ein Heiratsangebot machen!“

Edward erwischte sich beim Kichern und nutzte ihre Überraschung, um sich ihre Lippen anzueignen, bis sie ebenfalls kicherte.

Schließlich versiegelte er ihren Mund mit seinem, ließ seine samtweiche Zunge langsam plündern, seine Hände Sofia ausziehen, bis sie sich nackt in seinen Armen wand, ohne wirklich entkommen zu wollen.

Er selber nutzte diese genüssliche Pause, um sein Verlangen, seine Liebe und sein Gewissen zur Ordnung zu rufen. *Du kannst den Bund für dich nutzten, du kannst sie die Wahrheit fühlen lassen!* Schließlich schob er Sofia leicht von sich fort, um sie ein letztes Mal zu warnen. „Der Schwur ist endgültig und kann durch nichts und niemanden mehr gelöst werden. Du musst dir wirklich – wirklich! – sicher sein, dass du es willst!“

Zweifel huschten durch Sofias Verstand, doch sie verdrängte sie entschlossen. Sie liebte Edward, Edward liebte sie, das genügte!

Die Worte des Rituals schienen aus den Tiefen seiner Seele aufzusteigen, in denen sie versteckt gewesen waren und nur auf diesen Augenblick gewartet hatten: „Ich binde mich an dich.“ Er konnte hören, wie Sofia leise seine Worte wiederholte. „Deine Existenz ist meine Existenz, dein Leben das meine.“ Er schloss die Augen und spürte, wie sein Herzschlag sich an ihrem orientierte, ihren Rhythmus aufnahm. „Du gehörst zu mir, so wie ich zu dir gehöre.“ All seine Sinne öffneten sich, ließen Sofia ein und verbanden sich mit ihr. „Ein Fleisch, ein Blut, eine Seele, verbunden bis in alle Ewigkeit.“ Er konnte den kurzen Ruck, der durch die Realität ging, körperlich spüren. Jetzt würde sie nie wieder von ihm loskommen.

Sofia blinzelte, als ihre Sinne zu ihr zurückkehrten, so eindeutig ihre wie seine. Sie konnte Edward und seine Präsenz in sich spüren, ebenso, wie sie Melanie für Sekunden in sich gefühlt hatte, während sie starb. Edward würde bleiben.

„Ich werde die Deine sein“, flüsterte sie an seinem Mund. „Immer!“ *Was auch kommen mag!*

„Gut!“ Edward trank ihr Keuchen, als er unerbittlich langsam in sie eindrang. Dann zog er sich zurück, und der Tanz begann.

Sofia gab sich ihm hin. Öffnete ihm ihren Körper, ihr Herz und bot ihm ihre Seele an. Kapitulation war ihr Geschenk an ihn, Besitzergreifung – war seines an sie. Doch mit jedem Stoß verlor er mehr die Kontrolle, und sie klammerte sich an ihn, nahm seinen Rhythmus auf und gestattete ihm, ihren Körper zu plündern.

Edward ließ zum ersten Mal vollständig los, ließ sich gehen und gab sich Sofia hin, wie er es noch nie bei einer Frau getan hatte. Und in dem Moment, als der Orgasmus sie beide mit sich riss, spürte er den Bund zwischen ihnen vollständig erwachen, als wäre zwischen ihren Seelen eine Verbindung entstanden. Sie bahnte sich einen Weg zu dem Teil seines Geistes und seines Körpers, der die Vampirmagie enthielt. Wie eine weiße Linie aus Hitze und Leidenschaft verflocht sie sich zwischen ihnen, ermöglichte es einem Teil von ihm, in Sofia einzudringen und einem Teil von Sofia, in ihn einzudringen. Es war die unglaublichste Empfindung, die er in all den Jahrhunderten erlebt hatte.

Plötzlich konnte er Sofias Liebe fühlen, konnte spüren, dass sie ihm dankbar war, weil er sie aus ihrem Kokon aus Argwohn gerissen und ihr gezeigt hatte, wie man vertraute.

Sie liebt dich! Mit dieser Bestätigung schloss er sie in seine Arme und verspürte zum ersten Mal seit Jahrhunderten wieder Frieden.

Kapitel 33

Als Sofia wach wurde, erinnerte sie sich sofort; zu überwältigend war das Gefühl, vollständig zu sein. Geborgen und geliebt. Tiefe Dankbarkeit ließ sie bis über beide Ohren grinsen und trieb ihr gleichzeitig die Tränen in die Augen.

„Gib mir doch wenigstens die Gelegenheit, dich zum Weinen zu bringen, bevor du völlig grundlos heulst!“, murmelte Edward schlaftrunken. Doch seine Augen blitzten schelmisch und Sofia knuffte ihn gespielt beleidigt.

„Immerhin habe ich noch Gefühle, du …“

„Vampir?!“, schlug Edward vor, als Sofia mitten im Satz verstummte und aufstand.

Er drehte sich und hievte seinen Oberkörper auf die Unterarme, um ihre Bewegungen beobachten zu können. Sie waren so seltsam langsam und menschlich, dass er sich an einen anderen Ort und in eine andere Zeit zurückversetzt fühlte.

Er hatte sie den ganzen Tag über in seinen Armen gehalten, nackt und eng umschlungen. Was jedoch nichts daran änderte, dass allein ihr Anblick ihn erregte und ihn mit Ehrfurcht erfüllte.

Die Art, wie sie mit bloßen Füßen – und ihren herrlich rot lackierten Zehennägeln – einigen verkohlten Holzstücken auswich und die Anmut, mit der sie sich zu ihm drehte, als sie ihr Ziel, einen niedrigen Tisch auf dem ihre Glock lag, erreicht hatte, ließen sein Herz höher schlagen.

Er konnte ihre Neugierde spüren, während sie sich über das Buch beugte, das dort aufgeschlagen lag und darin las. Eine irrwitzige Hoffnung ließ ihn glauben, es seien ausgerechnet die Aufzeichnungen, die er ihr hatte zuspielen wollen. Doch ihr Gesichtsausdruck wechselte zu irritiert und schließlich zu ungläubig. Dann sah sie hoch. „Das sind Aufzeichnungen der Hexe über Flüche und Zaubertränke." Ihre Stirn lag in Falten. „Wer hätte gedacht, dass Magie funktioniert."

„Du bist ein Vampir, worüber reden wir eigentlich?", lachte Edward, stand aber auf, um ihr das Buch wegzunehmen, aus Angst, sein Fluch könnte ebenfalls dort niedergeschrieben stehen. Als er Sofias prüfenden Blick bemerkte, wurde ihm klar, dass er seine Sorge nicht geschickt genug verbarg und fügte hinzu: „Außerdem – du hast doch die Ketten gesehen und ihre Magie gespürt."

Sanft nahm er ihr das Buch ab und tat so, als lese er im Schein des glimmenden Scheiterhaufens. Sofia wandte sich dem Regal zu und nahm ein zerfleddertes Buch zur Hand.

Ihm fiel die Wehmut auf, mit der sie es nach kurzer Prüfung wieder zurück in das Regal stellte, und er sah sie fragend an.

„Notizen zur Geschichte Roms", sagte sie und fügte bei seinem Gesichtsausdruck verteidigend hinzu: „Ich mag Geschichte!"

„Und Sightseeing!", grummelte er. Sicher würde er sich die ganze gebündelte Geschichte anhören müssen – und zwar an den Originalplätzen.

„Banause!", murmelte Sofia und zog einen zerdrückten Papierstoß zwischen den Büchern hervor. Das Papier war so alt, dass es einzig und allein von der Magie im Raum zusammengehalten wurde.

Sofias Satz: „Diese Entdeckung erschüttert gerade mein Weltbild!", riss Edward aus seinen Gedanken und in die Panik, bevor er ihren heiteren Tonfall bemerkte.

Besorgt sah sie ihn an. „Was ist los?"

„Entschuldigung! Ich kann mit dieser erhöhten Bewusstseinsstufe und den Emotionen noch nicht umgehen!", sagte Edward. Eine Teilwahrheit. „Was hat dich erschüttert?"

„Dass Menschen, die solche Dokumente sammeln oder schreiben, solche Fanatiker sein können!"

„Dafür, dass du Geschichte magst, beschäftigst du dich nicht intensiv mit ihr, sonst würde dich das nicht überraschen!", behauptete Edward, war aber schon wieder damit beschäftigt, weitere Papiere durchzugehen.

Sofia rollte nur mit den Augen. „Ich meinte, dass ich es generell bei allen gebildeten und zivilisierten Menschen nicht verstehe!"

„Ja, Mrs. Philanthrop", lachte Edward.

„Blöder Misanthrop!“, konterte sie und wandte sich wieder den Büchern, Zetteln und Mappen zu.

„Suchen wir eigentlich etwas Bestimmtes, oder sind wir nur neugierig?“, erkundigte Edward sich. Er wünschte, er hätte die Dokumente, die den Magistraten betrafen, so platzieren können, dass Sofia sie fand.

„Neugierig!“, behauptete Sofia und öffnete eine Schublade. Sie zog die oberste Pergamentrolle aus ihrem Fach und brach das Siegel.

Kapitel 34

„Das ist doch Irrsinn!“, behauptete Sofia und starrte in die Dunkelheit.

„Die Aufzeichnungen sagen aber …“ Weiter kam Edward nicht. Sofia fauchte: „Ich weiß, was die Aufzeichnungen sagen, ich kann lesen.“

Trotzdem bewegte sie sich keinen Millimeter, sondern starrte auf das Mittelmeer, das sich dreißig Meter unter ihr, am Fuß der Felsen brach.

„Du kannst immer noch so tun, als hättest du das Versteck des Magistraten nicht gefunden und einfach mit mir weiterleben.“ Edwards Stimme klang traurig, seine Emotionen schmeckten nach Abschied. Sofia nahm an, dass er Angst um sie hatte.

Damit wurde sie seinem wahren Gemütszustand kein bisschen gerecht. Innerlich ging Edward durch die Hölle. Er wusste, Sofias Entscheidung war zum Greifen nahe, seine Erlösung oder Vernichtung, und trotzdem wollte er die Wahl hinauszögern, wollte noch Zeit mit Sofia verbringen, sie lieben und das Leben genießen. Doch irgendwann würde sie es herausfinden, irgendwann sich entscheiden müssen, er konnte sie nicht für immer beschützen. Genauso wenig, wie er seine Familie hatte schützen können.

„Liebst du mich, Sofia?“

Als Antwort stellte Sofia sich auf die Zehenspitzen und strich mit ihren Lippen vorsichtig über seine. Sie schmeckten salzig, obwohl die Gischt nicht bis zu ihnen sprühte. „Das ist eine bescheuerte Frage, meinst du nicht auch?“, fragte sie und lehnte sich gegen ihn. Ihren Fels in der Brandung.

„Wahrscheinlich finden wir dort unten sowieso nichts. Außer Wellen, die uns gegen die Steine treiben, bis wir uns wünschen, niemals dort runter gesprungen zu sein!“, behauptete sie und ließ sich nach hinten fallen.

„Bevor du es dir anders überlegst, hm?“, brummte Edward und sprang hinterher.

Trotz der Dunkelheit und der Strömung benötigten sie nicht lange, um den Eingang zu der Palastanlage zu finden, so wie sie auf dem Pergament beschrieben worden war. Das etwa vier mal vier Meter große Loch in der Felswand lag tief unter der Wasserlinie. Es hatte Sofia all ihren Mut gekostet, in die Schwärze hineinzutauchen und darauf zu vertrauen, dass es auf der anderen Seite tatsächlich ein unterirdisches Gewölbe gab.

Selbst der Gedanke daran, dass sie nahezu unsterblich war und nicht auf Luft angewiesen, beruhigte sie nicht. Zu empört schrien ihre Instinkte auf und versuchten ihren Verstand zu manipulieren.

Lebendig begraben, schrie ihr Körper seine schlimmste Befürchtung in ihre Logik hinein. Genau eine Sekunde, bevor sie den Lichtschein sah, der ihr den Weg an die Oberfläche wies.

Sofia tauchte auf. Auf dieser Seite des Felsens war das Meer ruhig und klar. Nichts erinnerte mehr an die Urgewalt und die Strömung. Das Licht von unzähligen Fackeln warf ein stetes Licht auf die Szenerie, genau, wie das Pergament beschrieben hatte.

Was die Aufzeichnungen nicht beschrieben hatten, war die Stagnation des Lichtes. Sofia drehte sich mit einer fließenden Bewegung im Wasser, ihr Blick streifte Edward und fiel dann auf eine der Fackeln. Die Flamme schien mitten in der Bewegung eingefroren, selbst das Licht, das den Raum erhellte, wirkte unwirklich und alt. So, als sei es an diesen Ort gebunden und entbehre jeglichen natürlichen Ursprung.

Als Sofia aus dem Wasser stieg und tropfnasse Abdrücke auf dem Alabasterboden hinterließ, war Edwards Blick unergründlich. Er verschloss seine Emotionen vor ihr. *Die ersten Spuren seit Jahrtausenden! Die erste Veränderung, seit alles angefangen hatte!*

Sofia schauderte trotzdem. Die nasse Kleidung klebte an ihrer Haut. Obwohl weder die Kälte noch die Nässe ihr schaden konnten, empfand sie beides als unangenehm. Sie war froh, dass ihre Waffe, die Glock, Wasser vertrug. Mit ihr fühlte sie sich sicher.

Langsam ging sie zwischen den hohen Säulen entlang, die oben und unten breitere Verzierungen aufwiesen und an die Säulen des Pantheons erinnerten. Nachdenklich berührte sie den Stein, bewunderte die filigrane Technik, mit denen die Menschen dieses unterirdische Kunstwerk geschaffen hatten und wunderte sich darüber, dass es diesen Palast an dieser unmöglichen Stelle gab. *Woher kommt er? Wer hat ihn gebaut?*

Ein dreischiffiger Portikus mit sechzehn korinthischen Säulen aus Granit mit Alabasterfüßen erinnerte ebenfalls an das Pantheon und empfing den Besucher nach einigen Treppenstufen am Gebäudeeingang. *Ein römischer Palast an dieser Stelle ergibt einfach keinen Sinn!*

Sofia hörte Edwards Schritte und wusste, dass er sich ihr zu Gefallen absichtlich menschlich, absichtlich laut bewegte, während er zu ihr aufschloss.

Edward ließ Sofia vorangehen. Er hätte keinen magischen Bund zwischen ihnen gebraucht, um zu wissen, dass seine Anwesenheit hier lediglich geduldet wurde.

Mit jedem seiner Schritte kam ein Stück Erinnerung zurück, ein Stück Lebensfreude. Seit zwei Jahrtausenden war er nicht mehr hier gewesen. Seit

Morna. Die Tiefe seiner Verzweiflung war ungebrochen geblieben, von der Zeit unerschüttert.

Hinter jeder Säule glaubte er eine Bewegung zu sehen. Das Kinderlachen seiner siebenjährigen Nichte Niobe hallte von den Wänden wider wie ein hinterhältiges Echo. Mit jedem Meter wurden die Unterhaltungen lauter, das Weinen des neugeborenen Julius ertönte. Edward musste Sofia ansehen, um sich zu vergewissern, dass die Geräusche, die Freude und das Vergnügen nur noch in seiner Fantasie existierten.

Trotzdem zuckte er mehrere Male zusammen, weil er glaubte, seine Mutter oben an der Treppe zur ersten Etage zu sehen. Eine Hand am Geländer, die andere zum Gruß erhoben. Er glaubte den geschmacklosen Schwank zu hören, den sein Onkel zum Besten gab und die Rufe seiner beiden Schwestern. Ein bloßer Widerhall seiner Erinnerung.

Allein Sofia an seiner Seite gab ihm Hoffnung und stürzte ihn gleichzeitig in Zweifel. *Was, wenn ich mich irre?*

Dann wäre alles umsonst gewesen, vorbei im Hauch einer Entscheidung. Es würde keine weitere Familienfeier mehr geben, keine Familie mehr. Die Last dieses Gedankens bedrückte Edward ebenso wie die Idee, dass er die Erlösung seiner Familie vielleicht nicht erleben würde. *Ich wünschte, sie hätten Sofia kennengelernt!*

Wenn Sofia ihn trotz ihrer Liebe tötete, wenn sie auf ihrer Rache beharrte, dann würde seine Familie sie hassen, ohne zu begreifen, dass er es war, der Sofia dazu gebracht hatte, ihn zu töten. Niemals würde er ihnen seine Braut vorstellen können, niemals seiner Mutter sagen, dass es Liebe gab, und dass sie es wert war. Alles wert war, selbst, wenn es nur für kurze Zeit währte.

Edward wollte seine Füße in Richtung des großen Speisesaals zwingen, doch er folgte Sofia, die sich für einen anderen Gang entschieden hatte.

Nur noch einen letzten Blick! Als er die Feiernden zum letzten Mal gesehen hatte, waren sie – wie im Märchen – in den Bewegungen erstarrt, ihre Realität eingefroren. Ebenso wie bei den Flammen und dem Licht war auch ihre Zeit angehalten worden, würde erst wieder laufen, wenn er im Audienzsaal von seinem Geschöpf getötet wurde – oder wenn sie ihm ihre Liebe bestätigte.

Kapitel 35

Der Gang endete in einem hohen Bogen, der mit viereckigen Verzierungen geschmückt war. Edward schmunzelte, denn der Anblick der steinernen Rosen zwischen den Vierecken weckte angenehme Erinnerungen. Die Kunstgebilde waren den Lieblingsblumen seiner Mutter nachempfunden, ihren selbst gezüchteten Schatten- und Honigrosen, die nur in ihrem Palast und nur für sie blühten. Es hatte Monate gedauert, bis sie mit den steinernen Entwürfen der Arbeiter zufrieden gewesen war und bis jeder Raum – sowohl mit den Originalen, als auch mit den langlebigeren Ebenbildern aus Stein – geschmückt war.

Mit dem Sinnbild für die Frau und für die Liebe, erinnerte er sich an ihren genauen Wortlaut. Er hatte damals nur gelacht.

Sofia bemerkte Edwards Faszination und trat neben ihn, um die einzigartige Schönheit der Steingebilde zu betrachten. Für kurze Zeit vergaß sie sogar ihre Enttäuschung über die Leere des Palastes.

Die Magie im Palast war so dicht, so allgegenwärtig, dass die Luft vollgesogen und schwer erschien. Magie erklärte das Licht und das Erstarren der Flammen, ebenso wie die Abwesenheit von Zeit und Leben. Sofia fühlte sich wie ein Fremdkörper, ein unbefugter Eindringling in einem Heiligtum, dessen heidnische Regeln sie nicht kannte.

Doch der leere Saal, ein prächtiger Kuppelbau mit Bogenöffnungen in den vier Himmelsrichtungen, erschien ihr prophetisch vertraut und seltsam bestimmt. Wie eine lockende Stimme wisperte die Leere und hieß sie eintreten. Sofia starrte auf den einzigen Stuhl in der Mitte. Ein niedriger Schemel, auf dem der Sitzende sich frei und ohne Mühe allen Richtungen zuwenden konnte. *Wahrscheinlich ein Audienzraum.*

Die vorherrschende Farbe in diesem Raum war weiß – Alabaster. Die einzige Ausnahme waren die Rosen. Langstielige Wunder ohne Dornen, die sich auf zwölf Vasen verteilten, jeweils zwölf blumige Exemplare pro Vase.

Sofia konnte nicht widerstehen und trat näher. Die Blumen waren ebenso perfekt wie die Steinblüten, vielleicht noch vollkommener, und beide Sorten besaßen eine Farbe, wie sie sie noch nie in der Natur gesehen hatte. Die einen – direkt neben den Eingangsbögen – waren so tiefrot, dass ihr Anblick beinahe wehtat. Sie schienen schwarz zu schimmern, aber nur, wenn man nicht direkt hinsah. Die anderen – die es nur in vier Vasen geschafft hatten und inmitten der anderen standen – waren weiß, an den Rändern lockend ausgefranst und glänzten ins Honigfarbene hinein.

Sofia hatte nicht einmal gewusst, dass es je solch vollendete Rosen gegeben hatte. Sie berührte eines der Blütenblätter und staunte über die exquisite Zartheit, die lebendige Konsistenz unter ihren Fingerspitzen. *Wieso haben es diese Rosen nicht bis ins 21. Jahrhundert geschafft*, fragte sie sich und beugte sich zu ihnen hinab.

Edward wusste bereits, was sie riechen würde. Nichts.

Den Duft der Schattenrosen hätte man bereits von Weitem gerochen, intensiv und alles überlagernd hätte er Versprechungen mit sich getragen, Geheimnisse und Illusionen. Der Geruch der Honigrose hingegen hätte sich in die Illusionen eingewoben, sie verträumt und ungefährlich werden lassen, verführerisch.

Er bedauerte, dass Mornas Magie den Geruch aufgesogen und nur die äußere Schönheit zurückgelassen hatte. Zu gerne hätte er Sofias Gesicht gesehen und ihre Verzückung erlebt.

So zog sie sich mit einem Gesichtsausdruck zurück, der vage Enttäuschung widerspiegelte. Er wusste, dass Sofia aufs Äußerste angespannt war – und misstrauisch.

Ihr nächster Blick prüfte den geschmückten Vorsprung, der in einer Höhe von etwa vier Metern rund um den Kuppelbau lief, und glitt dann höher zu den fensterartigen Öffnungen, die jeweils von einem Dreieck geschmückt wurden, welches wie ein Dachgiebel auf ihnen thronte.

Halb rechnete Sofia damit, dass ein Vampir oder ein anderes magisches Wesen plötzlich aus einem der Vorsprünge trat, doch ihre offenen Sinne verrieten ihr die Wahrheit. Sie waren immer noch alleine. Beinahe so, als existiere die Außenwelt nicht mehr. Selbst das Opaion, die Öffnung im Kuppeldach, deren Aufgabe es war, Luft und Licht einzulassen, zeigte keinen Himmel und keine Außenwelt.

Sofia schwindelte, als sie nach oben in das abgründige Nichts sah, das zu ihr hinabflüsterte, von Gefahr und Betrug sprach, von Angst und Ewigkeit.

„Ich verstehe das nicht …“, sagte sie. Ihr Gesichtsausdruck zeugte von Verwirrung, Enttäuschung und Zweifeln. „Die Dokumente haben doch gesagt, dass er hier sein würde!“

Das war´s, dachte Edward. *Es gibt keinen Weg mehr, Sofia zu schonen, keinen Weg, die Wahrheit weich zu spülen.*

Sofia sah Edward Hilfe suchend an, als hätte er etwas lesen können, was sie in ihrer stundenlangen Prüfung übersehen hatte. Erst jetzt bemerkte sie die Leere, mit der er sich umgab, die emotionale Vorsicht, die er walten ließ, seit sie ins kalte Wasser gesprungen waren.

Selbst sein Lächeln war anders als sonst, trauriger. Sofia konnte spüren, wie sie sich innerlich verspannte. Das Gefühl, dass etwas nicht stimmte, wurde so eindringlich, dass sie es nicht mehr verdrängen konnte. Trotzdem musste Edward seine Worte zweimal wiederholen, bis sie sie tatsächlich hörte.

„Er ist hier!“

Abwehrend hob Sofia die Hand, als könnte sie so die Erkenntnis zurückhalten, die sie wie ein Fausthieb traf, sich in Eiseskälte in ihrem Inneren kristallisierte und zudrückte.

Edward ging an ihr vorbei und setzte sich auf den Schemel in der Mitte des Audienzraumes.

„Ich bin hier, Sofia!“ Seine Stimme war sanft und mitfühlend. Die Gefühle, die er ihr mit Hilfe des Bundes zu vermitteln versuchte, liebevoll.

Wahrheit! Sofia taumelte, als Edwards Sanftheit sich mit der Kälte verbündete, sie immer intensiver werden ließ, immer bedrohlicher und langsam die Kontrolle über ihren Körper übernahm. *Gelogen! Alles!*

Edward beobachtete, wie die Erkenntnis langsam durch Sofia zog und sich in ihrer Haltung und an ihrem Gesichtsausdruck ablesen ließ; über Ungläubigkeit, Leugnen und Wut alles enthielt und schließlich in Verrat endete. Alles in ihr versank in seiner Täuschung und löste sich auf. Langsam traten Tränen in ihre Augen, sammelten sich und liefen ihre Wangen hinab. Sie schien es nicht einmal zu bemerken.

Reiner und makelloser als die Statuen seiner Mutter stand sie vor ihm und starrte ihn an, als habe er ihr einen tödlichen Schlag versetzt.

An der Tiefe ihrer Erschütterung konnte er erkennen, dass es vorbei war. Trotzdem versuchte er sie mental zu erreichen: *Erkenne die Wahrheit, Sofia! Fühle sie! Ich liebe dich!* – und fragte mit belegter Stimme, was er fragen musste: „Liebst du mich, Sofia?"

Ungläubig starrte Sofia Edward an und fragte sich, ob er – *Gott im Himmel! Der Magistrat!* – wirklich die Unverschämtheit aufgebracht hatte, diese Frage zu stellen.

„Spinnst du?" Sie war erschüttert darüber, wie gefasst ihre Stimme klang, so gewohnt daran, verletzt und zurückgestoßen zu werden, dass ein Teil ihres Gehirns einfach weiterarbeitete, Entscheidungen traf und antwortete, ohne ihr Bewusstsein zu informieren. Automatik als Selbstschutz.

Edward hob entschuldigend die Hände.

„Ich liebe dich, Sofia! Egal, was du sagst oder tust, ich liebe dich!"

Sie lachte und klang hysterisch. „Ich bin hergekommen, um dich umzubringen …" Sie lachte wieder, während die Verzweiflung tiefe Wurzeln in ihr schlug. All ihr Zynismus konnte das nicht übertönen.

„… und du hast einfach … du hast alles geplant, nicht wahr? Du hast gewusst, dass ich diese Informationen finden würde! Du hast gewusst, dass ich herkommen würde!"

Edward nickte und versuchte abermals zu ihr vorzudringen. Doch sie war zu sehr gefangen in ihrem Schmerz.

„Warum, Edward? Warum?" Am liebsten hätte Sofia die Welt ausgesperrt und sich ihrem Schmerz hingegeben. Doch trotz ihrer Verzweiflung glomm ein kleiner Funke in ihr, der auf eine Erklärung hoffte, auf etwas, das sie verstehen und akzeptieren konnte. Aber da war nichts, nur sein abweisender Gesichtsausdruck.

Edward verkrampfte sich innerlich. Alles in ihm schrie danach, Sofia die gesamte Geschichte zu erzählen. Doch wenn er das tat, wäre alles umsonst gewesen und seine Familie tot.

Er streckte seine Hände nach ihr aus. „Vertrau mir, Sofia!"

Bitte überwinde dein Misstrauen und deine Vergangenheit! Vertrau darauf, dass ich einen triftigen Grund habe, flehte er innerlich und hoffte, dass er ihre mentale Mauer durchdringen konnte.

Doch sie wich vor ihm zurück, als befürchtete sie, er könnte sie anfassen. „Du hast mich von Anfang an als Spielfigur missbraucht, mich nach Gutdünken manipuliert – und wozu?“ Sie wich weiter zurück.

Von Anfang an! Und ich habe gedacht, er mag und beschützt mich!

Edward stand auf und blieb unschlüssig bei seinem Stuhl stehen. Wenn Sofia ihm doch nur vertrauen und sich ihm öffnen würde! Er konnte es ihr nicht erklären – nicht mit Worten. Doch sie verharrte in sich selbst, geborgen in einem Kokon aus Ablehnung, den sie zum Selbstschutz schon vor vielen Jahren gebildet hatte.

Sofia zuckte zusammen, als glühender Hass sich durch ihren Körper fräste und verbrannten Boden hinterließ. Und Schmerzen. Schreckliche Schmerzen. Körperliche, geistige und seelische. Sie konnte die Tränen des Verrates und der Enttäuschung fühlen, die ihr über die Wangen liefen, aber es war ihr egal. Wieso sollte sie ihre Gefühle vor ihm verbergen? Er hatte sie benutzt und in ein Spiel gezogen, das nicht das ihre war. Sie verstand seine Motivation und sein Ziel nicht. Aber sie hätte ihm alles verzeihen können, außer der Tatsache, dass sie ihm vertraut hatte. Und ihn geliebt!

Sofia schüttelte den Kopf, um wieder klar denken zu können. „Gott! Ich habe wirklich gedacht, dass ich die Ewigkeit mit dir verbringen will. Dabei hast du mir sogar eine Pistole zugespielt, obwohl du wusstest, dass ich dich töten will!“

Sie stutzte, als ihre Gedanken sich verhakten und eine Idee in ihr Bewusstsein spülten. *Er hat es dir gesagt! In Venedig! Und du Idiot hast dir vor lauter Verliebtheit nichts dabei gedacht!* „Du hast gewusst, dass ich kommen würde, um dich zu töten. Du … hast … du hast es gewollt!“

Edward nickte stumm, weil er sich nicht traute, seinen Mund zu öffnen. Jeden Moment würde die Wahrheit aus ihm herausbrechen. Er wollte Sofia in die Arme schließen, sie trösten und zwingen, ihm zuzuhören. Doch das durfte nicht sein. Er spürte Tränen der Hilflosigkeit in sich aufsteigen.

„Warum?“ Ihre Stimme klang schrill.

Edward antwortete nicht, sondern unternahm einen weiteren Versuch, Sofia auf emotionaler Ebene zu erreichen. Doch sie sperrte ihn aus.

Nach einer Ewigkeit gab Edward den Versuch auf und griff verzweifelt nach dem letzten Strohhalm, der seine Familie retten konnte. „Du hast geschworen, mich zu töten!“, erinnerte er sie eindringlich.

Sofia wich ungläubig vor ihm zurück und versuchte zu begreifen, was er wirklich vorhatte, konnte nicht glauben, was ihre Ohren zu ihrem Verstand weiterleiteten. Plötzlich wollte sie nur noch so viel Abstand wie möglich zwischen sich und ihn bringen.

„Bitte!“ Edward trat einen Schritt auf Sofia zu. Er musste sie unbedingt in diesem Saal halten. Er konnte ihn nicht mehr verlassen, und wenn Sofia ging – aus dem Palast ging – war er verloren. Und seine Familie mit ihm.

„Völlig verrückt!", sagte Sofia. Vehement verschloss sie sich Edwards verzweifelter Haltung und seinem Versuch, sie mit Hilfe ihres Bundes zu manipulieren. Sie wollte keine Lügen mehr hören, keine Halb-Wahrheiten und nichts mehr von seiner Pseudo-Liebe.

Verwirrt und überfordert gab sie ihrer inneren Stimme nach, die ihr riet, Ruhe zum Nachdenken einzufordern, drehte sich um und lief den Weg zurück.

Ein kleiner Teil ihres Verstandes registrierte, dass Edward ihr nicht folgte. *Warum nicht*, fragte sie sich für den Bruchteil einer Sekunde, dann ertrank der klare, misstrauische Gedanke, fortgerissen von ihren Tränen.

Kapitel 36

„Enttäuschend, nicht wahr?", erkundigte eine weibliche Stimme sich liebenswürdig. Edward fuhr herum. Erschrocken, obwohl er mit Morna gerechnet hatte.

Wie aus den Schatten materialisiert, stand sie hinter ihm. Nichts deutete auf ihre Anwesenheit hin, keine Aura. Nur die Tatsache, dass sie da war. „Kaum glaubt man, die Liebe gefunden zu haben, ist sie schon wieder verschwunden – hat vielleicht nie existiert!" Morna lachte über ihren Satz, klang aber nicht glücklich.

Ihre Worte erinnerten Edward unangenehm an ihr letztes Zusammentreffen in diesem Raum und rissen ihn direkt aus seiner Verzweiflung und Enttäuschung in die Vergangenheit. Wie sie zu ihm gekommen war, ein verliebtes Mädchen mit Hoffnungen und Idealvorstellungen, mit dem Bild eines idealen Mannes und eines idealen Lebens. Er hatte sich geschmeichelt gefühlt, als sie ihm ihre Liebe gestanden hatte. Doch für ihn war sie nur eine unter vielen gewesen, austauschbar.

Plötzlich fand Edward nicht mehr die Kraft, seine Wut aufrecht zu halten. Wenn Mornas Schmerz auch nur einen Bruchteil von seinem ausmachte, milderte das zwar nicht ihre Schuld an dem,was sie getan hatte, aber es schloss ihn in ihre Schuld mit ein.

„Habe ich mich je bei dir entschuldigt?", erkundigte Edward sich nachdenklich.

Morna schüttelte automatisch den Kopf. Erst dann schienen seine Worte wirklich ihren Geist zu erreichen, für Sekunden wirkte sie ungläubig, dann dachte sie nach. Schließlich antwortete sie: „Nein, nie!"

„Es tut mir leid!", sagte Edward aufrichtig. Jetzt verstand er die Kraft der Liebe und die Hilflosigkeit, die man ihr gegenüber empfinden konnte. Das Gefühl, der geliebten Person ausgeliefert zu sein. Und von ihr zerstört werden zu können.

„Zu spät, Edward, zweitausendundsiebzehn Jahre, drei Monate und vier Tage zu spät!“

Die Tatsache, dass Morna wirklich auf den Tag genau wusste, wann ihre Auseinandersetzung stattgefunden hatte, erschütterte Edward.

„Auch dafür Entschuldigung!“

Morna schenkte ihm ein trauriges Lächeln, ein entschlossenes Lächeln. „Eigentlich sollte ich triumphieren, oder?“

Für Sekunden weckten ihr mitfühlender Blick Edwards Hoffnung. Hier an diesem Ort wirkte sie wieder jung und verletzlich. Doch der Eindruck verflog. Plötzlich war sie wieder die Morna, die er bei und nach ihrem Fluch kennengelernt hatte. Es war keine optische Veränderung, sie blieb wunderschön und makellos, doch etwas spiegelte sich in ihren Augen wieder. Wie ein Bruch, der sich durch ihre Seele zog.

„Ist die Verwechslung der Zwillinge Absicht gewesen?“ Selbst in ihrer Stimme schien der Riss sich fortzusetzen.

Edward schauderte, nickte aber.

Morna verzog ihre vollen Lippen zu einem wohlwollenden Lächeln. „Damit sie überlebt, dich findet und tötet?“

Wieder nickte er.

„Und die Liebe zu ihr nur ein Zufall?“

Edward verwünschte sich wegen seiner Schwäche für Sofia. „Ja!“, gab er zu.

Morna schüttelte den Kopf, während sie sich ihm näherte und murmelte mehr zu sich selbst als zu Edward: „So ein durchtriebener Bruder!“

Edward verharrte gelähmt, wie ein geblendetes Reh auf einer Landstraße, vom Lichtkegel gefangen und den Tod vor Augen. *Sie weiß es? Seit wann und woher?*

Morna lächelte ein geheimnisvolles Lächeln, wusste, was er sich fragte, ließ ihn aber im Unklaren. „Du hast von Anfang an alles getan, damit Sofia dich hasst, nicht wahr? Und ausgerechnet dann kam die Liebe ins Spiel. Ist das Leben nicht unfair?“ Morna lachte. „Mit deinem Tod hätte ich tatsächlich leben können – ich hätte einfach zugesehen.

Aber so gefällt mir das Ende noch besser. Ausgerechnet du wirst von der Liebe zu Fall gebracht. Nicht nur die Befreiung deiner Familie scheitert, oh nein! Die Frau, die du liebst, lässt dich im Stich.“ Ihr Lachen kippte ins Hysterische. „Selbst ein verleugnetes Gefühl – etwas nicht Existierendes kann wehtun, nicht wahr?“

Edward ballte seine Hände zu Fäusten, bis seine Fingernägel sich in die Handballen bohrten, und die Schmerzen ihn zur Besinnung brachten, ihn von Mornas Worten befreiten und den Verlust von Sofia überlagerten. Er konnte fühlen, wie das Blut sich zu kleinen Tropfen sammelte und in kleinen Rinnsalen der Schwerkraft zu folgen begann.

Er erinnerte sich: Die Familienfeier, zu der alle erschienen waren. Morna, eine Freundin seiner Schwester, war ebenfalls geladen. Er wusste, dass sie sich in ihn verliebt hatte, wusste, dass es falsch war, eine Nacht mit ihr zu verbringen. Aber er sagte nicht nein zu einer schönen Frau – niemals.

Wieso auch? Wenn sie an Liebe glauben wollte, war das ihr Problem, nicht seines. Er glaubte nur an Lust.

Als Morna ihm am nächsten Tag ihre Liebe gestanden hatte, hatte er sie ausgelacht, über ihre Träume gespottet und ihre Hoffnungen zertreten. *Liebe gibt es nicht, Morna! Sei nicht albern! Zwischen uns ist nichts – kann nichts sein – niemals! Liebe existiert nicht, ist ein Hirngespinst, das Menschen sich ausgedacht haben, um andere Menschen in ihr Bett zu bekommen! Ein Märchen für Narren, ein Gerücht, das Lebensüberdrüssigen Hoffnung gibt.*

Wortlos war sie gegangen, nur um wenig später wieder zu erscheinen. Sie war wunderschön gewesen. Doch der anmutige Engel hatte sich direkt vor seinen Augen in eine rachsüchtige Fee verwandelt.

Ich verfluche dich und deine Familie! Er erinnerte sich an sein Lachen. Trotzdem hatte er sich auf einer unbewussten Ebene bei ihren Worten unwohl gefühlt.

Macht- und leblos werden die, die dir und deinem Herzen am nächsten sind, von dir und deinem Schicksal abhängen. Ein Wind schien plötzlich von Morna auszugehen, brachte ihre Haare zum Knistern und erfasste alle Anwesenden. Edward sah sich selbst in seiner Erinnerung aufspringen, doch es war zu spät gewesen.

Seine Familie war mitten in ihren Bewegungen erstarrt, wie leblose Statuen, während der Wind sich immer mehr ausbreitete und das gesamte Gebäude einschloss.

Edward, du wirst ewig leben – jung gehalten durch das Blut der Sterblichen. Nur alle zehn Jahre darfst du eine Frau in einen Vampir verwandeln, und nur sie allein kann dich erlösen. Durch deinen Tod oder durch ihre Liebe. Und da Liebe nur etwas für Narren ist, für die Lebensüberdrüssigen und für Menschen ohne Sinn im Leben, werden es auch nur die lebensüberdrüssigen Frauen sein, die du umwandeln darfst.

Nie wirst du ihnen von dem Fluch erzählen dürfen oder von deinen Gründen, sie zum Vampir zu machen. Für diese Frauen wird es nie die Wahrheit geben. Doch in ihre Hände lege ich dein Schicksal. An diesem Ort kann dich eine einzige Frau erlösen – oder du wirst deine Familie sterben sehen!

Ihr Lachen hatte sich in den Wind verwoben, genau wie das letzte Aufblitzen des Schattenrosengeruchs, bevor der Palast versunken war. Vor seinen Augen war Mornas Gestalt auseinandergeflossen, hatte sich in ein Wesen verwandelt, das er nie gekannt hatte – und nie hatte kennenlernen wollen.

Maeve war aus den Schatten getreten, ein heidnisches Ebenbild Mornas, eine Göttin mit blutroten Augen und alabasterfarbener Haut. Wie gelähmt hatte er sie angesehen. Das letzte, an das er sich erinnerte, war Mornas Flüstern: *Du wirst den Ort nur einmal betreten können. Eine Chance, Edward, nur eine einzige Chance, wähle weise!*

Und er hatte gewählt!

***

Unschlüssig verharrte Sofia auf der obersten Treppenstufe zwischen dem mittleren Säulenpaar. Gedanken und Ideen spukten in ihrem Kopf herum, Erinnerungsfragmente versuchten sich in ein Puzzle einzufügen, das in hunderttausend Einzelteile zerbrochen war.

Sie fühlte sich an ein Märchen erinnert, ein bösartiges Märchen, in denen alle Bewohner Fangzähne hatten und Blut tranken, aber nichtsdestotrotz ein Märchen. Wann sonst verlangte jemand von seiner Geliebten, ihn zu töten? Wie passten seine Worte und seine Taten zusammen? Wirf den Frosch an die Wand und gewinn einen Prinzen?!

Sie drehte sich zum wiederholten Male zurück zum Eingang. Nur Xylos' beherztes Zugreifen verhinderte, dass sie vor Schreck rückwärts die Treppe hinabfiel.

„Verdammt!", fluchte sie, noch in seinem Arm hängend. „Irgendwann binde ich Glocken an jeden Vampirschleicher!"

„Entschuldige!" Er ließ sie erst los, als sie sicheren Boden unter den Füßen hatte, direkt am obersten Treppenabsatz, und platzierte sich wieder zwischen sie und der Eingangstür zum Palast.

„Solltest du nicht so etwas sagen wie „Ich habe dich gewarnt?", fragte Sofia patzig. Ihre Gefühle tobten. Sie hatte Xylos nicht kommen hören, seine Anwesenheit nicht einmal ansatzweise gespürt. Wer konnte noch hier sein, ohne dass sie es bemerkte? Zögernd öffnete sie ihre Sinne und hoffte, dass Edward es nicht bemerkte.

Es behagte ihr nicht, dass Xylos sie mit diesen unergründlichen, bodenlosen Augen musterte, als könnte er bis auf den Grund ihrer Seele blicken. Dass er schwieg, irritierte sie noch mehr. Ruhe und Schweigen war nichts, was sie jemals von Xylos erwartet hatte.

„Du bist den Bund mit ihm eingegangen?!" Selbst Xylos' Stimme gab nichts von seinen Emotionen oder Gedanken preis, klang neutral und nichtssagend.

Plötzlich hatte Sofia Angst. Sie wusste, dass sie keine Chance hatte, nicht allein und gegen Xylos. Sie war ihm ausgeliefert. Diese Erkenntnis wurde unterstützt von seiner Selbstsicherheit, seinem Auftreten und seiner Ruhe. Und er versperrte ihr den einzigen Weg, den sie nehmen wollte.

Edward? Sofia versuchte ihre Verbindung zu aktivieren.

„Er kann dich nicht hören!" Obwohl Xylos sich nicht bewegt hatte, fühlte Sofia sich eingekreist und gefangen genommen. „Nicht, solange du außerhalb des Audienzraumes bist!" Seine Worte klangen wie eine Drohung. „Wieso bist du den Bund eingegangen?" Seine langen schlanken Finger glitten wie von selbst zu seiner magischen Kette, umfassten Anhänger, spielten mit den Strängen und bewegten sich in einem sinnlichen Tanz auf dem Schmuckstück.

Sofia riss sich nur mit Mühe von dem bedrohlich-verheißungsvollen Anblick los und behauptete mit mehr Selbstsicherheit, als sie tatsächlich empfand: „Es geht dich nichts an!“

Xylos nahm ihre Antwort mit stoischer Gelassenheit hin. Obwohl er sich nicht bewegte, hatte Sofia plötzlich den Eindruck, von einer lebensgroßen Ken-Figur unter Druck gesetzt zu werden. „Das ist eine bescheuerte Frage!“, murmelte sie trotzdem als Protest, bevor sie sich zu einer Antwort durchrang: „Weil ich Edward liebe!“

Xylos nickte, immer noch mit unlesbarer Miene. „Und jetzt? Liebst du ihn immer noch?“

„Natürlich!“ Sofia antwortete wie aus der Pistole geschossen. Erst dann überlegte sie und erinnerte sich an ihr Verhalten im Audienzraum: „Ich meine … man kann Liebe kurzfristig durch Wut überlagern, durch Enttäuschung verdrängen, aber man kann sie nicht einfach ausschalten oder …“ Ihre Stimme verklang, und unter Xylos’ unergründlichem Blick wurde sie unsicher.

„Liebe entzieht sich jeder logischen Kontrolle!“ Sie fühlte, wie die Schamröte ihre Wangen färbte.

„Also liebst du ihn trotz allem?“, hakte Xylos noch einmal nach. Seine Stimme klang kalt, entschlossen.

„Ja!“, antwortete Sofia trotzdem.

„Und wieso zum Teufel überlegst du noch und stehst wie ein Idiot hier draußen bei mir?“, fragte Xylos unwirsch und trat einen Schritt zur Seite, um die Tür freizugeben.

Sofia starrte ihr Gegenüber an, unfähig zu begreifen. Wollte Xylos sie demütigen und ihr noch einmal aufzeigen, wie dumm sie sich verhalten hatte, bevor er sie für die Ewigkeit gefangen nahm?

Nein, entschied sie. All das hätte er längst tun können.

Trotzdem waren ihre Schritte nicht halb so gefasst und langsam, wie sie es sich gewünscht hätte, als sie an ihm vorbei ins Innere ging.

Lautlos bewegte Sofia sich zwischen den Schatten. Wenn es ihr nicht möglich war, Kontakt zu Edward aufzunehmen, und wenn es Xylos gelang, unerwartet und wie aus dem Nichts aufzutauchen, war die Wahrscheinlichkeit groß, dass andere Vampire – die Hexe oder die Königin – ebenfalls hier waren. Egal, was ihre Sinne ihr verrieten.

Unbemerkt glitt sie die Treppen hinauf und verharrte hinter der Eingangssäule. Hatte Edward hier nicht kurz gezögert? Seinen Blick auf einen Durchgang im obersten Stock gerichtet?

Neugier und Vernunft stritten in Sofia einen kurzen, aber erbitterten Streit, bis sie sich auf Xylos’ Worte besann: *Und wieso zum Teufel überlegst du noch?*

Sie musste Edward vertrauen, musste darauf vertrauen, dass er sie tatsächlich liebte, ebenso, wie sie ihn liebte.

„Es wird mir eine Freude sein, zuzusehen, was Xylos alles mit deiner Sofia anstellen kann und wird. Schließlich hat sie versagt und gehört ab sofort ihm“, hörte Sofia eine weibliche Stimme sagen. *Die Frau aus der Gasse!* Hass lief in einer eiskalten Woge über Sofias Rücken, als sie sich an ihr letztes Zusammentreffen erinnerte, an den Traumfetzen.

„Sofia kann auf sich selbst aufpassen!“, behauptete Edward. In seiner Stimme schwangen Hoffnung und Schuldgefühle mit.

„Oh, ich bin sicher, das kann sie! Genau bis zum Ausgang, denn dort wartet Xylos bereits auf sie!“ Das laute Lachen der Hexe hallte von den Wänden wider, schallte nach oben von Einbuchtung zu Einbuchtung, bis es vom Opaion geschluckt wurde.

„Und jetzt stirbt deine gesamte Familie. Dein gesamtes sterbliches Leben wird ausgelöscht, weil die Frau, der du alles anvertraut hast, dich nicht liebt! Für die Liebe!“

Die volle Erkenntnis dieser Worte drängte sich in Sofias Verstand, ballte sich dort zusammen, brach ihre Vergangenheit auf, fraß ihren Schmerz und vernichtete den Verrat. *Es gibt einen Grund, und du hast nicht vertraut!* Doch auch dieser Selbstvorwurf wurde geschluckt. Übrig blieb einzig Zorn. Ein Zorn, der so tief in Sofia verwurzelt war, dass er bis zum Grund ihrer Seele reichte.

Sofia staunte über die Tatsache, dass sie plötzlich hinter Morna stand. Eben hatte sie an die Bewegung gedacht, und nun war sie bereits geschehen.

„Tatsächlich?“ Sofias Stimme klang nicht mehr menschlich, bar jeglicher Emotion, die nicht mit Zorn verwandt war. Noch mehr staunte sie über die Reaktion der Hexe. Leichenblass starrte die rothaarige Schönheit sie an, ihre Augen waren vor Schreck und Panik weit aufgerissen, ihre Hände hoben sich in einer abwehrenden Geste, und ihr Mund bewegte sich, doch sie brachte keinen Ton heraus.

Sofia drehte sich zu Edward um. Selbst in seinen Augen meinte sie ein kurzes Aufblitzen des Erschreckens zu erkennen, bevor sie wieder so dunkel wurden wie eh und je. Ihr Spiegelbild in ihnen ließ sie schaudern. Schlagartig verblasste ihre Wut – und mit ihnen ihre brennenden goldenen Augen – schwappte um und machte der Realität Platz.

Sie konnte Edward nicht spüren, keinen Kontakt zu ihm aufnehmen, der bloße Versuch fühlte sich an, als renne sie gegen einen Eisblock aus Schuldgefühlen und Schicksalsergebenheit. So, als wappne er sich für ihren tödlichen Schlag. Sofia schluckte. Hier und heute war sie die Verräterin, die nicht zu ihrem Wort gestanden hatte.

Plötzlich benötigte sie all ihren Mut, um sich ein Geständnis abzuringen: „Ich schulde dir noch eine Antwort!“ Sofia schloss die Augen, um Edwards anklagenden Blick zu entgehen. „Ja, ich liebe dich!“

Edwards erleichterter Seufzer vermischte sich mit Mornas Schrei und wob sich in den plötzlich aufkommenden Wind. Fühlbar wich die Magie aus den Wänden, verschwand aus der Luft und machte Raum für einen Neubeginn. Die Zeit lief wieder.

Rosenduft! Kinderlachen! Mornas zielgerichtete Bewegung schreckte Sofia aus ihrem Staunen. Sie hechtete gerade noch rechtzeitig zur Seite, bevor ein lila glühendes Gespinst auf die Stelle fiel, an der sie einen Bruchteil von Sekunden zuvor gestanden hatte.

Doch Mornas zweiter Versuch fing nicht nur Sofia, sondern auch Edward in einem unzerreißbaren Netz aus magischen Linien und funkelnden Worten ein. Es hüllte sie einzeln ein. Während das Netz um Edward konstant blieb, zog es sich um Sofia immer enger zusammen.

„Was hast du gedacht?", lachte Morna in Edwards Richtung. „Dass sie diejenige ist, die mich umbringt?"

„Du hast kein Recht dazu!", behauptete Edward. „Du und die Königin, ihr habt es alle zehn Jahre erlaubt, eine Frau in einen Vampir zu verwandeln!"

„Nicht ihre Existenz ist ihr Todesurteil!" Morna sprach gelassen. Die aufgeregten, menschlichen Stimmen, die langsam näher kamen, ignorierte sie, während Edwards Blick vor Sehnsucht glänzte.

„Euer Bund ist es." Morna bewegte ihre Hand, und die Stimmen verstummten. Undurchsichtige Schatten bildeten sich zwischen den Öffnungen zum Audienzsaal.

Als die ersten Funkeln des magischen Netzes Sofias Haut erreichten, hatte sie sich innerlich gegen die Schmerzen gewappnet, doch diese überstiegen alles an Qual, was sie für möglich gehalten hatte. Trotzdem gab Sofia der Hexe keine Genugtuung, sondern versuchte lediglich, ihrer Magie auszuweichen.

Edward zuckte zusammen, als er trotz Sofias Blockade ihren Schmerz wahrnahm, der sich wie eine rote Linie durch ihre Adern brannte.

Morna drehte sich zu ihm. „Du magst deine Familie gerettet haben und für wenige Stunden deinen Triumph und deine erwiderte Liebe genießen. Bis zum Urteil der Königin, denn auf lange Sicht bringt der Bund deiner Auserwählten den Tod. Und dir den Wahnsinn, denn dich werde ich nicht aufgeben."

Edward zwang sich dazu, Sofia aus seinen Gedanken auszusperren, nachdem er ihr für Sekunden einen Einblick in seine Liebe und seine Hoffnung gewährt hatte. Er folgte seiner Eingebung: „So wie Maeve?"

In Mornas Augen war ein kurzes Aufblitzen von Schuldgefühlen zu sehen, aber sie schwieg.

„Sie hat einmal geliebt, genug, um den Bund einzugehen. Es war der Tod ihres Gefährten, den sie nie überwunden hat, der sie in den Wahnsinn stürzte, nicht wahr?"

Morna schwieg. Einzig ihre geballten Fäuste zeugten davon, dass Edwards Vermutung richtig war.

„Wie ist er umgekommen?" Edward stellte seine Frage unendlich sanft.

Mornas Blick glitt zu den Schatten und schwankte zwischen Sofia und Edward, bevor er sich nach innen richtete. Das Netz um Sofia verharrte zögernd und kam zum Stillstand. Innerlich atmete Edward auf. Zumindest ihre Qual hatte er gestoppt.

Mornas Stimme erschreckte ihn, ihre Weichheit zeugte von Jugend, Schuld und nachdenklicher Liebe. Emotionen, die er ihr nicht zugetraut hatte.

„Julius war lange Jahrzehnte ihr einziger Geliebter gewesen. Jemand, dem wir vertrauten. Er hat Maeve geholfen, die Vampirgemeinschaft zu bündeln, Regeln einzuführen und zur Königin zu werden." Morna schloss die Augen, um die Erinnerung zu halten. „Doch mit der Prophezeiung wurde alles anderes. Julius missbilligte Maeves und mein Gesetz, keine weiblichen Vampire mehr zu gestatten. Er fürchtete meinen Einfluss auf sie und meine wachsende Macht in der Vampirgesellschaft. Es war die Zeit des Umbruchs, die Zeit, in der die Ketten eingeführt wurden, die es den Vampiren gestatteten, Frauen an sich zu binden – genügend Frauen, um sich gerne an das Gesetz zu halten.

Als ich von Julius' geplanter Rebellion gegen uns erfuhr, habe ich ihn getötet."

Mornas Augen öffneten sich und gaben für Sekunden den Blick auf ihre Schuldgefühle frei. „Ich habe nicht gewusst … nicht gedacht … es nicht einmal geprüft … ausgerechnet an diesem Tag hat Maeve seiner Bitte nachgegeben und sich diesem Kretin auf ewig in Liebe verpflichtet!"

Wahrheit!

„Aber es war Selbstmord, ich habe gefühlt, dass er sich selbst getötet hat!" Maeves Stimme erklang wie aus dem Nichts und an einer Stelle, an der sie erst kurz nach ihren Worten eintraf.

Morna zuckte wie unter einem körperlichen Schlag zusammen.

Edward starrte Maeve an. Ihre Augen waren klar und gefasst, spiegelten Intelligenz wieder und Schmerzen. Sie schien dem Wahnsinn abermals für kurze Zeit entkommen zu sein.

Auch Sofia starrte die Königin an, ein optisches Abbild der Hexe. Doch anders als bei der Hexe war es nicht verzweifelte Wut, sondern allumfassende Trauer, die um sie herum wallte, ihre Aura überlagerte und all ihre Emotionen beeinflusste.

Als sie durch das magische Gespinst nach Sofia griff, fand diese nicht einmal die Zeit, sich wegzuducken. Für Sekunden waren das Zerren, der Widerstand und der Schmerz ebenso unerträglich wie ihre eigenen Schreie, die von den Wänden widerhallten und ohrenbetäubend laut in ihrem Körper klangen. Dann war der Druck weg, ebenso die Magie und die Qual. Sofia fand sich neben Mornas magischem Gefängnis wieder, bevor die Königin sie weiterzerrte. Vor Schreck vergaß sich Sofia sogar zu wehren. Die erbarmungslosen Hände von Maeve schlossen sich um sie und hielten sie davon ab, ihre Waffe zu ziehen.

Fassungslos sah Morna zu, wie ihre Schwester sich näherte. Die Hexe schien unfähig sich zu rühren und sich aus dem Bann der anklagenden klaren Augen zu befreien.

„DU hast Julius dazu gebracht, sich umzubringen?!" Maeves Stimme klang aufgebracht und ungläubig verzweifelt. „Mit Magie?"

Morna wich langsam vor ihrer Schwester zurück. Ihre Haltung drückte Angst aus, selbst die Abwehrbewegung, mit der sie Magie zwischen ihren Fingern wob, war linkisch. So, als wollte sie die Magie nicht gegen ihre Schwester einsetzen.

„Ich schwöre bei allem, was mir heilig ist, ich wusste es nicht, Maeve!", flehte Morna. Ihre erhobenen Hände – zur Abwehr bereit – verharrten kraftlos in der Luft.

Wahrheit!

„Du wusstest, dass ich ihn liebe!" Maeves Stimme kippte. Der Pistolenschuss war ohrenbetäubend laut, wirkte realer als die Realität. Der Blutfleck auf Mornas Brust vergrößerte sich im selben Maße, wie ihre Magie erlosch, Schlag um Schlag aus ihr herausströmte, während sie noch mit vor Erstaunen offenem Mund und weit aufgerissenen Augen ihre Schwester anstarrte.

Maeve ließ Sofias Glock fallen, als Morna zu Boden sank. Ein Zittern des Begreifens überlief ihre schmale Gestalt, als Morna ihre Hände öffnete und die letzte Abwehrmagie in die Welt entließ, statt sie gegen ihre Schwester zu richten.

„Nein!" Maeves Stimme war nur ein entsetztes Flüstern. „Nicht ich … nicht so … nicht …"

Sie beugte sich zu Morna und versuchte die Blutung zu stillen. „Du bist unsterblich … deine Magie … du kannst nicht sterben … nicht einfach so …"

Morna lächelte ein schwaches, trauriges Lächeln. Sofia fragte sich, was geschehen sein musste, um dieses hübsche – erschreckend menschliche – Wesen zu einer boshaften Hexe werden zu lassen. Einer Frau, die ihre Macht benutzte, um mit manipulativer Grausamkeit Spiele um Liebe und Ewigkeit zu spielen.

Maeve bleckte ihre Zähne, doch bevor sie sich ihrer Schwester nähern konnte, fauchte Morna mit letzter Kraft: „Untersteh dich!"

„Aber …"

„Es ist in Ordnung!"

Morna sah Sofia an, und ihr Blick bat um Verzeihung. „Ich habe alles versucht! Die Prophezeiung …"

„Die verdammte Prophezeiung!", betonte Maeve. Doch ihr jahrhundertelanger Unglaube über den prophezeiten Tod ihrer Schwester durch die Hand einer Vampirin bröckelte.

Morna lächelte ihre Schwester liebevoll an, obwohl der Rest ihres Gesichtes ihre Schmerzen widerspiegelte. „Ich habe immer gewusst …“, sie hustete und spuckte dabei Blut, „dass du es sein würdest … die einzige Vampirin … immer! Ich kannte nur nicht den Ort und die Zeit.“ Mornas Stimme verklang. Mit einem Mal fühlte sich der Raum leer an, als wäre es allein ihre Stimme gewesen, die tatsächlich Leben enthielt.

Maeves Gesicht verlor vor Erschütterung angesichts des Geständnisses ihrer Zwillingsschwester jegliche Farbe.

Doch der Inhalt der Worte und Maeves Erschütterung benötigten einige Zeit, um in Sofias Gehirn einen Zusammenhang zu ergeben. *Wie hatte Morna mit dieser Last und diesem Wissen leben und trotzdem selbstlos weiterlieben können?* Irgendwann hatte vielleicht auch die Hexe ein Herz gehabt, eine Zukunft und die Hoffnung auf Liebe und Glück. Und dann war die Vorhersehung gekommen und mit ihr Verzweiflung, Wut und Paranoia. *Ich hasse sich selbst erfüllende Prophezeiungen!*

„Es tut mir leid, ich habe alles falsch gemacht!“ Die Stimme schien mehr aus Mornas Seele zu kommen, als aus ihrem blutigen Mund. Zu leise war sie, zu ehrlich.

Als Mornas Augen brachen, konnten Sofia spüren, wie die Magie des Lebens verflog, in alle Winde verwehte. Verzweifelt barg Maeve den Kopf ihrer Schwester in ihrem Schoß. Doch selbst in diesem Augenblick schlug ihre Trauer nicht in Wahnsinn um – obwohl er kurz hinter ihren Augen aufblitzte – als Xylos neben ihr auftauchte und ihr sanft und beruhigend seine Hand auf die Schulter legte.

„Ich dachte … Ich wollte sie doch nur …“ Maeves Stimme verklang in Trauer.

„An ihre Regeln erinnern und sie vor Sofia beschützen!“, murmelte Edward leise. Er ließ keine Sekunde seinen Blick von Xylos und schob sich zwischen ihn und Sofia. Doch der Callboy beachtete ihn nicht, sondern beugte sich vor und schloss Morna mit einer hilflosen Geste der Trauer die Augenlider.

„Geht!“, befahl Maeve. Sie hatte ihre Augen geschlossen, als müsse sie die Szenerie verdrängen. „Geht, bevor ich es mir anders überlege!“ Ihre Stimme klang entschlossen, voller Wut auf sich selbst.

Hilfe suchend streckte sie ihre Hand nach Xylos aus, und wortlos schloss er sie in seine Arme, barg ihre zerbrechliche Gestalt schützend in ihnen.

Sofia zog gerade rechtzeitig an Edwards Ellbogen, bevor er den Mund öffnen und nach ihrem weiteren Schicksal fragen konnte. Im nächsten Moment stand er neben ihr vor den Eingangstreppen. Die Stimmen seiner Familie waren verlockend nahe. Er konnte die aufgeregten Fragen seiner Mutter hören.

„Ich befürchte, deine Mutter ist nicht glücklich darüber, dass euer Palast plötzlich unterirdisch ist!“, sagte Sofia. Auch sie klang nicht glücklich.

Edward benötigte keinen Blick in ihre Seele, um zu wissen, dass Sofia verunsichert war. Nicht sicher, ob sie noch wütend auf ihn sein sollte, oder dankbar darüber, dass alles so glimpflich abgegangen war; nicht sicher, ob sie über sein Verwirrspiel enttäuscht sein oder ihm verzeihen sollte und auch nicht sicher, ob sie und ihre Liebe wirklich noch willkommen waren. Dabei hätte ein Blick in seine Seele gereicht, um ihr eine Antwort zu geben.

„Da ist sie!“, krakeelte eine Kinderstimme. Die siebenjährige Niobe war wie aus dem Nichts erschienen und zeigte auf Sofia. Selbst eine Sterbliche hätte hören können, wie die Familienmeute sich aufgebracht auf sie zu bewegte. Doch bevor Sofia verschwinden konnte, hatte Edward ihr eine Hand auf die Schulter gelegt und hielt sie.

Sofia zitterte, und nur mühsam widerstand Edward der Versuchung, sie zu schütteln.

Seine Mutter, die Anführerin der Meute, blieb stehen, kaum dass sie um die Ecke gebogen war und starrte Edward und Sofia an. Ihr drohend erhobener Kurzdolch war auf die Frau neben ihrem Sohn gerichtet, senkte sich aber bei Edwards Blick langsam gen Boden.

Sofias Blick glitt zu den anderen Familienmitgliedern, die sie aufmerksam und misstrauisch betrachteten. Edwards Schwestern hielten ihre Kinder hinter sich versteckt, während seine Tante in zweiter Reihe Aufstellung bezogen hatte. Die Verwandtschaft war unleugbar, zeigte sich in den faszinierenden Augen und in der etwas zu kurz geratenen Kinnpartie, ebenso wie in der Bereitschaft, die Familie zu schützen.

Die Familie! Sofia biss sich auf die Unterlippe und versuchte sich aus Edwards Griff zu winden. Sie gehörte nicht hierher, das war sein Augenblick und seine Familie. Sie war kein Familienmensch – würde es auch nie wieder werden – sie wollte nicht dabeistehen und von außen zusehen, wie alle sich in die Arme fielen und glücklich wurden.

„Du hast mich nicht vorgewarnt – du hast mich nicht eine Sekunde lang vorgewarnt!“, motzte sie und versuchte sich vehementer aus Edwards Griff zu lösen. Wie konnte er sie dieser Situation ausliefern?

Edward war nicht sicher, ob Sofia wirklich noch über den Fluch sprach und darüber, dass er der Magistrat der Königin war – oder ob sie seine Familie meinte. Er verstärkte seinen Griff und fühlte Sofias Zittern. Seine tapfere Sofia hatte gegen Vampire gekämpft, gegen eine Gesellschaft, in der sie nicht willkommen war, hatte einen jahrtausendealten Fluch gebrochen und wäre fast getötet worden. Doch das, wovor sie wirklich Angst hatte, war neuerliche Ablehnung.

Sofia erstarrte, als Edwards Mutter lächelnd näher trat. Sie sah so nett aus, so nett wie Edward. Edward, der sie mit eiserner Hand festhielt, so, als wollte er sie nie wieder frei geben und – Sofia warf zum ersten Mal, seit sie entkommen waren, einen Blick auf Edward – der sie so liebevoll und voller

Stolz betrachtete, dass ihr Herz vor Aufregung und Freude einen Sprung zu machen schien.

Entgeistert starrte sie ihn an, während er mit einer Hand etwas aus seiner Jackentasche hervorkramte. „Es ist kein Ring, aber vielleicht reicht es, um deine Hand zu bekommen?"

Sofia sah den Schalk in seinen Augen, bevor die Ohrringe, das letzte Geschenk ihres Großvaters, in seinen Händen aufblitzten.

„Du unmöglicher Betrüger! Abscheulicher Verräter! Hundsfott! Elender Lügner!", schimpfte Sofia, und endlich gelang es ihr, sich aus seinem Griff zu befreien. „Du bist wirklich der furchtbarste …"

„Ich habe es gewusst!", unterbrach Edwards Mutter. „Eines Tages würde er mir eine Schwiegertochter präsentieren, die mir gefällt!" Sie war beinahe ebenso lautlos und schnell neben Sofia aufgetaucht wie ein Vampir. „Das war doch ein Ja, oder?" Ihre grauen Augen blitzten, zufrieden bei Sofias Gesichtsausdruck. Dann zog sie sie kurz entschlossen zu sich.

„Willkommen in der Familie!"

Ihre Umarmung war herzlich und aufrichtig. Mit jeder Faser ihres Körpers konnte Sofia das Willkommen und die Liebe der Familie spüren. *Du kannst nicht dazugehören!* Vorsichtig versuchte sie sich aus dem Griff zu befreien, doch Edwards Mutter hielt sie ebenso fest wie Edward zuvor. Voller Zuneigung und Verbundenheit.

Der sanfte Druck, die nachdrückliche Miteinbeziehung und die Freude der Frau brachen das letzte Eis um Sofias Herz. Sofia ließ es zu, streckte ihre geistigen Fühler nach Edward aus und berührte ihn. Seine Seele bat um Liebe und Vertrauen – und um sie.

Als könnte Edwards Mutter Sofias Glück und ihre Dankbarkeit spüren, gestattete sie ihr, sich aus dem Griff zu lösen.

„Ich bin mir sicher, mein Sohn hat all diesen Zorn, diese Bemerkungen und deine Liebe verdient. Aber jetzt würde ich gerne die Geschichte hören!" Sie deutete einmal um sich herum und stellte klar, dass sie tatsächlich alles erklärt haben wollte.

„Das übernehme ich!", sagte Edward.

„Nur den Anfang! Den Rest mache ich!", lachte Sofia mit der plötzlichen Sicherheit, dass Edwards Mutter sie an den richtigen Stellen bemitleiden, bedauern, lieben und bemuttern würde.

Edward versuchte Sofia durch einen Blick zu einem Kompromiss zu bewegen, doch ihre Entscheidung war endgültig. Von nun an war es ihre Geschichte, nicht mehr seine. Und seine Mutter würde ihm das Fell über die Ohren ziehen. Wahrscheinlich noch bevor die Königin oder Magnus mit dem Elixier ein neues Spiel beginnen konnten.

ENDE

Jennifer Schreiner

Jennifer Schreiner wurde 1976 geboren und lebt mit ihrem kleinen Sohn und ihrem Mann im Ruhrgebiet. Seit Dezember 2002 ist sie Magister der Philologie. Bereits mit vierzehn Jahren schrieb sie Geschichten und Gedichte. Mittlerweile hat sie zahlreiche Kurzgeschichten in Anthologien und Zeitschriften (u.a. Feigenblatt-Magazin, Elfenschrift) veröffentlicht, außerdem war sie Preisträgerin in mehreren Literaturwettbewerben.
2002 erschien ihr erstes Märchenbuch, „Es war einmal ... Ein Märchen nicht nur für Kinder“. 2005 war sie Herausgeberin der Anthologie „Das Helena-Syndrom“.

„Zwillingsblut“ ist ihr erster erotischer Vampir-Roman im *Plaisir d'Amour Verlag* und Auftakt einer Vampir-Trilogie.
Außerem erscheint 2007 ein erotischer Einzelroman von Jennifer Schreiner im *Plaisir d'Amour Verlag.*

Besuchen Sie auch die Websites von Jennifer Schreiner:

www.jenniferschreiner.com
www.vampirschlampen.de